HEYNE <

DAS BUCH

Mit neunzehn verließ Hanna Duncker ihre Heimat Öland, die raue Insel im Süden Schwedens. Damals wurde ihr Vater wegen Mordes und Brandstiftung verurteilt. Sie floh nach Stockholm. Weil sie nicht länger im Schatten der Schuld leben konnte, ist sie Polizistin geworden. Doch sechzehn Jahre sind vergangen, und nach dem Tod ihres Vaters zieht es sie nun plötzlich zurück. Kaum tritt Hanna ihren Dienst bei der Polizei von Kalmar an, wird ein Junge erstochen aufgefunden. Es ist Joel, der Sohn ihrer besten Freundin. Zusammen mit ihrem neuen Kollegen Erik Lindgren muss Hanna tiefer in ihre Vergangenheit eintauchen, als ihr lieb ist. Als sie Drohungen erhält, kommen ihr immer mehr Zweifel an dem, was angeblich vor sechzehn Jahren geschah. Was, wenn ihr Vater gar nicht derjenige war, für den sie ihn immer gehalten hat?

DIE AUTORIN

Johanna Mo wuchs in Kalmar, im Süden Schwedens, auf und lebt mit ihrer Familie in Stockholm. Neben dem Schreiben arbeitet sie seit zwanzig Jahren als Redakteurin, Übersetzerin und Literaturkritikerin. Als Teenager musste Johanna Mo erleben, was es heißt, jemanden zu kennen, der zum Mörder wurde. Diese Erfahrung hat sie nie wieder losgelassen und zu der Geschichte von Hanna Duncker inspiriert. »Nachttod«, der Auftakt zur Reihe um die Polizistin Hanna Duncker, war ihr großer internationaler Durchbruch und landete gleich auf der SPIEGEL-Bestsellerliste.

JOHANNA
MO

NACHTTOD

KRIMINALROMAN

AUS DEM SCHWEDISCHEN
VON ULRIKE BRAUNS

WILHELM HEYNE VERLAG
MÜNCHEN

Die Originalausgabe *Nattsångaren*
erschien erstmals 2020 bei Romanus & Selling, Stockholm.

MIX
Papier | Fördert gute Waldnutzung
FSC® C014496
FSC
www.fsc.org

Penguin Random House Verlagsgruppe FSC® N001967

Vollständige Taschenbuchausgabe 08/2023

Redaktion: Sibylle Klöcker
Umschlaggestaltung: www.buerosued.de
unter Verwendung von © mauritius images/
buchcover.com/Corinna Fuchs/
Shutterstock.com/Rainer Lesniewski
Satz: Leingärtner, Nabburg
Druck und Bindung: GGP Media GmbH, Pößneck
Printed in Germany
ISBN: 978-3-453-44169-9

www.heyne.de

Für Mika

Der letzte Tag

Vier Schritte, dann dreht er sich wieder um. Wagt es nicht, der Stille hinter sich zu trauen. Das einzige Geräusch kommt von den Grillen. Keine Motoren. Keine Vögel. Ihm fehlt der Gesang der Nachtigall. Die hohen, schnellen Laute, die das Dunkel zurückdrängen.

Ein Schatten am Wegesrand lässt ihn zusammenzucken, und sofort macht die gebrochene Rippe sich mit einem Stechen bemerkbar.

Es ist nur ein Busch.

Die Dunkelheit wimmelt von Gestalten, die um ihn herumtanzen. Immer schneller, immer näher, sie rauben ihm den Atem. Vielleicht hat die Rippe auch die Lunge verletzt.

Irgendwann entdeckt er das Licht. Einen Punkt, der allmählich zu einem Viereck wächst. In seinem Kopf hämmert es, Übelkeit überkommt ihn stoßweise, lässt das Licht schwanken. Er versucht, sich mit dem Blick daran zu klammern. Dorthin muss er.

Seine Beine geben nach, er sinkt auf die Knie. Stützt sich mit den Händen ab. Sein Mund füllt sich mit Magensäure.

Wie verlockend es wäre, einfach liegen zu bleiben.

Aber er ist so nah.

Er rappelt sich auf und stolpert weiter. Hinter ihm knirscht es. Schritte? Nein, das darf nicht sein. Sicher nur ein Tier.

Dann erkennt er eine Bewegung im schwachen Licht. Die Augen wehren sich gegen das, was sie sehen, wollen die Information nicht weiterleiten.

Warum?

Die Frage erschüttert ihn, erschüttert den Boden unter seinen Füßen. Alles wird kaputtgehen.

MITTWOCH, 15. MAI

1

Hanna Duncker folgte dem Kiesweg bis zum schmiedeeisernen Tor. Es protestierte mit lautstarkem Quietschen, als sie es öffnete. Die Liste von Dingen, die sie in Ordnung bringen musste, wurde länger und länger. Vor gut einem Monat war Hanna in das weiße Holzhaus mit den hellblauen Eckpfosten gezogen. Es war nicht mal fünfzig Quadratmeter groß und lag am Rand des Dorfes Kleva. Aufgewachsen war sie an der Ostküste Ölands, aber dorthin konnte sie unmöglich zurückkehren. Denn dort wäre sie für immer nur Lars Dunckers Tochter.

Im Herbst hatte Lars sich endlich zu Tode gesoffen. Und während Hanna allein ihr Elternhaus ausräumte, hatte sie plötzlich gewusst, was sie wollte. Das erste Mal seit so vielen Jahren über die Ölandbrücke zu fahren hatte eine heftige Sehnsucht in ihr geweckt. Eine Sehnsucht nach all dem, was ihr in Stockholm fehlte. Denn Öland war ihr Zuhause.

Es war nicht unbedingt klug gewesen, sich ein derart reparaturbedürftiges Haus zu kaufen, aber ein besseres hatte sie auf die Schnelle in ihrer Preisklasse nicht finden können. Denn nachdem ihr Entschluss einmal feststand, hatte sie nicht die Geduld gehabt, sich Zeit zu lassen. Innerhalb von drei Wochen hatte sie ihre Wohnung in Stockholm ver- und das weiße Haus gekauft und gleich noch eine neue Stelle aufgetan.

Erst dann hatte sie ihren Bruder Kristoffer in London angerufen und ungefähr die Reaktion geerntet, mit der sie gerechnet hatte.

Du bist doch nicht ganz dicht, hatte er gebrüllt.

Seitdem hatten sie und Kristoffer nicht wieder miteinander gesprochen. Sicher, auch sie hatte ein paar harte Worte an ihn gerichtet, zu viel Wut hatte sich angestaut. Weil er nicht mal zur Beerdigung gekommen war. Weil er ihr alles Praktische überlassen hatte, inklusive Nachlassverzeichnis und der Auflösung ihres gemeinsamen Elternhauses. Sie waren im Abstand von einem Jahr zur Welt gekommen. Eine Zeit lang waren sie wie Zwillinge gewesen.

Gleich am ersten Morgen im neuen Haus hatte Hanna mit einem Ritual begonnen: die siebenhundert Meter bis zum Strand zu gehen. Nach etwa fünfzig Metern kam sie an Ingrids grauem Steinhaus vorbei, das sicher doppelt so groß war wie ihr eigenes neues Heim.

Heute Morgen saß Ingrid mit geschlossenen Augen in ihrer Hollywoodschaukel, eine Decke über die Beine gebreitet. Ihr Haar war silbergrau, das Gesicht faltig. Die Ähnlichkeit mit Hannas Großmutter war frappierend. Seit das große Vergessen sie ereilt hatte, fristete ihre Oma genauso ihr Dasein.

Hanna versuchte, unbemerkt an der Nachbarin vorbeizuschleichen. Gerade wollte sie am liebsten mit niemandem sprechen. Nicht mal mit Ingrid.

Doch da schlug Ingrid die Augen auf, und die Ähnlichkeit war fort. Ihre Augen waren nicht grünblau wie die ihrer Oma, sondern dunkelbraun, außerdem war der Blick sehr klar. Vermutlich saß sie nur hier, weil sie auf Hanna wartete. Die Aussicht in die andere Richtung war viel schöner, dort erstreckten sich schier endlose Felder. In dieser Richtung war nur ödes Brachland zu sehen, das vermutlich bald bebaut würde. Aber Ingrid interessierte sich mehr für ihre Nachbarn als für die Natur.

Die Decke glitt von ihrem Schoß, als Ingrid aufstand und ein paar Schritte auf Hanna zumachte.

»Hallo«, sagte sie. »Heute ist ja der große Tag.«

Hanna nickte. Heute fing sie als Ermittlerin bei der Polizei in Kalmar an und war dann zuständig für schwere Verbrechen in der gesamten Provinz Kalmar, die Ost-Småland und die ganze Insel Öland umfasste. Um ihr den Einstieg so leicht wie möglich zu machen, hatte ihr neuer Chef Ove Hultmark vorgeschlagen, dass sie an einem Mittwoch dazustieß.

Warum hatte er sie trotz ihrer früheren Begegnung eingestellt? Das konnte Hanna noch immer nicht ganz begreifen. Diese offene Frage wurde von einem unbehaglichen Gefühl begleitet: dass hier irgendetwas vor sich ging, was sie nicht verstand.

»Lassen Sie sich nicht aus der Ruhe bringen, dann wird schon alles gut gehen«, sagte Ingrid.

Offenbar gab es für Ingrid keine schlimmere Vorstellung, als aus der Ruhe gebracht zu werden.

Wenige Tage nach Hannas Einzug hatte Ingrid bei ihr angeklopft, eine Dose mit frisch gebackenem Knäckebrot in den Händen. Hanna hatte versucht, das Gespräch im Türrahmen zu beenden, doch Ingrid hatte sich praktisch selbst eingeladen, indem sie um Tee zum Knäckebrot bat. Genauer gesagt, um schwarzen Tee ohne Blütenblätter oder so Schnickschnack. Als sie das Chaos im Haus sah, schnaubte sie: *Das war es also, was Sie vor mir verheimlichen wollten?*

Durch diese Direktheit hatten sich Hannas Vorbehalte verflüchtigt. Ihre Großmutter hatte eine ganz ähnliche Art gehabt, und ohne sie wäre Hanna damals vermutlich verloren gewesen.

Innerhalb weniger Minuten hatte Ingrid ihr Leben für Hanna zusammengefasst: Dass sie Mattsson mit Nachnamen hieß. Dass sie nach vielen Jahren des unerfüllten Kinderwunsches mit sechsunddreißig ihren Sohn zur Welt gebracht hatte. Dass er den Hof führte, den sie von ihrem Vater geerbt hatte. Dass sie drei Enkelkinder hatte, die beiden älteren studierten in Linköping und Umeå, das jüngste, elf Jahre alt, war ein Nachzügler mit Down-Syndrom. Dass sie Probleme mit der einen Hüfte hatte.

Auf Ingrids direkte Nachfrage hatte Hanna ihren Nachnamen genannt.

Sind Sie etwa die Tochter von Lars Duncker?, hatte Ingrid gefragt.

Hanna hatte genickt, und dann hatten sie nicht weiter darüber gesprochen. Aber für einen Moment war Mitleid in Ingrids braunen Augen zu erkennen gewesen. Vielleicht sollte Hanna wie ihr Bruder einen anderen Nachnamen annehmen. Er hieß jetzt Baxter wie seine Frau. Aber Hanna wollte nicht. Sie hatte schließlich nichts falsch gemacht.

»Was haben Sie heute vor?«, fragte Hanna.

»Es ist Mittwoch«, antwortete Ingrid. »Da nehme ich immer den Bus nach Mörbylånga und gebe eine Kombination ab.«

»Trabrennen«, fügte Ingrid hinzu, als sie Hannas leeren Gesichtsausdruck sah. »Heute ist doch die Kombinationswette V64.«

Hanna entschuldigte sich mit den Worten weiterzumüssen, um pünktlich zu sein, und folgte weiter dem Kleva Strandväg. Auf dem kleinen Stück bis zum Ufer gab es bislang nur zwei weitere Häuser. In dem einen lebte eine Familie mit kleinen Kindern, das andere schien unbewohnt. Vielleicht war es ein

Sommerhaus. Ihren zweiten Besuch hatte Ingrid genutzt, um Hanna von den Einwohnern Klevas zu erzählen, bei denen es sich um wenig mehr als dreißig handelte. Über die Bewohner des Strandväg hatte sie jedoch nicht viel zu sagen gehabt. Am meisten sprach sie von Jörgen, dem Stockholmer, der vor ein paar Jahren mit seiner Frau hergezogen war und sich den lieben langen Tag beklagte. Angefangen bei den Pferdeäpfeln auf der Straße bis hin zu den Leuten, die ihre Häuser verfallen ließen.

Ein unerträglicher Meckerfritze, hatte Ingrid gesagt. *Ich denke gar nicht daran, Sachen zu erneuern, die noch bestens funktionieren, nur weil ein miesepetriger Festländer das sagt.* Obwohl Hanna viele Jahre in der Hauptstadt gelebt hatte, zählte Ingrid sie zu den Insulanern. Und laut Ingrid war sie im Dorf willkommen. Schließlich war sie Polizistin.

Der Weg zum Meer bot in Hannas Augen ein Bild von Öland, wie es typischer nicht sein konnte: ein schnurgerader unbefestigter Weg, gesäumt von Getreidefeldern. Rechts wuchs kleiner, struppiger Futtermais, links irgendetwas, das sie nicht kannte. Das Unkraut am Rand stand so hoch, dass es die niedrige Steinmauer fast verbarg. Wenige hundert Meter entfernt warteten die Bäume und schienen von Besserem zu künden. Hinter ihnen lag der Kalmarsund.

Langsam näherte sie sich den Bäumen, und der Güllegestank wich dem Duft von Kiefern und Seetang. Hanna legte den Kopf in den Nacken und ließ sich das Gesicht vom Wind kitzeln. Das hatte ihr gefehlt. In Stockholm hatte sie eingepfercht in einem fünfstöckigen Haus zwischen Menschen gelebt, über die sie praktisch nichts wusste. Hier konnte sie atmen.

Nach ein paar Metern schimmerte die Meerenge allmählich zwischen den Bäumen hindurch. Ein blauer Fleck, der mit jedem

Schritt wuchs. Hanna folgte weiter dem Pfad, kreuzte einen kleinen Parkplatz und bog nach Süden ab, weg vom Badestrand. Die Badesaison hatte zwar noch nicht begonnen, außerdem war es sehr früh am Morgen. Trotzdem wollte Hanna niemandem begegnen. Ein älterer Mann mit einem Labrador kam direkt auf sie zu, und Hanna nickte kurz zur Begrüßung.

Vielleicht sollte sie sich einen Hund zulegen. Tagsüber war sie zwar viel unterwegs, aber vermutlich wäre Ingrid gern bereit, auf das Tier aufzupassen. Für ihre einundachtzig war sie sehr rüstig, die Hüftprobleme merkte man ihr kaum an.

Aber nein. Hanna mochte Hunde nicht mal. Außerdem war die Einsamkeit hier auf Öland nicht so spürbar, obwohl sie bislang nur mit Ingrid gesprochen hatte. In Stockholm gab es niemanden, zu dem sie Kontakt halten würde. Ganz bestimmt nicht zu Fabian.

Hanna folgte dem Wanderweg ein gutes Stück, blieb dann stehen und ließ den Blick über den Kalmarsund schweifen. Sog den Geruch von Tang und Salz ein. Der ständige Wind hatte die Kiefern landeinwärts gebogen. Neben Hanna lag ein umgedrehtes Ruderboot. Die weiße Farbe war entlang des Kiels abgeschabt. Eigentlich mochte sie die Aussicht an der Ostküste lieber, wo sich das Meer bis zum Horizont erstreckte und unendlich schien. Auf dieser Seite der Insel konnte man bereits das gegenüberliegende Festland erahnen. Ingrid war nicht allein mit der Meinung, dass die meisten Probleme von dort kamen, und auch nicht die Einzige, die das Wort *Festländer* wie ein Schimpfwort benutzte. Hanna hatte kurz gestutzt, als es ihr das erste Mal seit ihrer Heimkehr im *Ölandsbladet* begegnet war. Auf Seite vier gab es zwei Kurzmeldungen über Verbrechen, und in beiden Fällen wurden die Täter als Festländer beschrieben.

Sehnsucht ergriff sie. Ein Nachhall des Gefühls, das sie beim Überqueren der Brücke im Herbst so deutlich wahrgenommen hatte.

Zuletzt war sie mit zwölf richtig glücklich gewesen.

Ihre Finger tasteten unter den Jackenärmel. Sie musste die kleine Tätowierung gar nicht sehen, um zu wissen, dass sie dort war. Ihr eigener Puls schlug wie ein flatterndes Vogelherz unter den schwarzen Linien. Die Tätowierung zu berühren, konnte sie immer beruhigen.

Wenn Hanna es rechtzeitig zum Polizeirevier schaffen wollte, musste sie jetzt umkehren, aber sie konnte nicht. Noch nicht. Gleich sollte sie Ove Hultmark treffen, danach an der Morgenbesprechung teilnehmen. Der erste Punkt war es, der sie nervös machte. Als sie ihm zuletzt gegenübergesessen hatte, war sie neunzehn gewesen, und er hatte sie über ihren Vater ausgehorcht. Über das, von dem Ove behauptete, dass es ihr Vater getan hatte.

Du bist doch nicht ganz dicht.

Kristoffers Worte waren zurück, quälten und piesackten sie. Dazu der leise Verdacht, er könne recht haben. Und dann das, was er noch gesagt hatte, mit gebrochener Stimme, kurz bevor er auflegte:

Dir ist nicht klar, was du da aufwirbelst. Du wirst alles zerstören.

2

»Frühstück«, sagte Rebecka Forslund und klopfte unterhalb des Einhorns, das Molly für ihren Bruder gemalt hatte, an die Tür.

Die Tablette hatte den Kopfschmerz zu einem dumpfen Dröhnen gemildert, aber die Übelkeit hatte nicht nachgelassen. In der Nacht hatte Rebecka kaum Schlaf gefunden. Noch dazu war mit sinkendem Alkoholpegel die Angst zurückgekehrt. Sie hatte versucht, ganz still zu liegen, um Petri nicht aufzuwecken, aber irgendwann war sie dann doch aufgestanden, um heiß zu duschen. Danach war sie ins Bett zurückgekehrt. Als Petris Wecker klingelte, stellte sie sich schlafend. Und obwohl sie wach war, fiel ihr das Aufstehen schwer, als schließlich auch ihr Wecker anging. Mittwochs musste Joel zwar erst um neun zur Schule, aber er hasste es, morgens gehetzt zu werden. Deshalb wollte er sicher nicht erst eine halbe Stunde vor Abfahrt des Busses geweckt werden.

Rebecka öffnete die Tür, ohne auf eine Antwort Joels zu warten. Ihr Sohn konnte schließlich alles verschlafen. Vor wenigen Tagen hatte Ingegerds Garage gebrannt. Die Feuerwehr war mit heulender Sirene angerückt, trotzdem war Joel der Einzige in ganz Gårdby gewesen, der davon nicht aufgewacht war. Glücklicherweise hatte das Feuer sich nicht weiter ausgebreitet.

Im Zimmer roch es schwach nach Schweiß, und nach diesen ekligen Räucherstäbchen, die er mittlerweile so gern anzündete. Rebecka ging zum Fenster, zog die Jalousie hoch, öffnete es und atmete die kühle Luft tief ein. Einen jugendlichen Sohn zu haben war anders, als sie erwartet hatte. Sie selbst hatte ihre Mutter damals angeschrien und Gegenstände nach ihr geworfen. Klar, auch Joel hatte seine Launen, aber die machte er mit sich selbst aus. Oft saß er stundenlang über einen Skizzenblock gebeugt da oder am Computer. Er machte fast alles, was von ihm verlangt wurde. Selten musste sie mal die Stimme heben, wenn Wäsche am Boden lag oder er mit den Hausaufgaben hinterherhing. Trotzdem war da diese Sorge: dass er als Schulverweigerer enden könnte. Dass er mit dem Leben nicht klarkäme. Diese dunkle Seite an ihm machte ihr Angst.

Rebecka drehte sich um, und es dauerte einen Moment, bis sie begriff, was sie sah. Das Bett war leer. Die schwarze Decke lag zu einem Haufen geknüllt in der Mitte.

Ihre Gedanken wanderten zum gestrigen Abend. Sie waren zum Grillen bei Gabriel und Ulrika gewesen. Normalerweise blieben sie unter der Woche zu Hause, aber Gabriel war vierzig geworden, und Ulrika hatte ihm einen schweineteuren Grill geschenkt und sie zur Einweihung eingeladen.

Der Gedanke an Gabriel beschäftigte sie einen Moment lang, dann schob sie ihn beiseite. Die Auseinandersetzung damit war zu schmerzhaft. Joel war gegen neun mit Molly nach Hause gegangen und hatte sie zu Bett gebracht. Als Rebecka und Petri zwei Stunden später ebenfalls heimgekehrt waren, hatte sie in beide Kinderzimmer kurz einen Blick geworfen und ihre Kinder dort in den Betten liegen sehen. In Joels nicht nur seine schmale Gestalt, sondern auch sein dunkles, strubbeliges Haar. Jetzt war sein Bett leer. Was hatte das zu bedeuten? Joel war für gewöhnlich nicht mitten in der Nacht unterwegs. Schon gar nicht wochentags.

Rebecka kehrte in die Küche im Erdgeschoss zurück, und ihre Sorge wuchs. Molly schien dies zu spüren und schaute von ihren Frühstücksflocken auf.

»Soll ich ihn wecken?«, fragte sie.

Manchmal schickte Rebecka sie hinauf, um Joel zum Runterkommen zu bewegen. Egal wie störrisch er am Morgen war, irgendwie gelang es seiner kleinen Schwester fast immer, zu ihm durchzudringen. Neun Jahre und eine zerbrochene Beziehung lagen zwischen ihnen. Manchmal bereute Rebecka, dass sie Petri nicht eher kennengelernt hatte. Dass er nicht der leibliche Vater von ihren beiden Kindern war.

Sie sollte Petri anrufen. Er war schon vor einer Stunde nach Kastlösa aufgebrochen, wo er die Küche im Sommerhaus eines jungen Paars renovieren sollte, bevor sie Anfang Juni wieder auf die Insel kämen. An und für sich bezweifelte sie, dass Joel sich unbemerkt hatte rausschleichen können, ganz besonders nicht nach vier Uhr. Aber sicher konnte sie sich nicht sein, und vielleicht hatte Petri ihn ja mitgenommen. Das machte er manchmal, wenn Joel den Schulbus verpasst hatte oder eher zur Schule musste. Mörbylånga lag schließlich auf dem Weg. Sie suchte nach ihrem Handy, das eigentlich auf der Arbeitsfläche hätte liegen müssen.

»Mama?«, hakte Molly nach.

»Joel ist schon unterwegs«, sagte Rebecka. »Ich hatte ganz vergessen, dass die heute einen Schulausflug machen.«

Die Lüge ging ihr nur zu leicht über die Lippen.

»Ich möchte auch einen Schulausflug machen.«

Molly schaute sie an, wartete wohl auf eine Reaktion, aber Rebecka konnte nur nicken. Wo war denn das verdammte Handy? Sie durchwühlte den Stapel alter Zeitungen mit solcher Wucht, dass die Packung mit den Frühstücksflocken umfiel. Die Übelkeit verstärkte sich, weshalb sie schnell ein paar Schlucke aus dem Glas Wasser trank, mit dem sie auch die Kopfschmerztabletten genommen hatte. Schließlich fand sie das Handy auf der Mikrowelle – dort, wo es immer lag.

Dann trat sie hinaus auf die Veranda, damit Molly sie nicht hören konnte. Nach drei Freitönen antwortete Petri.

»Hast du Joel heute Morgen mitgenommen?«, fragte sie.

»Nein, er kann doch heute ausschlafen.«

»Hast du ihn gesehen?«

»Nein. Warum fragst du?«

»Sein Bett war leer, als ich ihn wecken wollte.«

Das laut auszusprechen, befeuerte ihre Sorge nur noch mehr. Rebecka schluchzte auf.

»Dann hat ihn sicher jemand anderes mitgenommen«, sagte Petri. »Oder er ist mit einem früheren Bus gefahren.«

Er wollte sie beruhigen, doch tatsächlich hatten seine Worte den gegenteiligen Effekt. Es gab keine vernünftige Erklärung für das leere Bett. Weder musste Joel eine Gruppenarbeit vorbereiten noch hatte er eine Hausaufgabe vergessen, und andere Gründe, um früher zur Schule zu fahren, gab es nicht.

»Hast du schon versucht, ihn anzurufen?«

»Natürlich hab ich das«, fauchte Rebecka und legte auf.

Was war denn nur los mit ihr? Auf die Idee, Joel anzurufen, war sie gar nicht gekommen. Schnell wählte sie seine Nummer, aber sein Handy war ausgeschaltet. Vielleicht hatte sie nicht gleich bei ihrem Sohn angerufen, weil sie genau damit gerechnet hatte. Es fühlte sich besser an, es darauf zu schieben, als auf den schweren Kopf, den sie dem Schlafmangel, dem Restalkohol und den Sorgen zu verdanken hatte. Fünfzehn Jahre mütterlicher Schuldgefühle überfielen sie und brachten sie ins Wanken. Die Gewissheit, dass, egal wie sehr sie sich auch anstrengte, es doch nie reichen würde. Doch statt sich darin zu suhlen, rief sie Joels beste Freundin Nadine an.

»Wann hast du zuletzt mit Joel gesprochen?«, fragte sie, ohne überhaupt Hallo zu sagen.

»Gestern. Warum?«

»Weißt du, was er heute vorhat?«

Eine kurze Pause folgte, die Rebecka als Zögern deutete.

»Sollte er nicht in der Schule sein?«, fragte Nadine schließlich.

Rebecka fehlte die Energie, sich mit ihr rumzuärgern. Für das Zögern gab es so viele mögliche Erklärungen. Vor drei Jahren war Nadine von Gårdby nach Kalmar gezogen, trotzdem war sie noch immer Joels engste Freundin. Manchmal glaubte Rebecka, dass die beiden zusammen waren, aber nachzuhaken stand außer Frage. Lieber wäre es ihr gewesen, wenn es nicht so wäre. Joel hatte nie mit ihr darüber gesprochen, aber Rebecka wusste, dass Nadine mindestens einmal versucht hatte, sich das Leben zu nehmen. Dass dies einer der Gründe für den Umzug gewesen war.

»Würdest du ihm sagen, dass er sich bei mir melden soll, wenn du das nächste Mal mit ihm sprichst?«

»Mach ich.«

Molly kam heraus, die rosafarbene Einhorntasche auf dem Rücken. Eigentlich hätte sie eine Jacke tragen müssen. Noch war es nicht warm genug, um kurzärmelig herumzulaufen, doch Rebecka entschied sich dagegen, ihr noch eine zu holen. Sie nahm die Hand ihrer Tochter und ging los Richtung Schule. Die lag zwar nur achthundert Meter entfernt, aber sie traute Molly nicht im Straßenverkehr, weil sie sich viel zu leicht ablenken ließ. Genauso wenig traute sie den Menschen, die mit ihren Autos vorbeischossen, denn die wenigsten hielten sich an die Geschwindigkeitsbegrenzung.

Molly kicherte.

»Was ist los?«

»Willst du wirklich mit denen gehen?«

Rebecka schaute auf ihre Füße, die in Petris Clogs steckten. Die Schuhe waren sieben Nummern zu groß.

»Oha«, sagte sie lächelnd.

Doch das Lächeln erstarb, als sich ihr erneut die beunruhigende Frage aufdrängte: Wo war Joel?

Sie kamen an der verbrannten Garage vorbei, von der nicht mehr als die Rückwand stehen geblieben war. Der Rest war nur noch ein verkohlter Haufen aus verbogenen Balken und Brettern, die in die Luft ragten wie Arme, die um Hilfe flehten. Die Asche roch immer noch beißend. Obwohl in jener Nacht ein Unwetter getobt hatte, glaubten die meisten, dass der Brand gelegt worden war. Brandstiftung war ein heikles Thema auf der Insel: Ende der Fünfzigerjahre hatte zwei Jahre lang ein Pyromane in Ostöland gewütet, der nie gefasst worden war. Im März 2003 wurde Ester Jensen in Åby ermordet und anschließend in ihrem eigenen Haus verbrannt. Zwischen 2005 und 2012 starben sechs Menschen durch Brände in Nordöland. Das letzte Feuer war von einer Garage ausgegangen. Der Täter hatte es gelegt, um einen Doppelmord zu vertuschen.

Molly warf nicht mal einen Blick auf die Ruine. Den ganzen Weg über erzählte sie angeregt, was sie in der großen Pause spielen würden. Irgendwas mit Soldaten und Bauern. Mollys Fahrrad hatte seit dem Wochenende einen Platten, aber sie hatte nicht Bescheid gesagt, dass es repariert werden musste. Rebecka brummte ausreichend oft, um den Eindruck zu erwecken, dass sie zuhörte. Nach einer kurzen Umarmung verschwand Molly in dem gelben Gebäude, in dem auch Rebecka vor beinahe dreißig Jahren zur Schule gegangen war. Damals hatte es weniger Kinder gegeben, sonst hatte sich nicht viel verändert. Rebecka blieb ratlos vor dem Schulgebäude stehen, sie wusste nicht, wohin mit sich.

»Hallo.«

Rebecka drehte sich um. Ulrika hatte Elias im Schlepptau, der im Herbst neun werden würde und nicht sonderlich erfreut darüber war, von seiner Mutter zur Schule gebracht zu werden. Sie rang ihm noch eine Umarmung ab, bevor sie ihn freigab.

»Danke noch mal für gestern«, sagte Rebecka.

»Gern. Das war nett, oder?«

Ulrika sah deutlich fitter aus, als Rebecka sich fühlte, obwohl auch sie am Vorabend nicht gerade wenig getrunken hatte. Frisch geduscht und leicht geschminkt, wenn auch die dunklen Ringe unter ihren Augen nicht ganz von der Foundation verborgen wurden. Sie hatte Rebecka erst gestern im Vorbeigehen eingeladen, hatte geflüstert, dass es eine Geburtstagsüberraschung für Gabriel wäre. Ulrika war ein hoffnungsloser Fall, wenn es ums Planen ging.

Außer Elias hatte das Paar noch eine Tochter, Linnea, die etwas jünger war als Joel. Durch die Kinder hatte es sich ergeben, dass die beiden Familien viel gemeinsam unternommen hatten, als sie vor sieben Jahren Nachbarn geworden waren. Rebecka, Petri und Joel waren wenige Monate vor Mollys Geburt in das Haus gezogen.

Wie war Joel am Vorabend gewesen? Etwas bedrückt vielleicht, aber er hatte zusammen mit Linnea gezeichnet. Sie wollte Porträtzeichnen lernen, und ihr erster Versuch war überraschend gut gewesen, auch wenn sie sicher nicht so viel Talent hatte wie Joel.

Ulrika schob ihr mintgrünes Fahrrad, damit sie gemeinsam zurückgehen konnten. Sie war Kassiererin bei Almérs und hatte ihre Arbeitszeiten nach den Kindern gerichtet. Wochentags fing sie erst um neun an.

»Ist Linnea in der Schule?«, fragte Rebecka.

»Das will ich hoffen.«

Weil Ulrika sie so besorgt musterte, platzte Rebeckas Sorge aus ihr heraus.

»Er ist sicher schon früher los«, versuchte Ulrika, sie zu beruhigen. »Ich bitte dich, wir sprechen hier schließlich von Joel.«

Durch ihre eigene wilde Jugend hatte Rebecka damit gerechnet, dass es mit Joel schwierig werden würde. Aber sie hatte ihn bisher weder mit Alkohol noch beim Lügen erwischt.

Rebecka warf Ulrika einen verstohlenen Blick zu. Der gestrige Abend war erstaunlich schön gewesen. Allerdings würde sie sich in nächster Zeit nicht mehr ganz so unbeschwert mit Ulrika und Gabriel treffen können, nicht nach dem, was er ihr gestern angetan hatte. Rebecka bezweifelte, dass er Ulrika davon erzählen würde. Dazu war er zu feige. Sie selbst hatte nicht vor, es Petri gegenüber zu erwähnen.

»Bis bald«, verabschiedete sich Ulrika und steuerte ihr Haus an.

Rebecka sollte ins Atelier gehen, sie musste noch eine Obstschale anfertigen, eine Auftragsarbeit der letzten Tage. Zwar malte sie auch mit Ölfarben, aber die Bilder verkauften sich schlecht. Also schlug sie sich hauptsächlich als Keramikerin durch. Jetzt würde sie sich aber unmöglich auf die Arbeit konzentrieren können, das wusste sie. Also lief sie in die Küche und schenkte sich den restlichen Kaffee ein. Joel würde wütend auf sie werden, aber sie konnte nicht anders. Sie wählte die Nummer der Skansenschule und wurde sogleich zur stellvertretenden Rektorin durchgestellt.

»Ist Joel Forslund schon da?«, fragte sie.

»Wie gut, dass Sie anrufen«, sagte die Frau, der sie einmal eine Teetassenserie verkauft hatte. »Ich wollte mich auch gerade bei Ihnen melden. Joel hat schon gestern gefehlt. Ist etwas passiert?«

3

Der Parkplatz vor dem Polizeipräsidium war voll, also stellte Hanna ihren Wagen vor dem Einkaufszentrum *Giraffen* ab und überquerte die Straße. Für die Fahrt hatte sie nur eine halbe Stunde gebraucht. Die Fassade des Gebäudes bestand aus dunklem Holz und hellen Steinplatten, in die zwei riesige Fingerabdrücke eingearbeitet waren. Hanna betrat es durch den Haupteingang und erklärte dann dem jungen Mann am Empfang, wer sie war und zu wem sie wollte.

Die Sekunden verstrichen, und Hanna wusste nicht, wohin sie schauen sollte. Die hellgrauen und dunkelgrauen Bodenplatten verschmolzen zu einem Einheitsgrau, und Hanna wollte nichts lieber, als sich umdrehen und wegrennen. Alles würde sich ändern, wenn sie sich nicht länger in ihrem Haus in Kleva verstecken konnte. Der Job brachte sie gezwungenermaßen in Kontakt mit anderen Menschen. Und manche von ihnen waren nicht glücklich über ihre Rückkehr.

Hanna versuchte, die Nervosität wegzuatmen.

Ihr Blick wanderte zu dem Mann am Empfang, und er schenkte ihr ein aufmunterndes Lächeln. Als reichte ein Lächeln aus, um sie davon zu überzeugen, dass alles gut würde.

Die Tür ging auf, und obwohl sie Ove Hultmark seit sechzehn Jahren nicht gesehen hatte, erkannte sie ihn sofort wieder. Die Haare waren grauer geworden, der Bauch größer, aber Körpersprache und Blick hatten sich nicht verändert. Er war der Typ Polizist, der allen der sprichwörtliche Freund und Helfer sein wollte. Mittlerweile wurden seine Augen von einer schwarzen, runden Brille umrahmt, sonst war auch sein Kleidungsstil unverändert: hellblaues Hemd und Jeans. Einen Moment lang fürchtete sie, er wolle sie umarmen, doch dann streckte er die Hand aus.

»Willkommen. Es ist wirklich sehr schön, dass du jetzt zu unserem Team gehörst.«

Hanna schüttelte ihm die Hand und nickte, ein Wort bekam sie allerdings nicht heraus, sondern folgte Ove nur schweigend die Treppe hinauf in sein Büro.

Das letzte Mal hatten sie sich in einem Vernehmungszimmer des damaligen Polizeireviers gegenübergesessen. Einem anderen Gebäude als diesem, in dem heute das Untersuchungsgefängnis war – und eine Menge Imbissbuden. Es war ein Vernehmungszimmer der gemütlicheren Art gewesen; sie hatte auf einem roten Sofa, Ove auf einem Stuhl gesessen. Hanna erinnerte sich noch genau an Oves erste Sätze. Erst hatte er sie gefragt, wie es ihr gehe. Auf ihre Antwort, ihr gehe es gut, erwiderte er, es gebe Beweise. Es bestehe kein Zweifel an der Schuld ihres Vaters. Als hätte er bewusst entkräften, ja zunichtemachen wollen, was sie gesagt hatte. Es gehe ihr *gut*.

Ove lehnte sich weit zurück in seinem Bürostuhl und verschränkte die Hände vor dem Bauch. Während dieser ersten Vernehmung hatte er sich vorgelehnt, hatte sie mit Blicken auseinandergenommen. Jetzt war seine Körpersprache wesentlich entspannter, sein Blick jedoch ebenso wachsam wie damals. Ein paar Minuten lang sprach er über den Polizeiberuf im Allgemeinen, über ihren Umzug, dann lehnte er sich etwas vor: »Entschuldige die Frage, aber ich muss sie einfach stellen. Warum bist du zur Polizei gegangen?«

Hanna war nicht mal sicher, ob sie das selbst wusste. Direkt nach der Verhaftung ihres Vaters war sie der Überzeugung gewesen, dass die Polizei einen katastrophalen Fehler gemacht hatte, und dass sie die Ermittlungen neu aufrollen und damit alles zutage fördern würde, was beim ersten Mal versäumt oder fehlgedeutet worden war, wenn sie erst selbst Polizistin war. Aber schon bald musste sie sich eingestehen, dass noch etwas anderes hineinspielte. Sie wollte nämlich einfach nicht, dass ihr Vater getan hatte, was sie ihm vorwarfen.

»Um zu verstehen, glaube ich«, sagte sie.

»Und, hast du's verstanden?«

Hanna zögerte. Es fiel ihr schwer einzuschätzen, wie ehrlich sie sein konnte.

»So viel gibt es ja nicht zu verstehen«, sagte sie schließlich. »Menschen geraten aus den unterschiedlichsten Gründen in Situationen dieser Art. Nicht immer steckt kaltblütige Berechnung dahinter. Auch Verzweiflung, Zufälle. Manchmal einfach Pech … Und ich glaube tatsächlich, dass ich ihnen helfen kann. Vermutlich bin ich deshalb so gut darin, sie zum Reden zu bringen.«

Sie.

Damit meinte sie die Verbrecher. Die Täter. Dabei wollte sie eigentlich den anderen noch mehr helfen. Den Angehörigen und Opfern.

»Ja, deine Vorgesetzte in Stockholm hat deine Vernehmungstechnik besonders gelobt«, sagte Ove.

Er schien zufrieden mit ihrer Antwort.

Gerade wollte Hanna nicht an ihren Vater denken. Sie hatte geglaubt, es würde leichter werden, sobald er aus der Haft entlassen war. Dabei wurde es nur schlimmer. Dreimal hatte sie ihn in dem alten Haus besucht, in dem Dorf, in dem ihn außer seinem alten Freund Gunnar niemand haben wollte. Gunnar war der Einzige, der Lars nicht den Rücken gekehrt hatte, als dieser zu trinken anfing. Und Gunnar war es gewesen, der sich um das Haus gekümmert hatte, während Lars inhaftiert war.

Es war schmerzhaft gewesen, den eigenen Vater so zu sehen, gewissermaßen im freien Fall. Immerhin hatte er sich während seines Gefängnisaufenthalts nicht mehr so gehen lassen können. Ohne ein Wort zu sagen, hatte sie die Besuche bei ihm eingestellt, aber weiter bei ihm angerufen und ihm geschrieben, wenn auch immer sporadischer. Eine Antwort hatte sie selten bekommen.

Vielleicht lastete diese Schuld am schwersten auf ihr: dass sie ihn nicht hatte retten können. Dass sie es nicht mal richtig versucht hatte.

»Deine Vorgesetzte hatte noch viel mehr Gutes über dich zu sagen«, fuhr Ove fort, »und ich bin mir sicher, dass du hier außerordentlich gute Arbeit leisten wirst. Allerdings frage ich mich … Weißt du schon, wie du dich dem Team vorstellen willst? Besonders was deine Vergangenheit betrifft?«

»Was meinst du?«

»Dein Nachname wird Fragen aufwerfen. Da wäre es vielleicht klug … gleich mit der Tür ins Haus zu fallen, sozusagen.«

Die Angst ließ ihr Herz rasen. Wollte Ove sie wirklich als Lars Dunckers Tochter vorstellen? Hanna schluckte. Dann rang sie sich die Worte ab, als würde sie selbst daran glauben:

»Nein. Wer mein Vater war, spielt keine Rolle.«

Ove lehnte sich vor und musterte sie, wodurch sie sich wieder fühlte wie damals mit neunzehn.

»Bist du sicher?«, fragte er nur.

4

Die Morgenbesprechung war eine Stunde vorverlegt worden, und Erik Lindgren kam mit seiner zweiten Tasse Kaffee aus der Cafeteria, um zum Dienstzimmer hinaufzugehen. Er war an diesem Morgen schon zehn Kilometer gelaufen, spürte entsprechend die Oberschenkelmuskeln. Er war ein My schneller gewesen als gestern, knapp über siebenundvierzig Minuten. Erik ging es viel besser mit dem Job hier in Kalmar. Drei Jahre zuvor war er noch durch Malmö gestresst, immer auf der Suche nach Zeugen und Beteiligten verschiedenster Schießereien. Zeit für Sport war kaum geblieben.

Seine Frau Supriya war in Malmö nie glücklich gewesen. Während des ersten Jahres hatte sie Schwedisch gelernt, aber als sie endlich ihre Zulassung erhielt und wieder als Zahnärztin arbeiten durfte, ging das alles andere als gut. Die Sprache war eine Hürde, die Arbeitskultur ebenfalls, und sie verabscheute die Konflikte mit dem Team. Erik hatte ihr zu erklären versucht, dass sie vielleicht einfach nur in der falschen Praxis gelandet war, aber eingesehen hatte sie das erst, nachdem sie die Stelle gewechselt hatte. Manchmal fragte er sich, ob sie sich nach Mumbai zurücksehnte. Dort hatten sie gelebt, bevor sie nach

Malmö gekommen waren. Die heiße Millionenmetropole fehlte ihm nicht – die Slums, die Abgase, der Lärm –, aber Indien an sich vermisste er durchaus. Die Lebendigkeit, die Farben, die Gerüche, auch wenn sie manchmal fast unerträglich intensiv waren.

Im Dienstzimmer stand eine Frau, die Erik nicht kannte. Das musste die Ermittlerin aus Stockholm sein, die heute anfing. Erik ging zu ihr und stellte sich vor. Verwundert stellte er fest, dass Hanna Duncker größer war als er, und dabei maß er schon einen Meter und dreiundachtzig.

»Warst du schon bei Ove?«

Das war nun wirklich keine schwierige Frage, aber Hanna nickte erst nach kurzem Nachdenken. Erik stellte die Tasse neben seinem Computer ab und loggte sich ein. Er hatte einen von zwei Stehtischen, insgesamt gab es hier fünf Arbeitsplätze.

»Hat er dir die Tränke gezeigt?«

Er konnte ihr ansehen, dass sie nicht verstand, was er meinte.

»Wo es den Kaffee gibt?«

Hanna nickte.

»Meld dich einfach, wenn du bei irgendwas Hilfe brauchst.«

Wieder ein Nicken. Erik warf einen Blick auf die Uhr des Computers. Schon bald halb neun. Schnell überflog er die eingegangenen Mails und loggte sich wieder aus.

»Weißt du, wo die Morgenbesprechung stattfindet?«, fragte er Hanna, die sich an einen Tisch gesetzt hatte, der schätzungsweise nun ihrer war.

»Ja«, sagte sie.

Als er das Zimmer verließ, dachte er zuerst, dass Hanna noch bleiben würde, aber nach wenigen Sekunden hörte er Schritte hinter sich. Sie betraten den Besprechungsraum unmittelbar nacheinander, die anderen waren schon da. Ove hielt das Team bewusst klein, außer Erik gab es nur drei weitere Ermittler. Vier mit Hanna.

»Schön«, sagte Ove. »Da seid ihr ja. Hier haben wir unseren Neuzugang Hanna Duncker. Sie war bisher in Stockholm und hat sich dort einen Ruf als exzellente Vernehmungsleiterin erarbeitet.«

Seine Worte bewirkten etwas, das Erik sich nicht erklären konnte. Amer setzte sich auf und betrachtete Hanna neugierig. Daniel ebenfalls. Nur Carina schaute sofort mit verkniffenem Mund zu Ove, was sie für gewöhnlich tat, wenn ihr etwas missfiel. Vor knapp einem Jahr war Daniel zu ihnen gestoßen, der bis dahin im Streifendienst gewesen war, und damals hatten sich alle besonders ins Zeug gelegt, damit er sich willkommen fühlte. Carina, die alt genug war, um Daniels Mutter zu sein, sogar mehr als alle anderen.

Hanna hob grüßend die Hand und lächelte schwach. Erik hoffte inständig, dass Ove sie nicht dazu nötigen würde, etwas zu sagen. Schnell zog er einen Stuhl unterm Tisch hervor und setzte sich.

Hanna tat es ihm gleich, offensichtlich verlegen.

Ove betrachtete sie ein paar Sekunden lang. Er schien abzuwägen, ob er selbst etwas sagen sollte, aber schlussendlich begnügte er sich damit, die anderen zu bitten, sich vorzustellen.

»Wir sind uns ja gerade schon begegnet«, sagte Erik.

Amer machte wie gewöhnlich einen Scherz über seinen Nachnamen Moghadan. Ihm zufolge konnte den Namen niemand aus dem Team richtig aussprechen, dabei hörte Erik noch immer keinen Unterschied. Er mochte Amer, der wie gewöhnlich tadellos aussah: Jackett, dunkelblaue Jeans, dazu ein kurzer, gepflegter Bart. Daniel Lilja stellte sich nur knapp mit seinem Namen vor, während Carina Hansson außerdem betonte, dass sie aus Kalmar kam und seit über zwanzig Jahren bei der Polizei war.

»Vielen Dank«, sagte Ove. »Dann können wir ja loslegen. Wir müssen mit den Ermittlungen zur Körperverletzung vorm Stadshotel noch mal von vorn anfangen.«

Ove wandte sich an Hanna und erzählte von dem Übergriff auf einen Mann, der so brutal zusammengeschlagen worden war, dass er nun im Rollstuhl saß. Trotz wochenlanger Ermittlungen waren sie kein Stück vorangekommen. Zum Teil, weil das Opfer keine Erinnerung an den Vorfall hatte.

»Ich gehe die Zeugenaussagen noch einmal durch und prüfe, ob wir was übersehen haben«, sagte Amer.

Er trug die größte Verantwortung in diesem Fall, weil er der Einzige war, der Persisch sprach. Das Opfer war, genau wie Amer, im Iran geboren.

»Gestern kam es auf der Norra Långgatan zu einem Raubüberfall«, fuhr Ove fort. »Eine Zweiundzwanzigjährige befand sich auf dem Heimweg von ihrem Freund und wurde mit dem Messer angegriffen. Jetzt liegt sie auf der Intensivstation. Daniel, würdest du mal mit ihrem Freund sprechen und nachhören, wann die Frau befragt werden kann?«

»Na klar«, sagte Daniel und machte sich sofort Notizen.

Amer lehnte sich zu Carina hinüber und flüsterte ihr etwas zu. Ihre Schultern wurden ein wenig weicher, und sie lachte auf. Amer war immer besorgt um das Wohlergehen der anderen, und vermutlich war auch ihm Carinas Widerwille gegenüber der neuen Kollegin nicht entgangen.

»Entschuldigung?«, fragte Ove.

Amer tat so, als wüsste er nicht, worauf Ove anspielte.

»Möchtest du vielleicht mit uns allen teilen, was so witzig ist?«

Doch bevor Amer etwas erwidern konnte, ging die Tür auf, und der Einsatzleiter steckte den Kopf herein.

»Auf dem Alvar wurde eine Leiche gefunden.«

5

Als Hanna hörte, dass die Leiche auf dem Alvar gefunden worden war, lehnte sie sich ein wenig vor, um sich kleiner zu machen, was bei einer Körpergröße von einem Meter und fünfundachtzig gar nicht so leicht war. Vielleicht war sie die Einzige aus dem Team, die auf Öland wohnte, und sie wollte lieber noch etwas länger auf der Wache bleiben. Erst mal richtig ankommen, bevor sie gezwungen war hinauszufahren.

Oves Blick huschte an ihr vorbei zu Erik. Das erste Wort, das ihr in den Sinn gekommen war, als er sich ihr vorstellte, war *Surfer*. Er war braun gebrannt, dabei war es erst Mitte Mai, außerdem war er unverschämt durchtrainiert. Er trug eine helle Jeans, dazu ein schwarzes T-Shirt. Sein blondes Haar war gelockt. Zu allem Überfluss legte er auch noch diese professionelle Freundlichkeit an den Tag, auf die sie äußerst allergisch reagierte.

»Erik, würdest du hinfahren und Hanna mitnehmen? Sie kommt schließlich von dort.«

Mitnehmen. Als wäre sie ein Gegenstand, den man einfach einpackte und wegtrug. Oder vielmehr zurückbrachte. Erik nickte und stand auf.

»Aber unser Termin?«, platzte es aus ihr heraus.

Sie hatten vereinbart, dass sie sich nach der Morgenbesprechung zusammensetzen würden, um erste Formalitäten zu klären. Schließlich hatte sie bisher weder eine Zugangskarte noch ein Diensthandy, von einer Dienstwaffe ganz zu schweigen.

»Das verschieben wir auf später.«

Das ungute Gefühl wollte nicht verschwinden. Ihr war nicht klar gewesen, wie unangenehm es werden würde, herzukommen und Ove wiederzusehen. Sie war es so satt, auf die Tat ihres Vaters reduziert zu werden. Auch aus Carinas Blick hatte Feindseligkeit gesprochen. Die Kollegin wusste sicher Bescheid, wer Hannas Vater war. Vielleicht war sie sogar an den Ermittlungen beteiligt gewesen, wenn sie schon damals hier gearbeitet hatte. Daniel dagegen war einige Jahre jünger als sie selbst. In seinem Blick lag einzig neugieriges Interesse, aber auch diesen konnte Hanna nur schwer erwidern. Durch die kurzen dunklen Haare erinnerte Daniel sie ein wenig an Fabian, den Kollegen, mit dem sie vor ihrem Wegzug aus Stockholm zusammen gewesen war. Amer nickte ihr aufmunternd zu, ganz wie der junge Mann am Empfang, und Hanna nickte zurück.

Dann heftete sie sich an Eriks Fersen und folgte ihm zur Garage. Er sprach sie nicht an. Ohne langsamer zu werden, holte er das Telefon aus der Tasche und tippte darauf herum. Vermutlich las er die bisher verfügbaren Informationen zum Fall. Da Hanna noch kein Diensthandy hatte, konnte sie sich selbst nicht ins System einloggen.

Bei den Waffenschränken blieb Erik stehen und holte seine Sig Sauer heraus. Auf seinen fragenden Blick hin schüttelte sie nur den Kopf. Bisher hatte sie im Dienst noch nie Gebrauch von der Waffe machen müssen, trotzdem fühlte es sich seltsam an, ohne eine loszufahren. Man wusste schließlich nie, was sie erwartete.

»Willst du fahren?«, fragte er, als sie beim Wagen angelangt waren.

»Nein.«

»Weißt du, wo der Möckelmossen liegt?«, fuhr er fort und schnallte sich an.

Hanna erinnerte sich vage an einen Schulausflug an den großen Moorsee, als sie in der Mittelstufe gewesen waren. Steine, eine Sitzunterlage und viele Insekten. Sie hatte behauptet, ihren Proviant vergessen zu haben, nur weil es ihr zu peinlich gewesen war, unbelegte Brotscheiben auszupacken. Ihre beste Freundin Rebecka hatte ihr ein paar Pfannkuchen abgegeben. Es war früher Herbst, und sie waren dort, um die Kraniche zu beobachten, die auf dem Weg in den Süden hier Station machten. Die langbeinigen und langhalsigen Vögel hatten in Gruppen auf dem kahlen Boden zusammengestanden. Ihr Tröten klang wie ein trauriges Klagelied.

»Schon, aber vermutlich lässt du dich trotzdem besser vom GPS leiten.«

Nicht, weil sich die Wege auf Öland über die Jahre groß verändern würden, sondern weil Hanna ihrem Gedächtnis nicht traute. Warum lag die Leiche denn ausgerechnet beim Möckelmossen? Vielleicht ein Tourist oder Festländer, der beim Wandern unglücklich gestürzt war und sich den Kopf an einem der vielen Felsen aufgeschlagen hatte. Das war auf jeden Fall wahrscheinlicher als die Vorstellung, jemand wäre in dem flachen Gewässer ertrunken. Im Sommer trockneten große Teile des Sees aus. Wie sollten sie überhaupt dorthin kommen? Sie konnten ja schlecht direkt ans Ufer fahren.

»Das Opfer wurde an einem Rastplatz gefunden«, sagte Erik, als hätte er ihre Gedanken gelesen.

Damit erledigte sich ihre erste Theorie, obwohl es auch bei diesen Plätzen Felsen gab.

»Du bist also ursprünglich von Öland«, stellte Erik fest. »Das erklärt, warum du keinen Stockholmer Akzent hast.«

»Ich habe die letzten sechzehn Jahre in Stockholm gewohnt.«

»Und warum bist du zurückgekommen?«

Hanna zuckte mit den Schultern. Darüber wollte sie nicht mit ihm sprechen.

»Was genau hast du in Stockholm gemacht?«

»Ermittelt«, antwortete sie.

»Ach was«, sagte Erik.

Hanna ärgerte sich über seinen ironischen Tonfall, aber noch mehr über ihr Unvermögen, ein normales Gespräch zu führen. Sie fügte noch etwas so Allgemeines hinzu wie: Er kenne ja den Job, und einen so großen Unterschied gäbe es da zwischen Stadt und Land auch wieder nicht. Daraufhin erzählte Erik von seiner Zeit in Malmö.

Als sie auf die Ölandbrücke fuhren, schaute Hanna aufs Wasser. Eine Weile lang hatte sie Albträume gehabt, die sich just um diese Brücke rankten. Dass sie immer mehr wankte und schwankte, je weiter Hanna darauf fuhr, bis irgendwann das Unausweichliche eintrat und das Auto auf das dunkle, schäumende Wasser zustürzte. Bevor der Wagen auf die Wasseroberfläche traf, war sie immer aufgewacht. Aber als sie über die Brücke fuhr, um ihren Vater zu beerdigen und das Elternhaus aufzulösen, hatte sich etwas verändert. Mittlerweile mochte sie die Brücke, zumindest im wachen Zustand. Der einzige Ort, den sie Zuhause nennen konnte, lag dort, am anderen Ufer. Außerdem hatte die Brücke in ihrer Welt schon immer existiert. Als sie 1984 geboren wurde, war die sechs Kilometer lange Verbindung zwischen Öland und Kalmar bereits seit zwölf Jahren geöffnet gewesen.

Das Navigationsgerät schlug vor, die 136 in südlicher Richtung zu nehmen. Der Runsbäcksväg wäre die bessere Wahl gewesen, aber das erwähnte Hanna nicht.

»Wie schön es hier ist«, sagte Erik, nachdem sie in Resmo nach Osten abgebogen waren und sich das Alvar vor ihnen erstreckte.

»Bist du noch nie hier gewesen?«, fragte Hanna.

»Nein, die Arbeit hat mich noch nicht hierher verschlagen. Ich wohne erst seit drei Jahren in Kalmar, und mit der Familie war ich nur im nördlichen Teil der Insel.«

Hanna ging davon aus, dass sie zum Baden dort gewesen waren – wie alle anderen Touristen.

Aber er hatte recht, sie war schön, die flache und karge Heide, über der gerade ein zarter Nebel hing. Aber statt einfach nur still die Aussicht zu genießen, legte Erik nun so richtig los und erzählte ihr ausführlich, wie sehr er von einem Häuschen auf dem Land träumte. Wo er seine eigenen Lebensmittel anbauen, Selbstversorger werden könnte. Er war also eher Typ Öko als Surfer, was die Sache auch nicht wesentlich besser machte. Hoffentlich war er wenigstens keiner dieser Prepper, die sich immer auf die größtmögliche Katastrophe vorbereiteten. Erst als sie den Fundort erreichten, verstummte er.

Die Kriminaltechnik war schon vor Ort, außerdem ein paar Streifenpolizisten, die sich um die Absperrung gekümmert hatten. Hanna ging davon aus, dass sie ebenfalls aus Kalmar kamen. Auf Öland gab es zwar auch eine Polizeidienststelle, aber die lag oben in Borgholm, von wo man doppelt so lange hierher brauchte. Erik stieg aus, begrüßte die Streifenpolizisten und stellte sie als die neue Kollegin vor. Glücklicherweise nur mit dem Vornamen.

»Wer hat die Leiche gefunden?«, fragte er.

»Ein deutsches Paar«, antwortete einer der Polizisten und deutete mit dem Kopf zu einem Wagen, der unweit parkte. »Ich habe ihnen gesagt, sie sollen bleiben, bis sie mit einem Ermittler sprechen können.«

Ihr Handy vibrierte. Bis Hanna ein Diensthandy bekam, musste sie gezwungenermaßen ihr Privattelefon nutzen, und sie war sicher, dass dies keine Privatnachricht war. Und tatsächlich, es war eine Nachricht von Ove, der sie in einer knappen Stunde in Färjestaden treffen wollte, er hatte wohl selbst etwas auf Öland zu erledigen. Hanna antwortete schlicht: *okay*.

»Kann es sich um eine natürliche Todesursache handeln?«, fragte sie.

Jetzt, wo die Arbeit losging, fühlte sie sich schon besser. Denn ihren Job konnte sie, so viel war klar. Ihre Vorgesetzte in Stockholm hatte ihr eine kräftige Gehaltserhöhung angeboten, als Hanna ihr eröffnet hatte, die Stadt verlassen zu wollen. Zwar waren in Kalmar keine offenen Stellen ausgeschrieben gewesen, aber als sie entdeckt hatte, dass Ove noch immer dort arbeitete, hatte sie direkt Kontakt zu ihm aufgenommen. Er hatte eine Stelle für sie geschaffen, ihr gesagt, dass sie sowieso noch eine Ermittlerin brauchten. Erst nachdem sie zugestimmt hatte, war ihr bewusst geworden, dass er ihr neuer Chef sein würde.

»Wohl kaum«, antwortete derselbe Polizist. »Schaut ihn euch einfach selbst an, dann wird euch sofort klar, warum.«

Erik ging zu einem der Kriminaltechniker, und schon wiederholte sich die Begrüßungsprozedur. Noch hatten sie kein Zelt aufgestellt, es regnete nicht, und vor neugierigen Blicken schützten die niedrigen Mauern, die das Gelände einfassten. Zudem würde der Rastplatz gesperrt bleiben, bis die Spurensicherung vollständig abgeschlossen war. Hanna ließ den Blick über das Alvar wandern und erschauderte: Nebelschleier schienen knapp über dem Boden zu tanzen.

Das Erste, was sie vom Opfer sah, war ein Arm, der Rest wurde noch von der Mauer verdeckt. Der Größe nach zu urteilen, gehörte er nicht zu einem Erwachsenen. Langsam ging Hanna weiter, wappnete sich gegen den Anblick, der sich ihr gleich bieten würde.

Das Opfer war ein Junge, sein Alter schwer zu schätzen, vielleicht dreizehn oder vierzehn. Er trug einen großen Kapuzenpullover und saß mit dem Rücken gegen die Steinmauer gelehnt da. Der Kopf mit der aufgesetzten Kapuze ruhte nur wenige Zentimeter neben einer Informationstafel.

Es war nicht zu übersehen, dass er körperliche Gewalt erfahren hatte. An der einen Augenbraue befand sich eine Platzwunde, das Auge darunter war komplett zugeschwollen, das andere halb offen. Auf Bauchhöhe hatte sich ein großer Blutfleck auf dem Pulli gebildet, und etwa einen Meter entfernt eine große Blutlache.

Ja, dies war zweifellos Mord.

Hanna suchte den Boden nach einer möglichen Waffe ab, entdeckte aber nichts. Ihr Blick verharrte auf der rechten Hand des Jungen. Sie war um etwas geschlossen.

»Was hält er in der Hand?«, fragte sie einen der Techniker.

Dieser machte ein Foto, bevor er, nicht ohne Anstrengung, die Finger aufbog. In der Hand des Jungen befand sich eine kleine rosa Blüte, die bereits welkte.

Der letzte Tag

Fluchend steckt Joel sich den Daumen in den Mund, saugt Blut. Wie dämlich muss man sein, um sich an einem Käsehobel zu schneiden?

Molly, die mit dem Löffel in ihren Frühstücksflocken herumrührt, schaut verwundert auf. Eine Weile lang hatte ein leeres Marmeladenglas bei den Kochbüchern im Regal gestanden, in das wer auch immer geflucht hatte, einen Zettel mit seinem Symbol stecken musste. Das Glas verschwand, als Mama begriff, dass sie selbst am meisten fluchte. Fast alle Zettel im Glas trugen ihr blaues Kreuz.

Joel lächelt Molly an. Manchmal hat er das Gefühl, sie ist die Einzige, die ihn noch sieht. Mama sitzt wie immer über die *Barometern* gebeugt da und liest einen Artikel über eine Ausstellung im Kunstmuseum Kalmar. Petri ist mit den Gedanken ganz woanders. Vermutlich bei einem der vielen Probleme, die während der Renovierung aufgekommen sind. Beim Abendessen hat er schon endlos darüber geschimpft.

Joel beißt in sein Brot und fischt das Smartphone aus der Hosentasche. Eine der wenigen Regeln, die Mama am Frühstückstisch durchsetzt, ist das strenge Handyverbot. Aber schon seit dem Aufwachen fällt ihm das Atmen schwer, und jetzt ist er kurz davor loszuflennen. Er muss sich unbedingt bei Nadine melden.

Blutbad beim Frühstück, schreibt er.

Auf eine Reaktion muss er nicht lange warten, sie kommt sofort: *Wer hatte die Schnauze voll von wem?*

Joel betrachtet seine Familie. Er könnte einen Streit zwischen Mama und Petri erfinden, wenn das nicht so unwahrscheinlich wäre. Außerdem will er nichts heraufbeschwören, will nicht schuld sein, falls doch etwas passiert.

Der Käsehobel und mein Daumen sind aneinandergeraten, schreibt er.

Worauf Nadine mit einem tränenlachenden Emoji reagiert.

»Leg das weg«, sagt Petri.

Joel seufzt, macht aber, was von ihm verlangt wird. Sein Stiefvater geht ihm zwar total auf die Nerven, aber heute fehlt ihm die Kraft, sich mit ihm anzulegen.

»Ich will ein Pferd«, sagt Molly fröhlich.

Vielleicht, um von dem abzulenken, was in der Luft liegt. Sie ist unfassbar schlau für ihre sechs Jahre. Oder, wie sie selbst immer sagt: fast sieben. Obwohl ihr Geburtstag erst in fünf Monaten ist.

»Ich hätte auch gern eins«, sagt Rebecka und faltet die Zeitung zusammen. »Aber das können wir uns nicht leisten.«

»Und wenn wir es uns leisten können?«

»Dann sofort.«

Ein Versprechen mit geringem Risiko, denn dazu wird es nie kommen.

Petri steht auf und murmelt, dass er losmuss. Sein einziger Beitrag zum Aufräumen der Küche besteht darin, seinen benutzten Teller und die leere Tasse auf die Spüle zu stellen.

Manchmal fragt sich Joel, was seine Mutter an ihm findet. Einen beschränkteren Menschen kann man sich schließlich kaum vorstellen. Wenn er über Politik spricht, klingt er manchmal echt wie ein Verschwörungstheoretiker. Vielleicht ist er sogar einer dieser *flat earther*, die glauben, die Erde sei eine Scheibe.

Mama seufzt und schlägt die Zeitung doch noch einmal auf, und da merkt Joel plötzlich wieder so deutlich, wie lieb er sie hat. Wegen allem, was in diesem Seufzer steckt. Sie hat so viel durchgemacht und ist nicht daran zerbrochen. Er sagt Molly, sie soll sich die Zähne putzen gehen, und fängt an, den Tisch abzuräumen, doch Mama winkt ab.

»Lass nur, das mach ich gleich. Du musst zum Bus.«

Wieder kommt ihm der Gedanke, wie so häufig in den letzten Wochen. Dass er es ihr sagen sollte. Dass es ihm dann besser gehen wird. Aber wie? Wie soll er in Worte fassen, dass er nicht der ist, für den sie ihn hält?

6

Hanna drückte die Tür zu *Fredriks Bröd & Bakverk* in Färjestaden auf und schluckte im letzten Moment die Begrüßung runter. Das war gar nicht Ove, der da vor der Theke stand. Frisur und Jeansjacke des Mannes hatten sie getäuscht. Sie schaute durchs Fenster, aber draußen war er auch nicht. Sollte sie sich schon etwas bestellen oder noch warten? Sie konnte nicht einschätzen, ob ihr Chef erwartete, dass sie selbst zahlte, oder nicht.

Der Mann, den sie für Ove gehalten hatte, verließ die Bäckerei mit seinen vier Walnusswecken. Als die junge Frau hinter der Theke sich ihr zuwandte, trat sie einen Schritt vor und bestellte einen Kaffee und ein Käsebrötchen.

Es gab noch ein paar freie Tische im Innenbereich, doch obwohl dort bislang niemand saß, wählte Hanna einen Platz auf der deutlich größeren Terrasse. Ihr würde es leichter fallen, sich zu unterhalten, wenn sie nicht das Gefühl hatte, belauscht werden zu können. Draußen lagen Fleecedecken über den Stuhllehnen, doch Hanna verzichtete darauf. Es waren vielleicht fünfzehn Grad, und der Himmel war nun klarer als vorhin beim Möckelmossen.

Sie hatten sich darauf geeinigt, dass Erik die deutschen Touristen mit ihrem eigenen Wagen zurück in die Pension brachte. Denn sie waren zu aufgewühlt gewesen, um sich selbst ans Steuer zu setzen. Sie hatten wohl kaum damit gerechnet, in ihrem Urlaub einen toten Jungen zu finden.

Eine Gruppe Jugendlicher ging an der Bäckerei vorbei in Richtung Hafen. Sie lachten laut, und das einzige Mädchen versuchte, einen der Jungs zu boxen. Vielleicht hätte Hanna sich doch besser drinnen einen Platz gesucht. Gerade als sie aufstehen wollte, sah sie, wie Ove auf den gegenüberliegenden Parkplatz bog. Er stieg aus und hob grüßend die Hand. Vor Nervosität bekam sie ganz heiße Wangen.

Nachdem er sich einen Tee und ein Erdbeertörtchen besorgt hatte, kam Ove wieder heraus und setzte sich zu ihr. Die Jeansjacke, die er vor sechzehn Jahren getragen hatte, war einer schwarzen Lederjacke gewichen. Hanna schilderte ihm, was sie beim Möckelmossen vorgefunden hatten. Ove hörte aufmerksam zu und biss in sein Törtchen. Ein paar Krümel des Mürbeteigbodens fielen ihm in den Schoß, er wischte sie weg.

»Ich bin mir sicher, dass du hervorragende Arbeit leistest«, sagte er. »Ich wollte nur sichergehen, dass es in Ordnung ist, wenn du dich gleich in eine Ermittlung stürzt. Offen gestanden, fühle ich mich irgendwie verantwortlich für dich.«

»Warum das denn?«

»Weil ich dich eingestellt habe und … wegen dem, was mit deinem Vater passiert ist. Schließlich habe ich dafür gesorgt, dass er im Gefängnis gelandet ist.«

Hanna starrte auf ihren Teller, auf den glänzenden Käse. Trank einen Schluck Kaffee. Zu gern hätte sie gefragt, ob er damals irgendwelche Zweifel gehabt hatte, aber sie traute sich nicht. Stattdessen sagte sie, dass die Schuld für seinen Gefängnisaufenthalt allein bei ihrem Vater zu suchen sei. Darüber war Ove so spürbar erleichtert, als hätte er ernsthaft geglaubt, sie hätte ihn dafür verantwortlich gemacht.

»Über deine Arbeit muss ich dir nicht viel erklären«, sagte Ove. »Da bist du schon bestens informiert, und du wirst ja merken, wie wir die Dinge hier machen. Aber falls irgendetwas sein sollte, kannst du mich jederzeit ansprechen. Egal worum es geht.«

»Okay«, sagte Hanna und hörte selbst, wie blöd das klang.

Diese Art von Fürsorge störte sie. So was war sie nicht gewohnt.

»Hast du noch Kontakt zu deinem Bruder?«, fragte Ove.

»Sehr selten, er wohnt jetzt in London.«

Als würde die Wahl des Wohnorts erklären, warum sie und Kristoffer so wenig miteinander zu tun hatten. Ove hatte damals auch Kristoffer vernommen. Häufiger als sie, weil er nicht so geübt darin war, es anderen recht zu machen. Ove sah sie so lange an, bis sie seinen Blick erwiderte.

Dann griff er nach seiner Tasche und holte ein Telefon heraus, das er ihr zusammen mit einer Zugangskarte und einem Zettel rüberreichte.

»Hier sind deine Zugangskarte, dein Diensthandy und die dazugehörige PIN. Die solltest du so schnell wie möglich ändern.«

»Verstanden«, sagte Hanna.

Das klang immerhin etwas engagierter als *okay*.

»Und die Dienstwaffe?«

»Darum kümmern wir uns heute Nachmittag.«

Ove trank einen Schluck Tee.

»Das Opfer wurde identifiziert«, fuhr er fort. »Er trug eine

Bankkarte und einen Bibliotheksausweis bei sich, beide ausgestellt auf den fünfzehnjährigen Joel Forslund. Wir haben ihn mit seinem aktuellen Personalausweisfoto verglichen, es handelt sich definitiv um Joel. Er ist aus Gårdby.«

Wieder Oves prüfender Blick.

»Ist das ein Problem für dich?«

Hanna schüttelte den Kopf. Mehr brachte sie nicht zustande. Deshalb wollte Ove sich also mit ihr treffen. Der Name Forslund sagte Hanna zwar nichts, aber schon ihr erster Arbeitstag sollte sie wieder nach Gårdby führen. Als sie im Herbst die Tür ihres Elternhauses hinter sich verschlossen und dem Makler den Schlüssel übergeben hatte, war sie tatsächlich davon überzeugt gewesen, mit diesem Ort fertig zu sein.

»Joel Forslund war schon ein paar Stunden tot, als er gefunden wurde. Laut Notarzt hatte die Leichenstarre bereits eingesetzt.«

Sofort hatte Hanna wieder vor Augen, welche Anstrengung es den Kriminaltechniker gekostet hatte, die Hand des Jungen zu öffnen. Dabei gingen ihr allerdings nur Kristoffers Worte durch den Kopf:

Du bist doch nicht ganz dicht. Du wirst alles zerstören.

Ove holte einen weiteren Zettel aus der Tasche.

»Hier hast du die Adresse der Mutter, wo er zusammen mit seiner kleinen Schwester und seinem Stiefvater gewohnt hat. Fahr mit Erik hin und informiere sie. Wenn möglich, befragt sie gleich.«

Erst im Wagen warf Hanna einen Blick auf den Zettel. Dort waren die Adresse und die Informationen aus dem Verkehrsregister abgedruckt.

Hanna starrte auf das Führerscheinfoto.

Auf das dunkelbraune Haar, das nur noch bis zu den Schultern reichte – nicht mehr bis zur Hüfte. Auf die Augen und die kleine Stupsnase, die noch genauso aussahen wie vor sechzehn Jahren.

Alles um sie verschwand, als hätte sich der Boden aufgetan und sie mitsamt Auto verschluckt.

Rebecka.

7

Das deutsche Paar, das die Leiche gefunden hatte, wohnte in Vickleby. Ihre Unterkunft, das *Bo Pensionat*, war so sehr ins umliegende Grün eingebettet, dass Erik prompt daran vorbeifuhr, obwohl das Haus selbst hellgelb war. Also drehte er und hielt direkt vorm Eingang. Im Rückspiegel sah er, dass Adam und Kirsten Buchner sich an den Händen hielten, wobei sich Kirsten an ihren Mann zu klammern schien. Erik stieg aus und schaute sich um. Durch die Bäume erkannte er einen Garten mit Sitzgelegenheiten.

»Vielleicht können wir uns dort hinsetzen«, sagte er und nickte zur Terrasse.

Erik hatte in der Schule Deutsch gelernt, sprach die beiden aber dennoch auf Englisch an, weil ihm das leichter fiel. Zu Hause sprachen sie auch überwiegend Englisch, weil Supriya fand, dass sich ihre Zunge beim Schwedischen verknotete. Das Englisch der beiden Deutschen war gut. Eins ihrer erwachsenen Kinder lebte in Kanada, ein anderes in Australien. Während der Fahrt hatte Erik ihnen viele Fragen zu ihrer Familie gestellt, in der Hoffnung, sie damit auf andere Gedanken zu bringen.

Trotzdem war das Ehepaar Buchner noch immer sehr aufgewühlt, und Erik war froh, dass er die beiden in die Pension gefahren hatte. Zeit genug hatte er ja, weil Hanna in Färjestaden war. Vermutlich war es sogar einfacher, sie hier zu befragen als am Fundort.

Auf der Terrasse herrschte eine außergewöhnlich friedliche Stimmung. Als wäre die Welt um sie versunken. Allein das Flüstern einer leichten Brise in den Blättern und das Zwitschern eines Vogels waren zu hören. Erik fragte sich, wie es wohl üblicherweise am Rastplatz beim Möckelmossen aussah. War es dort immer so neblig? Die Stille dort hatte sich anders angefühlt als diese hier, voller Zwischentöne.

Sie setzten sich an einen wackeligen weißen Holztisch, und Erik fragte, ob er ihnen etwas zu trinken besorgen sollte. Aber sie wollten nichts, also nahm er einfach sein Notizbuch zur Hand.

»Würden Sie mir erzählen, wie Sie ihn gefunden haben?«, fragte er.

»Ich habe ihn zuerst gesehen«, sagte Adam Buchner. »Ich bin über … diese Treppe geklettert, die es gibt, damit die Tiere nicht ausbüxen können. Kaum war ich drüben, drehte ich mich um, damit ich Kirsten helfen konnte.«

Adam verstummte und warf seiner Frau einen Blick zu.

»Ich wollte verhindern, dass Kirsten auch hinschaut, aber ich bekam kein Wort raus.«

»Es war so schrecklich«, sagte Kirsten Buchner. »Der arme Junge.«

Erik nickte. Fälle mit jungen Opfern fand er auch am schlimmsten.

»Bevor Sie auf dieser Treppe waren, ist Ihnen nichts aufgefallen?«, fragte er.

»Nein«, sagte Adam Buchner. »Der Junge wurde ganz von der Mauer verdeckt, an der er lehnte. Und wir haben auch geradeaus geschaut. Das Alvar ist einfach so wunderschön.«

Da musste Erik zustimmen. Es war wunderschön, aber gleichzeitig auch trostlos auf eine Art, die er nicht weiter beschreiben konnte.

»Ist Ihnen auch am Rastplatz selbst nichts aufgefallen?«

»Nein«, antwortete das Ehepaar Buchner wie aus einem Munde. Dann schwieg Kirsten, Adam hingegen nicht.

»Es herrschte fast absolute Stille«, sagte er. »Man hat nur Vögel zwitschern hören.«

»Waren noch andere Autos auf dem Parkplatz?«

»Eins, glaube ich.«

Der Wagen hatte dort noch gestanden, als die ersten Kollegen eintrafen.

»Ich bin vor ein paar Wochen fünfundsechzig geworden«, sagte Kirsten Buchner. »Ich wollte den Ruhestand mit einer Reise nach Öland einläuten. Meine Großmutter stammt von hier.«

Das hatte sie bereits auf der Fahrt gesagt, nun lächelte sie verlegen, weil ihr das offenbar auch wieder einfiel. Vielleicht lag es am Schock, dass sie ein wenig verwirrt war? Adam legte seiner Frau beruhigend eine Hand aufs Bein.

»Ich bin schon seit zwei Jahren Rentner«, sagte er. »Es war ganz schön langweilig, so viel allein unternehmen zu müssen.«

»Ist Ihnen auf der Hinfahrt jemand begegnet?«, fragte Erik und versuchte so, das Gespräch wieder auf den Fall zu lenken.

»Ein Mann auf einem Fahrrad«, sagte Kirsten Buchner.

»Wie weit vom Möckelmossen entfernt?«

Kirsten warf ihrem Mann einen fragenden Blick zu.

»Ein paar hundert Meter«, sagte dieser.

»Wie sah er aus?«

»Blonde Haare, und er trug eine dünne blaue Jacke. Vielleicht so um die dreißig.«

»In welche Richtung war er unterwegs?«

»Er kam uns entgegen. Er wirkte gehetzt, deshalb erinnere ich mich an ihn.«

»Wissen Sie noch, welche Farbe das Fahrrad hatte?«

»Ich glaube, es war rot.«

Eine Frau kam aus der Pension zu ihnen. Ihre dicken grau gesprenkelten Haare waren zu einem Zopf geflochten, und sie trug eine gemusterte Schürze.

»Sind Sie schon wieder zurück?«, fragte sie in munterem Tonfall.

Das Ehepaar wechselte einen bedrückten Blick, also griff Erik nach seiner Dienstmarke und erklärte sehr knapp, was passiert war. Dass sie auf dem Alvar einen toten Jungen gefunden hatten.

Die Frau schlug sich die Hand vor den Mund, sie wirkte aufrichtig erschüttert. Außerdem war ein Mord so kurz vor dem Sommer wohl kaum etwas, das die Tourismusbranche begrüßte. Dann wandte sie sich an das Paar und fragte, ob sie ihnen etwas bringen könne. Eine Tasse Tee oder dergleichen.

»Danke, später vielleicht«, sagte Kirsten Buchner. »Gerade bekomme ich sicher nichts runter.«

Die Wirtin zog sich zurück, und Kirsten legte ihrem Mann die Hand auf die Brust.

»Ich bin wahnsinnig erschöpft«, sagte sie. »Ich würde mich gern hinlegen und ein bisschen ausruhen.«

»Wir sind gleich fertig«, sagte Erik. »Wie lange sind Sie noch hier?«

»Wir sind Sonntag angekommen und wollten eigentlich noch eine Woche bleiben«, sagte Adam. »Aber jetzt …«

»Es wäre schön, wenn Sie trotzdem noch ein paar Tage bleiben«, sagte Erik.

Nicht nur wegen der Ermittlungen, sondern auch um ihrer selbst willen. Denn er war sicher, dass sie das Geschehene besser verarbeiten konnten, wenn sie nicht gleich nach Hause fuhren. Er gab ihnen seine Visitenkarte und bat sie, sich zu melden, sofern ihnen noch etwas einfiele.

»Es ist sehr gut möglich, dass die Presse mit Ihnen Kontakt aufnehmen will«, sagte er. »Oder sogar herkommt. Ich rate Ihnen, nicht mit ihnen zu sprechen.«

Sowohl zu ihrem eigenen Besten als auch zum Schutz der Ermittlungen. Menschen unter Schock sagten häufig Dinge, die sie später bereuten. Dass ein toter Junge auf dem Alvar gefunden worden war, hatte sich vermutlich bereits herumgesprochen, doch das Ehepaar Buchner kannte Einzelheiten, die den Medien vorenthalten werden sollten, um der Polizei nicht die Arbeit zu erschweren.

8

Hanna tastete nach dem Lenkrad und umklammerte es so fest, dass ihre Hände schmerzten. Obwohl sechzehn Jahre ins Land gezogen waren, hatte sie Rebecka sofort auf dem Führerscheinfoto erkannt. Falten hatte sie kaum, ihr Alter zeichnete sich eher in der Ernsthaftigkeit der Gesichtszüge ab. Am meisten war Hanna ihr Lachen im Gedächtnis geblieben. Während ihrer Kindheit und Jugend war Rebecka ihre einzige wirklich enge Freundin gewesen. Damals hieß sie allerdings noch Karlsson.

An nichts von dem, was vorgefallen war, trug Rebecka eine Mitschuld, dennoch würde Hanna sie für immer damit in Verbindung bringen.

Langsam tauchte die Umgebung wieder auf, trotzdem war Hanna noch nicht imstande loszufahren. Was für ein Glück, dass sie das Foto nicht in Oves Gegenwart gesehen hatte, ihre Reaktion hätte sie unmöglich überspielen können. Vielleicht sollte sie ihn anrufen? Aber dann müsste sie herunterspielen, wie gut sie und Rebecka sich gekannt hatten. Nein, sie wollte nicht riskieren, von dem Fall abgezogen zu werden. Rebecka war immer für sie da gewesen. Jetzt wollte Hanna ihr helfen, wollte gern einen kleinen Teil ihrer Schuld wiedergutmachen.

Sie startete den Wagen und fuhr zum *Bo Pensionat.* Dort schaltete sie den Motor ab und starrte auf den Ausdruck mit der Kopie des Führerscheins, der auf dem Beifahrersitz lag. Als sie ihn weglegte, fiel ihr auf, dass sie das Diensthandy noch gar nicht aktiviert hatte. Sie schaltete es ein, entsperrte es und änderte die PIN. Dann schob sie das Handy in die Tasche und stieg aus.

Sie betrat das gelbe Haus, lief an mehreren kleinen Zimmern vorbei. Überall standen Stühle: Holzstühle mit gestreiften Polstern, Korbstühle, Sessel … Aber nirgendwo saß jemand. Weiter hinten im Haus gab es eine Theke, hinter der eine Frau auftauchte und Hanna fragend anschaute.

»Ich suche meinen Kollegen«, sagte Hanna.

»Wenn er Polizist ist, dann sitzt er draußen.«

Hanna fand Erik auf der Terrasse, wo er sich ein belegtes Brötchen schmecken ließ, das Gesicht der Sonne zugewandt.

»Ich habe die Gelegenheit für einen frühen Mittagsimbiss genutzt«, sagte er. »Hast du schon was gegessen?«

Hanna nickte und setzte sich zu ihm. In Vickleby war sie bisher ein einziges Mal gewesen, damals hatte Rebecka sie zur Party eines Freundes mitgenommen. Kristoffer war auch dort gewesen. Ihre Erinnerungen an die Party beschränkten sich darauf, dass sie in ein Gebüsch gekotzt und Wein auf einem Sofa verschüttet hatte. Und dass die Eltern – die eigentlich in Spanien hätten sein sollen – nach Hause gekommen waren und alle angebrüllt hatten. Das war vielleicht einen Monat vor ihrem Schulabschluss gewesen. Das Sofa und eine Stereoanlage hatten die Party nicht überstanden, und alle Eltern waren verständigt worden. Hanna hätte sich damals gewünscht, dass ihr Vater sie anschrie, aber das machte er nicht – obwohl sie den Wein verschüttet hatte und deshalb für den Schaden hätte aufkommen müssen. Es war einer der wenigen Momente gewesen, in dem sie ihm vorgeworfen hatte, dass sie nie Geld hatten.

War das der Grund für den Einbruch gewesen?

Alles, was man sagt und tut, hat Konsequenzen.

»Wie ist das Treffen gelaufen?«, fragte Erik mit vollem Mund.

»Ausgezeichnet«, sagte sie so enthusiastisch, wie sie nur konnte, damit er sich weitere Fragen hoffentlich sparte.

Und das tat er. Stattdessen gab er wieder, was er vom Ehepaar Buchner erfahren hatte.

»Wir müssen diesen Radfahrer finden«, sagte Hanna.

»Unbedingt«, sagte Erik. »Und den Halter des Wagens, der am Rastplatz geparkt steht.«

Was um einiges leichter sein dürfte, als den Radfahrer zu finden, dachte Hanna.

»Das Opfer wurde identifiziert«, sagte sie.

»Schon?«

»Ja, wir sollen seine Mutter informieren.«

Hanna mühte sich, das Gesicht dabei so ausdruckslos wie möglich zu lassen.

»Wie alt war er?«, fragte Erik.

»Fünfzehn. Wäre im Dezember sechzehn geworden.«

»Älter als ich gedacht hätte.«

»Ja.«

Als würde es einen Unterschied machen, wenn er jünger gewesen wäre. Rebeckas Sohn. Es zwickte in ihren Augen. Fünfzehn war viel zu jung zum Sterben. Vermutlich hatte Joel sich seine Zukunft anders vorgestellt, hatte etwas anderes vorgehabt, als tot an einer Mauer zu enden. Und noch etwas anderes schockierte Hanna. Wenn er fünfzehn war, bedeutete das, dass Rebecka schon während jener grässlichen letzten Schulwoche schwanger gewesen sein musste. Wieso hatte sie nichts gesagt?

»Findest du das hart?«, fragte Erik.

»Was?«

»Todesnachrichten zu überbringen?«

Hanna nickte, tat so, als läge es nur daran. Vielleicht sollte sie aber zumindest Erik einweihen, Rebecka würde sie schließlich wiedererkennen. Zuletzt hatten sie sich an einem Sonntag gesehen, eine gute Woche nach dem Schulabschluss. Sie hatten bei Rebecka auf dem Sofa gesessen, jede eine Schale Eis in der Hand, und *Friends* geschaut. Nur eine Stunde später war Hanna in den Überlandbus gestiegen und nach Stockholm gefahren.

Warum hast du nichts gesagt?

Die Wut und Enttäuschung, die Hanna am Telefon entgegengeschlagen waren, als Rebecka wenige Tage später anrief, taten immer noch weh. Aber hätte sie vorher erzählt, was sie plante, sie wäre niemals aufgebrochen.

Hanna stand auf.

»Wollen wir los?«

Erik stopfte sich den Rest des Brötchens in den Mund und folgte ihr. Hanna wusste, wo Rebecka jetzt wohnte, also setzte sie sich ans Steuer. Fuhr über Resmo, denn das dauerte etwas länger und würde ihr mehr Zeit geben, sich auf das Bevorstehende einzustellen.

Ein paar Minuten, länger gelang es Erik nicht, still zu bleiben.

»Hast du Kinder?«, fragte er.

Halt doch einfach den Mund, hätte Hanna am liebsten gesagt. Gerade brauchte sie die Stille. Trotzdem schüttelte sie den Kopf. Ihr Ex-Freund Fabian war sieben Jahre älter gewesen, und sie hatte seine Sehnsucht nach Kindern wie ein ständiges Keuchen im Nacken gespürt. Nach nur drei Monaten hatte er sie gefragt, ob sie nicht zu ihm ziehen wollte, in sein Reihenhaus in Gustavsberg.

Sie fuhren durch das Alvar, vorbei an dem Rastplatz, wo Joel gefunden worden war. Die Kriminaltechnik war noch immer vor Ort; sie kraxelten in ihren weißen Anzügen durch die Heide. Mittlerweile stand ein Zelt. Lag Joel noch dort oder hatten sie ihn bewegt? Der Nebel hatte sich gelichtet, und aus dem Auto betrachtet hatte die Landschaft nichts Bedrohliches mehr.

»Ich habe eine siebenjährige Tochter«, sagte Erik. »Sie heißt Nila.«

»Schöner Name«, sagte Hanna. »Ist er samisch?«

»Indisch. Auf Marathi und Tamil und vermutlich noch in einer Reihe weiterer Sprachen bedeutet es Mond.«

Sicher rechnete Erik mit einer Nachfrage, doch Hanna konnte gerade einfach nicht höflich sein. Außerdem schien die Chance, einen guten ersten Eindruck zu machen, sowieso längst vertan. Als sie nach Gårdby abbog, war das ungute Gefühl wieder da.

»Ich bin mit einer Inderin verheiratet«, sagte Erik.

»Okay«, sagte Hanna.

Sie kaute auf der Unterlippe. Jetzt fürchtete sie, Erik könne denken, sie habe ein Problem damit, dass seine Frau Inderin war, was das ungute Gefühl nur noch verschlimmerte.

»Ich komme aus diesem Dorf«, sagte sie. »Bin da drüben zur Schule gegangen.«

Hanna deutete mit dem Kopf zu dem gelben Schulgebäude, sah die Umgebung mit Eriks Augen. Die gerade Dorfstraße, gesäumt von Häusern und Bäumen, dahinter die Felder, die niedrige Steinmauer, die kleinen Rudel von Briefkästen am Wegesrand.

Die Lücken. Die meisten Häuser waren bewohnt, aber sowohl die Tankstelle als auch der örtliche Supermarkt hatten seit ihrem Wegzug geschlossen. Manche Gebäude schienen kurz vor dem Einsturz, viele waren jedoch erst vor Kurzem renoviert worden. Hanna sagte nicht, welches ihr Elternhaus gewesen war. Voriges Weihnachten war es von einer jungen Familie gekauft worden, die es bereits neu gestrichen hatte. Im Garten stand nun eine Schaukel, im Gras verstreut lag Plastikspielzeug in grellen Farben. Ob sie wohl wussten, wer einmal in ihrem Haus gewohnt hatte?

»Wie war es denn, hier aufzuwachsen?«, fragte Erik.

»Wahrscheinlich wie überall«, sagte sie. »Gut und schlecht.«

Gut bis zu ihrem zwölften Geburtstag. Dann erkrankte ihre Mutter an aggressiver Leukämie und starb innerhalb weniger Wochen. Und danach wurde es immer schlechter, bis es schlechter nicht werden konnte. Die einzigen beiden Lichtblicke: Rebecka und ihre Oma.

»Vielen Dank für diese ausführliche Antwort«, sagte Erik amüsiert.

»Wo bist du denn aufgewachsen?«, fragte sie knapp.

»Malmö.«

Sie fuhren an einer ausgebrannten Garage vorbei, und Hanna umklammerte das Steuer fester. Von allem, was ihr beruflich begegnete, kam sie mit Bränden am schlechtesten klar. Erst auf der Höhe des *Gårdby kafé och lanthandel* konnte sie sich etwas entspannen. Das Café hatte eine Generalüberholung erfahren und sah nun aus, wie Großstädter sich das Landleben vorstellten. Direkt gegenüber lag Pelles Werkstatt, die noch zu sein schien wie eh und je.

Hanna hielt vor Rebeckas Haus. Als sie selbst in Gårdby

wohnte, hatte das Haus einer Frau namens Sonja gehört. An den Nachnamen konnte sie sich nicht erinnern. Vielleicht war es Forslund gewesen? Aber dies war jedenfalls das Haus, wo alle Kinder und Jugendlichen zu Ostern zuerst haltgemacht hatten, um Süßigkeiten zu erbetteln. Seither schien sich nicht viel verändert zu haben, außer dass die rote Farbe stellenweise abblätterte und offensichtlich Kinder eingezogen waren. Auf der Wiese lag ein rosa Plastikball.

Zusammen traten sie vor die Tür, und Hanna umfasste ihr linkes Handgelenk. Am liebsten hätte sie den schwarzen Stoff beiseitegeschoben, unter dem sich die Tätowierung einer Nachtigall verbarg. Des Vogels, der die Dunkelheit vertrieb. Nach dem Tod ihrer Mutter hatte Hannas Großmutter ihr eine kleine, aus Holz geschnitzte Nachtigall gegeben, die sie ins Fenster ihres Zimmers stellen sollte. Angeblich half sie gegen Albträume, weil sie in der Nacht sang.

Trotzdem hatten die Albträume nicht nachgelassen, und immer wenn Hanna darüber klagte, hatte ihre Großmutter ihr über die Wange gestreichelt und gesagt: *Ich weiß, wie schlimm diese Träume sind, aber ohne den Vogel wären sie noch schlimmer.* Das hatte sich eingebrannt, und Hanna hatte den Vogel behalten. Mittlerweile stand er in Kleva – auf dem Fensterbrett ihres Schlafzimmers.

Die Klingel funktionierte nicht, also klopfte Hanna an. Versuchte, alle Gedanken aus ihrem Kopf zu verbannen, sich auf das zu konzentrieren, was nun vor ihr lag. Die Tür wurde geöffnet, und Rebecka schaute ihr direkt ins Gesicht. Ihre gesamte Kindheit über hatte Hanna lange Haare gehabt, jetzt trug sie die Haare jedoch kurz. Außerdem hatte sie zugenommen. Rebecka blinzelte, dann änderte sich ihr Gesichtsausdruck.

»Hanna!«, rief sie. »Was machst du denn hier?«

Dann wanderte ihr Blick zur Dienstmarke, die Erik hochhielt, und die Überraschung wich Entsetzen.

Der letzte Tag

Es ist kurz vor acht, als Joel bei seiner Schule in Mörbylånga aus dem Bus steigt. Ein paar Schritte, weiter kommt er nicht. Seine Kehle schnürt sich zusammen, die Füße weigern sich weiterzugehen. Schwarze Flecken huschen auf das lange rote Backsteingebäude zu. Jemand lacht. Jemand schreit gellend. Dann bekommt er einen Stoß in den Rücken, gefolgt von: *Beweg dich doch, verdammt.* Wie ferngesteuert geht er weiter.

Doch wenige Meter vor dem Eingang bleibt er wieder stehen. Schule erträgt er heute nicht. Dasitzen und dem Unterricht von Leuten lauschen, die meinen, sie hätten alles kapiert. Das einzige Fach, das ihm Spaß macht, ist Kunst, aber Kunst hat er heute nicht.

Noch vor einem halben Jahr mochte er die Schule. Vielleicht ist mögen übertrieben, aber er konnte sie auf jeden Fall ertragen. Sie als Station auf dem Weg erkennen.

Joel dreht sich um und stößt fast mit der stellvertretenden Rektorin zusammen. Er murmelt eine Entschuldigung und wird schneller. Ihr Blick glüht in seinem Nacken, aber sie sagt nichts, hält ihn nicht auf.

Scheiße. Sein Leben kotzt ihn gerade einfach nur an. Wie sehr er sich nach etwas anderem sehnt. Er weiß nur leider nicht, wonach.

Joel fischt das Handy hervor und schickt Nadine eine SMS: *Können wir uns heute sehen?*

Wie immer kommt sofort eine Antwort: *Klar. Mittag?*

Bis dahin dauert es noch einen halben Tag, und dieser halbe Tag erscheint ihm gerade unbezwingbar. Seine Finger zittern so sehr, dass er Schwierigkeiten hat, die richtigen Buchstaben zu treffen. *Kannst du auch eher?*

Diesmal dauert es etwas, bis sie zurückschreibt: *Ich würde ungern noch mehr fehlen. Wie schlimm ist es?*

Sofort kommen ihm die Tränen. Wie er es hasst, wenn er so drauf ist. Wütend wischt er sich mit dem Ärmel übers Gesicht. Aber jetzt ist nicht der richtige Moment, um zu anhänglich zu sein. Nadine ist so oft für ihn da. Das Letzte, was sie braucht, ist eine neue Dosis seiner Probleme.

Ich komm schon klar. Sag einfach wann und wo.

Sicher?, fragt Nadine. *Dann Viertel nach elf im Kullzénska.*

Joel antwortet mit einem applaudierenden Affen.

Aber was soll er nur so lange machen? Die Bibliothek in Kalmar öffnet erst um zehn. Er hat keinen neuen Skizzenblock eingepackt. Geld hat er eigentlich auch nicht.

Joel geht runter zum Hafen. Er beobachtet gern die Schiffe. Träumt sich an andere Orte. Stellt sich vor, das Leben könnte anders sein.

Er folgt dem Kopfsteinpflaster bis zur Kaimauer. Beim Anblick des Horizonts wird ihm schwindelig, also starrt er aufs dunkelblaue Wasser. Die Oberfläche ist so ruhig, sie kräuselt sich nicht mal. Wie verlockend, einfach einen Schritt nach vorn zu machen, in der Stille zu verschwinden.

9

Aus dem Augenwinkel sah Hanna Eriks Dienstmarke, aber sie ließ Rebecka nicht aus den Augen.

»Können wir reinkommen und uns setzen?«, fragte Hanna.

Ihr war so schlecht, dass sie fürchtete, sich übergeben zu müssen. Wie viele Todesnachrichten hatte sie schon überbracht? Mit genau diesen Worten eingeleitet, nur um dann eine weitere Existenz zu zerstören? Und doch ließ sich das nicht vergleichen. Schließlich stand sie hier Rebecka gegenüber. All die verstrichenen Jahre lösten sich in Luft auf. Sie war wieder neunzehn und zu Rebecka gerannt, weil das, was gerade passiert war, sie zu zerreißen drohte. Dass ihr Vater sich mit gesenktem Kopf von der Polizei hatte abführen lassen, ohne den geringsten Protest.

»Was ist passiert?«, fragte Rebecka.

Genau dieselbe Frage wie vor sechzehn Jahren, bloß hatte Hanna damals den Grund nicht gekannt. Sie hatte erst später erfahren, was ihrem Vater vorgeworfen wurde. Die Vergangenheit schloss sich wie ein schweres Eisen um ihr Herz. Jetzt war Rebeckas Sohn tot, und Hanna wollte es ihr nicht erzählen. Schon gar nicht zwischen Tür und Angel.

»Können wir reinkommen und uns setzen?«

Diesmal kam die Frage von Erik. Widerwillig drehte Rebecka sich um und brachte sie ins Wohnzimmer. Als sie ihnen den Rücken zugewandt hatte, warf Erik Hanna einen fragenden Blick zu, den sie aber ignorierte.

Das Wohnzimmer war bedeutend gemütlicher eingerichtet als damals das Wohnzimmer im Haus von Rebeckas Mutter, die als Alleinstehende ununterbrochen gearbeitet hatte. Es gab ein graues Sofa und einen orangefarbenen Retrosessel, an den Wänden hingen farbenfrohe Bilder. Hanna schätzte, dass Rebecka sie selbst gemalt hatte. Das hatte sie immer gut gekonnt. Rebecka setzte sich aufs Sofa, und Hanna gleich daneben.

»Du bist also Polizistin geworden«, sagte Rebecka.

Man konnte ihre Angst förmlich riechen, außerdem hatte sie eine leichte Alkoholfahne.

»Rebecka und ich waren bis zum Schulabschluss befreundet«, erklärte Hanna, ohne Erik anzuschauen.

Sie konnte sich schlecht entschuldigen und gehen, das konnte sie Rebecka nicht antun.

»Sag es doch einfach«, forderte Rebecka. »Ich weiß, dass ihr wegen Joel gekommen seid.«

»Ja, das sind wir. Es tut mir unendlich leid«, sagte Hanna. »Er ist tot.«

Als Hanna das letzte Wort ausgesprochen hatte, traten ihr Tränen in die Augen. Sie konnte nichts dagegen tun.

Rebecka verbarg das Gesicht in den Händen, und Hanna rückte näher, um sie in die Arme zu nehmen. Sie schielte zu Erik, der im Sessel saß. Zum ersten Mal sah er verlegen aus, aber aus welchem Grund konnte sie unmöglich sagen. Die Minuten zogen dahin. Rebecka wimmerte leise und presste sich so fest die Hände gegen die Augen, dass Hanna sich ernsthaft Sorgen machte, sie könne sich selbst verletzen.

Tot.

Etwas Endgültigeres gab es nicht.

Rebeckas Wimmern ging in Schluchzen über. Wie gern hätte Hanna ihr den Schmerz genommen, aber das ging nicht.

Irgendwann beruhigte sie sich.

»Woher wusstest du, dass wir wegen Joel gekommen sind?«, fragte Hanna leise.

Sie mussten so schnell wie möglich ihre Fragen stellen, um einen Nutzen für die Ermittlungen zu erzielen. Aber manchmal standen die Angehörigen so unter Schock, dass ihnen nichts anderes übrig blieb, als zu warten. Doch Hanna war sicher, dass Rebecka ihnen antworten würde.

»Sein Bett war leer, als ich ihn heute Morgen wecken wollte«, sagte Rebecka und nahm die Hände vom Gesicht. »Außerdem war er nicht in der Schule. Gestern auch nicht.«

»Ist das ungewöhnlich?«

»Ja. Er war nicht wie ich.«

Hannas Blick wanderte von den nun rot verweinten Augen zu einem der Gemälde. Vielleicht stellte es einen Sonnenuntergang über dem Meer dar, aber sicher war sie sich nicht. Trotzdem fand sie es schön. Abseits des Bildes zeichnete sich das Verwohnte ab. Flecken auf der ehemals weißen Wand. Zerkratzte Fenstersimse.

»Wann haben Sie Joel zuletzt gesehen?«, fragte Erik.

»Gestern Abend. Unser Nachbar ist vierzig geworden, wir haben zusammen gegrillt. Joel ist kurz vor neun mit Molly nach Hause gegangen.«

Das erklärte die Fahne. Wieder fing Rebecka an zu weinen, doch diesmal beruhigte sie sich etwas schneller.

»Irgendetwas stimmte nicht mit Joel«, schluchzte sie. »In den letzten Wochen, nein, Monaten sogar. Er war so anders.«

»Hast du …«

»Nein, ich habe keine Ahnung, warum.«

Verärgert stand sie auf und lief im Zimmer auf und ab. Schon bald wurden die Schritte wieder sanfter.

»Ich habe versucht, mit ihm zu reden, aber es ging nicht. Hat er …«

Sie konnte nicht weitersprechen, aber Hanna wusste, was sie fragen wollte. Offenbar war es Joel so schlecht gegangen, dass Rebecka fürchtete, er habe sich das Leben genommen.

»Nein, wir glauben, Joel wurde ermordet.«

Rebecka blieb wie angewurzelt stehen und starrte sie an.

»Ermordet?«

»Ja, sehr wahrscheinlich«, sagte nun Erik. »Aber sicher wissen wir das noch nicht.«

Es dauerte ein paar Sekunden, bis diese Information gesackt war. Aber der Moment, in dem Rebecka sie begriffen hatte, war nicht zu übersehen. Sie schlug sich die Hand vor den Mund und rannte davon. Durch die geschlossene Tür war Würgen zu hören, dann die Klospülung. Wenige Minuten später kam Rebecka wieder heraus und setzte sich zu Hanna. Ihr Körper zitterte, als hätte sie Schüttelfrost.

»Wieso glaubt ihr, er wurde ermordet?«

Hanna wählte die Worte mit Bedacht. »Es gibt Spuren körperlicher Gewalt.«

Glücklicherweise schien Rebecka sich mit dieser vagen Auskunft zu begnügen. Zumindest für den Moment.

»Wo wurde er gefunden?«, fragte sie.

»Am Rastplatz beim Möckelmossen.«

Hanna betrachtete Rebecka genau, als sie das sagte, aber ihre alte Freundin reagierte fast gar nicht.

»Können Sie sich irgendwie erklären, was passiert sein könnte?«, fragte Erik.

»Nein, keine Ahnung. Mein Gott. Nein, ich habe keine Ahnung.«

Rebecka war kurz davor, erneut in Tränen auszubrechen, also legte Hanna ihr eine Hand auf den Rücken.

»Ich weiß, das ist nicht leicht, aber versuch mal das Wie und Warum auszuklammern. Weißt du, wer das getan haben könnte?«

»Axel.«

Sie konnte eigentlich nur Axel Sandsten meinen. Er war in Hannas Klasse gewesen, damals auf der Lars-Kagg-Schule. Hanna hatte ihn nie gemocht, aber er war mit ihrem Bruder befreundet gewesen. Vermutlich, weil Kristoffer seine Partys mit Alkohol versorgt hatte. Vielleicht auch noch mit anderem. Axel wohnte damals in einer riesigen Villa im Zentrum von Kalmar, und seine Eltern waren oft im Ausland.

»Wieso sollte Axel …«, setzte sie an, wurde aber von Rebecka unterbrochen.

»Er ist Joels Vater.«

10

»Entschuldigt, aber wie heißt dieser Axel mit Nachnamen?«, fragte Erik.

»Sandsten«, sagte Hanna.

Erik wusste, wer Axel Sandsten war. Er führte eine Unternehmensberatung, die innerbetriebliche Organisationsprozesse verbesserte. Vor ein paar Monaten hatte er einen Preis beim Guldfesten bekommen, einer Gala für die kommunale Wirtschaft.

»Axel ist nicht so, wie die meisten glauben«, sagte Rebecka.

»Ich hab schon immer gedacht, dass er ein Arsch ist«, sagte Hanna.

»Ja, das hat man gemerkt.«

Rebecka lächelte, doch das Lächeln erstarb sehr schnell wieder.

Erik hielt sich zurück. Es war nicht zu übersehen, dass Hanna und Rebecka eng befreundet gewesen waren. Die neue Kollegin verhielt sich ihr gegenüber bedeutend sanfter. Er bezweifelte stark, dass dieses Gespräch ohne Hanna überhaupt so hätte stattfinden können, wenn man bedachte, wie Rebecka Forslund auf die Information reagiert hatte, dass ihr Sohn tot war. Sie war ja über mehrere Minuten nicht ansprechbar gewesen.

»War die Schwangerschaft …« Hanna zögerte.

»Nein, Axel hat mich nicht vergewaltigt«, sagte Rebecka. »Wir waren zusammen.«

»Seit wann denn?«, fragte Hanna.

»Ein paar Wochen vor dem Schulabschluss. Ich hatte so große Angst vor deiner Reaktion, deshalb habe ich nichts gesagt. Und dann kam ja noch eine ganze Menge anderes dazwischen … Ich habe einfach nicht den Moment gefunden, davon zu erzählen, bevor du abgehauen bist.«

Schuldgefühle spiegelten sich auf Hannas Gesicht, doch Rebecka schien sie nicht zu bemerken. Sie war gedanklich zu sehr in der Vergangenheit versunken.

»Ich hab anfangs überhaupt nicht kapiert, dass ich schwanger war. Ich dachte, mir war von dem vielen Saufen so schlecht. Selbst als mir klar wurde, wie Axel so drauf ist, wollte ich das Kind behalten. Und … und ich wollte versuchen …«

Rebecka brach in so heftiges Schluchzen aus, dass sie nicht weitersprechen konnte. Sie presste sich die geballte Faust gegen den Bauch, und Hanna nahm sie erneut fest in die Arme. Erik suchte die Küche und holte Küchenrolle und ein Glas Wasser. Auf dem Rückweg stolperte er fast über ein graues Stoffkaninchen.

Er stellte das Wasserglas auf den Couchtisch und gab Hanna ein Stück Küchenrolle, die es an Rebecka weiterreichte.

»Anfangs haben wir bei Axels Eltern gewohnt«, sagte Rebecka und putzte sich die Nase. »Aber als Joel ein paar Monate alt war, haben die uns eine Wohnung gekauft. Wahrscheinlich ging ihnen das viele Geschrei auf die Nerven. Joel hatte Koliken und schlief kaum. Als wir dann allein wohnten, wurde Axel unerträglich.«

»Was hat er denn gemacht?«, fragte Hanna.

»Er war krankhaft eifersüchtig.«

»Wie hat sich das geäußert?«

»Indem er mein Handy durchforstet und mir quasi vorgeschrieben hat, wen ich treffen darf. So was halt …«

»Hat er sonst noch was getan?«

»Ja. Er hat mich geschlagen.«

Rebecka ballte die Hand fest um das Stück Küchenrolle.

»Trotzdem wollte ich nicht aufgeben. Erst als Joel vier war, hat's mir gereicht, und ich bin wieder nach Öland gezogen.«

Erik wartete, dass eine der beiden Frauen weitersprach, aber sie starrten einfach nur schweigend vor sich hin. Rebecka auf das Stück Küchenrolle und Hanna auf Rebecka.

»Wie hat sich der Kontakt zwischen Ihnen gestaltet, nachdem Sie Axel verlassen hatten?«

Rebecka schaute zu ihm auf, als wäre ihr gerade erst aufgefallen, dass sich noch jemand im Zimmer befand.

»Er hat mir gedroht. Ich habe bei meiner Mutter gewohnt, und er sagte, er würde das Haus mit uns allen drin abfackeln, wenn ich nicht zu ihm zurückziehen würde.«

Hanna erstarrte.

»Entschuldige«, sagte Rebecka. »Aber das waren wirklich seine Worte.«

Erik verstand rein gar nichts.

»Wie hat er sich Joel gegenüber verhalten?«, fragte er.

Rebecka trocknete sich die Tränen, die wieder zu laufen angefangen hatten.

»Auch wie ein Schwein.«

Hanna hatte den Blick auf den Couchtisch gesenkt. Es war unmöglich zu erkennen, was in ihr vorging.

»Inwiefern?«, fuhr Erik fort.

»Er hat absurde Ansprüche an ihn gestellt. Als Joel mit fünf noch nicht seine Schuhe binden konnte, hat Axel ihn in sein Zimmer gesperrt. Joel war völlig fertig, als er nach Hause kam. Trotzdem musste ich ihm mühsam aus der Nase ziehen, was passiert war.«

»Hat Joel auch bei seinem Vater gelebt?«

»Nur anfangs. Ich selbst bin ohne Vater aufgewachsen, und ich habe insgeheim gehofft, dass Axel sich ändert und sie ein gutes Verhältnis aufbauen. Aber irgendwann ging es nicht mehr. Ich habe gemerkt, dass er Joel nicht gutgetan hat.«

»Hat Axel auch ihn geschlagen?«, fragte Hanna.

»Nur einmal, soweit ich das mitbekommen habe.«

Rebeckas Hand schloss sich erneut fest um das Stück Küchenrolle.

»Was ist?«, fragte Hanna.

»Ich musste Axel drohen, um das alleinige Sorgerecht zu bekommen. Ich habe gesagt, ich würde alles erzählen, was er mir angetan hat, wenn er sich nicht darauf einlässt … Und das hat ihm nicht gefallen.«

»Dann hat er dich also weiter schikaniert?«

»Ja.«

»Aber wieso sollte er Joel getötet haben?«, wollte Erik wissen.

»Vielleicht um mich zu bestrafen«, sagte Rebecka. »Oder aber er ist einfach ausgerastet. Das kam bei ihm gar nicht so selten vor.«

Erik sah Joels zugeschwollenes Gesicht vor sich.

»Joel wurde am Rastplatz beim Möckelmossen gefunden«, sagte Hanna. »Fällt dir dazu irgendwas ein?«

»Was soll mir dazu einfallen?«, schluchzte Rebecka. »Da ist doch nichts.«

Erik stand auf. Vielleicht gab es ja Dinge, die Rebecka erst sagen würde, wenn sie allein war mit Hanna. Er nickte zur Tür und sagte, er wolle kurz rausgehen. *KTU* formte Hanna mit den Lippen.

Als er draußen war, rief er sofort bei Ove an und gab durch, dass die Kriminaltechnik herkommen und außerdem Axel Sandsten überprüft werden müsse. Neuigkeiten, die Ove nicht gerade erfreuten. Offenbar hatte die Polizei in Kalmar bereits bei der einen oder anderen Gelegenheit Sandstens Dienste in Anspruch genommen. Außerdem hatte schon jemand im Ölandsforum auf Facebook gepostet, dass ein toter Junge auf dem Alvar gefunden worden war. Noch dazu wo genau, aber immerhin war kein Name genannt worden.

Ove hatte dies durch einen Journalisten der Lokalzeitung *Barometern* erfahren, der angerufen und Fragen gestellt hatte.

Nach kurzem Zögern erzählte Erik noch, dass Hanna mit der Mutter des Opfers zur Schule gegangen war.

Dann beendete er das Gespräch und drehte sich um. Die Tür wies keine Einbruchsspuren auf, trotzdem musste die Kriminaltechnik das gesamte Haus prüfen. Wobei, vielleicht schlossen die Leute hier ja gar nicht erst ab. Am wahrscheinlichsten war es, dass Joel das Haus aus freien Stücken verlassen hatte. Einen Jugendlichen völlig geräuschlos zu entführen, schien unmöglich, selbst wenn es sich um einen so zarten Jungen wie Joel handelte. Vielleicht war er mit Axel Sandsten verabredet gewesen. Oder mit jemand anderem.

Sie standen noch ganz am Anfang der Ermittlungen, sie sollten sich alle Wege offenhalten.

Erik ging die wenigen Stufen hinunter. Vor dem Haus gab es noch ein weiteres bloß etwas kleineres Gebäude. Er warf einen

Blick durchs Fenster und stellte fest, dass sich ein Atelier darin befand. In der Ecke stand eine dieser Drehscheiben zum Töpfern, die umstehenden Regale waren mit Keramikgegenständen gefüllt. Erik machte ein paar Schritte nach rechts, wodurch er in ein weiteres Zimmer schauen konnte. Dort stand eine leere Staffelei, außerdem lehnten Leinwände mit dem Rücken zum Raum an den Wänden.

Erik ging um das Wohnhaus herum. Daneben befanden sich eine Schaukel und eine kaputte Rutsche. Außerdem ein Sandkasten ohne Sand. Auf der Rückseite lag eine Terrasse, aber die Aussicht war anders, als Erik erwartet hatte. Auf Öland schienen die Felder nie weit entfernt zu sein, doch hier sah man nichts als Bäume. Dahinter konnte man das nächste Haus erahnen.

Im vergangenen Sommer waren Supriya und er zum ersten Mal mit Nila nach Öland gefahren, und zwar nach Böda, um schwimmen zu gehen. Der Sandstrand war fantastisch gewesen, dazu das flache Ufer, aber hier gefiel es ihm um Längen besser. So würde er gern wohnen. Auf einer Lichtung im Wald, wie die Menschen es schon seit Jahrtausenden taten.

»Entschuldigung, wer sind Sie?«

Auf dem Nachbargrundstück stand jemand und beobachtete ihn. Vermutlich der frisch gebackene Vierzigjährige, so verkatert, wie er aussah. Erik trat zu ihm. Nachdem er sich vorgestellt hatte, erfuhr er, dass der Mann Gabriel Andersson hieß.

»War die Familie Forslund gestern zum Grillen bei Ihnen?«, fragte Erik.

»Ja, das war sie«, sagte Gabriel und fügte nach einem kurzen Zögern hinzu: »Wieso sind Sie hier?«

»Das darf ich leider nicht beantworten. Ist im Laufe des Abends etwas Außergewöhnliches vorgefallen?«

»Nein. Was soll denn vorgefallen sein?«

»Keine Ahnung, deshalb frage ich ja.«

»Nein, wir haben gegessen und uns unterhalten. Und getrunken.«

»Und die Kinder?«

»Die haben die erstbeste Gelegenheit genutzt, um abzuhauen.«

»Ist Ihnen an Joel etwas aufgefallen?«

»Nein.«

Wieder zögerte er, und Erik lächelte ihn ermutigend an, aber mehr kam nicht.

»Ich muss reingehen und mich um die Wäsche kümmern«, sagte Gabriel Andersson schließlich entschuldigend.

11

Es war, als hätte jemand ihr Bewusstsein in zwei Teile geschlagen. Eins saß neben Hanna auf dem Sofa und redete. Endlich restlos nüchtern, seit sie sich übergeben hatte. Das andere schwirrte herum, suchte verzweifelt nach einem Fluchtweg und protestierte lautstark gegen das, was gerade geschah.

Joel ist tot.

Rebecka dachte die Worte probeweise im Stillen, aber sie fühlten sich unwahr an.

»Hatte Joel einen besten Freund?«, fragte Hanna ihre ehemals absolut beste Freundin. Die Einzige, mit der sie alles hatte teilen können. Und doch hatte sie ihr nicht von dem Kind erzählt, das sie erwartete. Zum einen, weil sie sich schämte. Schließlich hatte sie getan, was sie nie im Leben hatte tun wollen: es ihrer Mutter nachmachen. Nein, sie war sogar schlimmer. Immerhin hatte ihre Mutter die Schule abgeschlossen, bevor sie schwanger geworden war. Zum anderen war Hanna ihr Refugium gewesen, und das wollte sie nicht aufs Spiel setzen. Mit ihr hatte sie so tun können, als ließe sich alles zum Besseren wenden. Dann war das alles mit Hannas Vater passiert, da konnte sie es einfach nicht mehr erzählen. Und plötzlich war Hanna fort gewesen. Rebecka klammerte sich an die Vorstellung, dass auch sie selbst sich aus dem Staub gemacht hätte, wäre sie nicht schwanger gewesen. Trotzdem hatte sie es gehasst, so alleingelassen zu werden. Sie hatten versucht, den Kontakt per Telefon und Mail zu halten, der aber noch vor Joels Geburt eingeschlafen war.

»Eine beste Freundin hatte er«, sagte Rebecka. »Das heißt, Nadine war vermutlich der einzige Mensch, mit dem er wirklich befreundet war. Sie gingen bis zur sechsten in die gleiche Klasse, dann ist Nadine nach Kalmar gezogen.«

»Waren sie zusammen?«

»Das weiß ich ehrlich gesagt nicht. Als ich darüber mal einen Witz gemacht hab, war Joel rasend vor Wut.«

War *rasend* wirklich das richtige Wort? Joel hatte weder geschrien noch irgendetwas zerstört. Er hatte sie nur mit einem Blick betrachtet, in dem so tiefe Wut und Enttäuschung lagen, dass ihm die Tränen kamen. Dann war er in seinem Zimmer verschwunden und hatte stundenlang gezeichnet.

Und jetzt war er fort. Nein, nicht fort. Tot.

Warum? Wie konnte das sein? Wieder und wieder ging sie gedanklich den gestrigen Tag durch, um eine Antwort zu finden. Als sie mit Ulrika in die Küche gegangen war, um den Geburtstagskuchen für Gabriel zu holen, hatten Joel und Linnea nicht nur zusammen gezeichnet, sie hatten getuschelt. Worüber?

»Joel war komisch gestern Abend«, sagte sie.

»Inwiefern?«, hakte Hanna nach.

»Irgendwie abwesend. Mehr als sonst. Molly wollte eine ihrer Geschichten erzählen, aber er hat gar nicht zugehört. Dabei hört er ihr immer zu. Manchmal lasse ich sie …«

Wie sollte sie das Molly denn beibringen? Sie vergötterte

ihren großen Bruder. Und wie sollte sie es ihrer Mutter sagen, die gerade bei ihrem neuen Lover in Karlskrona war? Während Rebeckas gesamter Kindheit hatte es für ihre Mutter nichts als ihre eigenen Sorgen gegeben, echte und eingebildete, aber für Joel und Molly war sie immer eine fantastische Großmutter gewesen.

Rebecka dachte wieder an den gestrigen Abend.

»Ich habe schlecht geschlafen. Als hätte ich es gespürt … Hätte ich doch …«

Warum sagte sie das? Ja, sie hatte schlecht geschlafen, aber sicher nicht wegen irgendeiner dunklen Vorahnung.

»Hör auf damit«, sagte Hanna. »Das ist absolut nicht deine Schuld.«

Hanna drückte ihren Arm. Sie hatten sich seit sechzehn Jahren nicht gesehen, und so viel war in der Zwischenzeit passiert. Sie war definitiv nicht mehr die Halbwüchsige, die am Hafen von Gårdby gesessen und wild zusammengepanschten Schnaps getrunken hatte. Die geglaubt hatte, alles werde gut, wenn sie nur die Schule gut hinter sich brachte. Ekel kam in ihr hoch.

»Aber wenn ich …«

»Nein!«

Dann schwiegen sie erst mal eine Weile. Rebecka konnte den Gedanken nicht abschütteln, dass dies nicht passiert wäre, wenn sie noch einmal nach Joel geschaut hätte. Mit ihm gesprochen, wenn auch er wach gewesen wäre.

Da musste sie wieder an die Worte der stellvertretenden Rektorin denken: *Joel hat schon gestern gefehlt.*

Warum hatten sie sich nicht gemeldet? Dazu waren sie verdammt noch mal verpflichtet, wenn ein Schüler nicht auftauchte. Vielleicht hätte eine Nachricht von der Schule ja alles verhindern können. Die Erinnerung daran, wie sie Gabriel angefleht hatte, sie nicht zu verlassen, blitzte auf. Wie sie sich erniedrigt hatte. Wie unwirklich sich das jetzt anfühlte.

»Wie geht es jetzt weiter?«, fragte Rebecka.

»Wir nehmen die Ermittlungen auf, um …«

»Nein, ich meine mit mir.«

»Ach, du Liebe …« Hanna schluckte, bevor sie fortfuhr. »Du wirst dich durch die Tage kämpfen, egal wie hart sie sind. Und mit der Zeit wird es ein kleines bisschen leichter werden.«

»Danke, das ist ja sehr tröstlich.«

Hannas Mutter war gestorben, als Hanna noch sehr jung war, und Rebecka hatte das aus nächster Nähe miterlebt. Und doch war es nicht vergleichbar. Joel war ihr Kind, ein Teil von ihr selbst. Ihn zu verlieren, war …

»Kann ich jemanden anrufen?«, fragte Hanna.

»Petri. Aber noch nicht, ich muss …«

Was immer Rebecka hatte sagen wollen, es war fort, und sie konnte sich beim besten Willen nicht erinnern. Die Müdigkeit erschwerte das Denken.

»Wie geht es Kristoffer?«, fragte sie. »Von ihm habe ich auch nie wieder was gehört.«

Manchmal fragte Rebecka sich, wie ihr Leben aussehen würde, wenn sie sich damals für Kristoffer entschieden hätte. Aber Axels Selbstsicherheit war so verlockend gewesen. Sein Geld. Das Versprechen eines besseren Lebens. In vielerlei Hinsicht war Hannas Bruder Axels direkter Gegensatz gewesen: Axel hatte diese glänzende Fassade gehabt, hinter der das Grauen lauerte. Kristoffer hingegen war äußerlich nicht so prächtig gewesen, aber geschlagen hätte er sie nicht.

»Gut«, sagte Hanna. »Er wohnt in London und arbeitet für

ein schickes Hotel. Ist verheiratet, hat eine Tochter, die bald drei wird.«

Rebecka nickte, wusste nichts darauf zu erwidern. Wieso hatte sie überhaupt nach ihm gefragt? Plötzlich war da das Verlangen, es Hanna heimzuzahlen.

»Weißt du noch, wie sie dich immer genannt haben?«, fragte sie. »Rebeckas Schatten.«

»Ja, weiß ich noch.«

Hanna wandte das Gesicht ab, aber Rebecka entging das Aufblitzen von Unsicherheit nicht.

»Entschuldige.«

»Schon okay«, sagte Hanna. »Wie vorhin schon erwähnt, haben wir die Ermittlungen aufgenommen. Das heißt auch, dass die Kriminaltechnik herkommen wird, um Joels Zimmer zu untersuchen. Häufig wird das von Angehörigen …«

»Tut, was ihr tun müsst«, unterbrach Rebecka sie.

Die Müdigkeit legte sich nun bleiern über sie. Der gestrige Tag verschwamm immer mehr. Hätte sie nur nicht so viel getrunken. Wäre sie nur nicht so wahnsinnig von ihren eigenen Problemen eingenommen gewesen, dann hätte sie vielleicht …

»Weißt du, ob Joel Ärger mit irgendjemandem hatte?«, fragte Hanna.

Rebecka schüttelte den Kopf. Schon bald würde sie keinen zusammenhängenden Gedanken mehr fassen können. Sie hatte wieder das Gefühl, völlig neben sich zu stehen, wollte ihren Protest am liebsten lauthals hinausbrüllen. Plötzlich empfand sie einen unbändigen Ekel, nicht nur über sich, sondern auch über Hanna. Dass es ihr gelungen war, sie dazu zu bringen, so mit ihr zu sprechen, als wäre rein gar nichts vorgefallen. Und dabei war Joel tot. Es gab nichts mehr zu sagen.

»Ich möchte, dass du gehst«, presste sie hervor.

Wieder überwältigte sie die Verzweiflung. Wie konnte es sein, dass Joel tot war?

Der letzte Tag

Um fünf nach elf steht Joel an der Theke des Kullzénska und kauft zwei große Stücke Schokoladenkuchen mit Schlagsahne. Das Kind hinter ihm in der Reihe starrt ihn mit riesigen Augen an.

»Der Junge hat sicher schon zu Mittag gegessen«, sagt seine Mutter, die es nicht zu kümmern scheint, ob Joel sie hören kann.

Offenbar findet sie, er müsse sich für seine schlechten Essgewohnheiten schämen. *Du weißt doch einen Scheiß über mich*, will Joel brüllen. Aber das macht er natürlich nicht.

»Darf ich nachher auch ein Stück Kuchen haben?«, fragt das Kind.

»Nein, heute nicht.«

»Ich ess auch alles auf, versprochen.«

Wie alt ist das Kind wohl? Vier oder fünf? Jünger als Molly auf jeden Fall. Und weiß schon, was es sagen muss. Das Leben ist voller Enttäuschungen, denkt Joel. Besser, du gewöhnst dich jetzt schon dran.

»Trotzdem nicht«, sagt die Mutter nun spürbar gereizt.

Sie bestellt eine Quiche für sich und Waffeln für das Kind. Als wären Waffeln mit Sahne und Marmelade auf irgendeine Weise gesünder als Schokokuchen.

Joel macht sich auf den Weg zu ihrem Stammplatz, der glücklicherweise unbesetzt ist. Heute verkraftet er keine Rückschläge mehr. Er setzt sich aufs Sofa unter das Porträt eines bärtigen Königs und schickt Nadine ein Foto von den Kuchentellern. *Gleich da*, schreibt sie zurück. Schon fünf Minuten später rauscht Nadine herein und umarmt ihn fest.

»Hast du's ihnen erzählt?«, fragt sie.

Joel schüttelt den Kopf.

»Ich dachte, dass es deshalb heute so hart ist.«

Joel fängt wieder mit seinem üblichen Gejammer an. Dass er mit allem unzufrieden ist. Dass er jemand anders sein will. So weit wegziehen will wie möglich.

»In Kalmar ist es auch nicht besser«, sagt Nadine.

»Mit weit weg meinte ich garantiert nicht Kalmar.«

»Schon klar«, sagt Nadine. »Aber ich glaube halt nicht, dass es woanders zwingend besser wäre.«

Joel will so gern fragen, wie es war, die Pillen zu schlucken. Ob es leichter war, als sich die Pulsadern aufzuschlitzen. Vermutlich, weil sie mit dem zweiten Versuch fast Erfolg hatte. Er will ihr so gern erzählen, dass er beinahe ins Meer gesprungen wäre. Wenn er bis zur Erschöpfung geschwommen wäre, hätte er nicht mehr umkehren können, selbst wenn er es sich anders überlegt hätte.

Nadine schaufelt Sahne auf den Löffel und zielt damit auf ihn, schießt aber nicht ab, sondern steckt sie sich lieber in den Mund.

»Ich hab mich für Geisteswissenschaften entschieden«, sagt sie. »An der Stagg.«

Nadine hat supergute Noten, die wird sicher an der renommierten Stagneliusskolan genommen. Mama glaubt, dass auch er Supernoten hat, aber das stimmt nicht mehr. Er kann nur hoffen, dass die Lehrer Mitleid mit ihm haben und ihm nicht gleich die schlechtesten Noten geben. Schließlich ist es das letzte Halbjahr vor der Oberstufe.

»Dann gehen wir nicht an die gleiche Schule.«

»Was? Wieso? Willst du nicht länger bildende Kunst machen?«

»Nee, Pflege.«

»Warum das denn?«

Nadine lädt den Löffel erneut mit Sahne, und diesmal schießt sie wirklich. Die Sahne landet im Bart des Königs auf dem Porträt hinter Joel. Er schaut sich erschrocken um, aber niemand scheint was mitbekommen zu haben.

»Hast du ein Glück, dass du mich nicht getroffen hast.«

»Jetzt mal ehrlich, warum?«, fragt Nadine.

»Weil ich einen Job will, wo ich zumindest etwas Geld verdiene. Ich will nicht wie meine Mutter enden.«

»Ich mag deine Mutter.«

»Ich doch auch, aber ohne Petri würden wir es nicht schaffen.«

»Nein, klar«, sagt Nadine. »Und wer will schon von so einem Langweiler abhängig sein.«

Joel gibt seine Theorie zum Besten, dass Petri ein *flat earther* ist. Dass er nur deshalb die ganze Zeit mit Zollstock und Wasserwaage rumhantiert, weil er beweisen will, dass die Erde eine Scheibe ist. Nadine lacht so sehr, dass sie fast vom Stuhl fällt. Ein fetter Typ mit Glatze schaut aus dem Nebenraum rüber und sagt, sie sollen gefälligst leise sein.

Joel schaut Nadine flehend an, aber die lässt sich natürlich nicht zurückhalten.

»Sei gefälligst selbst leise«, sagt sie.

Vor ein paar Wochen hat sie einen Typen so krass provoziert, dass Joel damit rechnete, der würde sie k.o. schlagen. Dieser hier schüttelt nur den Kopf. Manchmal jagt Nadine ihm Angst ein. Sie scheint so versessen darauf, sich in Schwierigkeiten zu bringen.

12

Für die Rückfahrt überließ Hanna ihrem Kollegen das Steuer. Das Treffen mit Rebecka hatte sie all ihre Kraft gekostet. Trotz der Aufforderung zu gehen, war Hanna geblieben, bis die Kriminaltechnik eintraf. Zwanzig qualvolle Minuten des Wartens. Auch wenn Rebecka gesagt hatte, dass sie kein Problem mit dem Besuch der Kriminaltechnik hatte, konnte man nicht sicher sein, dass das auch tatsächlich zutraf. Sie durften nicht riskieren, dass Rebecka eigenhändig das Zimmer ihres Sohnes durchsuchte und womöglich Dinge verschwinden ließ, die sie als nicht relevant für die Ermittlungen erachtete.

Hanna konnte dieses Verhalten sehr gut nachvollziehen. Wie oft hatte sie selbst das Haus auf den Kopf gestellt, nachdem ihr Vater festgenommen worden war. Hatte nach Beweisen dafür gesucht, dass er das Monster war, als das sie ihn darstellten. Dabei wusste sie, falls es Beweise gab, dann hatte die Polizei sie längst mitgenommen.

In Gedanken war Hanna wieder neunzehn und sah, wie die Polizei ihren Vater abführte. Dieser Moment war der Wendepunkt gewesen, und den hatte sie nie überwunden. Sie war sofort zu Rebecka gerannt. Als sie eine Stunde später zurückkam, wurde gerade das ganze Haus auf den Kopf gestellt. Ein Polizist brachte sie zu ihrer Großmutter. Durch die Windschutzscheibe sah sie die Blicke der Nachbarn. Sie standen in Grüppchen an der Straße, die Köpfe zusammengesteckt. Kristoffer war nicht zu Hause gewesen und hatte sich mehrere Tage lang ferngehalten.

Auch ihr Zimmer war durchsucht worden, die Schreibtischschublade hatten sie nicht wieder richtig zugeschoben.

»Warum bist du damals weggezogen?«, fragte Erik und holte sie damit zurück in die Gegenwart.

»Bist du immer so neugierig?«, konterte Hanna.

Erik lachte nur. Kapierte er denn nicht, dass sie nicht darüber sprechen wollte? Oder war das bewusste Provokation? Fast eine Minute lang schwieg er. Hanna hatte die Sekunden gezählt.

»Ist es wirklich klug, wenn du dabei bist, während wir Axel Sandsten befragen?«

Da war die Frage, auf die sie gewartet hatte.

»Ich habe ihn seit sechzehn Jahren nicht gesehen, und eigentlich habe ich ihn nie wirklich gekannt.«

Auch in diesem Punkt hakte er nicht weiter nach.

»Schließen die Leute in Gårdby ihre Haustüren ab?«, fragte er stattdessen.

»Damals haben wir das nur selten gemacht, aber das hat sich vermutlich geändert. Ich schließe bei mir jedenfalls ab. Mein Haus liegt allerdings am Rand eines Dorfs, das noch kleiner ist als Gårdby.«

Die Straße unter dem Wagen löste sich vom Boden und führte im hohen Bogen über den Kalmarsund. Hanna bezweifelte, dass Ingrid ihre Haustür abschloss. Wenn sie ehrlich war, lag es nicht an der Größe des Ortes oder der neuen Zeit, dass sie selbst es tat. Sie hatte einfach mehr Angst. Doch warum eigentlich? Was hatte sie schon zu verlieren?

Axel Sandstens Büro lag in der Larmgatan, in der Nähe des alten Wasserturms.

Mittlerweile befanden sich Wohnungen darin oder vielleicht auch schon nicht mehr. Hanna war immer noch nicht auf dem neuesten Stand, was sich alles verändert hatte, während sie fort gewesen war. Der alte Wasserturm gehörte jedenfalls zu den Orten, an denen sie früher gefeiert hatte. Manchmal hatte sie den Eindruck, ihre Schulzeit war eine einzige lange Party gewesen. Wieso eigentlich? Spaß hatte ihr das nie gemacht. Egal wie betrunken sie auch gewesen war: ständig hatte sie die Angst begleitet, nicht wieder davon loszukommen. So zu werden wie ihr Vater.

Vielleicht wollte sie ausprobieren, wie es war, jemand anderes zu sein.

Rebeckas Schatten. Ja, so war sie genannt worden. Und das obwohl sie fast zwanzig Zentimeter größer war. Oder auch genau deshalb, sie war die finstere Verlängerung, die nie etwas sagte. Rebecka war es immer leichtgefallen, mit anderen ins Gespräch zu kommen. Sie hatte fast immer gute Laune gehabt. Und es war schön gewesen, sich an sie zu hängen.

Manchmal hatte sie das mit dem Schattendasein gestört, doch dann war sie mit einem Mal nur noch Lars Dunckers Tochter, und sofort hatte sie sich zurück in die Unsichtbarkeit gesehnt.

Neben dem alten Wasserturm war jetzt ein Spielplatz mit einem riesigen Klettergerüst. Dort fand Erik einen Parkplatz. Kindergeschrei folgte ihnen, während sie die Straße überquerten und vor die Eingangstür traten. *Sandsten Consulting* stand auf einem gigantischen Messingschild.

Axel war schon immer größenwahnsinnig gewesen.

An der Rezeption zeigten sie ihre Dienstmarken vor und baten darum, mit Axel Sandsten zu sprechen.

»Er ist in einem Meeting«, sagte die Frau, die einen knappen schwarzen Rock und eine weiße Bluse trug und keinen Tag älter als zwanzig aussah.

»Wir müssen ihn sofort sprechen«, sagte Erik.

Normalerweise genügte es sich auszuweisen, aber die Frau zögerte noch immer. Schließlich entfernte sie sich doch. Hanna schaute sich um. Abgesehen vom Empfangstresen, gab es zwei stramm bezogene Sessel und einen kleinen Tisch. Die dominante Farbe war Schwarz. Es dauerte ein paar Minuten, bis die Frau zurückkehrte.

»Er würde gern wissen, worum es geht.«

An ihrem Hals zeigten sich rote Flecken.

»Darüber dürfen wir nur mit ihm persönlich sprechen«, sagte Erik.

»Holen Sie ihn einfach«, sagte Hanna. »Damit verhindern Sie, dass wir in das Meeting platzen und dort unsere Dienstmarken rumzeigen.«

Kaum war die Frau zum zweiten Mal verschwunden, wandte Erik sich an Hanna.

»Du kannst ihn wirklich nicht leiden, was?«

Hanna schüttelte den Kopf. Axel war schon immer ein Kotzbrocken gewesen. Hatte es auf die Schwachen abgesehen und sich aufgespielt, als wären alle anderen weniger wert. Außerdem hatte er Kristoffer seine Drecksarbeit erledigen lassen. Aber all das war nichts im Vergleich zu dem, was er Rebecka angetan hatte. Dass ihn nicht mehr Leute durchschauten, war Hanna unbegreiflich.

Eine Tür wurde geöffnet und wieder geschlossen. Axel Sandsten kam auf sie zu, dicht gefolgt von der Rezeptionistin.

»Tut mir leid, dass Sie warten mussten«, sagte er.

»Können wir irgendwo ungestört reden?«, fragte Erik.

Axel brachte sie in einen kleinen Konferenzraum. Darin stand ein ovaler Tisch mit sechs Stühlen. An den Wänden hingen Gemälde hiesiger Sehenswürdigkeiten: das Schloss Kalmar, die Domkirche, der alte Wasserturm. Im Vergleich zur restlichen Einrichtung wirkten sie billig.

»Worum geht es?«, fragte er, nachdem sie sich gesetzt hatten.

Erik schaute ihm direkt in die Augen, ruhiger und unbeirrbarer Blick.

»Ihr Sohn Joel wurde heute Morgen tot aufgefunden.«

Axel schloss die Augen, öffnete sie aber schnell wieder und wandte dann das Gesicht ab.

»Hat er sich umgebracht?«

»Warum fragen Sie das?«, wollte Erik wissen.

»Ihm ging es nicht besonders gut. Er hatte es nicht leicht.«

»Wieso denn das?«

»Seine Mutter hat ein ziemliches Kontrollbedürfnis«, sagte Axel. »Ich glaube, ihr geht es auch nicht gerade gut.«

Hanna musste ihre Finger fest in die Oberschenkel krallen, damit sie ihn nicht anschrie. Trotzdem war ihre Reaktion deutlich.

Vielleicht war es tatsächlich keine so gute Idee gewesen, dass sie mitgekommen war.

»Entschuldigung«, sagte Axel. »Ich wollte ihr nicht die Schuld geben. Ich stehe einfach unter Schock. Wir haben hier ziemlich viel Stress, und ich habe kaum geschlafen. Sie haben mich gerade aus einem Krisengespräch geholt. Und jetzt das …«

Erik lächelte verständnisvoll.

»Soweit wir wissen, hatten Sie und Joel nicht gerade viel Kontakt?«, fragte er dann.

»Leider nicht«, erwiderte Axel. »Seine Mutter hat ihr Möglichstes getan, um zu verhindern, dass wir uns treffen.«

Hanna wusste, dass sie sich nicht einmischen sollte, aber sie konnte nicht länger schweigen.

»Vielleicht, weil Sie sie geschlagen haben.«

Axel betrachtete sie, ohne auf ihre Aussage zu reagieren.

»Sie kommen mir bekannt vor.«

»Das wundert mich nicht, wir waren zusammen in der Oberstufe.«

Er schien sie immer noch nicht zuordnen zu können, aber vielleicht spielte er das auch nur, um sie noch mehr aus der Fassung zu bringen. Eigentlich konnten sich die Leute sehr gut an sie erinnern, allein durch ihre Größe fiel sie ja sehr auf.

»Mein Nachname ist Duncker, falls das dem Gedächtnis auf die Sprünge hilft.«

»Ach was.«

Ein amüsiertes Grinsen. Der Unterschied zwischen seiner und Rebeckas Reaktion auf die Todesnachricht hätte unterschiedlicher nicht sein können.

»Wie geht's dem Bruderherz?«, fragte er.

»Hervorragend«, sagte sie.

Sie hatte die Fragen nach ihrem Bruder so satt. Aber immerhin fragte er sie nicht nach ihrem Vater.

»Was haben Sie gestern Abend gemacht?«

Axel schaute wieder zu Erik.

»Warum wollen Sie das wissen?«

»Wir gehen davon aus, dass Joel ermordet wurde.«

Mit einem Seufzer griff Axel nach der Karaffe mitten auf dem Tisch, goss sich Wasser in ein Glas und trank ein paar Schlucke.

»Ich war hier und habe gearbeitet. Bin erst gegen zwei gefahren. Wie gesagt, es gibt gerade eine Krise zu bewältigen.«

»Allein?«

»Bis elf war noch Tatjana da. Dann musste sie los, um den Babysitter abzulösen.«

»Wer ist Tatjana?«

»Eine Angestellte.«

Axel sah sie dabei direkt an, als wollte er provozieren, dass sie ihm nicht glaubte.

13

Die Kinderstimmen vom Spielplatz schlugen Hanna entgegen, als sie wieder auf die Straße trat, und die heftige Sehnsucht, die sie in ihr auslösten, überraschte sie. Hanna schob die Stimmen, so gut es ging, beiseite, genauso die Erinnerung an Fabian, wie er neben ihr lag und über ihr Schlüsselbein streichelte. Wie er sie dort geküsst hatte und dann langsam mit den Lippen hinuntergewandert war. Wie er zu ihr aufgeschaut und gesagt hatte, dass er fand, sie sollten bald Kinder bekommen.

Hanna holte ihr Handy hervor und wählte Tatjana Edins Nummer, die sie von Axel bekommen hatten. Es war jedoch besetzt.

»Zurück ins Revier, oder?«, fragte Erik.

Hanna nickte, und als sie im Wagen saß, versuchte sie es erneut. Diesmal tutete es, doch Tatjana Edin ging nicht dran. Erik schielte zu ihr und schmunzelte.

»Was ist?«, fragte sie schärfer als beabsichtigt.

»Vermutlich war dieser erste Tag etwas hektischer, als du erwartet hast. Aber ich kann dir versichern, normalerweise ist es ruhiger.«

»Danke, aber das bin ich gewöhnt. Ich war schließlich bei der Verbrechensbekämpfung in Stockholm.«

»So hab ich das nicht gemeint.«

Sie sollte sich entschuldigen. Es darauf schieben, wie schwierig es war, dass der Sohn einer alten Freundin ermordet worden war. Dass es sie aufgewühlt hatte, Rebecka wiederzusehen. Und das alles stimmte ja auch. Außerdem drohte die verfluchte Einsamkeit, sie zu zerreißen. Weil sie nichts sagte, schüttelte Erik nur den Kopf und konzentrierte sich auf den Verkehr.

Ausnahmsweise schwieg er für den Rest der Fahrt.

Ove kam aus seinem Büro, als sie daran vorbeigingen.

»Hanna, gut, dass du da bist. Komm doch kurz rein, dann regeln wir das mit der Dienstwaffe.«

Die Luft in Oves Büro war irgendwie anders, aber Hanna konnte den Geruch erst mal nicht zuordnen. Dann wurde ihr plötzlich klar, dass es sich um ein Spray handelte, mit dem Ove offenbar die Tatsache kaschieren wollte, dass er rauchte. Vielleicht hatte es schon morgens so gerochen, bloß war sie zu aufgeregt gewesen, um es zu bemerken. Ove gab ihr den Namen und die Nummer eines Kollegen, den sie kontaktieren musste, um ihre Waffe zu bekommen.

»Keine der Untersuchungen ist bisher abgeschlossen«, sagte er. »Weder am Fundort noch in Joel Forslunds Zimmer. Immerhin ist sein Leichnam unterwegs in die Rechtsmedizin nach Linköping.«

»Okay.«

Sie musste wirklich aufhören, dieses Wort zu benutzen.

»Joels Mutter ist eine ehemalige Klassenkameradin von mir.«

Die Verbindung würde sich doch nicht verbergen lassen, da sagte sie besser sofort, wie es war.

»Das hat Erik schon erwähnt.«

Hanna war kurz davor, erneut *okay* zu sagen, hielt sich jedoch gerade noch rechtzeitig zurück. Es ärgerte sie, dass Erik so schnell mit Ove gesprochen hatte. Vermutlich, als er sie mit Rebecka allein gelassen hatte, sonst hätte sie das ja mitbekommen. Trotzdem hätte er das vorher mit ihr abstimmen sollen.

»Ist das ein Problem?«, fragte Ove.

»Absolut nicht«, sagte Hanna. »Im Gegenteil. Rebecka hat sich mir gegenüber geöffnet, was sehr hilfreich war.«

»Ja, das hat Erik auch gesagt. Und Axel Sandsten? Den kennst du dann ja wahrscheinlich ebenfalls?«

»Ich hatte allerdings seit sechzehn Jahren keinen Kontakt zu ihnen«, antwortete Hanna schnell.

Beim Treffen mit Axel hatte sie ihre Bekanntschaft nicht zu ihrem Vorteil einsetzen können. Ove zuckte mit den Schultern. Offenbar hatte er dem nichts hinzuzufügen. In Stockholm wäre sie schätzungsweise zu diesem Zeitpunkt von den Ermittlungen ausgeschlossen worden.

»Ich wollte mich nur rückversichern«, sagte er. »Auch, dass es dir damit gut geht.«

»Wir müssen Axel Sandsten überprüfen«, sagte sie und fasste zusammen, was Rebecka erzählt und wie Axel auf die Todesnachricht reagiert hatte.

»Du weißt schon, wer er ist, oder?«

»Ja, ein unverbesserlicher Idiot. Das hat sich nicht geändert.«

»Abgesehen von Rebeckas Aussage, gibt es allerdings nichts, was den Verdacht auf körperliche Gewalt erhärtet. Wir brauchen mehr, wenn wir auf ihn losgehen wollen.«

»Wer will denn auf ihn *losgehen*? Ich fände es einfach angebracht, wenigstens mal einen Blick in seine Handydaten und seine Mails zu werfen.«

Hanna bereute ihre Worte, kaum dass sie ausgesprochen waren. Aber Oves Wortwahl störte sie. *Auf ihn losgehen.* Als würde er annehmen, sie wäre auf einem persönlichen Rachefeldzug gegen Axel.

»Das war vielleicht blöd ausgedrückt«, sagte Ove, »aber ich bin trotzdem anderer Meinung als du. Zumindest zu diesem Zeitpunkt.«

Schon vor sechzehn Jahren, als Hanna ihm das erste Mal begegnet war, hatte sie den Eindruck gehabt, dass Ove sich nicht unnötig Arbeit machte. Vielmehr war das die Schlussfolgerung gewesen, zu der sie gekommen war, als sie das Gespräch im Nachhinein analysiert hatte. Liebend gern hätte sie ihn nach den Ermittlungen gegen ihren Vater gefragt, aber das verkniff sie sich. Sie hatte das meiste gelesen, was darüber geschrieben worden war, allerdings hatte sie nicht selbst am Prozess teilgenommen. Ihr Vater hatte es ihr verboten. Warum hatte sie auf ihn gehört? Es gab noch immer so viel, was sie nicht wusste.

»Haben wir denn wenigstens Joels Handy?«, fragte sie.

SMS und Einzelverbindungsnachweise konnten angefordert werden, aber heutzutage kommunizierten die Jugendlichen hauptsächlich über Apps, und da brauchte man das Telefon selbst.

»Ja, das trug er bei sich«, sagte Ove. »Leider ist es kaputt.«

Oves Telefon klingelte, und Hanna ergriff die Chance, um sein Büro zu verlassen. Aber es gelang ihr nicht, denn Ove lauschte nur wenige Sekunden, bedankte sich und legte auf.

»Das war die Kriminaltechnik«, erklärte er. »Sie haben Haschisch in Joels Zimmer gefunden.«

»Wie viel?«, fragte Hanna.

»Fünf Gramm.«

Fünf Gramm reichten für höchstens fünfzehn Joints, je nachdem wie stark man sie wollte. Kaum genug, um damit zu dealen. Trotzdem war Hanna nicht gerade glücklich über diese Neuigkeit. Das war vermutlich erst der Anfang. Sie wusste, wie Mordermittlungen liefen. Wie würde Rebecka all den Mist verdauen, der unweigerlich zutage kommen würde?

Der letzte Tag

Nadine hetzt los zum Matheunterricht, aber Joel bleibt noch im Kullzénska sitzen. Die Stunde mit ihr hat ihm gutgetan. Anders als in den Wochen, nachdem sie ihm gesagt hatte, dass sie in ihn verliebt war. Das waren die schlimmsten seines Lebens gewesen. Damals hatte sie zum zweiten Mal versucht, sich umzubringen. Und es war ihr fast gelungen. Trotzdem hatten sie danach wieder zueinandergefunden. Er will für immer mit ihr befreundet bleiben. Ein Leben ohne sie kann er sich nicht mal vorstellen.

Irgendwas stimmt in seinem Kopf nicht. Er muss lernen, anders zu denken.

Als wäre das so einfach.

Joel kratzt mit dem Löffel über den weißen Porzellanteller, schiebt sich dann die letzten Krümel des Schokoladenkuchens in den Mund.

Eine Gruppe Gleichaltriger setzt sich schräg gegenüber von ihm hin. Es ist nicht zu übersehen, dass sie schwänzen. Joel hat sie schon mal gesehen. Drei Jungs und zwei Mädchen. Sie sind auch nicht zu überhören. Sie tragen schwarze Klamotten, sind tätowiert und gepierct. Eins der Mädchen hat regenbogenfarbene Haare. Wieso traut er sich nicht, ein bisschen mehr wie sie zu sein? Raum einzunehmen. Aber er mag weder Tätowierungen noch Piercings. Zumindest für sich selbst kann er sich das nicht vorstellen. Er hat Angst vor allem, was Schmerzen macht.

Die Jugendlichen sprechen über den Schulabschluss, sie sind nächstes Jahr dran. Einer der Jungs schielt zu ihm rüber. Der süßeste von ihnen. Blond mit hellbraunen Augen. Ein Tattoo lugt oben aus dem Kragen seines Pullis. Vielleicht eine Flamme. Vielleicht auch eine Blume. Bevor Joel es verhindern kann, hat er sich schon ins Gesicht gefasst, fingert an seiner Nase herum. Dort sprießt ein neuer Pickel. Joel befürchtet, dass er riesig wird. Der Typ sagt nicht viel, hört überwiegend zu. Sein Blick wandert zu Joel, der plötzlich den Eindruck hat, dass er ihn ansprechen will. Also steht er schnell auf und haut ab.

Draußen auf der Straße ist die Sonne gerade hinter einer Wolke verschwunden. Noch ist es zu früh, um auf die Insel zurückzukehren. Also geht er in Richtung Einkaufszentrum. Erstarrt, als er sieht, wer gerade aus dem Taschenladen kommt. Versucht, schnell in die Södra Långgatan abzubiegen, aber zu spät.

»Joel.«

Er bleibt stehen. Sonst macht er es nur noch schlimmer.

»Hallo«, sagt er.

Papa ist nicht das Wort, das er für diesen Mann verwendet. Besonders nicht, wenn er ihn direkt anspricht. In Joels frühester Erinnerung schubst Axel seine Mutter gegen einen Heizkörper. Damals war er gerade vier geworden und dachte, sie würde sterben. Überall war Blut gewesen.

»Musst du nicht in die Schule?«

»Seit wann interessiert dich das?«

Er sollte ihn nicht reizen, aber er kann nicht einfach dastehen und so tun, als wäre nichts. Er hat es so satt, immer so zu tun, als wäre nichts. Irgendwie hofft er fast, dass Axel zuschlägt. Vielleicht funktioniert Nadines Methode ja: Vielleicht braucht er körperlichen Schmerz, damit er den anderen nicht spürt. Und bei so vielen Zeugen würde Axel nicht damit davonkommen.

»Nicht in diesem Ton, wenn ich bitten darf.«

Joel macht eine übertriebene Verbeugung, weshalb es in Axels Augen aufblitzt. Doch schon in der nächsten Sekunde grinst er.

»Ich kann dir übrigens helfen. Was hältst du davon, wenn du zu mir ziehst, wenn du in die Oberstufe wechselst? Dann hast du's nicht so weit zur Schule. Weißt du schon, welchen Schwerpunkt du nimmst?«

So viel hat Axel seit Monaten nicht zu ihm gesagt. Zu jedem Geburtstag gibt es ein Geschenk, und manchmal ruft er an oder schreibt SMS, aber Joel antwortet nie.

»Keine Ahnung«, sagt er.

Wieder lächelt Axel so falsch.

»Ich finde, du solltest dich naturwissenschaftlich orientieren, dann kannst du später …«

»Wahrscheinlich geh ich in die Pflege«, sagt Joel.

Axel schaut ihn an, als wäre er verrückt geworden. Und das ist er vielleicht auch, so wie er gerade mit Axel spricht. Er weiß schließlich, wie schnell der ausflippen kann. Doch kaum hat Joel das ausgesprochen, spürt er, dass seine Zweifel verschwinden. Klar liebt er das Zeichnen, aber er kann sich keinen Job vorstellen, bei dem ihm das nutzen könnte.

»Ich will nichts mit dir zu tun haben«, sagt er. »Meinst du, ich weiß nicht mehr, was du Mama angetan hast?«

»Das ist doch reine Gehirnwäsche von ihr.«

»Lass mich in Ruhe«, sagt Joel.

Dann geht er. Sein Herz hämmert, und der Stein in seinem Brustkorb wandert seine Kehle hinauf, presst Tränen in seine Augen. Joel blinzelt sie fort.

»Ich bin mir nicht sicher, an was du dich da zu erinnern meinst«, ruft Axel ihm nach. »Aber du irrst dich.«

Nein, denkt Joel, *ich irre mich nicht. Und wenn du wüsstest, wer ich in Wahrheit bin, würdest du mich töten.*

14

Endlich war die Kriminaltechnik weg. Rebecka lehnte sich mit der Stirn gegen die Haustür und schloss die Augen. Sie hatten Joels Computer mitgenommen. Den sie gebraucht von einem Typen in Färjestaden gekauft hatte. Wenn da jetzt noch irgendein alter Mist drauf war, den die Polizei nun Joel zuordnen würde?

Kinderpornografie zum Beispiel. Das war das Schlimmste, was sie sich vorstellen konnte. Als sie den Computer abholte, trug der Mann eine Jogginghose und dazu ein T-Shirt, das ihm nicht mal über den Bauch reichte. Fettige Haare hatte er und üblen Mundgeruch. Sie versuchte, sich an seinen Namen zu erinnern, aber ohne Erfolg. Ihren Mailwechsel hatte sie vermutlich längst gelöscht.

Langsam hob Rebecka die Arme und presste die Handflächen gegen die Tür. Sie hatte das Gefühl, als gäbe es einen Wackelkontakt zwischen ihrem Körper und der Umgebung, und den wollte sie beheben. Wollte sich nicht verlieren, wie sie Joel verloren hatte.

Die Polizei hatte auch alle seine Skizzenbücher mitgenommen. Selbst die, in die zu schauen er ihr ausdrücklich verboten hatte. Er hatte ihr versprochen, sie ihr irgendwann mal zu zeigen. Ob sie sie nun je zu Gesicht bekommen würde?

Was hatten sie sonst noch mitgenommen? Rebecka wusste es nicht. Die von der Spurensicherung hatten sich geweigert, auf ihre Fragen zu antworten.

Erst hatten sie sie nicht allein lassen wollen. Hatten sie Mal um Mal gefragt, ob sie jemanden verständigen sollten. Schlussendlich hatte Rebecka sie vor die Tür gesetzt. Gesagt, ihr Mann sei unterwegs, dass sie mit ihm gesprochen habe. Dabei war das gelogen.

Rebecka ließ von der Tür ab und ging zum Sofa, setzte sich und umschlang eins der schwarzweißen Zebrakissen. Der Schmerz in ihrer Brust war so überwältigend, dass sie nicht wusste, wohin mit sich. Sie brüllte laut los und schleuderte das Kissen weg. Es verfehlte nur knapp die Vase auf dem Sideboard. Sofort griff sie nach dem nächsten Kissen.

Sie sollte Petri anrufen. Und ihre Mutter. Aber das würde alles so endgültig machen. Irgendwie hoffte sie, dass sich das alles nur als großes Missverständnis entpuppen würde. Dass Joel einfach durch die Tür spaziert käme und sie fragen würde, warum sie so traurig sei.

Wieder liefen die Tränen. Sie musste an das sonderbare Treffen mit Hanna denken. Was für ein Schock es gewesen war, sie plötzlich in der Tür stehen zu sehen. Wie sehr Rebecka sie vermisst hatte. Oft war sie kurz davor gewesen, sich zu melden, hatte es dann aber doch nie getan. Was auch an Axel und Joel lag. Daran, dass sie sich dann hätte erklären müssen. Als würde es noch immer eine Rolle spielen, dass sie vor sechzehn Jahren nichts von der Schwangerschaft erzählt hatte.

Gleichzeitig schämte sie sich. Wie hatte sie einfach so dasitzen und quatschen können, wo sie doch gerade von Joels Tod erfahren hatte? Sie hätte das viel eher beenden müssen.

Brauchte sie so dringend Freunde? Sie hatte eine Menge Bekannte, aber darunter war kaum jemand, mit dem sie wirklich reden konnte – nicht über die wichtigen Dinge. Die Familie und ihre Arbeit schluckten all ihre Zeit. Ihre Nachbarin Ulrika kam einer Freundin am nächsten, und Rebecka hatte mit ihrem Mann geschlafen.

Verfluchter Gabriel. Wie erbärmlich schwach musste man sein, um sich von ein paar hellblauen Augen und ein paar ausdefinierten Brustmuskeln blenden zu lassen? Von schönen, aber absolut leeren Worten.

Vielleicht sollte sie Ulrika anrufen? Fragen, ob sie Petri verständigen konnte, damit er herkam? Auf dem Couchtisch fing ihr Handy an zu vibrieren, und Rebecka zuckte zusammen. Sie konnte unmöglich drangehen, wollte aber sehen, wer es war.

Die Schule. Mist. War Molly jetzt etwa auch noch etwas zugestoßen?

»Hallo«, sagte sie mit zitternder Stimme.

»Hallo, Molly sitzt hier vorn auf den Stufen. Ich wollte fragen, ob irgendetwas …«

Rebecka nahm das Handy vom Ohr und schaute aufs Display. Sie hätte Molly schon vor über einer halben Stunde abholen müssen. Im Versuch, ihre Panik zu besänftigen, presste sie die Hand gegen den Brustkorb.

»Oh, Entschuldigung«, sagte sie in den Hörer. »Ich bin gleich da.«

Irgendwie schaffte sie es zur Schule. Molly saß mit Isak Aulin auf der Treppe, dem Lehrer, der sie angerufen hatte. Der Hort war noch geöffnet, und es wurde gespielt. Aber Molly wusste, um welche Uhrzeit sie abgeholt wurde, und sie mochte es nicht, warten zu müssen. Genau wie Joel war sie in letzter Zeit unruhiger gewesen. Jetzt war nicht zu übersehen, dass sie geweint hatte.

Rebecka nahm sie schnell in die Arme.

»Entschuldige, mein Schatz. Ich ...«

Weiter kam sie nicht. Sie konnte es ihr nicht sagen. Nicht hier. Isak legte ihr die Hand auf den Arm und schaute sie fragend an. Rebecka schüttelte nur den Kopf. Wenn sie jetzt nur ein einziges Wort über Joel verlor, würde sie es nicht mehr nach Hause schaffen.

Sie verließen das Schulgelände unter Isaks wachsamem Blick. Der Rückweg wirkte plötzlich kilometerlang, und am liebsten hätte sie Petri angerufen und ihn gebeten, sie abzuholen. Aber ihr Handy lag noch auf dem Couchtisch.

»Bist du müde?«, fragte Molly.

Müde war Rebeckas Universalausrede, die sie nutzte, wenn sie sich für etwas schämte. Wenn sie Molly angeschrien hatte. Oder einfach nicht die Energie hatte, mit ihr zu spielen. Rebecka nickte.

»Ich hatte mich hingelegt und einfach verschlafen.«

»Mitten am Tag?«

»Ja, verrückt, oder?«

Aber noch lange nicht so verrückt wie die Tatsache, dass Joel tot aufgefunden worden ist, dachte sie. Dass die Polizei davon ausgeht, dass er umgebracht wurde.

Rebecka biss sich auf die Lippe, damit sie nicht in Tränen ausbrach, aber nicht mal der Blutgeschmack half. Sie wollte nach Hause. Die Tür hinter sich schließen, sich ins Bett verkriechen und die Decke über den Kopf ziehen. Erst wieder aufwachen, wenn sie sich dem Alltag wieder stellen konnte.

»Mama, was ist los?«

»Ich bin ein bisschen traurig.«

»Ich auch«, sagte Molly.

»Warum?«

»Weiß ich nicht.«

Rebecka drückte die Hand ihrer Tochter.

»So ist das manchmal.«

Sie hatten die Hälfte des Heimwegs hinter sich gebracht, irgendwie würde es gehen. Glücklicherweise begegnete ihnen nur Ingegerd. Sie hatte grauen Star und bemerkte vermutlich deshalb Rebeckas rot geweinte Augen nicht. Rebecka nickte nur zurück. Sie hatte das Gefühl, etwas sagen zu müssen. Sie hatten sich schließlich nicht gesehen, seit Ingegerds Garage abgebrannt war, aber sie traute ihrer Stimme nicht. Manche glaubten, Ingegerd hätte sie selbst angezündet, aus Versehen. Aber die Mehrheit ging davon aus, dass jemand anderes den Brand gelegt hatte. Rebecka selbst vermutete, dass der Blitz eingeschlagen war. In jener Nacht hatte sie wach gelegen und die Sekunden zwischen Blitz und Donner gezählt.

Die Erleichterung, endlich wieder im Haus zu sein und die Tür hinter sich schließen zu können, sorgte fast dafür, dass ihre Beine nachgaben. Sie setzte Molly mit Tablet und Kopfhörern aufs Sofa, worüber diese erstaunt lächelte. Sie verbrachte oft die Zeit bis zum Abendessen vorm Fernseher, aber das Tablet bekam sie selten so ohne Weiteres.

Rebecka nahm ihr Handy vom Couchtisch und ging in die Küche. Dort stand sie mehrere Minuten reglos, bis sie sich dazu durchringen konnte, Petris Nummer zu wählen.

Beim Klang seiner Stimme fing sie sofort an zu weinen.

»Liebling, was ist los?«

»Komm nach Hause«, presste sie hervor.
»Was ist denn passiert?«
»Joel ist tot.«

15

Erik stand in der Cafeteria, als es in seiner Hosentasche vibrierte. Er ließ den Teebeutel los und fischte das Handy hervor. Es war eine Nachricht von Supriya, die fragte, was er gern zum Abendessen wollte. Sie wechselten sich damit ab, Nila von der Schule abzuholen, und dazu gehörte auch, sich um das Kochen zu kümmern.

Daal?, schrieb er, gefolgt von einem Smiley.

Sie aßen mehrmals pro Woche Linsen, und Erik wusste, dass Supriya langsam genug davon hatte, aber etwas anderes fiel ihm nicht ein. Er und Supriya ernährten sich vegetarisch. Nila aß in der Schule Fleisch und zeigte nicht das geringste Interesse daran, damit aufzuhören.

Erik goss heißes Wasser auf den Teebeutel und trat beiseite, damit ein Kollege an die Tassen konnte.

Vielleicht, war Supriyas Antwort. Gefolgt von einer sonderbaren Figur, deren Bedeutung sich ihm nicht erschloss. Er sollte ihr ein Emojilexikon schenken.

Sie kochten beide gern, aber durch den ganzen Arbeitsstress machte es manchmal weniger Spaß. Als Zahnärztin hatte Supriya geregeltere Arbeitszeiten als er, bloß war einer ihrer Kollegen gerade krankgeschrieben worden. Allerdings vermutete er, dass der Stress diesmal eine andere Ursache hatte.

Alles unter Kontrolle für Freitag?, fragte er.

Denn Freitag würden Supriyas Eltern aus Indien einfliegen. Während ihres ersten und bisher einzigen Besuchs hatten sie ein Malmö voller Schneematsch kennengelernt, und sie sprachen noch immer von dem kalten und abscheulichen Wetter. Und davon, dass sie bislang noch keinen richtigen Schnee gesehen hatten.

Laut Wettervorhersage soll es regnen.

Supriyas Nachricht folgte ein weiteres unbegreifliches Emoji. Erik ging mit seinem Tee zu einem der Tische und schickte ein tränenlachendes Gesicht zurück.

Nicht lustig, antwortete sie.

Da war er ganz ihrer Meinung, aber er machte sich auch größere Sorgen um sie als ums Wetter. Wie sollte sie zwei Wochen unter einem Dach mit ihren Eltern überstehen? Beim letzten Mal waren die beiden nur eine Woche geblieben.

Noch größere Sorge bereitete ihm, wenn er ganz ehrlich war, die Frage, was ihr erhöhter Stresslevel für ihn selbst bedeuten würde.

Als der Tee ausreichend gezogen hatte, holte Erik den Beutel aus dem Becher, drückte ihn mit dem Löffel aus und legte ihn auf die Serviette. Der Tag war hektisch gewesen, und er musste ein bisschen herunterkommen, ehe er den Zeugenbericht fertigstellte. Er war für die Aussage Axel Sandstens zuständig. Die von Rebecka Forslund musste Hanna übernehmen, schließlich war er nicht die ganze Zeit dabei gewesen.

Als Erik mit der Kriminaltechnik wieder ins Haus der Forslunds gekommen war, hatte Rebecka allein auf dem Sofa gesessen und Hanna in der Küche gestanden. Die Stimmung war merklich abgekühlt, seit Erik sie zurückgelassen hatte, was in Anbetracht der Situation vielleicht nicht ungewöhnlich war. Schließlich hatte Rebecka ihr Kind verloren. Aber irgendetwas an der neuen Kollegin weckte Eriks Neugierde. Unter anderem, weil er sie schwierig fand. Normalerweise kam er mit allen Menschen klar. Hier gab es irgendeine Geschichte, da war er sicher. Er hatte Hanna gefragt, ob sie mitkäme in die Cafeteria, doch sie hatte abgelehnt, wollte noch einmal versuchen, Tatjana Edin zu erreichen.

Sofort sah Erik wieder Joel vor sich. Einen zusammengeschlagenen Fünfzehnjährigen, der irgendwo im Nirgendwo gegen eine Mauer gelehnt dasaß. So sollte niemand sterben, und Erik war entschlossen, für Rebecka herauszufinden, warum Joel gestorben war. Dass seiner Tochter Nila etwas zustieß, war sein größter Albtraum. Nach der Geburt war diese Angst bereits mehrere Minuten lang Wirklichkeit gewesen, denn Nila hatte nicht richtig Luft bekommen. Die Kinderärztin hatte damals versucht, ihn zu beruhigen, aber ohne Erfolg.

Zwei Kollegen betraten die Cafeteria, holten sich Kaffee und setzten sich dann an den Nachbartisch.

»Erinnerst du dich an diesen Raubmord auf Öland? Das muss jetzt mindestens fünfzehn Jahre her sein. Eine ältere Frau wurde schwer zugerichtet und dann mitsamt ihrem Haus verbrannt.«

»Ja, das war in Åby, oder? Meine Tante hat im Nachbarort gewohnt, sie kannte ihren Ex-Mann.«

»Seine Tochter arbeitet jetzt hier.«

»Die vom Ex-Mann?«

»Nein, die vom Mörder. Sie ist Polizistin geworden.«

Erik musste sich einmischen.

»Entschuldigung, worüber sprecht ihr gerade?«

Also erzählten sie ihm von dem Alki, der bei Ester Jensen eingebrochen war, um sie auszurauben. Es hatte immer Gerüchte gegeben, dass sie viel Bargeld bei sich zu Hause versteckte. Laut Esters Tochter war es deshalb bereits häufiger zu Einbrüchen gekommen, dabei war an den Gerüchten nichts dran. Als der Mann kein Geld fand, war er ausgerastet und hatte seine Wut an Ester ausgelassen, dann das Haus mit ihr darin in Brand gesteckt. Er hatte behauptet, sie habe sich gewehrt, sei dann unglücklich gestürzt und habe sich dabei so schwer am Kopf verletzt, dass sie gestorben sei. Das Feuer hatte viele Beweise vernichtet, aber nicht alle ihrer gebrochenen Knochen. An ihnen ließen sich fast zwanzig Frakturen nachweisen.

»Wie heißt seine Tochter?«, fragte Erik, obwohl er bereits mehr als eine Ahnung hatte.

»Hanna Duncker.«

16

Hanna beugte sich nicht runter, um sich die Schuhe auszuziehen, sondern trat sie sich einfach mit dem jeweils anderen Fuß ab. *So machst du sie nur kaputt*, hörte sie Fabians mahnende Stimme. *Mach die Schleife ordentlich auf.* Sie warf den Schlüssel auf die kleine Kommode im Flur, und sofort meldete sich eine andere Mahnung ihrer Vergangenheit, die ihrer Mutter: *Würdest du den vielleicht aufhängen?* Gefolgt von einem Lächeln und einem *Mir zuliebe.* Mama hatte nie Schlüssel auf irgendwelche Tische gelegt und mochte es nicht, wenn andere es taten. Denn offensichtlich brachte das Pech. In diesem Fall erinnerte Hanna sich nur an die Worte und das Lächeln, nicht mehr an die Stimme. Die hatte sie als Erstes vergessen.

Hanna nahm den Schlüssel wieder von der Kommode und hängte ihn an den kleinen Haken beim Spiegel, ging dann in die Küche und öffnete den Kühlschrank. Sie freute sich nicht gerade darauf, Rebecka mitteilen zu müssen, dass in Joels Zimmer Drogen gefunden worden waren. Das Gespräch, das sich nach der Überbringung der Todesnachricht entwickelt hatte, war ihr im Nachhinein unangenehm. Ein schlechtes Gewissen plagte sie, da sie sowohl den Schock als auch ihre frühere Freundschaft ausgenutzt hatte. Vielleicht sollte sie die weitere Kommunikation jemand anderem überlassen? Trotzdem glaubte Hanna weiter daran, dass es den Ermittlungen nutzen würde, wenn sie selbst mit Rebecka sprach, auch wenn es für sie beide nicht leicht werden würde.

Sie holte die Plastikdose mit dem Rest des Hühnereintopfs mit Reis heraus, der von ihrer groß angelegten Kochaktion am Sonntag übrig geblieben war. Sie hatte seither jeden Tag davon gegessen.

Sie machte den Deckel ab und stellte die Dose in die Mikrowelle. Die Mikrowelle und die Möbel waren das Einzige, was sie zur Küchenausstattung beigetragen hatte. *Charmant* und *authentisch* hatte der Makler gesagt. Die Tapete mit Blumenmuster hatte vermutlich schon zwanzig Jahre auf dem Buckel. Und die Schränke waren abgenutzt und schief. Aber es gefiel ihr, sie hatte keinerlei Ambition, irgendetwas davon zu ersetzen.

Nachdem sie ihre nun warme Mahlzeit auf einen Teller umgefüllt hatte, ging sie damit zum Fernseher. Im Erdgeschoss gab es drei Zimmer, eins davon hatte sie zum Speisezimmer umfunktioniert – wozu auch immer. Besser wäre es, eine der Wände rauszureißen, damit sie ein ordentliches Wohnzimmer hatte. Dort passten nämlich derzeit nur der Fernseher und ein Sofa hinein. Im Obergeschoss befanden sich zwei Zimmer, aus denen im besten Fall ebenfalls ein großes werden sollte. Vier Zimmer plus Küche und trotzdem nicht mal fünfzig Quadratmeter.

Als Hanna aufgegessen hatte, rief sie ihren Bruder an.

»Hallo«, sagte Kristoffer in einem Tonfall, der sich wie eine Zwangsjacke um ihr Herz legte. Also war er immer noch wütend auf sie.

»Wie geht's euch?«, fragte sie.

»Alles gut. Ella hatte letzte Woche Windpocken, aber die sind jetzt zum Glück wieder weg.«

»Schön.«

Hanna und Kristoffer hatten gleichzeitig Windpocken gehabt. Sie war zehn und er elf gewesen, sie konnte sich noch immer daran erinnern, wie sehr es gejuckt hatte. Hoffentlich war die Krankheit für Ella erträglicher gewesen, angeblich war sie das ja bei so kleinen Kindern. Hanna hatte ihre Nichte erst einmal gesehen. Da war sie ein Jahr alt gewesen und hatte gerade Laufen gelernt. Außerdem konnte sie *mama, dada* und *no* sagen. Ob sie wohl mittlerweile Schwedisch sprach? Hanna ging nicht davon aus. Sie wollte ihm vorschlagen, dass sie doch mal zu Besuch kommen könnten. Doch sie nahm an, dass Kristoffer nie wieder einen Fuß auf Öland setzen wollte.

»Warum rufst du an?«

Die Frage verschlug ihr die Sprache. Sie brauchte also einen Grund, der einen Anruf bei ihrem Bruder rechtfertigte?

»Ich hatte heute meinen ersten Arbeitstag«, sagte sie. »Bei der Polizei in Kalmar.«

Kristoffer schnaubte. Er hatte eine Menge mit der Polizei zu tun gehabt, lange vor Papa. Ladendiebstahl, Trunkenheit am Steuer und so weiter. Papas Verhaftung und Verurteilung waren ein bedeutender Wendepunkt für ihn gewesen. Hanna bezweifelte, dass er jetzt verheiratet wäre und für ein Luxushotel in London arbeiten würde, wäre das nie passiert.

Teile ihres letzten Gesprächs kamen ihr in den Sinn. Seine Wut über ihren Beschluss, wieder nach Öland zu ziehen.

Du machst es dir selbst so verdammt schwer. Und mir auch.

Kristoffer wollte nur weitermachen, die Vergangenheit hinter sich lassen. Und jetzt rief sie an und tat es wieder. Riss ihn zurück.

»Ich habe heute Axel Sandsten getroffen.«

Kristoffer sagte nichts.

»Erinnerst du dich an ihn?«

»Natürlich erinnere ich mich an ihn.«

»Ich dachte, du magst ihn«, sagte Hanna.

»Nicht mehr.«

Jetzt verfiel Hanna in Schweigen. Warum hatte sie angerufen? Glaubte sie tatsächlich, dass Kristoffer ihr irgendetwas Wichtiges sagen konnte, nach all den Jahren?

»Warum hast du Axel getroffen?«, fragte Kristoffer.

»Ermittlungsarbeit.«

»Hat er was angestellt?«

»Vielleicht, vielleicht auch nicht. Wusstest du, dass er eine eigene Firma hat und ein richtig hohes Tier in Kalmar ist?«

»Und das wundert dich?«

»Eigentlich nicht. Aber ich dachte, er hatte größere Pläne.«

»Die hatte er garantiert auch«, sagte Kristoffer. »Aber das Leben läuft halt nicht immer so, wie man sich das vorstellt.«

Darauf erwiderte Hanna nichts.

»Ich muss jetzt auflegen«, sagte Kristoffer. »Hier gibt's Essen.«

»Okay, bis bald«, sagte sie.

In einem halben Jahr oder so, dachte sie betrübt. Sie sollte sich mehr Mühe geben mit Kristoffer, aber sie wusste nicht wie. Sie hatte den Eindruck, es gar nicht richtig machen zu können. In gewisser Weise war dieses Telefonat schon ein Fortschritt gewesen. Immerhin hatte er sie nicht angeschrien.

Hanna vermisste Kristoffer fast mehr als ihre Eltern. Als Kinder hatten sie sich so nahegestanden. Er war ja nur vierzehn

Monate älter als sie. Nach Mamas Tod hatten er und Papa genau gleich reagiert. Alles schleifen lassen. Angefangen zu trinken. Papa zu Hause und Kristoffer unterwegs mit seinen Kumpeln, obwohl er damals gerade mal dreizehn gewesen war. Sie selbst hatte verzweifelt versucht, die Zügel aufzunehmen und zu halten. Hatte gekocht. Ein Auge darauf gehabt, dass das Geld reichte. Oma, die damals in einer Wohnung in Färjestaden wohnte, hatte mitgeholfen.

Hanna war rastlos, sie hielt es einfach nicht zu Hause aus. Vielleicht konnte sie ja zu Ingrid gehen. Aber auf halbem Wege sah sie, dass bei Ingrid kein Licht mehr brannte. Also entschied sie, zum Rastplatz am Möckelmossen zu fahren.

Als sie ankam, stellte sie verwundert fest, dass sie nicht allein war. Hanna parkte am Weg hinter einem schwarzen Audi, dessen Seitenspiegel kaputt war, und stieg aus. Das weiße Zelt war zwar fort, aber der Parkplatz noch immer gesperrt, bewacht von zwei Polizisten. Vor der Absperrung standen Menschen in kleinen Gruppen. Sie hatten Blumen gebracht und Kerzen aufgestellt. Ein paar sprachen leise, aber die meisten schwiegen.

Hanna hielt Ausschau nach Rebecka, aber sie war nicht da. Eigentlich wollte Hanna sich gern bei ihr melden, gleichzeitig war da aber die Sorge, sich aufzudrängen. Oder noch schlimmer: abgewiesen zu werden. Sie sollte Rebecka Raum geben.

Hanna blieb im Hintergrund, damit niemand auf die Idee kam, sie anzusprechen. Ihr Blick wanderte zu einer blonden Frau. Sie war die Einzige außer Hanna, die offenbar allein gekommen war. Verzweiflung sprach daraus, wie sie die Arme um sich schlang, wie sie sich von den anderen fernhielt. Als gehörte sie eigentlich nicht hierher. Diskret zückte Hanna ihr Handy und machte ein paar Aufnahmen, zunächst von der Frau, dann auch von den anderen Umstehenden. Manchmal kehrten Täter an den Tatort zurück. Vielleicht ja auch in diesem Fall.

Es war fast neun, die Sonne näherte sich dem Horizont. Ihr Licht war außergewöhnlich stark, aber die Dunkelheit drängte dennoch unaufhaltsam aus allen Richtungen heran. Lauerte darauf zu übernehmen. Auch in ihr drängten sich finstere Gedanken an die Oberfläche. Dass ihr Vater eine Frau zu Tode geprügelt, dann Benzin verteilt und das Haus angezündet hatte.

Das war keine Absicht, hatte Lars gesagt, als sie ihn das einzige Mal bei einem ihrer Gefängnisbesuche danach gefragt hatte. Während seiner zehn Jahre Haft war sie nur um die zehnmal in Brinkeberg gewesen. Es war nicht leicht, mit jemandem zu sprechen, der dich nicht ansehen wollte. Umso weniger, wenn dieser Jemand der eigene Vater war. Hanna hatte ihm Briefe geschrieben, von ihrem ereignislosen Leben berichtet und ihm Fragen zu seinem gestellt. Die Briefe wurden in der Gefängnisdirektion gelesen, und das Wissen darum, dass die Wörter nicht nur ihren Vater erreichten, sondern auch von anderen gesehen wurden, hemmte sie beim Schreiben. So wurde die Kommunikation ein steifbeiniger Tanz um alles, was nicht gesagt werden konnte.

Hanna ließ den Blick über das Alvar schweifen. Über die immer länger werdenden Schatten. Das eigentümliche Gefühl vom Vormittag war jetzt sogar noch stärker: Dass die Natur hier ein eigenes Leben führte.

Vielleicht hatte ihr dieser Tag auch einfach zu viel abverlangt.

Ihr Telefon klingelte, und Hanna fluchte, weil sie es nicht auf lautlos gestellt hatte. Während sie den Anruf annahm, ging sie zurück zum Auto.

»Hallo?«

Die einzige Reaktion war lautes Atmen.

»Hallo?«, sagte Hanna noch mal, bemüht, sich ihre Angst nicht anhören zu lassen.

Diesmal kam statt einer Antwort nur ein Klicken.

DONNERSTAG, 16. MAI

17

Um dem Small Talk zu entgehen, wollte Hanna bis zur Morgenbesprechung an ihrem Schreibtisch sitzen bleiben. Ein weiterer anonymer Anruf hatte sie kurz vor sechs geweckt. Der Verlauf war genau wie am Vorabend gewesen: Auf ihr *Hallo* folgte nur Atmen, und als ihr die Angst ein weiteres *Hallo* entlockte, wurde aufgelegt.

Die Tür ging auf, also schaute sie hin. Daniel kam herein, der gestern auch bei der Morgenbesprechung gewesen war. Schnell senkte Hanna den Blick wieder, aber nicht schnell genug. Mit wenigen Schritten war er bei ihr am Tisch.

»Wir hatten ja noch gar keine Gelegenheit, uns richtig vorzustellen«, sagte er.

Sein Kalmarer Akzent war nicht zu überhören. Hanna konnte sich nicht erinnern, dass er gestern etwas gesagt hätte, aber vielleicht war sie auch einfach zu aufgeregt gewesen, um das mitzubekommen. So aus der Nähe sah er Fabian sogar noch ähnlicher. Sie beide legten den Kopf beim Sprechen auf die gleiche Art schief.

»Hallo«, sagte sie.

»Aber eigentlich möchte ich dich auch erst mal nur ermuntern, dich zu melden, wenn du bei irgendwas Hilfe brauchst oder Fragen hast.«

»Danke, das werde ich.«

»Das ging ja gestern sehr schnell alles, und bestimmt wird …«

Weiter kam Daniel nicht, denn Ove steckte den Kopf zur Tür herein und signalisierte, dass die Besprechung gleich losging. Hanna stand auf und folgte ihnen. Von Fabian wegzukommen, war einer von vielen Gründen gewesen, Stockholm zu verlassen, und jetzt konnte sie Daniel nicht ansehen, ohne sich an ihn zu erinnern. Auch an das Gefühl, wie Fabians Fingerspitzen über ihr Schlüsselbein gewandert waren. Wie wundervoll es gewesen war, jemanden zu haben, der sie so berührte.

Zwei Wochen nachdem sie Fabian gesagt hatte, dass sie nicht zu ihm ziehen wollte, hatte er sie in ein Restaurant nach Gustavsberg eingeladen. Kaum hatte sie den ersten Bissen des Nachtischs im Mund, hatte er ihr eröffnet, dass das mit ihnen nicht mehr lief. Vielmehr, dass das mit ihr nicht mehr lief. Der Schock lähmte sie. Wie konnte er gerade noch vorschlagen zusammenzuziehen und jetzt gar nichts mehr mit ihr zu tun haben wollen? Ohne ein Wort war sie aufgestanden und gegangen. Erst später war die Wut gekommen, die ihr immer leichter gefallen war als die Trauer. Aber das Arbeitsleben war dadurch kompliziert geworden. Sobald sie ihn sah, hätte sie ihn gern gleichzeitig geschlagen und an sich gedrückt.

Niemals würde sie wieder etwas mit einem Kollegen anfangen.

Ein Bild tauchte auf. Diesmal lag Daniel neben ihr und streichelte ihr übers Schlüsselbein. Hanna blieb stehen. Erst als die Hitze wieder aus ihrem Gesicht gewichen war, betrat sie den Besprechungsraum.

»Wir müssen alles andere ruhen lassen und unsere volle Aufmerksamkeit dem Jungen schenken, der am Rastplatz am Möckelmossen gefunden wurde«, sagte Ove. »Es ist nicht mehr nur die Lokalpresse, die von dem Mord weiß. Die Boulevardgeier haben auch schon angerufen. Sein voller Name stand bereits gestern Nachmittag im Internet.«

Hanna versuchte, sich so unauffällig wie möglich zu setzen, damit sie seine Tirade über die Medien nicht unterbrach, aber es gelang ihr nicht ganz. Sie stieß gegen die Tischplatte.

Ove lächelte sie an und fasste dann alle Erkenntnisse des Vortags zusammen.

»Die IT-Forensik arbeitet noch an der Rekonstruktion von Joel Forslunds Smartphone. Genauso an der Auswertung des Computers, der in seinem Zimmer sichergestellt wurde. Die Kriminaltechnik hat auch einen ganzen Stapel Skizzenbücher mitgenommen. Die Zeichnungen sind sehr, sehr düster, was darauf hindeuten könnte, dass es Joel psychisch nicht gut ging.«

»Aber der Junge wurde ganz sicher ermordet?«, fragte Amer.

»Ja, daran besteht kein Zweifel«, sagte Ove. »Nach erster Aussage der Rechtsmedizin in Linköping, wo der Leichnam heute noch obduziert wird, führte eine Stichverletzung im Bauchraum zum Tod. Vermutlich verursacht durch ein Messer. Außerdem zeigt er Spuren erheblicher körperlicher Gewalt. Leichenstarre und Körpertemperatur deuten darauf hin, dass er zwischen Mitternacht und zwei Uhr morgens starb.«

Hanna ließ den Blick durchs Zimmer wandern. Erik drehte schnell den Kopf weg, aber nicht schnell genug. Ihr Herz setzte einmal aus, weil sie das Mitleid in seinen Augen erkannte. Dann wusste auch er es jetzt, ganz sicher. So hatte er sie gestern nicht angeschaut. Irgendwie machte sie das wütend, obwohl es dafür keinen Grund gab. Es war ja nur eine Frage der Zeit gewesen, bis er es herausfand.

»Wo ist er gestorben?«, fragte Erik.

»Das ist noch unklar«, sagte Ove. »Die Blutlache in unmittelbarer Nähe deutet darauf hin, dass er auf dem Bauch gelegen hat. Aber ob er sich von allein aufgerichtet hat oder von jemandem aufgesetzt wurde, lässt sich nicht sagen. Der Boden ist hart, aber Reifenspuren in unmittelbarer Nähe könnten von einem Wagen stammen, aus dem er dort abgeladen wurde. Außerdem gibt es eine Menge Schuhabdrücke, was für einen Rastplatz ja nicht ungewöhnlich ist, also sollten wir uns da keine großen Hoffnungen machen. Und die Mordwaffe fehlt. Der Platz wird im Laufe des Tages wieder freigegeben.«

»Prüfen wir Joels Handydaten?«

Ove nickte.

»Wir müssen wissen, wohin er unterwegs war, nachdem er das Haus verlassen hat.«

»Wurde der Halter des Wagens ermittelt, der am Rastplatz steht?«, fragte Amer.

»Ja, ein gewisser Samuel Herngren«, sagte Ove. »Er wohnt in Färjestaden und arbeitet für einen Schlachtbetrieb in Mörbylånga. Gegen ihn wird aktuell wegen Körperverletzung ermittelt. Leider konnten wir ihn bislang nicht erreichen.«

»Und was gibt's zu dem Fahrradfahrer?«

»Nichts«, sagte Ove. »Versucht mal, den zu finden. Und befragt die dortige Polizei nach bekannten Dealern.«

Amer nickte.

»Was war das für eine Blüte, die Joel in der Hand hielt?«, fragte Hanna.

Sie musste etwas sagen, um die Stimme in ihrem Kopf zu

übertönen, die leise flüsterte, dass sie hier nichts zu suchen habe. Dass sie nichts tauge. Egal, was sie auch erreichte, diese Stimme wurde sie nicht los, und oft tauchte sie auf, wenn Hanna zu lange geschwiegen hatte.

»Ein Blutstorchschnabel«, sagte Ove. »Die Blüte wurde an einen Spezialisten weitergeschickt.«

»Hat sie eine besondere Bedeutung?«

Ove schüttelte den Kopf.

»Ich kann gern mal ein bisschen recherchieren«, sagte Carina. »Ich liebe Blumen.«

»Du liebst es einfach nur, vorm Computer zu sitzen und sonst nichts zu tun«, sagte Amer grinsend.

»Haben wir schon eine oder mehrere Spuren?«, fragte Daniel.

Hanna betrachtete ihn und versuchte, über die braunen Augen und die Kopfhaltung hinwegzusehen. War er überhaupt schon über dreißig? Er war ganz klar der Jüngste, erweckte aber nicht den Eindruck, sich beweisen zu müssen. Er wirkte ruhig und selbstsicher. Hanna wollte das Team besser kennenlernen, wissen, wer welche Rolle spielte. Amer war offensichtlich der Spaßvogel – schien aber trotzdem sehr effektiv zu arbeiten, denn die meisten Aufgaben waren bei ihm gelandet. Carina und Ove machten offenbar so wenig wie möglich, was nicht optimal war, schließlich war Ove der Chef. Aber Erik? Obwohl sie den gestrigen Tag zu großen Teilen mit ihm verbracht hatte, wurde sie aus ihm nicht schlau. Dieser permanente Wortfluss. Dazu aber eine sehr schnelle Auffassungsgabe.

»Bisher gibt es eigentlich nur eine Spur«, sagte Ove. »Nämlich, dass sein Vater Axel Sandsten irgendwie involviert ist.«

»*Der* Axel Sandsten?«, hakte Carina nach.

»Ja, leider. Ich habe gestern schon seine Handydaten beantragt, und … Daniel: Könntest du ihn dir mal genauer ansehen? Gib deine Ergebnisse an Erik oder Hanna. Ihr beide kümmert euch um die Vernehmungen.«

Offenbar hatte Ove seine Einstellung zu Axel geändert, nachdem sie gestern gegangen war. Da hatte er schließlich noch behauptet, er sähe keinen Anlass für solcherlei Untersuchungen. Tatjana Edin hatte bestätigt, dass sie bis elf mit Axel im Büro gewesen war, und abgestritten, diese Aussage mit Axel abgesprochen zu haben.

Hanna sollte die Fotos erwähnen, die sie am Rastplatz gemacht hatte. Die blonde Frau. Sie bereute es, die Frau nicht angesprochen und beiseitegenommen zu haben, denn ihre Betroffenheit hatte sich so deutlich von der der anderen Anwesenden unterschieden, schien viel tiefer zu gehen. Die Frau hatte einen aufrichtig verzweifelten Eindruck gemacht. Aber Ove beendete die Besprechung bereits. Kaum war das passiert, eilte Hanna davon. Sie musste sich unbedingt bei Rebecka melden, das konnte sie unmöglich länger aufschieben.

Bloß wie?

Hanna schloss sich in der Toilette ein, um ungestört zu sein, und dachte nach. Schlussendlich entschied sie sich für eine SMS:

Das tut mir alles so leid für dich. Ich muss die ganze Zeit an dich denken.

Rebecka rief sofort an.

»Ich muss auch an dich denken. Ich bin froh, dass wir uns wiedergesehen haben, aber …«

Ihre Stimme klang belegt. Entweder hatte sie geweint oder Beruhigungsmittel genommen oder beides.

»Mir ist klar, dass das gestern hart war«, sagte Hanna. »Nicht nur die Nachricht an sich, sondern auch alle Fragen. Ich …«

»Schon okay«, sagte Rebecka. »Du hast nur deinen Job gemacht.«

Aber es klang nicht so, als würde sie das wirklich so meinen.

»Ich habe noch eine Frage«, sagte Hanna. »Die die Polizistin in mir stellen muss.«

»Ja?«, sagte Rebecka.

»Hat Joel gekifft?«

Die darauffolgende Stille vibrierte vor Wut.

»Wer behauptet das?«, fragte Rebecka schließlich.

»Niemand. Die Kriminaltechnik hat bloß Haschisch in seinem Zimmer gefunden. Ob er es selbst genutzt hat oder nicht, werden die Tests ergeben.«

»Hast du noch mehr Fragen?«

»Im Moment nicht«, sagte Hanna, wollte aber zeigen, dass sie sich über die Arbeit hinaus engagierte. »Ich war gestern noch mal am Fundort. Da hatten sich ein paar Menschen versammelt.«

»Hier auch«, sagte Rebecka. »Aber sie klingeln nicht, legen nur Sachen vors Tor.«

»Mal ganz ehrlich: Ist das nicht sogar irgendwie schön?«

»Doch, schon.«

Hanna starrte die Toilettentür an. Genau in der Mitte war ein blauer Strich, als habe jemand etwas hinkritzeln wollen, sich dann aber nicht mehr getraut.

»Ist dein Mann bei dir?«, fragte sie.

»Nein, er hat gerade erst angefangen, für einen befreundeten Schreiner zu arbeiten. Sie haben einen Auftrag, der noch vor Juni fertig werden muss. Aber ich will ihn auch gar nicht hier haben. Molly ist heute bei Sonja, und die hat unseren Kühlschrank von oben bis unten mit Lebensmitteln vollgestopft.«

»Sonja?«

»Ja, die Süßigkeitentante von früher, weißt du noch? Die ist jetzt meine Schwiegermutter.«

»Ich wusste gar nicht, dass sie Kinder hat.«

»Petri wurde mit dreizehn von ihr adoptiert, da waren wir schon elf.«

Eine Weile lang hörten sie einander beim Atmen zu. Eigentlich wollte Hanna nicht fragen, musste aber.

»Und deine Mutter?«

»Sie lebt, und wir verstehen uns mittlerweile ganz gut. Sie wohnt in Karlskrona. Als ich angerufen hab, hat sie sich sofort ein Bahnticket gekauft. Sie kommt heute Abend an.«

Schritte, die genau vor der Toilettentür verstummten.

»Du, ich muss auflegen«, sagte Hanna. »Aber ich verspreche dir, mich jeden Tag zu melden.«

»Ich möchte eigentlich nur ein Versprechen von dir.«

»Welches?«

»Dass du Joels Mörder findest.«

Hanna wusste, dass man ein solches Versprechen niemals geben sollte, aber hier handelte es sich schließlich um Rebecka. Sie hatte keine Wahl.

»Okay«, sagte sie. »Ich verspreche es.«

Der letzte Tag

Joel sitzt ganz hinten, die Stirn gegen die Fensterscheibe gelehnt. Der Bus nähert sich dem höchsten Punkt der Ölandbrücke, und Joel hat das Gefühl, er muss gleich platzen. Sein Körper ist ihm zu eng. Der Bus ist ihm zu eng. Alles ist ihm zu eng. Am liebsten würde er nach vorn brüllen, dass der Bus anhalten und ihn rauslassen soll. Damit er aussteigen und von der Brücke springen kann, damit es endlich vorbei ist. Er schlägt mit dem Kopf gegen die Scheibe.

Die Frau vor ihm dreht sich um und starrt ihn verärgert an. Er sollte ihr sagen, dass sie sich gefälligst um ihren eigenen Scheiß kümmern soll, aber er lächelt nur entschuldigend. Wie immer. Mama wird ihm nicht glauben, wie finster und hässlich es in ihm aussieht. Was er vielleicht machen will. Was er schon gemacht hat. Er hat keine Lust mehr auf dieses Theater. So zu tun, als wäre er jemand, der er nicht ist.

Joel schaut wieder hinaus. Für ein paar Sekunden ist es, als würde der Bus zwischen Himmel und Wasser schweben. Dann ist der Scheitelpunkt der Brücke überwunden, es geht wieder hinunter, und das Atmen fällt ihm sofort leichter.

War ja klar, dass er ausgerechnet Axel begegnen musste, bei

seinem Pech. Wenn er nur etwas früher oder etwas später aus dem Kullzénska gegangen wäre, hätte er ihn verpasst.

Der Stoß gegen den Heizkörper ist nicht das Einzige, an das Joel sich erinnert. Aber das Schlimmste. Das ganze Blut. Er war so sicher gewesen, dass sie sterben würde. Mama meint, Axel habe auch ihn geschlagen, aber erinnern kann er sich daran nicht.

Mit neun hat er einmal ein ganzes Wochenende bei Axel verbracht, weil er sich so wahnsinnig nach einem eigenen Vater gesehnt hatte. Einem Vater, der nicht nur Augen für Molly hatte. Und weil ihm ein Fahrrad versprochen worden war. Ein Mountainbike. Damals hatte er Axel seit über einem Jahr nicht mehr gesehen.

Joel weiß nicht mehr, wie das losging, aber irgendwann drohte ihm Axel mit der Faust und brüllte: *Du undankbare Missgeburt.*

Geschlagen hat Axel ihn damals nicht, aber Joel schlief danach nie wieder bei ihm. Und das Fahrrad bekam er auch nie.

Seither hält er sich lieber von ihm fern.

Joel greift zu seinem Handy und scrollt durch seine Feeds. Dadurch vergeht zwar seine Angst nicht, aber immerhin die Zeit. Mehrere Minuten lang schaut er ein Video, in dem eine Katze ihr eigenes Spiegelbild angreift. Erst als Nadine ihm einen Snap schickt, kann er sich davon losreißen. Es ist ein Foto vom Gekrakel auf ihrem Schultisch, dazu der Text: *Schule ist scheiße. Du verpasst nichts.*

Wer auch immer da auf die Tischplatte gekrakelt hat, will Sigge einen blasen, Nadines extrem süßen Kunstlehrer.

Du willst mich nur aufheitern, schreibt Joel.

Und? Hab ich's geschafft?

Absolut.

Joel schließt Snapchat und sieht, dass er bei WhatsApp eine neue Nachricht bekommen hat. Er öffnet die App und starrt auf die Wörter, die dazu führen, dass die Dunkelheit wieder unter ihm aufreißt und ihn mit Haut und Haar verschlingt:

Du bist so was von tot. Du oder sie.

18

Das viele Training machte Erik dauerhungrig, also holte er sich ein paar Bananen. Heute Morgen war er wieder zehn Kilometer gelaufen, aber mit schlechterem Ergebnis als gestern.

Supriya hatte ihn beobachtet, während er die Schuhe anzog. Sie selbst war noch im Morgenmantel und hielt eine Tasse Kaffee in der Hand. Grinsend hatte sie gefragt:

Hast du immer noch nicht aufgegeben?

Zu Weihnachten hatte sie ihm einen Startplatz für den Ironman geschenkt. Als Strafe für seine negativen Kommentare über die Stimmung, die während des Wettkampfs in der Stadt herrschte. Er hatte sie mit religiöser Ekstase verglichen. Dass er, der noch nie in seinem Leben einen Marathon gelaufen war, dies nun auch noch tun sollte, nachdem er zuvor 3,8 Kilometer geschwommen und 180 Kilometer mit dem Rad gefahren war, empfand er als ein wenig beängstigend. Aber er würde es ihr schon zeigen.

Am Wochenende wollte Erik mit der Fahrradfähre nach Öland übersetzen und das Training mit seiner Suche nach dem idealen Haus verbinden. Von einem Umzug würde er Supriya zwar niemals überzeugen können, aber er hoffte, ihr ein Sommerhaus schmackhaft machen zu können. Doch dann fiel ihm auf, wie unrealistisch sein Plan war. Er würde kaum abhauen können, wenn die Schwiegereltern zu Besuch kamen.

Gestern war endlich das Buch geliefert worden, das er im Internet bestellt hatte: *The Knowledge – How to Rebuild Our World After an Apocalypse.* Nicht, weil er mit dem Weltuntergang rechnete, zumindest nicht zu seinen und Nilas Lebzeiten, sondern weil sich darin eine Menge nützlicher Informationen zum Anbau und Haltbarmachen von Lebensmitteln, zum Legen von Wasserleitungen, zur Stromerzeugung und so weiter fand.

Erik kehrte an seinen Schreibtisch zurück und klickte auf die frisch eingetroffene E-Mail. Sie war von Daniel, er hatte sämtliche Angaben von Axel Sandstens Handyanbieter an ihn weitergeleitet. Während Erik die erste Banane verdrückte, öffnete er die Übersicht über Axels Telefonate zur Zeit ihres Besuchs bei ihm im Büro.

»Und, was hast du erfahren?«

Erik drehte sich um und schaute in Hannas ausdrucksloses Gesicht. Es war wirklich nicht leicht, aus ihr schlau zu werden. Er hielt die Gesprächsübersicht hoch.

»Dass Axel sofort Tatjana angerufen hat, nachdem wir bei ihm waren«, sagte er, obwohl er ahnte, dass sie eigentlich etwas anderes hatte wissen wollen.

»Ich meinte über meinen Vater.«

»Ein paar Kollegen haben in der Cafeteria über ihn gesprochen.«

»Und was haben sie gesagt?«

»Dass er ein Alki war, der bei einer Frau eingebrochen ist, sie brutal zusammengeschlagen und dann das gesamte Haus mit ihr darin in Brand gesteckt hat.«

Ihre Miene wurde etwas weicher. Dann war es also gut gewesen, nicht zu schwindeln.

»Hör zu«, sagte Erik. »Mir ist egal, was dein Vater getan hat.«

»Mir nicht.«

Hanna drehte sich um und verließ das Dienstzimmer, ehe er noch etwas sagen konnte. Na, das ist ja bestens gelaufen, dachte Erik und nahm sich die zweite Banane vor. Hanna hatte zuletzt mit Tatjana gesprochen, aber vermutlich brauchte seine Kollegin noch einen Moment, um wieder abzukühlen.

»Sind Sie auf der Arbeit?«, fragte Erik, nachdem er sich vorgestellt hatte.

»Ja«, antwortete Tatjana Edin.

»Dann möchte ich, dass Sie irgendwo hingehen, wo man das Gespräch nicht belauschen kann.«

Eigentlich wollte er nur verhindern, dass Axel Sandsten etwas mitbekam, allerdings seinen Namen nicht nennen.

»Einen Moment.«

Klappern von Schuhen auf Parkettboden, dann das Geräusch von einer Tür, die geschlossen wurde.

»Gestern haben Sie meiner Kollegin mitgeteilt, dass Sie am Dienstag bis dreiundzwanzig Uhr gearbeitet haben. Bleiben Sie bei dieser Aussage?«

»Ja«, sagte Tatjana leise.

»Axel Sandsten hat Sie gestern um 14.02 Uhr angerufen. Was wollte er?«

»Das weiß ich nicht mehr.«

»Oh, ich bin mir sehr sicher, dass Sie das noch wissen. Er hat Sie direkt angerufen, nachdem wir bei ihm waren. Deshalb gehe ich davon aus, dass es in Ihrem Gespräch um unseren Besuch ging.«

Tatjana erwiderte nichts. Erik bildete sich ein, er könne ihr Herz schlagen hören.

»Sie werden uns die Wahrheit sagen müssen«, setzte er nach.

»Er wird mich feuern …«

»Frau Edin, wir ermitteln in einem Mordfall. Sie sind sich hoffentlich im Klaren darüber, dass Sie uns nichts vorenthalten dürfen.«

Tatjana Edin machte ein Geräusch, das irgendwo zwischen einem Seufzen und einem Schluchzer lag.

»Axel war am Dienstag auswärts zu Mittag essen«, sagte sie. »Er war so aufgeregt, als er zurückkam, dass ich ihn gefragt habe, was passiert ist.«

»Und was hat er geantwortet?«

»Dass er zufällig seinem Idioten von Sohn begegnet ist.«

»Was genau ist da vorgefallen?«

»Das hat er nicht erzählt.«

»Dann hat er Sie bei dem Anruf also aufgefordert, uns nichts davon zu erzählen?«

»Genau.«

Direkt nach dem Auflegen ging Erik zu Ove. Er klopfte an und ging hinein, ohne erst auf eine Reaktion zu warten. Sein Chef hing weit zurückgelehnt in seinem Bürostuhl und schnarchte. Erik klopfte noch einmal heftiger gegen die Tür, wodurch Ove aufschreckte und sich schnell unter dem Mund entlangwischte, obwohl da kein Speichel war.

»Himmel, ich bin so müde«, sagte er entschuldigend. »Wir haben gestern Nacht auf Penny aufgepasst und nicht gerade viel Schlaf bekommen.«

Penny war Oves einziges Enkelkind. So wie Erik seinen Chef

einschätzte, hatte sie so lange wach bleiben dürfen, bis sie auf dem Sofa eingeschlafen war.

»Wie alt ist sie denn schon?«

»Im Januar eins geworden.«

Erik berichtete, was er gerade von Tatjana erfahren hatte. Dass Axel Sandsten zufällig seinem Sohn begegnet war.

»Was machen wir jetzt?«, fragte er.

»Wende dich an Daniel, vielleicht hat er ja bereits mehr über Axel Sandsten herausgefunden«, sagte Ove.

»Und dann?«

»Dann bringst du ihn her, um ihn zu vernehmen.« Erik verließ bereits Oves Büro, als Ove hinzufügte: »Nimm Hanna mit.«

Erik hätte liebend gern protestiert, aber wie, ohne zu erwähnen, was gerade zwischen ihnen vorgefallen war. Also ließ er es bleiben. Um ihr mehr Zeit zu geben, machte er sich erst mal auf die Suche nach Daniel. Wie üblich, saß er an seinem Schreibtisch und las etwas am Bildschirm. Ermittlungsarbeit war zum Großteil eine sitzende Tätigkeit.

»Hast du noch was Neues über Axel Sandsten?«, fragte Erik.

Aus den Augenwinkeln sah er, dass Hanna das Dienstzimmer wieder betrat und an ihren Platz ging.

»Bisher habe ich nur Unmengen an Lobeshymnen und Auszeichnungen gefunden«, sagte Daniel. »Und ich schätze mal, dass ihr ihn kaum dazu befragen wollt.«

»Eher nicht.«

Erik ging zu Hanna, die zusammengesackt dasaß und ihr Handy anstarrte, als hätte es ihr gerade eine Standpauke gehalten.

»Was ist los?«, fragte er.

Dafür erntete er einen ärgerlichen Blick.

»Ich habe Tatjana Edin angerufen. Stell dir mal vor, wie blöd ich mir vorgekommen bin, als sie mir erzählte, dass du gerade erst mit ihr telefoniert hattest.«

»Tut mir leid«, sagte er. »Das hätte ich erwähnen sollen.«

Das hätte er wirklich tun sollen. Trotzdem fand er, dass sie übertrieb. Manchmal kam es eben zu Missverständnissen oder Fehlkommunikation, und er bezweifelte, dass Tatjanas Reaktion darauf dramatisch gewesen war.

»Was willst du?«, fragte Hanna.

»Wir sollen Axel Sandsten vernehmen. Hier.«

Sofort griff Hanna zu ihrer schwarzen Bomberjacke und stand auf. Jacke und Jeans hatte sie vermutlich in der Herrenabteilung gekauft. Ihre Körpersprache hatte sich gewandelt: Offenbar freute sie sich fast zu sehr auf diese Vernehmung.

19

Ohne ein weiteres Wort zog Hanna ihre Jacke an und ging zur Garage. Erik blieb die ganze Zeit ungefähr einen Schritt hinter ihr, und er brauchte außerordentlich lang dafür, seine Waffe zu holen, das Auto aufzuschließen und sich ans Steuer zu setzen. Ganz so, als wollte er sie bewusst provozieren.

»Willst du drüber reden?«, fragte er und stellte den Rückspiegel ein.

Hanna schüttelte den Kopf. Dies war nicht der richtige Moment, um über den doppelten Anruf bei Tatjana Edin zu diskutieren. Sie waren auf dem Weg zu Axel Sandsten, um ihn zu einer Vernehmung mitzunehmen. Darauf musste sie sich mental vorbereiten. Die Fahrt in die Larmgatan dauerte ja nur ein paar Minuten.

Erik schien den Wink verstanden zu haben, trotzdem währte die Stille gerade mal eine Minute.

»Das mit deinem Vater …«

»Nein.«

Ihr Vater war das absolut Letzte, worüber sie sprechen wollte.

Sie betrachtete die Gebäude, an denen sie vorbeifuhren: die Jenny-Nyström-Schule, das Landgericht. Eigentlich sollten sie sich darüber austauschen, wie sie die Vernehmung aufziehen würden, aber Hanna konnte einfach nicht – nicht mit Erik.

Diesmal hielt er den Mund, bis sie wieder beim Spielplatz am Wasserturm geparkt hatten.

»Bereit?«, fragte er.

Hanna nickte und stieg aus.

Am Empfang war dieselbe junge Frau wie bei ihrem ersten Besuch. Das Lächeln, das sie wie automatisch aufsetzte, als sich die Tür öffnete, gefror, als sie die beiden erkannte.

»Warten Sie, ich hole ihn«, sagte sie und verschwand.

Diesmal kehrte sie sofort mit Axel Sandsten zurück.

»Gibt es Neuigkeiten?«, fragte er.

»Sie müssten uns begleiten«, sagte Erik.

»Können wir das nicht hier besprechen?«

»Leider nicht.«

Einen Moment lang dachte Hanna, Axel würde sich weigern mitzukommen, doch dann wandte er sich an die Rezeptionistin: »Streichen Sie alle meine Termine bis fünfzehn Uhr.«

Die Frau nickte und tippte sofort etwas in den Computer. Hanna schaute sich unauffällig um. Tatjana war nicht zu sehen.

»Wenn Sie die Anwesenheit Ihres Anwalts wünschen, sollten Sie jetzt Kontakt zu ihm aufnehmen«, sagte Erik, während sie den Ausgang ansteuerten.

»Werde ich verhaftet?«, fragte Axel.

»Nein, erst einmal wollen wir Sie nur vernehmen.«

»Also, ich warte sicher nicht auf diesen Penner«, sagte Axel. »Außerdem habe ich nichts getan.«

Während der Fahrt aufs Revier war Axel mit seinem Handy beschäftigt. Über den Rückspiegel konnte Hanna erkennen, dass er etwas schrieb, aber nicht was. Axel schaute auf und grinste sie an, und Hanna zwang sich, seinem Blick standzuhalten.

Auf dem Weg durch das Gebäude grüßte Axel mehrfach, und als sie das Vernehmungszimmer betraten, wirkte er, als wäre dies ein Bewerbungsgespräch. Eins, bei dem schon vorab klar war, dass er den Job mitsamt einem saftigen Bonus bekommen würde. Er setzte sich sehr breitbeinig auf den Stuhl.

Hanna mochte Vernehmungen. Ihr war sehr bewusst, was sie antrieb: Sie wollte verstehen. Bloß gab es bei Axel nichts zu verstehen. Sie wusste, seit sie zusammen auf der Schule gewesen waren, was für ein Mensch er war: ein Narzisst ohne jegliche Empathie für jemand anderen als sich selbst. Was immer über ihn auch ans Licht käme, er würde trotzdem nicht das Gefühl bekommen, etwas falsch gemacht zu haben.

»Sie haben Joel am Dienstag getroffen«, sagte Erik. »Warum sind Sie so wütend geworden?«

»Wer behauptet, dass ich Joel getroffen habe?«

»Beantworten Sie die Frage.«

»Wenn Tatjana …«

»Sie waren auf offener Straße, umgeben von vielen Zeugen«, unterbrach Erik ihn. »Glauben Sie wirklich, so etwas würden wir nicht herausfinden?«

Das war nicht gelogen, aber Hanna bezweifelte, dass es Tatjana retten würde. Vermutlich musste Axel nicht viel Druck ausüben, und sie würde ihm alles gestehen. Erst einmal wäre es natürlich schrecklich für sie, ihren Job zu verlieren. Auf lange Sicht würde es ihr aber bestimmt nicht schaden, im Gegenteil.

»Ich war nicht sonderlich wütend.«

»Okay«, sagte Hanna. »Was an eurem Treffen hat dich denn dann geärgert?«

»Dass er in der Oberstufe Pflege als Schwerpunkt wählen wollte. Was für eine Verschwendung von Talent.«

»Dann findest du, er hatte Talent?«

»Selbstverständlich, er war schließlich mein Sohn. Man hätte es nur aus ihm herauslocken müssen.«

»Und wie genau? Unter Einsatz von Gewalt?«

Hanna wusste, dass sie zu aggressiv war, aber etwas an der Art, wie er sie ansah, brachte ihr Blut zum Kochen.

»Ich habe meinen Sohn nie geschlagen«, sagte er.

»Und was ist mit Rebecka?«

»Rebecka hat nur ein einziges Talent: das Lügen.«

Jetzt lehnte Hanna sich zurück und lächelte. Sie brauchte eine Pause, um sich nach Möglichkeit wieder zu fangen.

»Was ist?«, fragte Axel. »Das solltest du ja wohl am besten wissen.«

»Und in welchem Punkt soll sie mich angelogen haben?«

Kaum war die Frage über ihre Lippen, ahnte Hanna die Antwort: Dass sie schwanger gewesen war, ohne es ihr zu sagen. Aber es nicht über sich zu bringen, etwas zu erzählen, war noch lange kein Lügen. Axel schaute ihr fest in die Augen und grinste spöttisch.

»Rebecka hat dich nie gemocht«, sagte er. »Warum, glaubst du denn, hat sie sich in den letzten Wochen vor unserem Schulabschluss so zurückgezogen? Sie hatte die Nase voll von dem ganzen Drama.«

Ein starkes Gefühl von Trauer überkam Hanna und zog ihr fast den Boden unter den Füßen weg. Sie wollte nicht darüber nachdenken, aber ihre Gedanken rannten wie von selbst zurück. Es stimmte, Rebecka war in den letzten Wochen anders gewesen. Hanna war das aufgefallen, sie hatte ihre Freundin darauf ansprechen wollen, es aber nicht geschafft. Ihr Vater trank noch mehr als gewöhnlich, und Kristoffer war so gut wie nie zu Hause. Ihre Familie hatte sich geradewegs auf dem Weg in die Katastrophe befunden, und als diese eingetroffen war, hatte es sie alle drei zerrissen. Ihr Vater landete in U-Haft, ihr Bruder nach einer Alkoholvergiftung in der Notaufnahme, da war Hanna nicht gerade nach reden gewesen. Sie musste unerträglich gewesen sein damals. All ihre Gedanken waren nur um die eine Frage gekreist: Was würde mit ihrem Vater passieren?

»Tut dir dein Arm weh?«, fragte Axel.

»Wie bitte?«

»Du reibst die ganze Zeit daran rum.«

Hanna ließ von ihrem linken Arm ab, als hätte sie sich verbrannt. Nicht immer war es eine bewusste Handlung, Trost bei ihrer Tätowierung zu suchen. Axel wandte sich an Erik, wohl davon überzeugt, bei ihm Unterstützung zu finden.

»Rebecka hat Joel nicht gutgetan. Sie …«

»Haben Sie ihn noch mal getroffen? Nach der Arbeit?«, fragte Erik.

»Nein.«

»Und trotzdem haben Sie Ihre Kollegin gebeten, uns anzulügen?«

Hanna hatte gehofft, Erik würde Tatjana nicht ins Spiel bringen. Dabei hatte Axel sich ja erst durch seine Aufforderung zur Lüge verdächtig gemacht. Gleichzeitig hing sie gedanklich in der Vergangenheit fest. Vielleicht hatte Rebecka sich damals zurückgezogen, weil sie von der Schwangerschaft wusste. Aber Hanna glaubte nicht, dass das der einzige Grund war. Wieder wollte die Hand zur Nachtigall, aber diesmal konnte sie es verhindern.

Der Schmerz über alles, was sie verloren hatte, machte es ihr unmöglich, sich zu konzentrieren.

»Ich habe Tatjana nicht gebeten, Sie anzulügen. Ich habe ihr nur gesagt, sie solle es nicht erwähnen.«

»Warum?«

»Weil ich für diesen Quatsch hier keine Zeit habe. Ich stecke mitten in einem stressigen Projekt. Mir war klar, welche Schlüsse Sie ziehen würden.«

»Wann hast du das Büro verlassen?«, fragte Hanna.

Die Trauer war endlich weitergezogen, aber nun war Hanna unendlich müde. Auch weil sie sich hatte provozieren lassen. Weil das, was geschehen war, niemals verschwinden würde.

»Gegen zwei.«

Das hatte Axel schon einmal zuvor gesagt. Bei Vernehmungen ging es hauptsächlich darum, Widersprüche oder Auslassungen aufzuspüren. Sich den Weg zur Wahrheit zu bahnen. Nach der Vernehmung wollte Hanna jemanden von der Kriminaltechnik darauf ansetzen, eine Überwachungskamera ausfindig zu machen, die auf den Eingang von Axels Büro gerichtet war.

»Hör mal, *Schatten*«, sagte er. »Was glaubst du denn, wer sich diesen Spitznamen ausgedacht hat?«

Als hätte er gespürt, dass er nicht länger die Oberhand hatte. Wollte er damit andeuten, dass es Rebecka war? Hanna würdigte die Frage nicht mal mit einer Antwort.

»Sie waren nicht sonderlich traurig, als wir Ihnen berichteten, dass Ihr Sohn tot ist«, sagte Erik. »Wie erklären Sie das?«

»Ich kannte den Jungen doch kaum.«

Hanna beobachtete Axel. Nicht mal jetzt versuchte er, betroffen auszusehen. Joel hatte ihm nichts bedeutet, aber lag das nur daran, dass er unfähig war zu lieben, oder gab es dafür noch einen anderen Grund?

Findet die Lüge, hatte eine der Dozentinnen an der Polizeischule im Kurs über Vernehmungstechniken gesagt. Und genau darum ging es, aber gleichzeitig musste man herausfinden, was gar nicht erst gesagt wurde.

Was verschwieg Axel Sandsten?

20

Sie war klitschnass geschwitzt, die Sachen klebten ihr am Körper, Rebecka bekam keine Luft. Sie schlug die Daunendecke zurück und setzte sich auf. Weiter kam sie nicht mit ihrem Vorsatz, das Bett zu verlassen.

Nach dem Telefonat mit Hanna hatte sie nicht gewusst, wohin mit sich. Sie war ins Schlafzimmer gegangen, hatte die Jalousien heruntergelassen und war unter die Decke gekrochen. Der Gedanke, dass Joel gekifft haben könnte, überforderte sie. Wie konnte ihr das entgangen sein? Das machte ihr Angst. Angst vor dem, was sonst noch zum Vorschein kommen könnte.

Das Handy auf dem Nachttisch vibrierte erneut. Petri hatte sich mehrmals gemeldet, um nachzuhören, wie es ihr ging. Schön, dass er sich kümmerte, aber seine Fürsorge war ein bisschen wie ihre Kleidung gerade. Sie klebte und scheuerte. Sonja hatte Molly heute Morgen abgeholt, um sie den ganzen Tag lang zu verwöhnen. Als könnte eine Riesenportion Eis ihr den großen Bruder ersetzen. Rebecka hatte gestern auf Petri gewartet, bis sie es ihr erzählt hatte. Bei der Erinnerung daran, wie Molly sich leise weinend an sie geklammert hatte, musste sie keuchen. Mehrere Minuten lang hatten sie so dagesessen, und Rebecka hatte nicht gewusst, was sie tun oder sagen sollte. Mollys Hamster war vor einem halben Jahr gestorben, und damals hatten sie zusammen ein Bilderbuch über ein Kind gelesen, das ein Beerdigungsinstitut für Tiere gründete, aber Rebecka wollte jetzt nicht über einen blöden Hamster sprechen, als wäre das irgendwie vergleichbar. Irgendwann hatte Molly sie freigegeben und sich stattdessen an Petri geklammert.

Ihre Mutter war abends für ein paar Stunden da gewesen und wollte heute Nachmittag erneut vorbeischauen. Dabei konnte Rebecka auch ihre Anwesenheit gerade nicht ertragen. Sah in ihr nur wieder ihre überforderte Mutter von früher, die fand, Rebecka stellte sich an. Dabei hatte sie damals doch nur gesehen werden wollen. Ihre Mutter war einundzwanzig gewesen, als Rebecka zur Welt kam. Hatte ihr Wirtschaftsstudium in Skövde abgebrochen und war wieder nach Hause gezogen, wo sie jobbte, um sich und das Kind versorgen zu können. Ihre Eltern hatten sich geweigert, sie zu unterstützen. Wenn Rebecka auf eins stolz war, dann darauf, dass sie Joel nie das Gefühl gegeben hatte, ein Fehler gewesen zu sein. Zumindest glaubte sie das fest.

Sie schaltete die Lampe über dem Bett ein und reckte sich nach dem Handy. Die Nachricht war nicht von Petri, sondern von Axel:

Hör auf, der Polizei Mist über mich zu erzählen.

Rebecka sackte zurück ins Kissen. Die Polizei hatte nur gesagt, dass es Spuren körperlicher Gewalt gegeben hatte. Hatte Axel ihn geschlagen? Das wollte sie nicht. Ganz besonders nicht für Joel. Dass das Letzte, was er sah, war, dass sein Vater die Hand gegen ihn erhob.

Es ist kein Mist, es ist die Wahrheit, schrieb Rebecka zurück.

Sie wusste, wozu Axel fähig war. Er hatte ihr die Rippen gebrochen, ihren Körper mit blauen Flecken übersät – auch wenn es ihm gelungen war, ihr Gesicht auszusparen –, ihr eine Platzwunde an der Augenbraue verpasst … Diese nicht mit den Fäusten, sondern indem er sie gegen einen Heizkörper geschleudert hatte. Das verzweifelte Schluchzen, das Joel bei ihrem Anblick von sich gegeben hatte, versetzte ihr noch heute einen Stich ins Herz.

Aber töten? Nein. Das wollte Rebecka auch um ihretwillen nicht glauben. Was würde das über sie selbst sagen?

Das Handy verkündete summend eine Antwort: *Ich wette, dass es dein perverser Freund war. Vielleicht sollte ich das ja der Polizei stecken.*

Pervers? Was meinte er damit? Aber Axel wollte sicher nur provozieren, sie durfte sich nicht darauf einlassen. Petri war der ruhigste und rücksichtsvollste Mensch, den sie kannte. Vielleicht sogar etwas zu ruhig.

Sie hatten nie viel über seine Kindheit gesprochen, aber sie wusste, dass er es schwer gehabt hatte. Seine beiden Eltern waren bei einem Autounfall gestorben, da war er gerade mal neun. Sie waren Finnen gewesen und hatten in einer Hochhaussiedlung im Nordwesten Stockholms gewohnt. Danach war Petri ein paar Jahre lang zwischen verschiedenen Einrichtungen und Heimen herumgereicht worden – hatte sein Finnisch vergessen, dafür aber eine Menge anderes gelernt –, bis er schließlich bei Sonja gelandet war. So weit weg von der Großstadt entfernt wie möglich.

Rebecka konnte sich schwerlich eine bessere Adoptivmutter als Sonja vorstellen, und Petri ähnelte ihr sehr. Aber konnte man eine solche Kindheit wirklich unbeschadet überstehen? Ganz am Anfang ihrer Beziehung hatte sie gezögert, weil sie das

Gerede über ihn kannte. Dass er trank und sich prügelte. Aber schon bald war ihr klar gewesen, dass an den Gerüchten nichts dran war.

Was Rebecka ihm angetan hatte, ließ sich nicht entschuldigen. Zum ersten Mal hatten Gabriel und sie während des Erntefests im Herbst miteinander geschlafen. Ihr wurde schlecht beim Gedanken daran, wie sie wie die Teenies Sex in seinem Auto hatten. Das erste Mal hätte man vielleicht noch dem Alkohol anlasten können, aber nicht das zweite Mal etwa eine Woche später. Sie hatte Petri gesagt, sie würde sich mit einer befreundeten Künstlerin treffen, und dann war sie mit Gabriel weggefahren. Sie hatte das laufen lassen, Monat um Monat, und die Schuld dafür nicht bei sich selbst gesucht. Sondern bei Petri, dessen ruhige Art sie so langweilte. Der ihr nicht gab, was Gabriel ihr bot. Von ihm hatte sie sich nicht nur gesehen, sondern verehrt gefühlt. Am Wochenende war Frühlingsfest gewesen, und er hatte ihr in zahllosen SMS geschildert, wie fantastisch sie sei.

Darum hatte es sie so schockiert, als er ihre Affäre nach dem Grillabend für beendet erklärt hatte. Dabei hätte sie darüber gar nicht so verzweifelt sein müssen, sondern froh.

Wenn sie jetzt an ihn zurückdachte, war da nichts als Stille. Joels Tod hatte alles verändert.

Das schlechte Gewissen trieb Rebecka schließlich aus dem Bett. Sie ging in die Küche hinunter und stellte den Wasserkocher an. Reckte sich nach einer Tasse und der Dose mit dem löslichen Kaffee.

Sie verdiente Petri nicht. Liebevoll war er, stabil. Er regte sich nicht unnötig auf und war immer ehrlich. Genau wie Sonja. Molly war dort heute sicher besser aufgehoben als hier bei ihr oder in der Schule.

Begriff Molly, was passiert war? Rebecka war sich nicht sicher. Gestern hatte Molly verzweifelt beweint, dass Joel nie wieder zurückkommen würde. Aber heute Morgen hatte sie über ihn gesprochen, als wäre er nur vorübergehend weg.

Rebecka zuckte zusammen, weil ihr Handy klingelte. Sie bezweifelte, dass Axel anrufen würde, aber vielleicht war es ja Petri. Die Nummer sagte ihr nichts. Nach kurzem Zögern ging sie dran.

»Hallo, mein Name ist Veronika Krans, und ich arbeite für den *Expressen*. Ich wollte fragen …«

Rebecka legte auf, bevor sie hören konnte, was Veronika fragen wollte. Vielleicht, wie es war, wenn der eigene Sohn ermordet wurde? Der drogenabhängige Sohn? Wenn man seinen Vater verdächtigte? Mittlerweile wussten alle im Dorf, was passiert war. Selbst jene, die das Blumenmeer vor dem Haus nicht gesehen hatten. Im *Barometern* war am Morgen ein Artikel erschienen. Und auch im *Ölandsbladet*.

Rebecka sackte auf dem Boden in sich zusammen, schaffte es nicht mal zu einem der Küchenstühle. Wie oft hatte sie Axels Wut erlebt, und meist war sie von Belanglosem entfacht worden: Als Axel einmal gehört hatte, dass sie mit Kristoffer sprach. Als ihr das Essen angebrannt war. Als sie den falschen Lippenstift trug. Einmal hatte sie damit gedroht, ihn zu verlassen. Daraufhin hatte er sie gegen die Heizung geschleudert.

So gern Rebecka jemand anderen verdächtigt hätte, die schreckliche Wahrheit blieb, dass Axel unberechenbar war.

21

Das Letzte, was Hanna von Axel Sandsten sah, bevor sie das Vernehmungszimmer verließ, war sein selbstgefälliges Grinsen. Als die Tür hinter ihr zufiel, war sie spürbar erleichert.

»Wie geht es dir?«, fragte Erik.

»Lass uns kurz mit Ove sprechen«, sagte sie.

Hanna hatte nicht vor, sich dafür zu entschuldigen, dass sie fast die Kontrolle verloren hatte. Diese Begegnung mit Axel war noch unangenehmer gewesen als die vorherige. Sie war gleich zu Anfang der Vernehmung schon etwas neben der Spur gewesen, und das hatte er ausgenutzt. Hanna konnte nicht verstehen, wie er mit diesem Verhalten durchkam. Offenbar wusste er genau, wann er die Maske abnehmen konnte und wann nicht. Er war definitiv gewiefter als vor sechzehn Jahren.

Da kam ihr eine Ahnung: Vielleicht hatte Axel sich hier mehr Mühe gegeben als bei ihrem Besuch im Büro, weil er im Revier unter mehr Druck stand. Sie hatte das starke Gefühl, dass er bewusst den Fokus weg von sich und auf sie hatte lenken wollen. Aber wenn er schuldig war, würde er so nicht davonkommen.

Ove telefonierte, und sein Tonfall samt der *Ich liebe dich*-Floskel, mit der er das Gespräch beendete, ließ Hanna annehmen, dass er verheiratet war. Dabei fiel ihr auf, dass sie rein gar nichts über sein Privatleben wusste.

»Was gibt's?«, fragte er.

Erik berichtete ihm, was sie von Axel Sandsten erfahren hatten.

»Das reicht nicht, um ihn hierzubehalten«, sagte Ove. »Und das wisst ihr.«

»Sollten wir das nicht wenigstens mit der Staatsanwaltschaft abklären?«, fragte Hanna.

Ove schüttelte den Kopf.

»Was machen wir dann jetzt?«, wollte Erik wissen.

Sein Computer gab einen Ton von sich, und Oves Konzentration wanderte davon. Er klickte auf eine Nachricht, über die er laut lachen musste.

»Entschuldigung«, sagte er. »Was wären denn eure nächsten Schritte?«

»Wir müssen uns ein Bild davon machen, wer Joel eigentlich war«, sagte Hanna. »Ich würde vorschlagen, seiner Freundin Nadine einen Besuch abzustatten. Laut Rebecka war sie der einzige Mensch, mit dem Joel wirklich befreundet war.«

»Dann macht das«, sagte Ove. »Ich teile Axel Sandsten mit, dass er gehen kann.«

Sofort fragte Hanna sich, was er Axel wohl noch sagen wollte, war aber froh, Axels selbstgefälliges Grinsen nicht noch einmal sehen zu müssen. Sie rief Nadine an und erfuhr, dass sie heute nicht zur Schule gefahren, sondern zu Hause geblieben war. Sie wohnte in der Klockhusgatan in Skälby.

Auf dem Weg zum Auto sprachen sie kein Wort. Zur Abwechslung empfand Hanna die Stille mal als belastend. Als hätte sie Erik das Schweigen aufgezwungen. Ob sie jemals an den Punkt kämen, wo sie ein entspanntes Gespräch führen konnten?

In Stockholm hatte sie auch oft mit einem Kollegen zusammengearbeitet, dessen Mund nie stillstand. Dem war es allerdings egal gewesen, was sie dachte. Jetzt musste jemand anders sein Gelaber ertragen. Mit dieser Erkenntnis überkam sie eine unerwartete Wehmut. Seit ihrem Umzug war in Stockholm alles wie gewohnt weitergelaufen, ihre sechzehn Jahre dort hatten kaum Spuren hinterlassen. Fabian war schon wenige Wochen, nachdem er sich von ihr getrennt hatte, mit einer kleinen blonden Erzieherin zusammengekommen, die sicher nur zu gern in sein Reihenhaus einziehen wollte. Hanna war ihnen einmal zufällig vor dem Polizeirevier begegnet. Tags drauf war ihr Vater gestorben, und da hatte Hanna begriffen, dass sie allein nach Gårdby zurückkehren und sich um alles Nötige kümmern musste.

In Stockholm hatte Hanna kaum Zeit mit ihren Kollegen verbracht. Manchmal war sie nach der Arbeit auf ein Bier mitgekommen, aber da waren sie immer zu mehreren unterwegs gewesen. Und eigentlich wollte Hanna das nicht mehr. Sie wollte richtige Freundschaften. Aber wenn sie ehrlich war, wusste sie nicht recht, wie man die aufbaute.

»Hat Ove Familie?«, fragte sie.

Dabei wäre es wohl angebrachter gewesen, sich zunächst für ihre Reaktion zu entschuldigen, was sowohl den doppelten Anruf bei Tatjana betraf als auch seine Worte zu ihrem Vater. Und möglicherweise wäre auch eine Entschuldigung für ihr Verhalten während Axels Vernehmung geboten gewesen.

»Er ist mit Birgitta verheiratet und wohnt in einem Haus in Lindsdal. Sie haben drei Töchter, aber nur noch eine lebt bei ihnen. Die älteste hat ein kleines Mädchen von einem Jahr. Willst du sonst noch was wissen?«

Erik betrachtete sie amüsiert, und Hanna wusste nicht, warum.

»Danke, das reicht schon.«

Während der Fahrt nach Skälby erzählte Erik ein bisschen über die anderen im Team. Dass Amer eine Frau und zwei kleine Kinder hatte. Das jüngste war gerade erst ein paar Monate alt. Einmal war er bei einer Comedynacht in Kalmar als Lokaltalent aufgetreten. Die Direktion hatte darauf verstimmt reagiert, weil er etwas zu viel über den Polizeiberuf gescherzt hatte. Dass Carina zweimal geschieden war und keine Kinder hatte. Dass sie stundenlang über ihren Garten sprechen konnte. Dass Daniel allein lebte und nichts anderes zu tun schien, als zu arbeiten und zu trainieren.

Dann war Daniel also Single? Hanna spürte, wie ihr die nur zu bekannte Hitze ins Gesicht schoss.

»Ich glaube, Carina mag mich nicht«, sagte Hanna schnell.

»Wer könnte dich denn nicht mögen?«, fragte Erik.

Hanna wusste nicht, ob das ein Scherz war. Verunsichert schwenkte sie lieber wieder zurück zum Thema Ove und stellte die erste Frage, die ihr einfiel.

»Warum trägt Ove denn keinen Ehering?«

»Ich bezweifle, dass es dafür einen pikanten Grund gibt.« Erik lachte. »Ich vermute, er hat einfach zugenommen.«

Erik parkte zwischen den flachen Betonbauten der Klockhusgatan. Nadine öffnete ihnen in Jogginghose und kaputtem T-Shirt. Ihre Unterarme waren übersät von Narben unterschiedlichen Formats. Die meisten waren bereits hell, aber es gab auch Schnitte mit frischem Wundschorf. Ein paar Narben waren auffällig groß.

»Ja, ich ritze mich, und ich habe vergeblich versucht, mir das Leben zu nehmen«, sagte sie und schaute sie trotzig an.

»Das habe ich auch«, sagte Hanna.

Nadine drehte sich um und verschwand in der Wohnung.

»Ich muss rauchen, sonst kann ich nicht mit euch reden«, sagte sie und ging voran auf den Balkon.

»Das ist wegen des Katers«, erklärte sie, als sie sah, wie beide das Netz musterten. »Damit er nicht runterspringt.«

Mit einem Lächeln fügte sie hinzu: »Er scheint auch eher suizidal veranlagt.«

Auf dem kleinen, wackligen Metalltisch stand ein überquellender Aschenbecher. Nadine setzte sich auf den Stuhl und zündete sich eine Zigarette an. Dann hielt sie ihnen die Schachtel hin.

»Möchtet ihr?«

Hanna schüttelte den Kopf und sah aus dem Augenwinkel, dass Erik das Gleiche tat. Vermutlich hatte er noch nie in seinem Leben geraucht. Hanna hatte damit aufgehört, als sie sich bei der Polizeischule bewarb. Allerdings hatte sie auch nur geraucht, was sie sich auf Partys zusammenschnorren konnte. Zum Selbstkaufen hatte ihr Geld nie gereicht.

Es gab nur noch einen weiteren Stuhl, auf dem Hanna nun Platz nahm.

»Sorry«, sagte Nadine. »Wir wohnen hier nur zu zweit. Mein Vater und ich. Und natürlich der Kater.«

Sie zog lange an der Zigarette, wandte dann den Kopf ab und atmete aus. Erik lehnte sich gegen das Geländer, wodurch sich das Katzennetz leicht nach außen wölbte.

»Was kannst du uns über Joel erzählen?«, fragte er.

»Dass er perfekt war«, sagte Nadine. Sofort traten ihr Tränen in die Augen. »Klug, witzig, aufmerksam. Nicht wie die anderen Idioten in diesem Kaff.«

»Warst du in ihn verliebt?«, fragte Hanna.

»Eine Zeit lang. Aber das ging vorbei, und er war auch nie in mich verliebt.«

Hanna hatte den Eindruck, dass ihre Verliebtheit nie wirklich vorbeigegangen war, aber vieles überlagerte sich, wenn jemand gerade gestorben war.

»Wisst ihr, wer es war?«, fragte Nadine.

»Wir können keine Auskunft über eine laufende Ermittlung geben«, entgegnete Erik. »Leider.«

»Sein Vater ist ein Schwein«, sagte Nadine.

»Wieso sagst du das?«

»Er hat seine Mutter verprügelt. Außerdem ist er ein aalglatter Widerling und Manipulator.«

»Hat er auch Joel was getan?«, fragte Hanna.

»Nur versucht, ihn zu einem Mini-Axel zu machen.«

»Wie ging es Joel?«, fragte Erik.

Nadine zog noch einmal an der Zigarette. Atmete ganz langsam den Rauch aus. Diesmal wandte sie nicht erst den Kopf ab.

»So lala«, sagte sie. »Er wollte einfach nicht kapieren, was für ein toller Mensch er war.«

»Was war denn genau der Grund dafür, dass es ihm schlecht ging?«

»Alles und nichts«, sagte Nadine und schaute Hanna direkt in die Augen. »Weißt du immer, warum es dir schlecht geht?«

Hanna schüttelte den Kopf. Sie bekam den Eindruck, dass Nadine deutlich mehr über Joels Befinden wusste, als sie verriet. Aber ihr war klar, dass es manchmal Zeit brauchte, bis gewisse Dinge ausgesprochen werden konnten. Wenn sie nicht den richtigen Zugang zu Nadine fanden, würde sie vermutlich nie etwas sagen. Hanna holte ihr Handy raus und zeigte Nadine das Foto von der blonden Frau, das sie am Möckelmossen gemacht hatte.

»Weißt du, wer das ist?«

Nadine betrachtete das Foto lange.

»Es tut mir sehr leid, aber ich habe keine Ahnung.«

»Weißt du, ob Joel Ärger hatte?«, fragte Erik.

»Nur mit seinem Vater.«

Hanna deutete auf ihre Zigarette, und Nadine hielt sie über den Becher, um abzuaschen.

»Wir haben eigentlich nur über die Zukunft gesprochen«, sagte sie. »Was wir machen wollten, wenn wir es endlich hier rausgeschafft hatten.«

»Und das war?«

Hanna rutschte auf dem unbequemen Plastikstuhl herum.

»Worauf wir Lust hatten eben«, sagte Nadine. »Wir wollten endlich frei sein. Die Leute hier reagieren allergisch auf alle, die anders sind.«

»Was war denn anders an Joel?«

Etwas blitzte auf in Nadines Augen. Sie zog noch einmal an der Zigarette, bevor sie antwortete.

»Er wollte mehr als Fußball spielen, saufen und Traktor fahren.«

»Hatte Joel noch andere Freunde?«

»Vielleicht Linnea. Sie ist zwar etwas jünger, aber sie sind halt Nachbarn … waren Nachbarn.«

Nadine schaute Hanna direkt an, und die finstere Trauer schlug ihr entgegen wie ein Schwall kalter Luft.

»Woher hatte Joel sein Hasch?«

»Von einem alten Schulkumpel, glaub ich. Einem dieser Typen, die gern saufen und Fußball spielen und Traktor fahren.«

Der letzte Tag

Joel steigt in Färjestaden aus dem Bus und schaut neidisch den Leuten nach, die in alle möglichen Richtungen davonstreben. Die ein Ziel haben. Für die Schwedischstunde am Freitag muss er ein Gedicht auswendig lernen, und er übt gerade Karin Boyes »In Bewegung«. Es läuft so lala. Seine Tage sehen ganz anders aus als die, von denen sie spricht. Dass der Weg an sich die Mühe wert ist. Dass ein neuer Tag graut.

Vielleicht sollte er doch ein anderes Gedicht nehmen, aber das kostet Energie, die er nicht hat.

Am liebsten würde Joel nach Hause fahren, sich aufs Sofa hauen und Netflix gucken. Sandwiches essen und Kakao trinken. Er ist halb durch die Doku über die Idioten, die glauben, die Erde sei eine Scheibe. *Flat Earth Society*. Ihre Argumente und ihre Experimente sind so lustig. Wie sie sich die Ergebnisse zurechtreden. Da ist ein Mann dabei, der keinen Kontakt mehr zu seiner Familie hat, weil es deshalb zu oft Streit gab.

Aber noch wagt Joel sich nicht nach Hause. Das ist der Nachteil, wenn die eigene Mutter von zu Hause arbeitet. Noch ist der Schultag nicht vorbei.

Obwohl ihm das Handy gerade Angst macht, holt er es aus

der Tasche. Doch zum Streamen reicht der Akku nicht, und ein Ladekabel hat er auch nicht mit.

Immerhin keine neue Morddrohung.

Joel geht zum Einkaufszentrum. Vielmehr ist es der traurige Versuch eines Einkaufszentrums, aber zumindest kann er dort eine Stunde vertrödeln, bevor er sich in den Bus nach Hause setzt. Seine Mutter hat seinen Stundenplan sicher nicht im Kopf. Und wenn doch, kann er ja immer noch behaupten, dass die letzte Stunde ausgefallen ist. Bloß besteht die Gefahr, dass er Petri begegnet, denn die Schreinerei, bei der er arbeitet, liegt direkt hinter dem Einkaufszentrum. Aber er glaubt, dass Petri gerade einen Auftrag in Kastlösa hat. Außerdem muss er sich keine Sorgen machen. Schließlich ist das schon mal vorgekommen, und da hat Petri ihn auch nicht verraten.

Seine Hand tastet sich wieder zum Telefon. *Du bist so was von tot. Du oder sie.*

Sollte er darauf antworten? Nein. Soll diese Kuh doch schreiben, was sie will. Er rechnet ja schon seit einer Woche damit.

Joel geht quer über den Parkplatz, und ihm kommen ein paar Typen entgegen, die sich über ihre Wochenendpläne unterhalten. Sie sind sicher schon dreißig, und es ist verdammt tragisch, dass sie es noch nicht weitergebracht haben. Sie reden von Bier und Bräuten und ihrer Schulzeit. Joel will so nicht enden. Er will was erreichen. Das Problem ist nur, dass er nicht weiß, was. Nach der Schule will er nach Stockholm ziehen und dort arbeiten. Vielleicht studieren. Aber geht das so leicht?

Beim Anblick des Supermarkts fängt sein Magen an zu knurren, aber Joel will sein letztes Geld nicht für Essen ausgeben. So lange ist es nicht her, dass er Taschengeld bekommen hat, aber das meiste hat er für Skizzenbücher, Kohlestifte und Hasch ausgegeben.

Seine Gedanken wandern zurück zu der Nachricht. Ist es ein Fehler, sie ernst zu nehmen? Aber er würde es nicht ertragen, wenn ihr etwas zustieße. Joel muss mit ihr reden, sobald er nach Hause kommt.

22

»Mittagspause?«, fragte Erik, als sie gerade das Haus in der Klockhusgatan verlassen hatten.

Hanna zuckte mit den Schultern. Ihr Blick war zu Boden gerichtet. Er überlegte, ob sie die Wahrheit gesagt hatte, vorhin, im Gespräch mit Nadine. Hatte sie wirklich auch versucht, sich das Leben zu nehmen? Oder war das nur eine Taktik gewesen, um Nähe aufzubauen?

»Und wie darf ich diesen überschwänglichen Enthusiasmus nun deuten?«

Seine neue Kollegin antwortete nicht.

»Hier um die Ecke gibt's ein Restaurant mit großartigen Kartoffelklößen im Angebot«, fuhr er fort.

Er selbst hatte mörderischen Hunger, wenn er nicht bald was zu beißen bekam, würde er entweder zusammenbrechen oder anfangen, unzusammenhängendes Zeugs zu brabbeln. Erst jetzt wandte Hanna sich ihm zu.

»Entschuldige, ich war gedanklich ganz woanders. Klöße klingen ganz wunderbar.«

Erik hätte gern gewusst, wo genau sie gedanklich gewesen war, aber er fragte nicht nach. Zum einen ließ seine Konzentration nach, zum anderen würde sie doch nicht antworten. Er drückte auf den Autoschlüssel, um die Türen zu entriegeln. Wie idiotisch, für die paar hundert Meter den Wagen zu nehmen, aber sie brauchten ihn in unmittelbarer Nähe, falls sie kurzfristig aufbrechen mussten.

Dann steuerte er das Auto um die Ecke in die Arvid Västgötesgata und stellte es direkt gegenüber des *Kroppkakan* ab. Erik war mal mit Nila hergekommen, damit sie eine genießbare Version dieser typisch schwedischen Hausmannskost probieren konnte, die sie nur aus der Schulkantine kannte, und sie war begeistert gewesen. Sie hatte ihre Klöße ganz traditionell mit Fleisch gegessen, Erik hingegen hatte extra eine vegetarische Version vorbestellt. Vielleicht sollten sie mit den Schwiegereltern herkommen. Zwei Wochen waren eine lange Zeit, in der sie beschäftigt werden wollten.

Hanna bestellte traditionell gefüllte Kartoffelklöße, er nahm die fleischlosen Kartoffelpuffer.

»Ich bin Vegetarier«, erklärte er, obwohl sie nicht gefragt hatte.

Draußen auf der kleinen Terrasse war noch ein Tisch frei. Zwar herrschten gerade mal zwölf Grad, und es war bedeckt, aber dort war es am ruhigsten. Außer ihnen saß nur eine Frau mit einem etwa fünfjährigen Jungen dort. Vielleicht war er zu krank für die Kita. Seine Nase lief, und er schien liebend gern einfach nur den Kopf auf den Tisch legen und schlafen zu wollen. Erik hätte gern mehr Kinder gehabt, aber Supriya war vier Jahre älter als er, und obwohl sie es versucht hatten, war nichts draus geworden. Nach dem Umzug nach Schweden hatten sie sich gründlich untersuchen lassen und sogar noch drei Inseminationen vornehmen lassen, für eine In-vitro-Fertilisation war

Supriya dann allerdings zu alt gewesen. Aber sie hatten auch selbst gemerkt, dass sie keine weiteren Behandlungen wollten. Dass sie wohl einfach nicht mehr als drei sein sollten. Erik hätte sich selbst nicht als religiös bezeichnet, trotzdem glaubte er daran, dass es eine unerklärliche Macht gab, die alles steuerte.

»Ich würde vorschlagen, dass wir nach dem Essen zu Linnea fahren«, sagte Hanna.

»Gute Idee«, erwiderte Erik.

Normalerweise klammerte er während der Mittagspause die Arbeit aus. Sein Kopf musste einfach ordentlich abschalten, um danach wieder voll einsetzbar zu sein. Aber es war schön, Hanna mal mehrere Wörter am Stück sagen zu hören. Er schaufelte sich Kartoffelpuffer in den Mund, während sie ihm von der blonden Frau erzählte, die sich am Rastplatz beim Möckelmossen so auffällig verhalten hatte. Weil sie sich von den anderen fernhielt und eine Verzweiflung an den Tag legte, die sich leicht als Schuldgefühl deuten ließ. Hanna glaubte, dass sie für die Ermittlung in irgendeiner Weise von Bedeutung war. Dass sie die Frau identifizieren mussten.

Hannas Handy klingelte. Sie zögerte merklich, bevor sie dranging. Nach einem *Hallo*, gefolgt von einem *Hören Sie auf, mich anzurufen*, legte sie auf.

»Was war das denn?«

»Keine Ahnung«, antwortete Hanna. »Da ruft mich jemand an, ohne was zu sagen.«

»Auf deinem Diensthandy?«

»Ja.«

»Hast du das Ove schon erzählt?«

»Das werde ich, wenn das nicht aufhört. Das war erst das dritte Mal.«

Hanna schob sich einen Bissen in den Mund. Erik war sich ziemlich sicher, dass sie nicht vorhatte, sich an Ove zu wenden, egal wie häufig sie noch angerufen würde. Aber Ove musste das wissen.

»Warum bist du wieder nach Öland gezogen?«, fragte er.

Die Frage hatte er ihr schon einmal gestellt, ohne eine Antwort zu bekommen, aber seit er von ihrem Vater wusste, war er nur noch neugieriger geworden.

»Weil ich das wollte«, sagte Hanna.

»Hat es dir in Stockholm nicht gefallen?«

»Doch, es war schon in Ordnung dort.«

Erik lächelte. Es war wirklich nicht leicht, was Persönliches aus ihr herauszukriegen.

»Warum bist du hergezogen?«, konterte sie.

Glasklar, um von sich abzulenken.

»Weil ich aus Malmö wegwollte«, sagte er. »Da war es viel zu stressig. Und ich konnte meine Frau davon überzeugen, probehalber aus der Stadt wegzuziehen. Sie findet das schwedische Landleben sehr exotisch. Außerdem bin ich nach unserer Rückkehr aus Indien nur wegen der Arbeit in Malmö gelandet, und es fühlte sich falsch an, wieder dort zu sein. Als würde ich mich rückwärts bewegen statt vorwärts.«

So sehr, wie Hanna sich auf ihr Wasserglas konzentrierte, schien sie Eriks Worte als Kritik aufgefasst zu haben. Nach ein paar langsamen Schlucken stellte sie das Glas wieder ab.

»Und wo wohnt ihr jetzt?«, fragte sie.

»In Varvsholmen.«

Hanna hob eine Augenbraue, wenn auch nur wenige Millimeter.

»Kalmar würde ich jetzt nicht gerade als ländlich bezeichnen.«

»Verglichen mit einer Zwölfmillionenstadt wie Mumbai.«

Sie konzentrierten sich ein paar Minuten lang allein auf ihr Essen. Schließlich kratzte Hanna mit der Gabel die letzten Reste von ihrem Teller und leckte sie ab.

»Das war sehr lecker«, sagte sie, als sie seinen Blick bemerkte.

»Hat mal jemand solche Klöße für dich gemacht?«

»Meine Oma. So gut wie ihre waren sie nicht, aber fast.«

»Lebt sie noch?«

»Ja, aber sie ist dement und im Heim. Als ich sie zuletzt besucht habe, hielt sie meinen Schuh für eine Katze.«

Ihre Miene war ernst, als sie das sagte, und Erik hätte gern gleichzeitig gelacht und sein Bedauern ausgedrückt.

»Mein Opa hatte Alzheimer«, sagte er. »Gegen Ende hat er mich immer wieder für einen Einbrecher gehalten und versucht, mich mit seinem Stock zu schlagen. Er war auch Polizist.«

Darüber lächelte sie sogar schwach.

»Was macht dein Vater beruflich?«

»Er war ebenfalls Polizist, ist jetzt pensioniert. Du siehst, meine Berufswahl fußt einzig und allein auf einem Mangel an Fantasie. Zwei meiner Geschwister sind auch bei der Polizei.«

»Wie viele Geschwister hast du denn?«

»Drei. Zwei Brüder und eine Schwester.«

»Und du bist der Jüngste, wetten?«

»Ja.«

Er hatte schon oft gehört, dass er ein typisches Nesthäkchen war: ein Abenteurer, der im Hier und Jetzt leben wollte, unkompliziert und kontaktfreudig. Dabei wehrte er sich immer gegen solcherlei Pauschalisierungen.

Erik wusste, er sollte es nicht tun, besonders vor dem Hintergrund, wie es beim letzten Mal gelaufen war, aber er konnte einfach nicht anders. Er war zu neugierig, und es war noch nie seine Art gewesen, den vorsichtigen Weg zu wählen. Außerdem hatte er den Eindruck, dass Hanna sich entspannt hatte, sie redeten ja über Familie.

»Das muss schwer gewesen sein, die Sache mit deinem Vater«, sagte er.

Hanna schaute ihn an, während ihr Gesicht versteinerte. Nun, irgendwann würde er sie schon noch knacken. Sie stand auf.

»Ich hole mir einen Kaffee. Möchtest du auch einen?«

Erik nickte und schaute ihr nach. Durch die Arbeit hatte er so viele Angehörige von Opfern und Tätern getroffen. Trauer gab es auf beiden Seiten, aber die Angehörigen der Täter versuchten fast immer, sie zu verbergen. Den Grund dafür konnte er erahnen: Ihre Wut war eine andere, und außerdem schämten sie sich. Irgendwie war er davon überzeugt, dass es ihn zu einem besseren Polizisten machen würde, mit Hanna darüber zu sprechen. Und er glaubte fest, dass er ihr helfen konnte. Aber vielleicht war er auch einfach nur naiv. Und unsensibel. Wie würde er sich verhalten, wenn sein eigener Vater ein Verbrechen beginge, das sich nicht verzeihen ließ? Irgendwie war das unvorstellbar.

23

Hanna goss Kaffee in zwei angeschlagene Becher und gab einen Schuss Milch in den einen. Schob den Gedanken an Eriks selbstgefälliges Lächeln weg. Eigentlich hatten sie sich ganz nett unterhalten, aber dann hatte er plötzlich von ihrem Vater angefangen. Schon wieder. Allmählich bekam sie das Gefühl, sein kleines Projekt zu sein. Die kaputte Kollegin, die es zu kitten galt. Nur dass sie gar nicht kaputt war. Zumindest nicht so, wie er glaubte. Sie bezweifelte, dass es ihr auch nur das kleinste bisschen helfen würde, ihr Privatleben vor ihm auszubreiten.

Langsam kehrte sie mit den Bechern an den Tisch zurück. Der mit der Milch schwappte über, als sie ihn vor Erik stellte. Hanna überließ es ihm, eine Serviette zu nehmen und die Pfütze aufzuwischen. Während der Kaffee abkühlte, rief sie Linneas Mutter Ulrika an. Erik hatte ja schon kurz mit ihrem Mann, Gabriel, über den Grillabend geredet, aber sie mussten mit beiden Eltern Rücksprache halten.

»Die Familie Forslund war am Dienstag zum Grillen bei Ihnen. Wie lange sind sie geblieben?«

Die Zeiten, die Ulrika nannte, stimmten mit denen überein,

die Rebecka genannt hatte. Joel und Molly waren gegen neun gegangen, Rebecka und Petri etwa zwei Stunden später.

»Ist an dem Abend etwas Außergewöhnliches passiert?«

»Nein. Wir haben gegessen und geredet und …«

»Und?«

»Nichts weiter. Es war ein richtig schöner Abend, aber das zu sagen fühlt sich jetzt ganz schrecklich an, schließlich ist Joel tot.«

»Wie war er an dem Abend?«

»Wie immer. Die Kinder haben sich bei der erstbesten Gelegenheit zurückgezogen. Er und Linnea saßen dann in der Küche und haben gezeichnet.«

»Wir müssten uns auch mit Linnea unterhalten.«

»Selbstverständlich«, sagte Ulrika, als hätte Hanna sie um Erlaubnis gebeten.

Dabei war Linnea über fünfzehn und stand noch dazu nicht unter Verdacht, also wollte Hanna eigentlich nur ihre Telefonnummer. Als sie sie bekommen hatte, bedankte sie sich und legte auf. Laut Ulrikas Auskunft befand sich ihre Tochter in der Schule.

Hanna trank ein paar Schlucke Kaffee, bevor sie bei Linnea anrief. Erik ließ sie dabei keine Sekunde aus den Augen, aber sie ignorierte ihn.

»Wie gut, dass du ans Telefon gehst«, sagte Hanna und stellte sich vor. »Bist du in der Schule?«

»Ja, aber eigentlich schon auf dem Weg nach Hause.«

»Wenn du kurz wartest, können wir dich fahren«, sagte Hanna.

»Warum?«

Die Frage war wenig mehr als ein Flüstern.

»Wir möchten mit dir über Joel sprechen.«

Linnea seufzte.

»Ich hatte schon überlegt, ob ich mich melden sollte«, sagte sie.

»Warum?«

»Können wir da gleich drüber sprechen?«

Hanna hatte vollstes Verständnis dafür, dass Linnea das nicht am Telefon sagen wollte. Manche Dinge fielen leichter, wenn man sich dabei in die Augen schauen konnte. Hanna telefonierte selbst nur ungern, aber im Job tat sie, was nötig war.

»Wir müssen los«, sagte sie zu Erik.

»Das habe ich schon mitbekommen.«

Erik leerte seine Kaffeetasse, während er aufstand.

»Ich fahre«, sagte sie.

Nicht nur, weil sie sich auf Öland besser auskannte, sondern auch, weil Erik sich ein bisschen zu penibel an die Geschwindigkeitsbegrenzung hielt. Aber das war das Einzige, was nicht zu einem Nesthäkchen passte. Sie war ja eigentlich auch eins, allerdings hatte sie Kristoffer immer eher als gleichaltrig und weniger als großen Bruder empfunden. Meist waren sie gut miteinander ausgekommen, aber eine Zeit lang hatte er ihr verboten, sich ihnen zu nähern, wenn er mit seinen Freunden vor dem Haus saß, weil er ungestört sein wollte. Da hatte sie nicht mal im selben Bus mitfahren dürfen. Und nach dem Tod ihrer Mutter war es so gewesen, als hätte sie gar keinen Bruder.

Der Verkehr floss in den ersten zehn Minuten zügig dahin, aber genau vor der Abfahrt zur Brücke stand ein roter Fiat, der offenbar eine Panne hatte. Dahinter staute es sich, weshalb Hanna das Blaulicht einsetzte, um die Autoschlange zu überholen.

»Was?«, sagte sie. »Linnea will uns etwas erzählen, und wenn wir zu lange brauchen, haut sie vielleicht vorher ab.«

»Ich habe gar nichts gesagt.«

Nachdem sie die Brücke hinter sich gelassen hatten, fuhren

sie weiter nach Mörbylånga, wo sie Linnea unschwer erkennen konnten. Sie stand auf der Ölandsgatan direkt gegenüber der Skansenskolan. Genau, wie sie angekündigt hatte. Sie trug eine Jeans und einen Kapuzenpulli, der mehrere Nummern zu groß war. Ähnlicher Stil wie Joel. Das glatte rotblonde Haar hatte sie zu einem Zopf zusammengefasst.

Auf dem Weg nach Gårdby wurde nicht viel gesprochen. Hanna war es wichtig, auf die Körpersprache zu achten, während sie Zeugen oder Verdächtige befragte, und Erik war da wohl ähnlich.

Als sie auf der Höhe von Rebeckas Haus ankamen schaute Hanna hinüber. Die Gardinen waren vorgezogen, und in der Auffahrt stand ein Wagen, der gestern noch nicht da gewesen war. Vielleicht gehörte er Petri oder Rebeckas Mutter.

Sie nahm die Kurve in Anderssons Auffahrt ein bisschen zu eng, weshalb das Gebüsch gegen das Auto streifte. Erik erstarrte, aber sagte nichts. Vermutlich, weil Linnea mit im Auto saß. Wenige Wochen nachdem Hanna den Führerschein bestanden hatte, war sie gegen Rebeckas Briefkasten gefahren. Der Führerschein hatte eine enorme Freiheit für sie bedeutet, und sie hatte gleich eingesetzt. Als wären alle Hemmungen weg, sobald sie sich an ein Steuer setzte. Ihre Großmutter hatte ihr den Führerschein zum achtzehnten Geburtstag geschenkt.

Die Haustür ging auf, und Ulrika kam heraus. Blieb stehen und wartete auf sie, mit nervösen Händen, die nicht zu wissen schienen, wohin sie sollten. Linnea wand sich aus ihrer unbeholfenen Umarmung. Auch wenn Hanna sie nicht beim Gespräch dabeihaben wollte, so war es dennoch gut, dass Ulrika zu Hause war. Vielleicht brauchte Linnea hinterher Unterstützung. Fünfzehn war ein schwieriges Alter.

Sie setzten sich in die Küche, weil sie dort ungestört waren. Linnea füllte sich ein Glas mit Wasser, trank es aus und füllte es erneut, bevor sie zu ihnen an den Tisch kam.

»Dann erzähl mal«, sagte Hanna. »Was meinst du, sollten wir wissen?«

»Letzte Woche ist was passiert«, sagte Linnea und klammerte sich an das Wasserglas.

Sie warteten, aber Linnea sprach nicht weiter.

»Was ist denn passiert?«, fragte Erik.

»Ich bin mit Joel zur Grundschule gegangen, um Molly abzuholen. Seine Mutter konnte nicht. Das kommt manchmal vor, wenn sie im Atelier festhängt.«

»Was ist in der Schule passiert?«, hakte Erik nach.

Es war abzusehen, dass Linnea von allein nicht mit der Geschichte vorankommen würde.

»Fanny hat Molly gegen die Wand gedrückt. Das sah ziemlich schlimm aus. So mit dem Arm gegen den Hals. Mollys Gesicht war ganz komisch. So als würde sie ersticken.«

»Wer ist Fanny?«

»So ein Mädchen, das bei Joel in der Klasse war bis zur sechsten. Ihre Gang hängt manchmal bei der Schule in Gårdby rum. Die kommen in der Mittelstufe nicht klar und jagen den Kleinen Angst ein, damit sie sich selbst groß fühlen.«

»Logisch«, sagte Erik, und Linnea grinste ihn an.

Wie eigentlich in jedem Bereich von Hannas Leben gab es auch in der Schule ein Vorher und Nachher. Bis zum Ende der sechsten Klasse war alles gut gewesen, danach ging es nur noch darum, mit allen Mitteln zu verbergen, dass ihr Vater trank. Sie hatte sich Klamotten von ihm gemopst, weil sie aus ihren herausgewachsen war. So getan, als wäre es ihre Entscheidung, sich so anzuziehen. Sich im Unterricht eingebracht und gute Noten bekommen, damit niemand fragte, wie es zu Hause lief. Kristoffer sorgte für so viel Chaos, dass es für sie beide reichte. Nach der Beerdigung ihrer Mutter hatte es für Hanna nur ein Ziel gegeben: dafür zu sorgen, dass das, was von ihrer Familie übrig war, nicht auch noch zerfiel.

Selbst gegenüber ihrer Großmutter hatte sie gelogen, und nur manchmal hatte sie am Wochenende bei ihr übernachtet, wenn sie einfach mal eine Pause brauchte. Sie hatte es geliebt, morgens aufzuwachen und in die Küche zu schleichen, um es sich dort auf dem alten Küchensofa gemütlich zu machen. Oder mit Oma Radio zu hören, während das Brot im Ofen war.

»Wie ging es dann weiter?«, fragte sie.

»Joel ist hingerannt und hat Fanny weggestoßen. Die ist total ausgerastet. Hat um sich geschlagen und gebrüllt, dass er das noch bereuen wird.« Linnea fing an zu schluchzen. »Keine Ahnung, wie er sich das getraut hat. Joel ist nicht viel größer als ich, und Fanny ist riesig. Aber dann ist ein Lehrer dazugekommen und hat das Ganze beendet.«

»Warum ist Fanny denn auf Molly losgegangen?«, fragte Hanna.

»Fanny macht so was ständig. Molly hat fast den ganzen Weg bis nach Hause geweint.«

»Und der Lehrer hat euch einfach alle gehen lassen?«, fragte Hanna und konnte ihre Empörung nicht verbergen.

»Ja. Warum auch nicht? Hat ihm ja niemand was gesagt.«

Linnea schüttelte den Kopf über sie. Natürlich erinnerte Hanna sich daran, wie es in der Schule sein konnte, an die Schimpfworte und Schlägereien, an die Lehrer, die es mitbekamen, sich aber nicht einmischten. Aber sie hatte geglaubt, dass sich seither mehr getan hatte.

»Wie heißt der Lehrer?«, fragte Hanna.

»Isak Aulin. Aber der ist ziemlich cool.«

Hanna war noch nicht durch mit dem Thema, aber Erik kam ihr zuvor.

»Das ist sehr gut, dass du mit uns darüber sprichst.«

Linnea nickte, schien ihm aber nicht zu glauben.

»Fanny war danach echt sauer auf Joel«, sagte sie. »Weil er ihr Image zerstört hat oder so. Dafür wollte sie sich an ihm rächen. Molly hat sie auch bedroht, das weiß ich.«

»Habt ihr da am Dienstag drüber gesprochen?«

»Nein. Ich hab ihm angesehen, dass er was hatte, aber als ich nachgefragt hab, hat er völlig zugemacht. Ich hätte …«

Hanna streckte die Hand aus und legte sie auf Linneas, nahm sie aber zurück, als sie merkte, dass Linnea das nicht gefiel. Dann griff sie zu ihrem Handy und suchte das Bild von der blonden Frau heraus, aber Linnea sagte, sie kenne sie nicht.

»Verkauft Fanny Hasch?«, fragte Erik.

»Ich glaube nicht«, sagte Linnea.

»Weißt du, wer Hasch verkauft?«

»Nein.«

Das Wasserglas zitterte, als Linnea daraus trank.

»Wovor hast du Angst?«, fragte Hanna.

Linnea warf einen Blick zur Tür und zögerte, bevor sie antwortete.

»Ich glaube, dass Fanny es jetzt auf mich abgesehen hat.«

»Warum?«

Linnea trank noch einen Schluck Wasser.

»Weil ich dabei war, als sie Joel gedroht hat. Das reicht ihr schon als Grund.«

24

Als Erik die Küchentür öffnete, wich Linneas Mutter einen Schritt zurück in den Flur und murmelte, dass sie gerade fragen wollte, wie es lief. Es war nicht zu übersehen, dass sie versucht hatte zu lauschen, aber hätte sie damit Erfolg gehabt, hätte sie wohl kaum jetzt noch hier gestanden. Sie ließen sie zu Linnea durch.

»Bitte, lass mich einfach in Ruhe«, war das Letzte, was Erik hörte, als sie aus dem Haus traten.

»Wir müssen uns auch mit Molly unterhalten«, sagte Hanna. »Ruf du doch schon mal bei Ove an, dann frage ich in der Zwischenzeit Rebecka, wo sie ist.«

Erik nickte. »Alles klar.«

Zwischen den Grundstücken lag eine Hecke, die Hanna nun umrundete. Erik parkte den Wagen vor Rebeckas Haus, weil er die Lage so besser im Blick hatte. So konnte er schneller eingreifen, falls Hanna Hilfe brauchte. Aber hinter den vorgezogenen Gardinen rührte sich nichts. Erik wählte Oves Nummer. Eine ältere Frau mit einer Rose in der Hand näherte sich. Sie zögerte, als sie ihn entdeckte, ging dann aber doch weiter und legte die Rose zu den anderen Blumen vor dem Zaun. Kaum hob Ove ab, berichtete Erik ihm, was sie von Linnea erfahren hatten, und dass sie planten, sich auch noch mit Joels kleiner Schwester zu unterhalten.

»Gut«, sagte Ove. »Klingt ja so, als würde sich was tun.«

Erik brummte zustimmend.

»Ich setze jemanden aus dem Team auf diese Fanny an«, fuhr Ove fort. »Wie heißt sie weiter?«

»Broberg.«

»Von hier gibt es leider nichts Neues«, sagte Ove. »Aber ich melde mich, sollte sich das ändern.«

»Das heißt, noch immer keine Meldung von dem Halter des Fahrzeugs da am Rastplatz?«

»Leider nein. Wir haben ihm mehrfach auf die Mailbox gesprochen, aber er meldet sich nicht. Laut seinem Arbeitgeber hat er Urlaub, und das noch bis Montag.«

»Und der Fahrradfahrer, den die beiden Deutschen gesehen haben?«

»Konnte bisher nicht identifiziert werden, aber Amer ist dran.«

Hanna kam aus Rebeckas Haus, und Erik beendete das Telefonat mit Ove genau in dem Moment, in dem sie die Fahrertür öffnete.

»Besser, wenn ich fahre, ich kenne den Weg. Molly ist bei ihrer Oma Sonja, und ich kenne die Adresse nicht, nur das Haus, weil ich weiß, wer da früher gewohnt hat.«

»Und zwar?«

»Ein alter Religionslehrer von mir, der besser Priester geworden wäre.«

Erik stieg aus und ging ums Auto herum.

»Rebecka kennt diese blonde Frau auch nicht«, sagte Hanna, als er auf dem Beifahrersitz Platz genommen hatte.

Wenig später hielt sie vor einem kleinen roten Haus. Rechts von einem großen Fenster mit grünem Rahmen befand sich die braune Eingangstür, und einen verwirrenden Augenblick lang glaubte Erik, schon einmal an diesem Ort gewesen zu sein. Aber dann merkte er, dass ihn das Haus an ein Kinderbuch erinnerte, das seine Mutter ihm hatte vorlesen müssen, bis es auseinandergefallen war. Das Häuschen war eine perfekte Kopie von dem, in dem Rotkäppchens Großmutter lebte.

Hanna war schneller aus dem Wagen als er. Eine grauhaarige Frau öffnete die Tür. Erik erklärte, warum sie gekommen waren, doch der Blick der Frau blieb auf Hanna gerichtet.

»Ich kenne Sie«, sagte sie.

»Ich bin mit Rebecka zur Schule gegangen.«

»Sind Sie nicht Lars Dunckers Mädchen? Ich habe gehört, dass Lars' Tochter zurück ist.«

Hanna nickte steif, doch für Sonja war das Thema bereits beendet.

»Molly ist im Wohnzimmer.«

Sonja ging voran in ein Zimmer, das mit dem kargen Raum aus dem Märchenbuch nichts gemein hatte. Die Holzmöbel waren zwar ähnlich schlicht, aber es gab viele davon und darüber hinaus ein hellgraues Sofa mit einer Menge farbenfroher Kissen. Molly saß auf dem Boden, inmitten von Filzstiften und Ausmalbildern, deren Motive schätzungsweise aus dem Internet stammten. Darauf waren verschiedene Tiere, überwiegend Vögel. Molly war emsig mit Malen beschäftigt, ihre Finger waren bereits ganz fleckig.

»Es wäre toll, wenn Sie bei uns bleiben«, sagte Erik zu Sonja und hielt sich dann den rechten Zeigefinger vor den Mund, um ihr zu signalisieren, dass sie aber still bleiben sollte.

Wenn sie mit jemandem in Mollys Alter sprachen, musste jemand das Gespräch bezeugen. Im Idealfall sollte es eine außenstehende Person sein, und wenn man es ganz genau nahm, sollte das Gespräch von jemandem geführt werden, der oder die auf Kinder spezialisiert war. Aber entscheidend war immer die Dringlichkeit der Situation. Wenn Molly hilfreiche Informationen hatte, mussten sie diese so schnell wie möglich erfahren. Hanna ging neben der Sechsjährigen in die Hocke.

»Hallo, ich heiße Hanna.«

Molly schaute kurz auf und grüßte, malte dann aber sofort weiter den Flügel eines Papageis lila an.

»Ich bin mit deiner Mutter befreundet, und ich bin bei der Polizei.«

Molly hörte auf zu malen.

»Suchst du den, der Joel wehgetan hat?«

»Ja, das mache ich, und dabei brauche ich deine Hilfe. Was genau war los, als Joel und Linnea dich letzte Woche von der Schule abgeholt haben?«

Molly malte weiter.

»Du meinst mit Fanny?«

»Ja«, sagte Hanna. »Was hat sie gemacht?«

»Sie hat mich gewürgt.«

»Warum?«

Molly schaute zu Sonja, die sie aufmunternd anlächelte. Erik hielt sich im Hintergrund, um nicht zu stören. Nach kurzem Zögern antwortete sie.

»Fanny wollte Geld haben. Ein paar Kinder klauen zu Hause, um ihr was zu geben. Die schlägt sie dann nicht.«

»Und du machst da nicht mit?«, fragte Hanna.

Molly schüttelte den Kopf. »Mama sagt immer, dass wir zu

wenig Geld haben. Ich bekomme Taschengeld, aber das spare ich.«

»Worauf sparst du?«

»Ein Kaninchen. Eigentlich will ich ein Pferd, aber so viel kann ich nicht sparen. Das dauert Jahre.«

»Hat Fanny noch mehr gemacht?«

Molly wechselte zu einem orangenen Filzstift und bemalte damit die Brustfedern des Papageis. Kurz dachte Erik, sie würde nicht mehr antworten.

»Sie hat blöde Sachen gesagt, aber gewürgt hat sie mich nicht noch mal.«

»Was hat sie gesagt?«

»Dass sie mich totschlägt, wenn ich was erzähle. Oder wenn Joel nicht macht, was sie will.«

»Was sollte Joel denn für sie machen?«

»Weiß nicht.« Molly legte den Stift weg und schaute Hanna an. »Ich hab Angst, dass sie mich erwürgt, jetzt wo Joel tot ist.«

»Ich verspreche dir, dass ich mal mit Fanny spreche«, sagte Hanna. »Und danach wird sie es nicht mehr wagen, dir was anzutun. Oder den anderen Kindern.«

Molly warf sich Hanna in die Arme und drückte sie, dass sie fast hintenüberkippte.

»Danke«, sagte Hanna. »Du hast uns sehr geholfen. Gibt es sonst noch etwas, was du uns erzählen möchtest?«

Molly schüttelte den Kopf.

»Hast du denn eine Frage?«

»Malst du mit?«

»Gern«, sagte Hanna und suchte sich einen noch farblosen Schmetterling aus.

Nachdem sie den Körper blau ausgemalt hatte, gab sie Molly das Blatt.

»Willst du vielleicht übernehmen? Ich muss jetzt weiterarbeiten.«

Molly legte den Papagei beiseite und wählte Gelb für die Schmetterlingsflügel. Sonja brachte sie zur Tür.

»Was für ein Monster«, flüsterte sie.

»Das sehe ich ganz genauso«, sagte Hanna. »Aber es ist wichtig, dass Sie alles Weitere uns überlassen. Sprechen Sie bitte mit niemand anderem als mit Mollys Eltern über das, was Molly uns erzählt hat.«

»Selbstverständlich«, sagte Sonja. »Ich gehöre nicht zu den Klatschmäulern hier.«

Sonja schaute Hanna dabei direkt in die Augen, und Erik ahnte, dass sie damit nicht nur die Gegenwart meinte. Sicher war damals viel über Hanna und ihren Vater geredet worden. Dass sie wieder nach Öland gezogen war, hatte all das Gerede vermutlich erneut entfacht. Er bekam ein schlechtes Gewissen, weil er sie mit seiner Fragerei so unter Druck gesetzt hatte.

Hanna nickte zum Abschied, und Sonja schloss die Tür.

»Was sagst du zu alldem?«, fragte Erik.

»Dass es zwischen Joel und Fanny um mehr als den Angriff auf Molly ging. Wir müssen herausfinden, was Fanny von Joel wollte.«

25

Rebecka wischte zum zweiten Mal über die Arbeitsfläche. Dort war ein orangener Fleck, der einfach nicht verschwinden wollte. Vielleicht von der Hackfleischsoße, die sie am Sonntag gemacht hatte. Sie rubbelte immer heftiger daran herum.

»Kannst du dich nicht mal hinsetzen?«, fragte ihre Mutter Annette.

Seufzend wrang Rebecka das Spültuch aus und hängte es über den Wasserhahn. Dann entdeckte sie einen Brotkrümel darauf, riss es erneut an sich und spülte es aus. Anschließend pfefferte sie es in die Spüle.

»Nein, Mama. Kann ich nicht.«

Nirgendwo im Haus fand sie Ruhe. Joel war überall. All die unzähligen Mahlzeiten, die sie in der Küche gegessen hatten. All die Abende, an denen sie versucht hatte, ihn vom Sofa ins Bett zu kriegen. All die Male, die sie vor seiner Tür gestanden hatte, als er tatsächlich im Zimmer war. Im Bett oder am Computer.

Oh, Joel, wieso hast du dich davongeschlichen?

Rebecka war davon überzeugt, dass er freiwillig gegangen war. Dass er in irgendetwas Schlimmes verwickelt worden war. Niemand hätte hereinkommen und ihn entführen können, ohne dass sie das bemerkt hätte. Ganz besonders nicht, weil sie wach gewesen war.

Sowohl die Haus- als auch die Terrassentür war von der Kriminaltechnik überprüft worden. Rebecka hatte sich die Türen danach selbst angeschaut und keine Einbruchsspuren entdeckt. An den Fenstern gab es auch keine neuen Macken. Und es war gerade mal Mai, da ließen sie keine Fenster offen.

Joel musste die Treppe hinuntergeschlichen und weggegangen sein, um jemanden zu treffen. Aber wen? Sie konnte sich einfach nicht vorstellen, was passiert war. Nicht vor dem Hintergrund, wie er aufgefunden worden war. Sollte sie Hanna anrufen und nachfragen, was sie Neues herausgefunden hatten?

Hanna war gerade erst hier gewesen. Offenbar hatte Linnea etwas erzählt, woraufhin die Polizei mit Molly sprechen musste. Aber Molly war noch bei Sonja, und Rebecka hatte nicht mitfahren wollen, hatte gesagt, dass es reichte, wenn Sonja dabei war.

Sie hatte sich nicht getraut nachzufragen, worum es ging.

Hanna hatte irgendwie anders geklungen, härter. Und sie hatte behauptet, dass Joel gekifft hatte. Hätte Rebecka mitfahren sollen, einfach um Molly zu unterstützen? Sie unterdrückte das Gefühl, eine schlechte Mutter zu sein. Wenn sie dort gewesen wäre, hätte Molly sich womöglich geweigert, irgendetwas zu sagen.

»Rebecka.«

Das Flehen in ihrer Stimme war unerträglich. Mama wollte, dass sie sich zu ihr setzte, um über Joel zu sprechen. Über all das Schöne, was sie zusammen erlebt hatten. Aber Rebecka wollte nicht über ihn sprechen, als gäbe es ihn nicht mehr. Sie wollte ihn zurück. Und wieso hatte Hanna ihr das Foto von dieser blonden Frau gezeigt? Auch das hatte sie nicht gefragt.

»Die Polizei hat Hasch in Joels Zimmer gefunden«, sagte sie schließlich.

»Aha.«

»Mehr fällt dir dazu nicht ein?«

»Nein, aber … du hast in dem Alter doch auch eine Menge ausprobiert.«

»Aber doch keine Drogen!«

»Das ist heute vielleicht einfach üblicher unter Jugendlichen? Ich habe gelesen …«

»Ich muss mal an die frische Luft«, unterbrach Rebecka sie.

Sie eilte zur Terrassentür, bekam sie erst beim zweiten Versuch auf, trat hinaus und atmete tief ein. Sie blieb dabei dicht an der Hauswand, damit die Nachbarn sie nicht sahen. Sie konnte gerade mit niemandem sprechen, ganz besonders nicht mit Ulrika und Gabriel, dazu fehlte ihr die Energie. Auch hier draußen erinnerte alles an Joel. Wie viele Abende hatten sie hier gegrillt oder einfach rumgesessen. Im Garten Wikingerschach gespielt. Joel hatte Wasser in das kleine Planschbecken gefüllt und Molly hineingesetzt. Und später, als sie laufen konnte, gab es Wasserbombenschlachten. Er hatte absichtlich neben sie gezielt, aber sich von ihr treffen lassen.

Wie sollte Molly ohne ihren großen Bruder zurechtkommen?

Rebecka richtete den Blick auf den Wald. Die neuen Häuser jenseits der Bäume waren gerade weit genug entfernt, um sie nicht mehr klar erkennen zu können, aber ihr war, als würde sich jemand zwischen den Baumstämmen bewegen. Vielleicht arbeitete jemand in seinem Garten. Sie betrachtete ihr wild verwuchertes Grundstück. Die einzige Gartenarbeit, die sie betrieben, war, ab und zu mal zu mähen. Nein, nicht sie – Joel machte das, und eigentlich nur, wenn er dringend Geld brauchte.

Ihr Blick wanderte nach rechts zu Ulrikas und Gabriels Haus. Es war gerade zwei Tage her, dass sie Steaks auf dem Monstergrill gewendet hatten, den Ulrika gekauft und danach in der Garage versteckt hatte. Zwei Tage nur, aber es kam ihr vor wie ein anderes Leben. Rebecka hatte unterm Tisch ihr Bein gegen das von Gabriel gepresst, und er hatte seins weggezogen. Da hatte sie noch geglaubt, er fände sie zu unvorsichtig, aber vermutlich hatte er sich da bereits entschieden. Wenige Stunden später hatte sie am Boden ihres Ateliers gelegen und sich an just dieses Bein geklammert, versucht, ihn so zurückzuhalten. Er hatte gesagt, sie solle aufhören, sich wie ein dummes Kleinkind zu benehmen, und da war sie in das kleine WC gekrochen und hatte sich übergeben.

Als sie endlich auf die Beine und wieder hinauskam, war er verschwunden gewesen.

Was, wenn es doch Axel war, der Joel getötet hatte? Ihre Gedanken sprangen umher wie Vögel, die sich ums Futter stritten. Immerhin hatte Axel noch nicht wieder von sich hören lassen. Ihr war völlig unbegreiflich, wie sie sich je für einen Typen wie ihn hatte entscheiden können. *Geld macht nicht glücklich, aber es hilft.* Das hatte sie immer verkündet, wenn sie sich freitags feierlich ihren Rubbellosen widmete. Aber einen Gewinn hatte es ihr nie eingebracht.

Rebecka ging wieder ins Haus.

»Entschuldige«, sagte sie zu ihrer Mutter, die noch immer am Küchentisch saß.

»Es gibt nichts, wofür du dich entschuldigen müsstest.«

Rebecka öffnete den Kühlschrank, weil sie seit dem Frühstück nichts gegessen hatte, aber schloss ihn gleich wieder. Dass sie irgendwas runterbrachte, war sowieso aussichtslos.

»Soll ich dir was kochen?«, fragte ihre Mutter.

»Danke, nicht nötig.«

»Ich könnte schnell ein Omelett machen.«

»Nicht nötig, hab ich gesagt.«

Mamas Seufzen versetzte ihr einen Stich. Rebecka wusste, dass sie netter sein sollte, aber das war unmöglich.

»Wie schön, Hanna mal wiederzusehen«, sagte ihre Mutter.

»Ja.«

Annette hatte Hanna immer gemocht. Hanna war das genaue Gegenteil von Rebecka gewesen: ruhig und gewissenhaft, fleißig in der Schule. Stark. Rebecka fischte den Lappen aus der Spüle und entdeckte beim Blick durchs Fenster Gabriel, der in seiner Auffahrt stand und zu ihrem Haus schaute. Er wirkte traurig, stellte sie mit einem Fünkchen Genugtuung fest, schließlich hatte er sie so grässlich erniedrigt. War mit einer Flasche Rotwein im Atelier aufgetaucht und hatte ihre Hände nicht zurückgewiesen, die ihn berührt und gestreichelt hatten. Nein, erst als die Flasche leer war, hatte er sich die Worte abgerungen, dass er sich nicht länger mit ihr treffen wollte. Nicht so.

Schnell machte sie einen Schritt beiseite, damit sie von draußen nicht mehr zu sehen war. Rebecka hatte nur die Vorhänge in den Fenstern zur Straße vorgezogen, von wo man am meisten Einblick ins Haus hatte. Weder Ulrika noch Gabriel hatten sich bisher gemeldet, und das störte sie ein bisschen. Damit, dass Gabriel nichts von sich hören ließ, hatte sie ja sogar gerechnet. Was hatte sie in dem bloß gesehen? Er hatte eine Menge gesagt, was er nicht ernst meinte, um zu bekommen, was er wollte: Sex. Hatte ihr das Gefühl gegeben, schön und klug und geistreich zu sein, hatte für eine Weile ihr Bedürfnis gestillt, gesehen zu werden. Aber ganz so einfach war es dann doch nicht. Er hatte sie zum Lachen gebracht und mit ihr gesprochen, als wäre sie mehr als eine Hausfrau.

Aber im Vergleich zum Verlust ihres Sohnes bedeutete er rein gar nichts, und Rebecka beschloss, Gabriel aus ihrem Kopf zu verbannen. So zu tun, als wäre da nie etwas gelaufen. Aber Ulrika? Rebecka wünschte sich Kontakt zu ihr und auch wieder nicht.

Rebecka spürte, dass sie den Ort sehen musste, an dem Joel gefunden worden war. Vielleicht würde sie nie erfahren, was passiert war. Vielleicht würde sie ihm nie wieder näher sein als an diesem Rastplatz. Die Polizei wusste ja nicht mal, ob er dort gestorben war.

Am einfachsten wäre es, ihre Mutter zu bitten, sie hinzufahren, aber das würde sie nicht ertragen. Ihre Vorwürfe und Sorgen konnte sie dabei nicht gebrauchen.

»Es tut mir leid«, sagte sie. »Aber ich muss mal ein bisschen allein sein.«

»Hör auf, dich zu entschuldigen«, sagte ihre Mutter und stand auf.

Rebecka ließ sich lange von ihr umarmen.

»Du weißt, wo du mich finden kannst«, sagte Annette schließlich und verschwand durch die Haustür.

Petri war mit dem Volvo zur Arbeit gefahren, aber sie hatten noch einen rostigen alten Saab, den Rebecka die wenigen Male nutzte, wenn sie ein Auto brauchte und Petri nicht da war. Aber ihr war klar, dass sie sich in ihrem Zustand lieber nicht selbst ans Steuer setzen sollte, sie würde vermutlich sofort im Straßengraben landen. Natürlich konnte sie warten, bis Petri wieder zu Hause war, aber dazu fehlte ihr die Geduld.

Vielleicht sollte sie Hanna eine SMS schreiben und fragen, ob sie mitkäme, doch insgeheim war sie sich nicht sicher, ob sie Hanna ertragen würde. Außerdem wollte sie nicht stören, die Ermittlungen nicht aufhalten.

Den Fundort zu sehen, würde nicht reichen, Rebecka musste wissen, was Joel zugestoßen war.

Der letzte Tag

Joel steigt als Letzter in den Bus 102 nach Gårdby und geht wie immer bis nach hinten durch. Er möchte den Überblick haben, mag es nicht, wenn ihm jemand im Rücken sitzt.

Sie sind vielleicht zu zehnt im Bus, und er weicht allen Blicken aus. Die meisten sind sowieso beschäftigt. Tilde aus Linneas Klasse sitzt mit einem Mädchen zusammen, das er nicht kennt. Sie schauen dicht gedrängt irgendwas auf Tildes Handy und lachen. Vor ein paar Wochen hat Tilde sich noch ihm und Linnea angeschlossen, als sie in Kalmar ins Kino gegangen sind, weil sie keine richtigen Freunde hatte. Tilde hebt den Kopf und schaut ihn irgendwie schuldbewusst an. Warum denn? Ist doch super für sie, wenn sie jemanden gefunden hat. Ohne ihn zu grüßen, glotzt sie wieder aufs Handy.

Joel schafft es bis zu seinem Platz, ohne mit jemandem sprechen zu müssen. Kaum sitzt er, hat er das Gefühl, nie wieder aufstehen zu können, aber schon eine Sekunde später ist die Angst da und packt ihn. Eine volle halbe Stunde ist er nun mit seinen mahlenden Gedanken gefangen.

Der Bus fährt an, und Joel greift zu seinem Handy. Akkustand acht Prozent.

Nadine hat ihm geschrieben: *Was machst du?*

Es tut so gut, dass es da eine gibt, die wirklich wissen will, wie's ihm geht. Klar, Mama interessiert das auch irgendwie, aber häufig wirkt sie wie von einer Glasglocke umgeben. Da ist er ihr gar nicht so unähnlich.

Sitze im Bus nach Gårdby, schreibt er. *Akku ist gleich alle.*

Er fügt ein paar heulende Emojis hinzu, und Nadine antwortet mit denselben.

Joel betrachtet die vorbeigleitenden Bäume. Sonnenstrahlen tanzen zwischen den Ästen. Der Bus fährt erst raus nach Algutsrum, bevor er nach Gårdby abbiegt. Mit dem Auto dauert die Fahrt nur halb so lang. Nur noch zweieinhalb Jahre, dann ist er achtzehn. Er will sofort seinen Führerschein machen, am liebsten auch gleich ein Auto haben. Aber um sich das leisten zu können, muss er sich dringend einen Nebenjob suchen. Joel bezweifelt stark, dass seine Mutter ihm was zuschießen wird.

In der letzten Zeit hatte er so viel anderes im Kopf, dass er sich nicht rechtzeitig einen Sommerjob gesucht hat. Wenn er erst in der Oberstufe ist, kann er Praktika machen, die aus öffentlichen Mitteln bezahlt werden, aber vorher? Nadine wird bald für ein paar Wochen Eis vor einem Café verkaufen. Natürlich könnte er wieder Erdbeeren pflücken, das bringt immerhin ein bisschen Geld. Bleibt nur die Frage, ob es das wert ist.

Ein Moped wäre günstiger, aber die waren noch nie sein Ding. Vielleicht, weil Fanny, seit sie zwölf ist, mit so einem Ding durch die Gegend fuhr.

Sein Handy vibriert, und er schaut aufs Display.

Komm um Mitternacht zum Wald.

Am liebsten würde er schreiben, dass Fanny zur Hölle fahren kann. Er hat die Schnauze so dermaßen voll von ihr. Wieso setzt sie nicht einfach ihre Muskeln und ihren Grips für was Sinnvolleres ein, als Leute zu unterdrücken?

Fanny erinnert ihn ein bisschen an Axel. Beide glauben, dass sie sich nehmen können, so viel sie wollen, ohne je selbst etwas zu geben. Dass die Welt nur für sie da ist.

Aber wenn er jetzt irgendwas zurückschreibt, das Fanny nicht gefällt, wird dafür nur Molly zahlen. Joel muss sie schützen. Ihm bleibt nichts anderes übrig, als hinzugehen. Und er weiß, dass er gar nicht erst fragen muss, was ihn dort erwarten wird.

Vermutlich wird sie ihn grün und blau schlagen.

Mach ich, antwortet er.

26

Hanna drehte sich noch einmal zu dem roten Haus um. Durch das Küchenfenster beobachtete sie, wie Sonja einen Schrank öffnete und eine Dose herausholte. Im Haus hatte es ganz anders ausgesehen als bei ihrem ersten Besuch dort. Heller und moderner eingerichtet. Damals standen nur schwere Holzmöbel darin, und es hatte muffig gerochen. Der Religionslehrer hatte die ganze Klasse zum Kaffee eingeladen und ihnen erzählt, dass Gott nachsichtig sei, aber wer Vergebung von ihm verlange, müsse seine Sünden beichten.

Seine Worte – oder vielmehr die Art, wie er sie ausgesprochen hatte – hatten einem Großteil der Kinder Angst eingejagt. Daraufhin hatten sich einige Eltern bei der Schulleitung beschwert, und er hatte nie wieder eine Klasse zu sich nach Hause eingeladen. Dabei hätte er besser gar nicht weiter unterrichten sollen.

»Würdest du fahren?«, fragte Hanna.

Erik nickte und nahm gerade den Schlüssel entgegen, als sein Handy klingelte. Hanna war sofort klar, dass es sich um einen Anruf von Ove handelte. Kurz überlegte sie, ob sie doch den Schlüssel wieder an sich nehmen sollte, damit sie fortkamen, aber gerade sah sie sich nicht in der Lage zu fahren. Außerdem schien Ove neue Informationen zu haben, vielleicht war also etwas anderes noch dringender, als Fanny zu befragen.

Hanna stieg auf der Beifahrerseite ein und schaute noch einmal zum Haus. Was wohl aus dem alten Lehrer geworden war? Sie hatte erst später begriffen, dass er psychische Probleme gehabt hatte. Im Dorf hatte es dafür bis zu einem gewissen Grad sogar Verständnis gegeben.

Aber Kindern Angst einzujagen war nicht in Ordnung.

Töten auch nicht.

Mehr als alles andere war es das ewige Gerede gewesen, das Hanna von der Insel vertrieben hatte. Dass sich plötzlich alle die Freiheit nahmen, über das zu sprechen, was sie am liebsten in einem tiefen schwarzen Loch verschütten wollte: dass ihr Vater getötet hatte. Vielleicht hatte Kristoffer ja recht, und es war egoistisch von ihr gewesen, wieder herzuziehen. Die Anrufe, die sie neuerdings bekam, zeigten ja, dass jemand ein ziemliches Problem damit hatte. Der Tatsache, dass sie über ihr Diensthandy kamen, maß sie keine größere Bedeutung bei. Die Nummer war viel leichter herauszufinden als ihre private.

Ihr Handy summte, woraufhin Hanna eine SMS von Rebecka vorfand:

Würdest du mit mir zum Möckelmossen fahren?

Hanna starrte auf die Frage und hätte gern sofort bejaht, aber der Wagen, in dem sie saß, gehörte der Kalmarer Polizei. Natürlich konnte sie Erik darum bitten, sie dort abzusetzen, sobald sie fertig waren, doch dann wusste sie immer noch nicht, wie sie später nach Hause und tags drauf wieder zur Arbeit kommen sollte. Ihr eigenes Auto stand ja vor der Wache in Kalmar. Und sie konnte es unmöglich erst holen. Außerdem bezweifelte sie, dass Rebecka so lange warten wollte.

»Die IT-Forensik konnte WhatsApp auf Joels Handy wiederherstellen.«

Erik schaute sie an, als rechnete er mit einem Trommelwirbel. Er startete den Wagen und fuhr los.

»Und?«

»Fanny hat ihm am Dienstag zwei Nachrichten geschickt. Eine um 14.05 Uhr: *Du bist so was von tot. Du oder sie.* Die andere um 15.12 Uhr: *Komm um Mitternacht zum Wald.*«

»Dann werden wir uns wohl mal mit dem Monster unterhalten«, sagte Hanna.

Erik reagierte nicht darauf, dass sie Sonjas Ausdruck verwendet hatte.

»Ove will uns mailen, was er über Fanny hat«, sagte er. »Sie ist nicht gerade ein unbeschriebenes Blatt, weder bei uns noch beim Jugendamt.«

Hanna schickte schnell Rebecka eine SMS, dass sie sich später melden, aber sie zum Möckelmossen begleiten würde. Irgendwie bekäme sie das schon hin, musste es hinbekommen, wo Rebecka sie schon um Hilfe bat. Dann öffnete sie die Datei, die Ove geschickt hatte.

»Hier abbiegen«, sagte sie und deutete zur Snegatan.

Fanny wohnte kurz vor Gårdby in Övre Ålebäck. Hannas Handy klingelte, und ohne aufs Display zu schauen, ging sie dran, überzeugt davon, dass es Rebecka war. Die Stille am anderen Ende strafte sie Lügen. Doch sofort wurde sie von einem Knistern gebrochen, das langsam lauter wurde. Da brannte etwas. Hanna wollte das Handy vom Ohr reißen, war aber wie gebannt. Sie spürte, dass Erik sie verstohlen beobachtete. Sie sollte so tun, als spräche sie mit jemandem, damit er nicht mitbekam, um was für einen Anruf es sich handelte, aber auch das brachte sie nicht fertig. Erst ein Schrei löste sie aus ihrer Starre. Hektisch legte sie auf.

Erik lenkte den Wagen auf einen Hof. Dort kniete Fanny und schraubte an ihrem Moped. Sie trug eine kaputte Jeans und ein schwarzes T-Shirt. Das kurze Haar war schwarz, aber die Wurzeln verrieten, dass es gefärbt war.

War das prasselnde Feuer echt oder eine Aufnahme gewesen? Vielleicht aus einem Film oder so. Der Schmerzschrei hatte jedoch sehr echt geklungen.

Erik stellte den Wagen neben Fanny ab, die kurz aufschaute, sich dann aber weiter auf ihr Moped konzentrierte. Laut Akte war sie im Januar sechzehn geworden. Bei ihren bisherigen Kontakten mit der Polizei ging es um Ladendiebstahl, Trunkenheit, Vandalismus und so weiter. Selbst Körperverletzung. Außerdem Betrug, denn sie hatte mehrere Menschen online um Geld gebracht. Sowohl die Polizei als auch ihre Schule hatten Ruhestörungen gemeldet.

Sie stellten sich vor und zeigten ihre Dienstmarken. Fanny stand auf und streckte ihnen eine schmierige Hand entgegen. Als weder Erik noch Hanna sie schütteln wollte, grinste Fanny. Mit ihren sechzehn Jahren war sie bereits sehr groß, sicher fast einen Meter achtzig.

Das hätte ich sein können, dachte Hanna. *Wenn ich auf Mamas Tod reagiert hätte wie Kristoffer.*

Aber im Gegensatz zu Hanna im selben Alter machte Fanny sich nicht klein. In Stockholm hatte Hanna sich einen Personal Trainer gesucht und ein Jahr lang gezielt Rücken- und Schultermuskulatur aufgebaut. Um sich aufrecht zu bewegen und nicht mehr ewig wegzuducken. Meist gelang ihr das jetzt, nur manchmal vergaß sie ihre Haltung und sackte in ihre alte Gewohnheit.

»Bist du allein zu Hause?«, fragte Erik.

»Schon okay«, sagte Fanny. »Ich kann mich allein mit euch unterhalten, dazu brauch ich meine Mutter nicht.«

»Wie erwachsen von dir«, sagte Hanna.

Feuerprasseln und Schrei hallten noch in ihr nach, sie musste den Anruf unbedingt ausklammern. Sie hatte hier eine Aufgabe zu erfüllen. Hanna betrachtete Fannys Hände. Verletzungen waren keine ersichtlich, aber vielleicht waren sie auch unter Dreck und Öl verborgen.

»Allerdings.« Fanny verneigte sich vor ihr. »Freut mich, Eure Bekanntschaft zu machen, Lady Brienne of Tarth.«

»Wie bitte?«

Erik prustete los: »*Game of Thrones.*«

Hanna verdrehte die Augen. Sie hatte nicht eine Folge dieser Serie gesehen und hatte es auch nicht vor.

»Wir möchten mit dir über Joel Forslund sprechen«, sagte Erik.

»Ich würde gern sagen, dass es schade ist um ihn«, sagte Fanny. »Aber verwundert bin ich nicht.«

»Warum nicht?«

»Weil er sich eingemischt hat.«

»In dein kleines Nebengeschäft, meinst du?«, fragte Hanna.

»Was für ein Nebengeschäft?«

»Kleine Kinder erpressen.«

Die Rotzgöre lachte doch ernsthaft, bis sie ihre finsteren Gesichtsausdrücke wahrnahm.

»Das war alles nur im Scherz«, verteidigte sie sich. »Ich brauchte doch kein Geld.«

Das Moped war eine rote Honda, aber viel sagte das Hanna nicht. Sie war zweifellos gepflegt, und Hanna ging davon aus, dass sie frisiert war. Sie ließ den Blick über den verwahrlosten Hof wandern. Es gab ein Haupt- und zwei Nebengebäude. Vor dem einen lag ein Schrotthaufen, in dem sich unter anderem ein Bettgestell und mehrere Stühle befanden. Vor dem anderen stand ein deutlich in die Jahre gekommener Traktor.

»Deine Absichten sind mir scheißegal«, sagte Hanna. »Du hörst sofort damit auf.«

Fanny zuckte mit den Schultern.

»Das reicht mir nicht. Wenn du damit nicht aufhörst, sorge ich höchstpersönlich dafür, dass du verknackt wirst.«

»Okay, okay. Immer mit der Ruhe, Chef.«

Fanny salutierte. Hanna holte Luft, um ihren Worten noch mehr Nachdruck zu verleihen, doch sie kam gar nicht dazu.

»Du hast Joel am Dienstag geschrieben«, sagte Erik.

»Ja.«

»Weißt du noch, was?«

»So ungefähr. Ich nehme an, ihr kennt den genauen Wortlaut.«

Erik las die Nachrichten laut vor, und Fanny seufzte.

»Ich wollte ihm nur Angst machen.«

»Hast du Joel im Wald getroffen?«

»Ja«, sagte Fanny, ohne zu zögern.

»Wo ist dieser …«

»Hinter der Schule in Gårdby«, fiel Hanna ihm ins Wort.

»Brienne kennt sich aus«, sagte Fanny und verbeugte sich noch einmal vor ihr.

Hanna bekam große Lust, dem Mädchen eine zu knallen.

»Was habt ihr im Wald gemacht?«, fragte Erik.

»Nur geredet«, sagte Fanny. »Wir haben Joel davon überzeugt, dass er sich um seinen eigenen Kram kümmern soll.«

Fanny betonte *wir*, damit sie kapierten, dass sie nicht mit Joel allein gewesen war.

»Wer war noch dabei?«

»Lukas und Tilde.«

Auf Nachfrage bekam Hanna ihre Nachnamen und schrieb sie auf.

»Habt ihr die Fäuste sprechen lassen, um ihn zu überzeugen?«, fragte Erik.

»Nein, nur die Münder.«

Fannys Grinsen über ihre eigene Witzigkeit verriet Hanna, dass Fanny vermutlich gerade in der zweiten Phase eines Haschischrauschs war. Wenn die redselige Kicherei von einem Gefühl selbstsicherer Ruhe abgelöst wurde. Das würde auch erklären, warum sie nicht im Geringsten nervös über ihren Besuch und die Fragen nach Joel schien. Hanna schaute ihr in die Augen, aber die Größe ihrer Pupillen war schwer auszumachen, weil ihre Iris so dunkel war. Dafür war der Rest des Augapfels verdächtig rot.

»Hat Joel Hasch von dir gekauft?«, fragte Hanna.

Sie brauchte einen Moment zu lang für die Antwort, und just dieser Moment gab Hanna dann doch einen Hinweis auf Fannys Nervosität.

»Nein, hat er nicht.«

27

Eher widerwillig ließ Erik Fanny zurück. Er war sicher, dass sie log, was das Hasch betraf. Und dass sie mit Joel »nur geredet« hatten, war bestimmt auch gelogen. Sie hätten wenigstens einen Drogentest machen sollen. Das Resultat nutzen, um ihr Antworten zu entlocken. Aber Hanna schien es eilig zu haben, hier wegzukommen. Nachdem Fanny sich geweigert hatte, ihre Visitenkarte anzunehmen, hatte sie diese einfach auf den Boden gelegt und war zum Wagen zurückgekehrt. Erik hatte sich gezwungen gesehen, ihr zu folgen.

Der Anruf, den sie auf dem Hinweg bekommen hatte, war definitiv nicht spurlos an ihr vorübergegangen.

Aber vielleicht war das auch nicht der eigentliche Grund für die Eile. Denn jetzt wussten sie schließlich, dass Joel drei Leute im Wald getroffen hatte, und möglicherweise dachte Hanna, es wäre klüger, erst einmal mit den anderen beiden zu reden. Erik stieg ein und schloss die Wagentür, um das mit ihr zu besprechen, doch Hanna hatte das Handy in der Hand und tippte etwas. Nach einem letzten Blick zu Fanny startete er und fuhr los. Fanny schaute nicht mal auf.

»Kannst du mich bei Rebecka Forslund absetzen?«, fragte Hanna.

Wollte sie wirklich zur Mutter des Opfers? Jetzt? Sie mussten den Hinweisen nachgehen, die Fanny ihnen geliefert hatte. Aber vielleicht hatte ja Rebecka vorhin angerufen, weil sie aufgelöst war. Erik meinte, er habe einen Schrei gehört. Aber dann hätte Hanna doch was gesagt?

»Warum?«

»Sie will zu dem Ort, an dem Joel gefunden wurde, und ich halte es für eine gute Idee, dort auch heute Fotos zu machen. Außerdem ist ihr ja vielleicht noch etwas über ihn eingefallen.«

Kein Wort über ihre Beziehung. Oder den Anruf von vorhin.

»Verstehe. Ich werde mal bei Lukas und Tilde anrufen. Mal nachhaken, ob sie was anderes über das Treffen im Wald zu erzählen haben. Und dann frage ich Amer, was er zu dem Hasch sagt. Vielleicht kann er ja die Arbeitsgruppe Jugendkriminalität zusammentrommeln, um herauszufinden, ob die uns was über Fanny Broberg erzählen können.«

Erik überlegte, ob er Hanna anbieten sollte, den Polizeiwagen zu nehmen. Dabei hatte er eigentlich keine Lust, sich in den Bus setzen zu müssen. Besonders nicht in Anbetracht der ganzen Aufgaben, die durch Hannas Ausflug jetzt an ihm hängen blieben. Egal wie viel Mitleid er mit ihr hatte, er musste heute Nila abholen, weshalb es noch mal wichtiger war, dass er jetzt zügig zum Revier kam.

»Ruf unbedingt auch diesen Lehrer an, Isak Aulin.«

Erik nickte. Hanna war deutlich kühler zu ihm, seit er nach ihrem Vater gefragt hatte, und damit konnte er leben. Er mochte es nur nicht, dass sie die Dinge nicht beim Namen nannte. Dass sie nicht sagte, dass es bei Rebecka Forslund auch um ihre Freundschaft ging. Und dass sie erneut bedroht worden war.

»Noch was?«

Hanna schüttelte den Kopf und stieg aus. Erik kehrte zur Wache zurück. In Kalmar fuhr er wesentlich mehr mit dem Auto als in Malmö. Das Einzugsgebiet war größer und weniger dicht besiedelt. Aber es war schöner, wenn man jemanden zum Reden neben sich hatte. Jetzt nutzte er die Zeit, um darüber nachzudenken, was er kochen könnte. Am einfachsten war es, mit Nila einkaufen zu gehen und sie entscheiden zu lassen. Vielleicht sollte er gleich Pizza oder Pasta vorschlagen oder irgendetwas anderes, das sie erst mal nicht bekommen würden, wenn die Schwiegermutter das Zepter in der Küche übernommen hatte.

Kaum im Revier, ging Erik als Erstes in die Cafeteria, um sich Obst zu besorgen. All das Nachdenken übers Kochen hatte ihn schon wieder hungrig gemacht. Nachdem er mit wenigen Bissen einen Apfel verschlungen hatte, ging er hinauf ins Büro. Amer hatte den Stehtisch gegenüber von ihm.

»Ist was passiert?«, fragte er.

»Wieso?«

»Du guckst so finster.«

»Ich bin einfach nur müde«, sagte Erik.

Er wollte seiner Irritation über Hanna gerade keine Luft machen, dabei fand er, dass sie sonderbare Entscheidungen traf. Amer betrachtete ihn, und es war nicht zu übersehen, dass er ihm die Ausrede nicht abkaufte.

»Konntest du ein paar Dealer ausfindig machen?«, fragte Erik.

»Ja, so um die zehn. Warum?«

»Ist Fanny Broberg eine davon?«

»Nein.«

»Kannst du die Arbeitsgruppe Jugendkriminalität fragen, ob sie was zu ihr haben?«

»Klar.«

Erik checkte seine Mails und telefonierte dann seine kurze Liste ab. Erst rief er bei Lukas an, dann bei Tilde. Es war nicht leicht, sie zum Reden zu bewegen. Und das Telefon begrenzte seine Möglichkeiten. Aber schlussendlich bestätigten beide Fannys Schilderung: Sie hatten Joel gegen Mitternacht im Wald getroffen und lediglich mit ihm gesprochen – verprügelt hatten sie ihn nicht. Nach etwa einer Viertelstunde sei Joel gegangen. Sie behaupteten, nichts über den Konflikt zu wissen, der zwischen Joel und Fanny bestand, sie waren nur mitgekommen, weil Fanny darum gebeten hatte. Erik betonte, welche Folgen es hatte, die Polizei anzulügen, besonders wenn es um Mord ging. Auf Tilde hatte dies einen spürbaren Effekt, trotzdem änderte sie ihre Aussage nicht.

Erik hatte gehofft, wenigstens eine kleine Unstimmigkeit zu finden, wo er ansetzen konnte. Trotzdem fühlte es sich an, als wären sie einen gewaltigen Schritt vorangekommen. Joel hatte freiwillig das Haus verlassen, um Fanny um Mitternacht zu treffen. Wenige Stunden später war er tot. Waren Fanny und ihre Handlanger also die Letzten, die ihn lebend gesehen hatten? Je nachdem, was in den nächsten Stunden ans Licht kam, konnten sie morgen mit neuen Informationen Druck ausüben.

Ove betrat das Dienstzimmer.

»Kommst du kurz mit?«

Erik loggte sich aus und folgte ihm.

»Als Erstes wollte ich dir mitteilen, dass Axel Sandsten in der Nacht zum Mittwoch beim Verlassen seines Büros von einer Überwachungskamera aufgenommen wurde, und zwar gegen Viertel nach zwei.«

Oves Erleichterung darüber, dass Axel seinen Sohn nicht hatte ermorden können, war nicht zu übersehen. Auch Erik war erleichtert. Er hatte Probleme mit Eltern, die ihre Kinder verletzten. Der bislang schlimmste Fall, in dem er ermittelt hatte, war der Mord an einem Kleinkind gewesen: ein Zweijähriger, der von seinem Vater umgebracht worden war. Allein, dass ein Kind gestorben war, fand Erik unerträglich, aber dazu noch die Aussage des Vaters. Das kleine Kind wäre so lästig gewesen, dass er sich einfach nicht hatte beherrschen können. Als wäre das Ganze irgendwie die Schuld des Kindes gewesen. Axel schien ja auch eher in die Kategorie Mensch zu fallen, die gewalttätig wurden, wenn sie die Kontrolle verloren. Dass er aber jemanden angeheuert hatte, um Joel zu ermorden, erschien zu diesem Zeitpunkt der Ermittlungen nicht gerade wahrscheinlich.

»Wie hat Hanna Duncker sich heute gemacht?«, fragte Ove.

Dann ging es also eigentlich um Hanna. Erik hatte keine Ahnung, was er darauf antworten sollte, weil er sich nicht sicher war, was er von ihr hielt. Sein Frust über sie war verflogen, aber vielleicht wäre jetzt ein guter Augenblick zu erwähnen, dass sie telefonisch belästigt wurde.

»Gut«, sagte er schließlich.

»Man könnte wohl behaupten, dass es da ein Stück gemeinsamer Vergangenheit gibt«, fuhr Ove fort. »Und mir ist wichtig, dass sie im Team gut aufgenommen wird.«

»Sie ist eine gute Polizistin«, sagte Erik. »Vielleicht nicht gerade die gesprächigste, aber das muss man ja auch nicht sein.«

Darüber lächelte Ove. Wenn Erik ehrlich war, schien sie besonders ihm gegenüber zu mauern. Schließlich waren sie heute einer Menge Menschen begegnet, mit denen sie sich problemlos unterhalten hatte, mit einigen sogar auf sehr persönlicher Ebene. Zum Teil musste er die Schuld vermutlich bei sich selbst suchen. Erik wusste, dass er manchmal zu direkt war, und ihm war klar, dass man auch seinen Job machen konnte, ohne mit den Kolleginnen und Kollegen befreundet zu sein, aber wirklich Gefallen fand er nicht daran.

»Nein, da hast du recht«, sagte Ove. »Ihr Vater …«

»Es spielt doch im Grunde keine Rolle, was ihr Vater getan hat«, unterbrach Erik ihn.

»Dann hast du davon gehört?«

»Ja.«

Erik betrachtete Ove, versuchte vorherzusehen, worauf er hinauswollte.

»Das hat damals eine sehr tiefe Wunde hinterlassen«, sagte Ove. »Und viele erinnern sich daran.«

Darauf erwiderte Erik nichts.

»Es wäre leichter, wenn sie einen anderen Nachnamen angenommen hätte«, fuhr Ove fort.

»Vielleicht.«

»Mit ihrem Bruder hatten wir damals auch einiges zu tun. Aber er scheint sein Leben unter Kontrolle bekommen zu haben.«

Ove verstummte. Vielleicht hatte er eingesehen, dass er zu weit vom Thema abgekommen war.

»Gibt es sonst noch was?«, fragte Erik.

»Würdest du ein Auge auf Hanna haben?«, fragte Ove. »Einfach schauen, ob es ihr gut geht? Wenn was sein sollte, komm bitte zu mir.«

Erik nickte und verließ Oves Büro, erstaunt über diese Bitte. Ging es ihm nur um Hannas Wohlbefinden? Erik schickte ihr eine SMS mit den neuesten Erkenntnissen zu Axel. Dann schickte er eine an Supriya.

Ich liebe dich.

Sofort antwortete sie mit einem kleinen Affen. Vermutlich, weil sie ihn niedlich fand.

Der Besuch der Schwiegereltern bedeutete auch für ihn Stress. Es gefiel ihm nicht, zu wem Supriya wurde, wenn sie in der Nähe waren.

Er warf einen Blick auf die Uhr. Noch eine halbe Stunde, bis er Nila abholen musste, also kehrte er an seinen Schreibtisch zurück und rief Isak Aulin an, den Lehrer, der bei der Auseinandersetzung zwischen Fanny und Joel eingeschritten war. Während er dem gleichmäßigen Tuten lauschte, loggte er sich ein.

Joels Handydaten waren gerade hochgeladen worden. Laut Mobilfunkabfrage hatte er Gårdby nie verlassen. Was hatte das zu bedeuten? War er in Gårdby gestorben?

Der letzte Tag

Durch das Atelierfenster sieht Joel, dass seine Mutter töpfert. Leichter könnte es nicht sein, unbemerkt vorbeizuschleichen. Meist ist sie so in sich vertieft, wenn sie etwas erschafft, dass es ihm kaum gelingt, ihre Aufmerksamkeit zu erregen, selbst wenn er das will.

Das ist es, was Joel am Zeichnen so liebt. Wie alles um ihn herum verstummt, bis es nur noch ihn und das Blatt gibt.

Vielleicht sollte er etwas zeichnen? Nein, nein, dazu ist er nicht in der richtigen Stimmung. Das würde nicht funktionieren.

Das Erste, was Joel macht, als er in seinem Zimmer ist: das Handy ans Ladegerät hängen. Das Zweite: sich einen Joint drehen. Er raucht selten zu Hause, und wenn seine Mutter im Atelier ist, eigentlich gar nicht, aber er muss jetzt ein bisschen runterkommen.

Joel öffnet das Fenster, von dem aus man zu Anderssons hinüberschauen kann. Bevor er den Joint ansteckt, vergewissert er sich, dass er nicht beobachtet wird. Nachdem er die Hälfte geraucht hat, drückt er den Joint aus und schließt das Fenster. Er will nicht so high werden, dass Mama was merkt.

Seine Sorge ist geschrumpft, ist nur noch ein dumpfer Schmerz im Hintergrund.

Auf Joels Fensterbank steht ein kleiner Buddha mit Räucherstäbchen, die er für ein paar Minuten anzündet, bis sich der Qualm im Zimmer verteilt hat. Danach geht er in die Küche, macht sich einen Kakao und belegt ein paar Scheiben Toastbrot üppig mit Käse. Setzt sich damit aufs Sofa und macht Netflix an.

Joel schafft es, die Doku über die Flat Earther zu Ende zu schauen und die Hälfte einer weiteren über Leute, die beweisen wollen, dass die Mondlandung von den USA nur inszeniert wurde. Kaum hört er, dass die Haustür geöffnet wird, schaltet er ab.

»Oh, du bist ja zu Hause«, sagt Mama. »Ich gehe Molly holen. In der Zwischenzeit kannst du ja deine Spuren beseitigen.«

Für einen Moment glaubt er, sie meint den Joint, aber sie schaut nur demonstrativ auf das leere Kakaoglas. Kurz denkt er darüber nach, ob er anbieten soll, Molly abzuholen, doch dann hält er es für besser, wenn Mama bei der Schule auftaucht und Fanny auf frischer Tat ertappt. Er musste Molly versprechen, nichts zu verraten. Jeden Tag schaut er nach der Schule sofort nach Molly. Er hat schon oft gefragt, ob Fanny noch mal blöd zu ihr war. Sie sagt immer Nein, dabei ist sich Joel fast sicher, dass das nicht stimmt.

»Übrigens sind wir heute bei den Nachbarn zum Grillen eingeladen.«

Damit meint sie Linneas Eltern. Sie essen oft zusammen. Auf der anderen Seite wohnt ein Paar um die siebzig. Molly und er gehen manchmal mit ihrem Golden Retriever spazieren und bekommen dafür was Süßes, aber darüber hinaus haben sie eigentlich kaum Kontakt.

»Warum?«

»Gabriel wird heute vierzig, und Ulrika will ihn damit überraschen.«

»Hättest du das nicht früher sagen können?«

Normalerweise verbringt Joel sehr gern Zeit mit Linnea, aber ob er heute ihre Gesellschaft erträgt, weiß er nicht.

»Ich hab's doch selbst erst vor ein paar Stunden erfahren. Jetzt hab dich nicht so, das wird bestimmt nett.«

Joel murmelt irgendwas, während die Tür hinter ihr zufällt.

Zweifel überkommen ihn. Vielleicht sollte er das mit dem Wald einfach bleiben lassen. Was immer Fanny da für ihn geplant hat, es kann kaum gut für ihn ausgehen. Aber wenn er nicht auftaucht, wird sich auch nichts ändern. Die letzte Woche war einfach nur schrecklich, und die Sache mit Fanny lässt sich zumindest angehen.

Er bringt das Geschirr in die Küche und stellt es in die Spülmaschine. Dann kehrt er aufs Sofa zurück, lässt den Fernseher aber aus. Schließt die Augen und versucht, an nichts zu denken. Mit mäßigem Erfolg. Woher nimmt Fanny bloß ihre Selbstsicherheit? Er selbst weiß nicht, wer er ist oder wie er sich in dieser komischen Welt verhalten soll. Vielleicht faszinieren ihn deshalb diese Dokumentationen so sehr. Weil es um Menschen geht, die nicht mit Tatsachen klarkommen. Sie stellen sich praktisch auf den Kopf, um das Offensichtlichste abzustreiten. Daran, dass die Erde rund ist und die USA auf dem Mond gelandet sind, zweifelt Joel keine Sekunde lang.

Die Haustür fliegt auf.

»Joel!«, kreischt Molly und kommt angerannt.

Er hört ihr an, dass sie heute nicht belästigt wurde. Dann kann das Gespräch bis morgen warten. Vielleicht gelingt es ihm ja, die Sache mit Fanny heute Nacht zu lösen.

»Schuhe aus!«, ruft Mama ihr nach.

Molly zieht ihre Schuhe aus und schleudert sie in den Flur.

»Molly!«, protestiert Mama.

Aber mehr kommt nicht. Offenbar war ihr Tag auch einigermaßen okay. Molly wirft sich neben ihm aufs Sofa.

»Wir grillen heute! Und Torte gibt es auch, weil Gabriel Geburtstag hat!«

»Super«, sagt Joel.

Molly schüttelt über seinen gedämpften Enthusiasmus den Kopf.

»Spielen wir 'ne Runde Quartett?«, fragt er.

Molly nickt und holt das Kartenspiel. Das mit den Wildtieren. Mama steckt den Kopf zur Tür herein und sagt tonlos *Danke*, dabei macht er das gar nicht ihretwegen. Er muss sich beschäftigen, und das fällt ihm mit Molly nicht schwer. In ihren Augen ist er kein Freak.

Nach ein paar Runden wechseln sie zu Carcassonne. Das Spiel hat er Molly zu Weihnachten geschenkt, auf den Geschenkanhänger hatte er allerdings *für die Familie* geschrieben, damit er sich nicht noch zusätzlich etwas für Petri ausdenken musste. Von Petri bekam er eine Jeans, die allerdings Mama für ihn ausgesucht hatte.

Molly interessiert sich nicht für Wege, Klöster oder Wiesen, sie will nur Städte bauen. Dass sie groß und schön werden, ist wichtiger, als zu gewinnen. Sie erfindet Geschichten über die Leute, die dort wohnen. Diesmal ist es ein Zauberer namens Ruben.

»Ach, Quatsch. Es ist eine Hexe, und sie heißt Lisa.«

Petri kommt nach Hause, begrüßt Molly mit einer Umarmung und Joel mit einem Nicken. Sein Blick bleibt an Joels Augen hängen. Petri weiß sicher, dass er kifft. Joel ringt sich ein Lächeln ab, und Petri verschwindet in die Küche zu Mama. Ihrem Kichern nach zu urteilen, hat er ihr gerade an den Po gefasst. Petri hatte offenbar auch einen guten Tag.

Petri ist definitiv besser, als Axel es je war, aber manchmal hat Joel das Gefühl, dass es da draußen jemanden gäbe, der noch passender für sie wäre. Petri beteiligt sich fast gar nicht im Haushalt. Joel hat sie mal darauf angesprochen. Wieso sie ihn nicht zwingt, mehr zu helfen. *Er macht eine Menge, ohne dass du das mitbekommst*, hat sie geantwortet. Und dass es für sie kein Problem ist, das eine oder andere zu Hause zu erledigen.

Dabei ahnt Joel, worum es wirklich geht. Nämlich darum, dass Petri für das Einkommen sorgt.

»Du bist dran.«

Molly stupst ihn an. Aber bevor er ein neues Plättchen ziehen kann, kommt Mama aus der Küche.

»Wir wollen in fünfzehn Minuten los, also macht euch schon mal fertig.«

»Ich bin schon fertig«, sagt Joel.

»Ich zieh mein Katzenkleid an«, ruft Molly und rennt hoch in ihr Zimmer.

Kaum ist sie fort, wird alles eine Nuance dunkler. Joel packt das Spiel ein. Er bekommt Beklemmungen bei der Vorstellung, einen ganzen Abend lang eine nette Fassade aufsetzen zu müssen. Und beim Gedanken daran, was Fanny für ihn in petto hat. Am liebsten würde er noch mal hochgehen und ein paar tiefe Züge nehmen, aber er traut sich nicht. Linnea würde das sofort merken, und sie liegt ihm ja schon in den Ohren damit, dass sie mehr will. Er hätte sie niemals probieren lassen dürfen, denn er mochte nicht, wie sie dadurch wurde. Irgendwie aggressiv. Ihn beruhigt das Kiffen einfach nur.

Da wird Joel noch etwas bewusst: dass er Fanny nicht mit leeren Händen gegenübertreten kann. Er muss etwas mitnehmen, womit er sich wehren kann.

28

Ihre Hand verharrte über dem Klingelknopf. Es war erst zwei Tage her, dass Hanna daraufgedrückt hatte, ohne dass etwas passiert war. Wehmut überkam sie mit einem Mal. All die Jahre, in denen Rebecka und sie Freundinnen gewesen waren. Angefangen bei den von ihren Müttern arrangierten Treffen im Kleinkindalter bis hin zu den Teeniejahren, in denen sie sich fast täglich gegenseitig besucht hatten. Damals hatten sie nie geklingelt, sie hatten einfach die Tür aufgemacht und waren hineinspaziert. Sie waren fast immer allein gewesen. Ihr Vater und Kristoffer trieben sich irgendwo rum, soffen und stellten weiß Gott was an. Rebecka hatte keine Geschwister, und ihre Mutter arbeitete oft auch abends. Manchmal besuchte sie Kurse, um sich fortzubilden, damit sie Jobs fand, die ihr mehr zusagten. Die Liste von Berufen, die sie ausprobiert hatte, war lang: Putzkraft, Verkäuferin, Kassiererin, Pflegeassistentin … Außerdem hatte sie in der Schokoladenfabrik gearbeitet, bis diese 1998 hatte schließen müssen.

Also klopfte Hanna an, sehr laut, wie in einem sinnlosen Protest gegen das, was aus ihnen geworden war. Sie wartete ein paar Sekunden, dann prüfte sie, ob die Tür verschlossen war – war sie nicht –, und trat kurzerhand ein. Rebecka kam ihr im Flur bereits entgegen.

»Wie geht es dir?«

Statt einer Antwort kam ein verzweifeltes Schluchzen, weshalb Hanna sie sofort in die Arme schloss.

»Komm, setzen wir uns.«

Hanna brachte Rebecka zum Sofa ins Wohnzimmer. Die Frage war überflüssig gewesen, man sah Rebecka an, wie es ihr ging. Aber Hanna hatte sie bewusst gestellt, wollte ein Ventil öffnen, damit ein bisschen von ihrem Schmerz entweichen konnte.

»Kannst du mir irgendwas erzählen?«, flüsterte Rebecka fast flehend, als sie sich einigermaßen gesammelt hatte.

»Über den Stand der Ermittlungen?«, fragte Hanna.

Rebecka nickte. Hanna sollte nichts sagen, aber sie wollte Rebecka nicht wieder enttäuschen.

»Axel war zur Tatzeit nicht auf Öland.«

»Dann war er es nicht?«

»Nein.«

Natürlich hatte Axel genug Geld, um jemanden anzuheuern, das für ihn zu erledigen, aber Hanna glaubte nicht, dass er das getan hatte. Es fehlte das Motiv. Den Mord an seinem Sohn zu arrangieren, war eine ganz andere Nummer, als sich aus irgendeinem kranken Grund aufzuregen, die Beherrschung zu verlieren und ihn im Affekt totzuschlagen.

Über diese Nachricht musste Rebecka wieder weinen, doch es war ein anderes Weinen. Leiser. Sie fragte nicht weiter, wofür Hanna sehr dankbar war. Schätzungsweise hatte Sonja ihr berichtet, wie Fanny in der Schule Molly gequält hatte, aber Sonja wusste nichts von der Verbindung zwischen Fanny und Joel. Von der Bedrohung und dem Treffen im Wald.

»Warum nur?«, schluchzte Rebecka. »Ich verstehe einfach nicht, warum jemand das ausgerechnet Joel angetan hat.«

»Ich auch nicht.«

Hanna streichelte ihr über den Rücken. Spürte die Jahre, die vergangen waren. Wie sich ihr Körper verändert hatte. In ihrer Jugend war Rebecka immer viel zu dünn gewesen. Sehnsucht regte sich in ihr. Nach dem, was Rebecka und sie einmal geteilt hatten. Aber auch nach dem, was Fabian ihr bedeutet hatte. Dass da jemand war, den sie berühren konnte. Der sie berührte. Wieso hatte sie ihn nie wirklich an sich herangelassen? Wenn das Leben hier anders werden sollte, musste sie mutiger werden. Durfte nichts verheimlichen. Fabian hatte nie von ihrem Vater erfahren. Seinem Vorgänger hatte sie davon erzählt, und er war nie darüber hinweggekommen. Er hatte alles, was sie danach getan oder gesagt hatte, anders gedeutet.

»Weißt du, wer Brienne of Tarth ist?«, fragte Hanna.

»Ja. Warum um alles in der Welt willst du das wissen?«

»Weil heute jemand behauptet hat, dass ich ihr ähnlich sehe.«

Rebecka gab eine Mischung aus Lachen und Schluchzen von sich.

»Da könnte was dran sein«, sagte sie. »Warte.«

Rebecka googelte ein Bild, und, ja, da gab es eine gewisse Ähnlichkeit. Die Größe, die Haarfarbe, die Frisur. Aber Hanna war nicht so breit, und ihr Gesicht war länger. Allerdings hatten sie beide diese Falte zwischen den Augenbrauen, die sich scheinbar nicht mehr glätten wollte. Rebecka legte das Handy wieder weg, und das, was in ihrem Blick lag, beunruhigte Hanna.

»Bekommst du Hilfe?«, fragte sie.

Rebecka erstarrte. »Was meinst du?«

»Kannst du mit jemandem reden?«

»Zum Beispiel?«

»Petri? Deine Mutter? Eine Psychologin? Ein Yogalehrer?«

Rebecka schnaubte über diesen Versuch, witzig zu sein.

»Petri ist sehr viel unterwegs, fast als würde er sich von hier fernhalten. Mama möchte eigentlich nichts als reden, aber ich halte das nicht aus. Sie hat so viel für mich getan in den letzten Jahren, aber es ist, als hätte es das alles nie gegeben. Ich kann sie einfach nicht ertragen.«

Hanna wollte etwas Sinnvolles sagen, aber es gab nichts. Oder es wollte ihr nur nicht einfallen.

»Wollen wir dann los?«, fragte sie schließlich.

Rebecka ging hoch ins Schlafzimmer, um sich umzuziehen und sich das Gesicht zu waschen. Hannas Diensthandy piepste, eine Gruppennachricht von Ove. Hanna musste sie zweimal lesen, um zu begreifen, was dort stand: Ein blutiges Messer war im Straßengraben wenige hundert Meter vom Rastplatz am Möckelmossen gefunden worden. Ein Läufer war daran vorbeigejoggt und hatte etwas funkeln sehen. Glücklicherweise war er so geistesgegenwärtig gewesen, sofort die Polizei zu verständigen und es nicht anzufassen. Hanna schloss die Augen. Das war eine richtig gute Nachricht, und gerade brauchte sie die so dringend. Rebecka kam die Treppe herunter, und Hanna steckte schnell das Telefon weg.

»Was ist?«, fragte Rebecka.

»Nichts.«

»Hör schon auf. Ich seh dir doch an, dass was ist.«

Statt einer Antwort schob Hanna sie in die Küche und nötigte sie, eine Banane zu essen. Hanna bezweifelte, dass Rebecka heute überhaupt schon etwas zu sich genommen hatte.

»Ich bin ohne Wagen da«, sagte sie. »Ich hoffe, deiner ist fahrtüchtig.«

»Und ich hoffe, du bist mittlerweile fahrtüchtiger.«

Einer der wenigen Vorteile, einen Alkoholiker zum Vater zu haben, war, dass sie das Auto in Beschlag hatte nehmen können. Zumindest, wenn Kristoffer ihr nicht zuvorgekommen war. Der gerammte Briefkasten war kein Einzelfall geblieben. Wenige Monate nach der bestandenen Fahrprüfung war Hanna im schneebedeckten Straßengraben gelandet. Manchmal war es im Winter unmöglich, die Fahrbahn vom Feld zu unterscheiden, wenn nicht gerade ein Räumfahrzeug vorbeigekommen war. Geholfen hatte ihr ein Nachbar mit einem Traktor, ein Bergungsfahrzeug hätte sie sich nicht leisten können. Außerdem hatte sie zu große Angst davor gehabt, dass man ihr die Fahrerlaubnis gleich wieder entzog, wenn dies als Unfall gemeldet wurde. Zum Dank hatte sie dem Nachbarn eine der Wodkaflaschen ihres Vaters mitgegeben.

Sie fuhren gemeinsam zum Möckelmossen. Auch heute hatte sich dort eine kleine Menschenmenge versammelt. Weil der Rastplatz nicht länger abgesperrt war, gab es immerhin mehr Parkmöglichkeiten. Hanna stellte den Wagen trotzdem ein Stück entfernt ab. Letztes Mal hatten hier Blumen gelegen und Kerzen gebrannt, aber die waren umplatziert worden.

Rebecka griff nach ihrem Arm und klammerte sich so fest daran, dass Hanna vor Schmerz das Gesicht verzog.

»Ich weiß nicht, ob ich das durchstehe.«

»Musst du auch nicht«, sagte Hanna. »Aber ich glaube, dass es gut für dich sein könnte. Wir bleiben einfach erst mal hier sitzen, dann kannst du tief in dich reinhören.«

Sie verfielen in Schweigen. Sofort tauchten Axels Worte in

ihrem Kopf auf: *Das solltest du ja wohl am besten wissen.* Womit er meinte, dass Rebecka sie angelogen hatte.

»Hast du mit Axel über mich gesprochen?«, fragte Hanna.

»Was meinst du?«

Hanna zögerte, wollte Axels Worte nicht wiederholen.

»Sag schon«, forderte Rebecka.

»Axel hat behauptet, dass du mich nicht mochtest.«

Rebecka schaute sie mit einer Mischung aus Wut und Schock an, öffnete dann die Tür und stieg aus. Hanna stürmte ihr nach. Folgte ihr zum Rastplatz. Wollte sich entschuldigen, brachte aber kein Wort über die Lippen.

Warum hatte sie ausgerechnet hier von Axel angefangen? Rebecka gegenüber hatte sie schon immer ein schlechtes Timing gehabt.

Es waren deutlich mehr Blumen und Kerzen dazugekommen. Sie standen vor der Mauer, gegen die Joel von der anderen Seite gelehnt hatte, und Hanna fragte sich, woher die Leute den genauen Fundort kannten. Die kleine Menschentraube stand in respektvollem Abstand.

War das damals auch für Ester gemacht worden? Die Frau, die von Hannas Vater ermordet worden war? Er hatte behauptet, sie sei unglücklich auf den Kopf gefallen. Dass sie daran gestorben sei. Aber das deckte sich nicht mit ihren Verletzungen.

Die Kerzen flackerten im Wind. Die Mauer bot ein bisschen Schutz, aber nicht ausreichend. Ein paar der Kerzen waren erloschen. Die wenigen, die noch brannten, kamen jedoch gegen den grauen Nachmittag nicht an. Die Gesichter der Umstehenden waren nicht gut zu erkennen. Der Nebel hing dicht über dem Alvar, was ihm die letzte Spur von Lebendigkeit nahm, es wirkte nur noch tot – was es, sofern das möglich war, sogar noch bedrohlicher machte.

»Ich hätte etwas mitbringen müssen«, sagte Rebecka.

»Auf keinen Fall. Denk gar nicht erst darüber nach.«

»Aber …«

»Nix da.«

Rebecka biss sich auf die Unterlippe und konnte tatsächlich ihre Tränen unterdrücken. Ein paar Köpfe drehten sich in ihre Richtung, wandten sich aber sofort wieder ab, als sie sahen, wer da gekommen war.

Hanna schaute sich nach der blonden Frau um, aber sie war nicht zu entdecken. So diskret, wie sie nur konnte, machte sie wieder Fotos von den versammelten Trauernden. Als sie eine Aufnahme von den Blumen und Kerzen machte, bemerkte sie ihn: den Blutstorchschnabel. Er war nicht als Strauß niedergelegt worden, sondern wuchs hier in den Spalten der Mauer. Rebecka bemerkte, dass sie fotografierte, sagte aber nichts. Kommentarlos steckte Hanna das Handy weg.

Eine ältere Frau trat zu ihnen.

»Das ist so schrecklich«, sagte sie. »Mein herzliches Beileid.«

Erst als sie ihre Stimme hörte, erkannte Hanna sie. Die Frau hatte sie in der Mittelstufe in Kunst unterrichtet. Sie hatte zu den wirklich guten Lehrerinnen gehört, aber Hanna erinnerte sich nicht mehr an ihren Namen. Sie nahm Rebecka in den Arm.

»Schön, dass du wieder da bist«, sagte sie dann zu Hanna und drückte kurz ihren Arm.

Und es klang tatsächlich so, als würde sie das ernst meinen.

Die Kunstlehrerin ging zu ihrem Wagen, und Hanna wandte sich an Rebecka, um zu sehen, ob sie genug hatte. Da bemerkte sie eine Frau, die wenige Meter entfernt stand und Hanna offen anstarrte. Ihr Blick war so voller Hass, dass Hanna unwillkürlich einen Schritt zurückwich.

Das war Maria.

Esters Tochter.

FREITAG, 17. MAI

29

Hanna stieß als Letzte zur Morgenbesprechung dazu. Offenbar wurde das Zuspätkommen bereits zur Gewohnheit, aber diesmal war es keine Absicht, und sie schämte sich. Außerdem trug sie dieselben Sachen wie am Vortag, allerdings deutlich verknitterter, und sicher sah man ihr an, dass sie kaum geschlafen hatte.

Daniel lächelte sie an, und Hanna gefiel gar nicht, was dieses Lächeln mit ihr machte. Deshalb nickte sie ihm einfach nur kurz zu.

Fabian hatte sie angelächelt, als sie damals in der Tiefgarage der Polizeiwache in Stockholm gestanden und auf den Aufzug gewartet hatte. Ausgehungert nach dieser Art Aufmerksamkeit, hatte sie zurückgelächelt. So hatte das angefangen.

»Schön, dass du dich entschlossen hast, uns Gesellschaft zu leisten«, sagte Ove.

Sie überkam das spontane Gefühl, wieder in der Schule zu sein, dabei waren solcherlei Kommentare immer an andere gerichtet gewesen, niemals an sie. Leise sank sie auf ihren Stuhl und versuchte, die Röte zu unterdrücken, die auf ihre Wangen treten wollte. Carina lächelte jetzt auch, aber ihr Lächeln zeigte nichts als Schadenfreude.

Hanna war nicht darauf vorbereitet gewesen, wie sehr Marias Anblick sie schockieren würde. Sofort war da der Verdacht: Steckte Maria hinter den anonymen Anrufen? Hanna hatte sich nicht getraut, zu ihr zu gehen und sie zu fragen. Hatte keine Szene machen wollen, schließlich war sie wegen Rebecka dort gewesen.

Danach hatte sie Rebecka nach Hause gebracht und war dann noch so lange geblieben, dass sie schlussendlich bei ihr übernachtet hatte. Petri wirkte erleichtert über ihre Anwesenheit, denn er wusste offenbar nicht, wie er mit der Trauer seiner Frau umgehen sollte. Rebeckas Mutter hatte angerufen, war aber auf Rebeckas Wunsch fortgeblieben. Sonja war für eine Weile mit Molly vorbeigekommen, hatte sie dann aber wieder mitgenommen. Molly wollte in der Hütte schlafen, die sie gebaut hatten. Beunruhigt hatte Petri gefragt, ob diese Hütte draußen war, aber Sonja hatte ihm versichert, dass dem nicht so war.

Auf Öland ging nun die Angst um, dass der Täter erneut zuschlagen könnte. In solchen Momenten reagierten die Menschen emotional und nicht mit dem Verstand, zudem hatten die Medien das Ereignis aufgezogen wie einen Fall zum Mitraten: ein toter Junge mit schwersten Körperverletzungen, der auf dem Alvar gefunden worden war. Das Böse, das im Dunkeln lauerte, bereit, jederzeit wieder zuzuschlagen. Hanna war davon überzeugt, dass sie sich irrten, dass es eine Verbindung zwischen Täter und Opfer gab. Allerdings wusste sie auch mehr. Die Medien hatten noch nichts von dem Messer erfahren, doch das war nur eine Frage der Zeit. Aber egal wie überzeugt sie war, sie konnte natürlich niemandem versichern, dass es keine weiteren Opfer geben würde.

»Hast du gestern noch was von Rebecka erfahren?«, flüsterte Erik.

Hanna schüttelte den Kopf. Was traute er ihr denn zu? Dass sie den Besuch am Möckelmossen dazu ausnutzen würde, ihre Freundin auszuhorchen? Aber dann fiel ihr ein, dass das ihre eigene Begründung gewesen war, die sie tags zuvor genannt hatte, und sofort wurde sie wieder rot.

Sie hatten in Erinnerungen geschwelgt. In gemeinsamen und in solchen, die Rebecka von Joel hatte. Nun hatte Hanna ein deutlicheres Bild von ihm vor Augen, aber nichts davon musste sie hier wiederholen. Immerhin machte sie sich jetzt weniger Sorgen um ihre Freundin. Rebecka hatte mehr Menschen, die sich um sie kümmerten, als Hanna selbst je gehabt hatte. Über Maria hatten sie kein Wort verloren. Vermutlich hatte Rebecka sie gar nicht erkannt.

Maria hatte damals mehrere Interviews zum Mord an ihrer Mutter gegeben. Nach einem Besuch bei Lars im Gefängnis hatte Hanna sie gelesen. Es war ein schöner Besuch gewesen, sie hatten über den Angelausflug nach Grankullavik gesprochen. Über Pippi Langstrumpf. Hanna hatte es genossen, Geschichten über sich selbst als Kind zu hören. Als sie nach Hause gekommen war, brauchte sie etwas, um sich daran zu erinnern, was er getan hatte. Dass man ihm nicht trauen konnte.

Und schon war sie wieder bei der Frage angelangt: Steckte Maria hinter den Anrufen? Hannas Handy hatte heute Morgen schon wieder geklingelt. Danach passierte genau dasselbe wie am Vorabend: ein stärker werdender Brand knisterte, gefolgt von einem Schrei. Was ihre Annahme untermauerte, dass es sich um eine Aufnahme handelte. Aber woher stammte sie?

Ove schaute sie mit einer deutlichen Falte zwischen den Augenbrauen an. Hanna hielt seinem Blick so gut es ging stand. Nach ein paar Sekunden schaute er schließlich weg.

»Ich habe der Kriminaltechnik Druck gemacht«, sagte er. »Sie sind noch nicht fertig, auch wenn unser Fall gerade Vorrang hat. Aber sie haben versprochen, sich heute noch mit dem Messer zu befassen.«

Hanna hätte gestaunt, wenn es schon Ergebnisse gegeben hätte. Dies war gerade mal der dritte Ermittlungstag.

Ove projizierte ein Bild des Messers an die Wand und sagte, er würde jemanden damit beauftragen, mögliche Käufer zu ermitteln. Es handelte sich um ein klassisches Morakniv, also ein Messer, das für alles Mögliche infrage kam: Outdooraktivitäten, Jagd, Schnitzarbeiten …

»Die Pathologie hingegen hat geliefert«, fuhr Ove fort. »Joel ist tatsächlich an einer Stichverletzung gestorben. Seine Milz wurde getroffen, und er ist verblutet. Außerdem hatte er eine gebrochene Rippe und war von Hämatomen übersät. Im Blut wurde THC nachgewiesen, und in seinem Gesicht befanden sich Spuren fremder DNA. Speichel.«

Noch eine gute Nachricht. Denn es war sehr wahrscheinlich, dass der Speichel von Joels Mörder stammte. Sie hatten die Mordwaffe und DNA, die Chancen standen also sehr gut, dass der Täter nicht davonkommen würde.

»Sollen wir Fanny Broberg testen lassen?«, fragte Erik.

»Noch nicht«, sagte Ove. »Erst wird das DNA-Ergebnis mit der Datenbank abgeglichen. Aber die Drohnachricht macht sie zur Hauptverdächtigen. Noch dazu hat sie Joel in der Mordnacht getroffen.«

»Was ist mit Axel Sandsten?«, fragte Carina.

»Du musst unbedingt die elektronische Dokumentation verfolgen, damit du auf dem neuesten Stand bist und du solche Informationen nicht verpasst«, wies Ove sie zurecht.

Woraufhin sich Carinas Miene verfinsterte.

»Den konnten wir abhaken«, erklärte Amer. »Er hat erst gegen Viertel nach zwei in der Nacht das Büro verlassen. Genau wie er gesagt hat.«

»Die beiden anderen haben Fannys Aussage bestätigt, angeblich haben sie dort im Wald nur mit Joel gesprochen«, sagte Erik. »Aber ich bleibe dran, um rauszufinden, ob das auch wirklich stimmt.«

»Ich finde, ihr solltet die drei heute gleich noch mal vernehmen«, sagte Ove. »Und erhöht den Druck.«

Erik und Hanna nickten. Sie hatte ein schlechtes Gewissen, weil sie ihn gestern so hatte hängen lassen, aber sie bezweifelte, dass es negative Auswirkungen auf die Ermittlungen hatte.

»Gibt es sonst noch eine Spur?«, fragte Daniel.

»Ich sollte mich ja mal über den Blutstorchschnabel informieren«, sagte Carina. »An sich bedeutet er nichts, erst ab einer gewissen Anzahl und Farbe bedeutet er *Du bist mein Ein und Alles* und *Ich liebe dich und verspreche dir Treue.*«

»Ich glaube nicht, dass wir dem so große Bedeutung beimessen sollten«, sagte Hanna. »Ich war gestern noch mal am Fundort, und dort wächst einfach Blutstorchschnabel.«

»Aber könnte das nicht auf ein Liebesdrama hindeuten?«, beharrte Carina.

Liebe war häufig ein Motiv, umso häufiger unerwiderte Liebe. Aber Hanna konnte sich kaum Nadine als Täterin vorstellen. Überhaupt passte die Tat an sich nicht zu dieser Art Symbolik. Das wollte sie gerade sagen, doch Ove kam ihr zuvor.

»Okay, dann bleib da erst mal dran«, sagte er. »Was gibt es Neues zu dem Radfahrer, Amer?«

»Ich konnte ihn bisher leider nicht ausfindig machen.«

»Dann gib dir mehr Mühe«, sagte Ove. »Er könnte problemlos das Messer entsorgt haben.«

»Ist es nicht merkwürdig, dass der Halter dieses Wagens, dieser Samuel Herngren, wie vom … Erdboden verschluckt ist?«, fragte Hanna.

Fast hätte sie Nebel gesagt. So hatte es sich gestern auf dem Alvar angefühlt. Dass man einfach in den Nebel gehen und verschwinden konnte.

»Vielleicht ist ihm was zugestoßen«, sagte Erik.

»Oder er ist der Täter«, sagte Daniel. »Und jetzt ist er abgetaucht. Schließlich wird er schon in einem Fall von Körperverletzung verdächtigt.«

»So oder so sollten wir uns schnellstmöglich mal mit ihm unterhalten«, sagte Ove. »Ich beantrage eine Handypeilung. Könntest du dir den Fall mit der Körperverletzung einmal genauer ansehen?«

Daniel nickte.

Nach der Besprechung ging Hanna in die Cafeteria, um sich einen Kaffee zu holen. Das hatte sie vorher nicht geschafft. Schnelle Schritte hinter ihr veranlassten sie, sich umzudrehen. Sie hatte mit Erik gerechnet, umso überraschter war sie, dass es sich um Carina handelte.

Hanna blieb stehen, erwartete, dass Carina etwas mit ihr besprechen wollte, doch die Kollegin eilte vorbei und warf ihr dann ungefähr den gleichen Blick zu, den sie gestern von Maria bekommen hatte.

In einem Paralleluniversum wäre Hanna zu ihr gegangen und hätte sie zur Rede gestellt. In diesem senkte sie nur den Blick zu Boden. Ausweichend und feige. Genau das hatte sie auch Maria gegenüber gemacht.

Hanna hatte schon immer ein Problem mit Menschen gehabt, die sie nicht leiden konnten. Besonders wenn der Grund dafür ihr Vater war. Sie beschloss, wenigstens mit Erik reinen Tisch zu machen.

30

Nachdem die Besprechung vorbei war, eilte Erik zurück an seinen Tisch. Supriyas Eltern landeten am Nachmittag, und seine Frau war nervös, weil sich die Wettervorhersage noch einmal verschlechtert hatte. Nun bestand auch noch Unwettergefahr. Er hatte ihr versprochen, weitere Decken zu besorgen. Wie sollte er das noch schaffen? Erik fand mit Hilfe von Google heraus, dass Ikea die nächstgelegene Anlaufstelle für solcherlei Wünsche war.

Hanna kam mit einer Tasse Kaffee zu ihm an den Tisch.

»Hör zu, ich kann in diesem Fall unbefangen ermitteln. Obwohl Rebecka und ich uns kennen.«

»Gut«, sagte er. »Ich habe auch nichts anderes erwartet.«

Erst verstand er die Bemerkung nicht, doch dann wurde ihm bewusst, dass sie seine Frage während der Besprechung falsch verstanden haben musste. Er hatte wirklich nur wissen wollen, ob Rebecka noch etwas eingefallen war. Aber vielleicht ging es hier auch um gestern? Dass sie einfach zu ihrer Freundin gegangen war? Er wollte Hanna gerade fragen, da meldete sich der Empfang. Tilde stand mit ihrer Mutter unten und wollte mit ihm sprechen.

»Ich komme sofort«, sagte Erik und legte auf.

Er eilte zu Hannas Schreibtisch und erklärte, was er gerade erfahren hatte. Jetzt musste sie doch begreifen, dass er sie für eine gute Polizistin hielt, wenn er sie in jedem Fall dabeihaben wollte.

»Ich such uns ein Vernehmungszimmer«, sagte sie.

Erik öffnete die Tür zum Empfangsbereich. Tilde stand am Fenster und schaute zu den Parkplätzen hinaus. Sie trug eine enge weiße Jeans und einen blauen Pulli. Ihre Mutter saß auf dem Besuchersofa. Sie sah irgendwie aus, als würde sie bei einer Bank arbeiten. Beide blickten auf, als er eintrat, und Tilde gelang es nicht, ihr Erschrecken zu überspielen. Das machte Erik noch neugieriger auf das, was sie zu erzählen hatte.

»Sie können hier warten«, sagte er zu Tildes Mutter.

»Gut. Ich weiß sowieso, was sie Ihnen erzählen will.«

»Dann komm mal mit«, sagte er zu Tilde.

Nach einem schnellen Blick zu ihrer Mutter folgte sie ihm.

Hanna startete die Aufnahme und sprach auf, wer anwesend war und warum. Dann wandte sie sich an Tilde.

»Was möchtest du uns mitteilen?«

»Ich habe gestern gelogen«, sagte sie.

»Was ist also wirklich passiert, als Joel in den Wald kam?«, fragte Erik.

Jetzt gewann die Nervosität Oberhand. Tilde zupfte am Bündchen ihres Pullis, während ihr Blick durch das Zimmer huschte. Schweiß trat ihr auf die Stirn, die vor überschminkter Teenieakne ganz hügelig war.

»Wir haben ihn geschlagen«, sagte sie.

Dann sackte sie in sich zusammen, wohl vor Erleichterung und gleichzeitig aus Furcht vor der Reaktion, mit der sie nun rechnen musste.

»Geschlagen?«, fragte Erik. »Könntest du das noch ein bisschen genauer beschreiben?«

»Fanny hat ihm ein paar Faustschläge verpasst.«

»Wohin?«

»Gegen den Kopf und in den Bauch.«

»Und dann?«, fragte Hanna.

»Ist er hingefallen, und wir haben ihn getreten.«

»Ihr alle?«, fragte Erik.

»Ja«, sagte Tilde. »Aber Fanny am meisten.«

Zog man Tildes Statur im Vergleich zu Fannys in Betracht, konnte Erik sich sehr gut vorstellen, dass Fanny die treibende Kraft gewesen war. Noch hatte Tilde nichts von einem Messer erzählt, aber bevor er danach fragte, wollte er, dass sie erst einmal zu Ende erzählte, was sie mit Joel angestellt hatten.

»Und dann?«, fragte Erik. »Was ist dann passiert?«

»Joel ist aufgestanden und gegangen.«

»Lügst du jetzt wieder?«, fragte Hanna.

Jetzt schaute Tilde sie zum ersten Mal an.

»Wirklich, wir haben ihn nicht umgebracht. Er ist aufgestanden und gegangen. Sie müssen mir glauben. Ich meine, er hat schon ordentlich was eingesteckt, aber laufen konnte er noch.«

»Hatte jemand von euch ein Messer dabei?«, fragte Erik.

Tilde schluchzte auf.

»Du musst uns ganz genau erzählen, was passiert ist«, sagte Hanna. »Wir ermitteln hier schließlich in einem Mordfall.«

»Joel war schrecklich wütend«, sagte Tilde. »Er hat ein Messer gezogen und damit rumgefuchtelt. Hat geschrien, dass er uns damit verletzen will. Aber ich schwöre, dann ist er abgehauen.«

Erik suchte die Aufnahme des Messers heraus und zeigte sie Tilde.

»War es das Messer hier?«

»Es war total dunkel, aber ich glaube schon.«

»Worum ging es denn eigentlich?«, fragte Erik.

»Geld.«

»Geld? Wofür?«

»Keine Ahnung.«

»Hasch?«

»Keine Ahnung.«

Erik bat sie, noch einmal genau zu beschreiben, was sie mit Joel gemacht hatten, aber weder er noch Hanna fanden einen weiteren Anhaltspunkt in ihrer Schilderung. Tilde hatte die Hände im Schoß gefaltet, und Erik bat sie darum, sie anschauen zu dürfen. Keine sichtbaren Verletzungen.

»Wer von euch hat Joel bespuckt?«, fragte Hanna.

Tilde zuckte zusammen, als wäre Spucke schlimmer als ein Faustschlag.

»Davon habe ich nichts mitbekommen.«

»Was habt ihr gemacht, als Joel weg war?«

»Wir sind noch ein bisschen geblieben.«

»Alle drei?«

»Nein, Fanny ist nach vielleicht zehn Minuten gegangen. Lukas und ich haben noch geredet. Über Fanny und ihr Verhalten.«

»Warum hast du am Telefon gelogen?«, fragte Erik.

»Wegen Fanny. Die bringt mich um, wenn …«

»Hast du gesehen, in welche Richtung Joel gegangen ist?«, fragte Hanna.

»Nein, es war zu dunkel. Und wir waren ja hinter der Schule.«

Plötzlich verstand Erik, wovor Tilde so große Angst hatte.

»Glaubst du, dass Fanny Joel ermordet hat?«

Ihr Blick verriet, dass sie am liebsten mit Nein geantwortet hätte, aber das tat sie nicht.

»Ja, wer soll es sonst gewesen sein?«

Erik schaltete die Aufnahme ab und brachte Tilde wieder zu ihrer Mutter. Sie ließ sich fest in die Arme schließen, presste das Gesicht gegen deren grauen Mantel.

»Wie geht es jetzt weiter?«, fragte ihre Mutter.

»Das kann ich noch nicht sagen, aber es war sehr gut, dass sie zu uns gekommen ist.«

Erik kehrte zu Hanna zurück.

»Was hältst du davon?«, fragte er.

»Es war ja von Anfang an klar, dass sie ihn verprügelt haben.«

»Vielleicht, aber wäre er nicht im Wald gefunden worden, wenn sie ihn ermordet hätten?«

»Da bin ich ganz deiner Meinung«, sagte Hanna. »Wahrscheinlich ist Fanny ihm gefolgt und hat ihn allein erstochen. Was hat denn dieser Lehrer gesagt? Dieser Isak Aulin?«

»Ich habe heute Morgen meinen Bericht hochgeladen.«

»Ich hab's noch nicht geschafft, den zu lesen«, sagte sie, und es sah fast so aus, als würde sie grinsen.

»Er hat bestätigt, dass Fanny regelmäßig Unruhe stiftet. Sie haben Probleme mit ihr an der Schule, aber ich glaube nicht, dass er begreift, wie groß das Problem in Wahrheit ist. Dass Molly von Fanny gewürgt worden ist, hatte er zum Beispiel nicht mitbekommen.«

»Eine Sache verstehe ich immer noch nicht«, sagte Hanna. »Wie ist Joel beim Möckelmossen gelandet?«

»Vielleicht hat Fanny ihn dahingebracht, um die Spur zu verwischen«, schlug Erik vor. »Gerade kann ich es nicht anders erklären. Bleibt nur die Frage, wie sie ihn dort hinbekommen hat, sie hat schließlich nur ein Moped.«

»Sie könnte sich ein Auto besorgt haben«, sagte Hanna. »Ich bin in dem Alter auch schon gefahren. Wollen wir uns diesen Lukas mal persönlich vornehmen?«

Erik fand, die Zeit reiche dafür nicht.

»Nein, ich rufe an.«

Als Lukas begriff, dass Tilde bei ihnen gewesen war, bestätigte er die Körperverletzung. Auch er berichtete, dass Joel ein Messer gezückt hatte und dann gegangen war. Und dass Fanny nach einer Weile ebenfalls aufgebrochen war. Er wusste ebenso wenig wie Tilde, was der eigentliche Konflikt war, nur dass es um Geld ging. Und er beharrte darauf, dass er nur mitgemacht hatte, weil Fanny darauf bestand. In einem Punkt unterschied sich seine Schilderung allerdings von Tildes: Lukas hatte gesehen, wie Fanny Joel ins Gesicht gespuckt hatte.

»Damit müssen wir sofort zu Ove«, sagte Erik, nachdem er aufgelegt hatte. »Und dann müssen wir zu Fanny und sie mit den Aussagen von Tilde und Lukas konfrontieren.«

Der letzte Tag

»Ich finde, wir sollten für Gabriel singen«, sagt Ulrika.

Ihr Rotweinglas schwappt über, als sie aufsteht. Joel wirft Linnea einen verstohlenen Blick zu. Darüber haben sie sich letztens erst lustig gemacht. Wie lächerlich die Leute sich unter Alkoholeinfluss verhalten. Da ist das Kiffen doch besser. Aber das war, bevor sie davon so ausgeflippt ist.

»Bitte nicht.« Gabriel schüttelt den Kopf.

»Oh, doch«, sagt nun auch Mama.

Ausgerechnet. Sie hasst es doch selbst, wenn für sie gesungen wird. Petri fängt an, und er ist der Einzige von den Erwachsenen, der wirklich singen kann. Seine Singstimme ist tiefer, viel schöner zu hören, als wenn er spricht. Er war mal eine Weile im Chor, hat aber aufgehört, weil ihm die Zeit dafür fehlte. Außerdem hat er fast nichts getrunken. Joel kann sich nicht daran erinnern, ihn je betrunken erlebt zu haben.

»Herzlichen Glückwunsch, Liebling«, sagt Ulrika und gibt Gabriel einen Kuss auf den Mund.

Elias macht ein Würgegeräusch, und Molly kichert geniert. Joel schneidet ein Stück des Kichererbsenburgers ab, tunkt es in die Béarnaisesoße, bevor er es in den Mund steckt. Während er kaut, schielt er fast sehnsüchtig zu Mamas Steak hinüber, aber Linnea ist Vegetarierin, und da fühlt es sich falsch an, neben ihr zu sitzen und ein blutiges Stück Fleisch zu essen.

»Ich möchte einen Witz erzählen«, sagt Molly.

»Jetzt ist auch mal gut«, sagt Mama, aber Petri lächelt sie auffordernd an.

Molly fühlt sich von dem Lächeln ermutigt und erzählt denselben unbegreiflichen Witz von einem Deutschen, einem Dänen und einem Schweden, den sie schon zweimal erzählt hat. Irgendwas über einen Korken, der irgendwie in China landet. Normalerweise kann Joel ihren Geschichten folgen, aber diesmal ist es völlig unmöglich.

»Dürfen wir aufstehen?«, fragt Elias, als Molly fertig ist.

»Okay«, sagt Ulrika. »Ich hole euch, wenn's Torte gibt.«

Die Erwachsenen unterhalten sich über den tollen Grill, und sofort ist da wieder dieser Druck auf der Brust. So kann er sich seine Zukunft nicht vorstellen. Rumsitzen und so labern, als würde dieser Krempel wirklich was bedeuten. Aber wenn sie auf Politik kommen, wird es sogar noch schlimmer. Einmal ist Ulrika so wütend auf Petri geworden, dass sie ihn rausgeworfen hat. Linnea macht eine Kopfbewegung zum Haus, und Joel nickt. Sie entschuldigen sich und gehen hinein. Elias und Molly sind im Wohnzimmer und glotzen irgendwas. Horror für Kinder mit einem Jungen in einer weißen Maske, der pfeifend herumrennt. Zu Hause hat Molly genau diese Serie so große Angst gemacht, dass sie den Fernseher ausschalten musste.

»Kannst du mir zeigen, wie man Porträts zeichnet?«, fragt Linnea.

»Ich kann's versuchen«, sagt Joel. »Hast du Papier und Bleistifte?«

»Ruhe«, schnauzt Elias, ohne den Blick vom Fernseher zu lösen.

»Alles klar, Babyboss.«

Elias streckt seiner großen Schwester die Zunge raus.

Sie setzen sich in die Küche. Hauptsächlich, um ungestört zu sein. Joel fängt an, Linnea zu zeichnen, und erklärt dabei Schritt für Schritt, wie er vorgeht. Dann zeichnet sie ihn, was besser klappt, als er gedacht hätte. Man kann fast erkennen, dass er es sein soll. Nur die Augen stimmen nicht, sie sehen zu fröhlich aus.

»Ist was passiert?«, fragt Linnea. »Du wirkst irgendwie traurig.«

»Nein«, antwortet er.

Er kann nicht über Fanny sprechen, nicht mit ihr. Aber vielleicht sollte er Nadine anrufen.

Ulrika und Mama kommen in die Küche, jede schleppt einen Stapel dreckiges Geschirr. Linnea zeigt ihre Zeichnung, aber nur Rebecka schaut wirklich hin. Lobt sie so überschwänglich, dass es Joel peinlich ist. Warum muss sie immer übertreiben?

»Zeit für die Geburtstagstorte«, sagt Ulrika. »Hilf mal beim Decken.«

Linnea steht sofort auf, Joel zögert. Wieso können Gabriel und Petri nicht helfen? Immerhin macht Gabriel das normalerweise. Oft, wenn Joel die Abende hier verbringt, steht Gabriel in der Küche. Er kann richtig gut asiatisch kochen. Ulrika holt die Schwedentorte aus dem Kühlschrank und Mama Teller aus dem Schrank.

»Nicht die«, sagt Ulrika. »Wir nehmen das gute Geschirr.«

Man kann Mama ansehen, dass sie verblüfft ist, aber sie stellt die Teller kommentarlos zurück. Linnea geht zur Vitrine und holt die richtigen Teller heraus. Elias und Molly klatschen, als die Torte herausgetragen wird. Petris Augen glänzen, seine Wangen sind rot. Hat er getrunken oder gestritten? Oder beides?

Kaum ist die Torte gegessen, bittet seine Mutter ihn, Molly ins Bett zu bringen.

»Aber es ist noch nicht mal dunkel«, protestiert Molly.

»Es ist schon fast neun«, sagt Petri. »Um diese Zeit hast du gestern schon geschlafen.«

»Und gelesen wird auch nicht mehr«, sagt Mama. »Sofort Licht aus.«

»Bitte«, quengelt Molly.

»Nein.«

Mama schaut ihn an, als sie das sagt, und er nickt.

»Natürlich lesen wir noch«, sagt Joel, als sie außer Hörweite sind.

Der Himmel glüht rot von der untergehenden Sonne.

»Es sieht aus, als würde es brennen«, sagt Molly.

»Ja, da hast du recht.«

Er besteht nicht aufs Zähneputzen, sondern legt sich sofort neben ihr ins Bett. Molly hat eins dieser Betten, die mitwachsen, es ist gerade erst zur vollen Länge ausgezogen worden. Nicht weil sie es bräuchte, sondern weil sie sich groß fühlen wollte. Leider lässt es sich nicht verbreitern. Er liest das erste Kapitel aus *Tams schwere Prüfung.*

»Oh, noch ein Kapitel, bitte«, sagt Molly, obwohl sie kaum noch die Augen offen halten kann.

Sie haben die Serie um den Betteljungen Tam schon einmal durchgelesen und wissen also bereits, dass er am Ende Drachenreiter wird.

»Okay«, sagt Joel.

»Noch eins«, murmelt Molly, als er auch damit fertig ist, aber ihre Augen sind nicht mehr offen.

»Nein, jetzt reicht es«, sagt er und steht auf.

Er zieht die Decke mit Einhornmuster bis zu ihrem Kinn, gibt ihr einen Kuss auf die Stirn und verlässt ihr Zimmer.

Dann streckt er sich auf seinem Bett aus. Sicherheitshalber stellt er sich einen Alarm, obwohl ihm klar ist, dass er sowieso nicht einschlafen wird. Er starrt das Lampenkabel an, das von der Decke hängt. Petri hat gesagt, er wird noch eine Leiste anbringen, aber bisher hat er nichts dergleichen getan. Im ganzen Haus wimmelt es von Dingen, um die er sich kümmern will. Aber offenbar hat er keine Lust, in seiner Freizeit den gleichen Kram zu machen wie bei der Arbeit.

Handwerker zu werden, ist so ziemlich das Letzte, was Joel sich vorstellen kann. Klar ist die Arbeit in der Pflege auch kein Zuckerschlecken, aber immerhin hat er dort direkten Menschenkontakt, hilft jemandem.

Es macht ihn nervös, dass Mama und Petri nicht zu Hause sind. Was soll er denn machen, wenn sie länger wegbleiben als bis Mitternacht?

Etwa eine Stunde später geht die Haustür auf. Joel löscht schnell das Licht und kriecht unter die Bettdecke. Mama und Petri trampeln die Treppe hinauf, sie versuchen nicht mal, leise zu sein. Wie geahnt, wirft seine Mutter einen Blick in sein Zimmer, und er gibt sich Mühe, ruhig und regelmäßig zu atmen. Eine Viertelstunde nachdem alle Geräusche verstummt sind, setzt Joel sich an den Computer, um die knappe Stunde auch noch irgendwie rumzubringen.

Um zehn vor zwölf zieht er einen Kapuzenpulli an, weil er nicht an der Garderobe herumrascheln will. Dann öffnet er die unterste Schreibtischschublade und holt das Messer heraus, das er unter einem noch unbenutzten Skizzenbuch versteckt hat. Zieht es aus der Hülle und betastet vorsichtig die scharfe Klinge. Sie ist aus blankem Stahl, der Griff aus hartem schwarzem Gummi. Er schiebt es zurück in die Hülle und steckt es in die Kängurutasche seines Pullis.

Leise schleicht er sich die Treppe hinunter und meidet dabei sorgfältig alle Stellen, die knarren könnten. Vor der Haustür bleibt er stehen. Er könnte es sich noch anders überlegen. In die Küche gehen und ein Glas Milch trinken. Wieder ins Bett gehen und den Rest der Nacht verschlafen. Darauf hoffen, dass sich die Sache für ihn und Molly erledigt. Dass Fanny ihre Drohung nicht ernst meint.

Aber Joel ist vom Gegenteil überzeugt, und irgendwie muss er sie dazu bringen, ihn in Ruhe zu lassen. Er öffnet die Tür und geht hinaus.

Wirft einen Blick zu seinem Fahrrad, entscheidet dann aber, zu Fuß zu gehen. Langsam schlendert er die Straße entlang.

Joel will nicht zu früh kommen. Da rumstehen wie ein verängstigtes Kleinkind.

In Gårdby ist es fast dunkel. Die Sonne ist schon längst untergegangen, und der Mond ist von Wolken verdeckt. Mann, wie er die Dunkelheit hasst. Er schläft noch immer mit einem Nachtlicht. Und trottelig wie er nun mal ist, hat er natürlich keine Taschenlampe mitgenommen. Also muss er sich mit der Handylampe begnügen. Das Zirpen der Heuschrecken erfüllt die Nacht. Das sind keine Grillen, wie die meisten glauben. Jetzt friert er auch noch. Es ist kälter geworden, seit er mit Molly nach Hause gegangen ist, außerdem bläst ein Wind.

Ein Vogel fängt an zu zwitschern, schnelle, hohe Töne. Erst

wundert Joel sich, doch dann begreift er, dass es eine Nachtigall sein muss. Oder ein Sumpfrohrsänger. Ihm ist, als wolle ihn der Vogel warnen, ihn zum Umkehren bewegen. Da ist der Gedanke wieder. Dass es noch nicht zu spät ist. Dass er einfach nach Hause gehen kann. Wenn jemand wach sein sollte, könnte er so tun, als wäre er nur spazieren gewesen. Aber der Gedanke ist nur ein Echo von dem Moment, den er vor der Haustür gezögert hatte. Er geht weiter.

Er hat keine Wahl.

31

»Es ist immerhin möglich, dass sie lügen«, sagte Ove und schielte so sehnsüchtig zu seiner Schreibtischschublade, dass Hanna sie liebend gern einfach für ihn geöffnet hätte. »Tilde und Lukas könnten sich abgesprochen haben, um Fanny die Schuld zu geben.«

»Ja, zu dritt wäre es definitiv leichter gewesen, die Leiche zu bewegen«, sagte Erik.

Wie ein verdammtes Fähnchen im Wind, dachte Hanna. Es war viel wahrscheinlicher, dass Joel weggegangen war, ganz wie Tilde und Lukas ausgesagt hatten und dass Fanny ihm gefolgt war. Da war Erik wenige Minuten zuvor noch ganz ihrer Meinung gewesen. Fanny war schon früher gewalttätig geworden, und während der Befragung hatte Tilde nicht gerade den Eindruck erweckt, gut lügen zu können. Gleichzeitig durften sie sich aber auch nicht jetzt schon auf einen bestimmten Tathergang einschießen.

»Die Kriminaltechnik soll sich mal im Wald hinter der Schule umsehen«, sagte Ove. »Immerhin könnte Joel dort ermordet worden sein. Schnappt euch Fanny und setzt sie richtig unter Druck.«

Ove sprach ungewöhnlich schnell. Vermutlich, weil er sie loswerden wollte.

»Dürfen wir einen DNA-Test machen?«, fragte Hanna.

»Absolut, und nehmt auch gleich ihre Fingerabdrücke.«

Sie hatten noch nicht mal das Büro verlassen, als Ove schon die Schublade aufriss und sie die Zigarettenpackung knistern hörten.

»Ich schätze, dass wir zu Fanny fahren müssen«, sagte Hanna. »Sie wird wohl kaum freiwillig herkommen.«

»Ganz deiner Meinung«, sagte Erik. »Aber ich versuche trotzdem erst mal, sie ans Telefon zu bekommen. Du könntest es ja in der Zwischenzeit bei ihrer Mutter probieren.«

Sie gingen an ihre jeweiligen Arbeitstische. Bislang hatte niemand Fannys Mutter gesprochen, auch diesmal erreichte Hanna nur den Anrufbeantworter. Der Vater, ein Hans Broberg, wurde ebenfalls unter der Adresse geführt und war vor knapp einem Jahr aus der Haft entlassen worden, nachdem er eine zweijährige Strafe wegen Drogenschmuggels abgesessen hatte. Angaben zu einem aktuellen Beschäftigungsverhältnis oder Wohnort gab es nicht. Das auf ihn laufende Handy war abgestellt.

Erik kam zu ihr, einen Kriminaltechniker im Schlepptau.

»Fanny ist nicht drangegangen, und in der Schule fehlt sie auch schon die ganze Woche. Los, fahren wir zu ihr, in der Hoffnung, dass sie zu Hause ist. Ich vermute, du hast ihre Mutter auch nicht erreicht?«

Hanna schüttelte den Kopf und stand auf. Im Auto erklärte Erik, Ove wolle, dass sie die Kriminaltechnik zur Schule in Gårdby begleiteten, damit sie die Kommunikation mit der Leitung übernehmen konnten. Deshalb fuhr bald ein kleiner Konvoi über die Ölandbrücke: ein Streifenwagen, dann der große Van der Kriminaltechnik und schließlich ihr Zivilfahrzeug.

Als sie vor der Grundschule geparkt hatten, bat Hanna alle zu warten. Der Schulhof war leer, und kaum hatte sie die Hand auf das weiße Holzgeländer gelegt, ergriff sie eine unbändige Sehnsucht. Damals war das Leben noch gut gewesen. Erst mit Beginn der sechsten Klasse hatte sich alles verändert. In den Folgejahren war sie manchmal nach Gårdby gekommen, um sich an das Gute zu klammern. Vielleicht war das ja auch Fannys Beweggrund, nur hatte es sich bei ihr anders geäußert: Hanna hatte damals Rebecka mitgeschleppt, wenn es in der Grundschule Flohmärkte oder Theateraufführungen gab.

Sie drückte die grüne Tür auf. Ihr letzter Besuch lag fast zwanzig Jahre zurück, aber es roch noch genau gleich. Im Sekretariat war niemand, also klopfte Hanna an die Tür eines Klassenzimmers und bat den Lehrer herauszukommen.

Er konnte unmöglich schon hier gearbeitet haben, als sie hier zur Schule ging, dafür war er viel zu jung – schätzungsweise in ihrem Alter. Er trug Jeans und einen Strickpulli, außerdem hatte er ein Ziegenbärtchen. Und er war größer als sie. Er stellte sich als Isak vor.

»Aulin?«, fragte sie.

»Ja, ich habe gestern mit einem Ihrer Kollegen gesprochen. Worum geht es?«

»Wir müssten hinter der Schule eine kriminaltechnische Untersuchung vornehmen.«

»Darf man erfahren, warum?«

»Leider nicht.«

»Haben Sie schon mit der Rektorin gesprochen?«

»Nein.«

»Dann werde ich sie mal anrufen und ins Bild setzen.«

»Gute Idee.«

»Würden Sie so lange meine Klasse im Auge behalten?«

Isak lachte auf, als er ihren Gesichtsausdruck sah.

»Also, Sie müssen nicht reingehen. Es reicht vollkommen, wenn Sie hier stehen bleiben.«

Hanna nickte, während sie zu ihrem Ärger wieder rot anlief. In der Tür befand sich ein Fenster, und sie warf einen Blick hinein. Drinnen saßen nicht mehr als zwanzig Schulkinder, vielleicht erste oder zweite Klasse. An den Unterricht dieser Zeit konnte sie sich absolut nicht erinnern, aber sie wusste noch sehr genau, dass sie sich damals in der Schule wohlgefühlt hatte, geborgen. Und an den Wald erinnerte sie sich, wo sie und Rebecka gespielt hatten, dass sie Astronautinnen waren und auf fremden Planeten landeten.

Ein Kindergesicht tauchte vor dem Fenster auf und fing an, Grimassen zu schneiden. Hanna streckte dem Mädchen die Zunge raus, was sie in dem Moment bereute, als Isak um die Ecke bog. Aber er grinste nur und zeigte der Schülerin mit einem Winken, sich wieder zu setzen.

»Wie lange können Sie mit der Untersuchung warten?«, fragte er.

»Wieso?«

»Die Rektorin findet, dass die Kinder nicht anwesend sein sollten. Sie gibt ihnen für den Rest des Tages frei, aber es dauert natürlich, bis alle abgeholt sind.«

»Wir können nicht warten«, sagte Hanna. »Aber ich rede mit der Kriminaltechnik. Der Ort, den sie untersuchen sollen, liegt etwas tiefer im Wald.«

Isak bedankte sich und verschwand wieder im Klassenzimmer. Nach wenigen Sekunden brach dort Jubel aus.

Eine Erinnerung überrumpelte sie: Sie saß in einem Klassenzimmer wie diesem, und ihre Lehrerin teilte ihnen mit, dass sie sofort frei hätten, weil der Strom ausgefallen war und es nicht den Eindruck machte, dass er noch mal anginge. Ein andermal blieb die Schule geschlossen, weil es so sehr geschneit hatte, dass man nicht hinkam.

Ihr Handy vibrierte, wieder eine unbekannte Nummer, und Hanna wollte nicht drangehen, musste aber. Es konnte schließlich mit den Ermittlungen zu tun haben. Das Feuer konnte kaum zu knistern anfangen, da hatte sie schon aufgelegt. Was war der nächste Schritt? Würde diese Person wirklich etwas in Brand stecken?

Nach einem kurzen Blick in das Klassenzimmer ging Hanna hinaus und informierte die Kriminaltechnik. Die Begeisterung darüber, dass sie bald von Kindern überrannt werden würden, hielt sich in klaren Grenzen. Aber die Spurensicherung würde vermutlich dauern, und so lange konnten sie die Kinder ja schlecht in der Schule einsperren. So oder so hatte niemand die Möglichkeit bekommen, Beweise zu entfernen oder vielleicht sogar bewusst zu platzieren. Hanna fragte nicht erst, ob sie noch warten konnten. Dem hatte sie nur diesem Isak gegenüber zugestimmt, weil es leichter war, als einfach nur Nein zu sagen.

Hanna brachte die Spurensicherung ums Haus und zeigte ihr den Wald, der eigentlich eher ein Wäldchen war. Führte sie bis zu der ungefähren Stelle, die Tilde und Lukas beschrieben hatten. Derweil errichteten die Streifenpolizisten eine Absperrung. Nur so konnten sie Schaulustige fernhalten.

Hanna und Erik selbst fuhren zu Fanny. Diesmal war der Hof leer. Vielleicht weil es kühler war als bei ihrem ersten Besuch. Der Himmel war grau und wolkenverhangen.

»Kommt rein!«, rief Fanny, als sie angeklopft hatten.

Erik öffnete die Tür und machte einen großen Schritt über einen Schuhberg. Fanny saß vor dem Fernseher.

»Warum gehst du nicht ans Telefon?«, fragte Hanna.

Das Chaos im Wohnzimmer erinnerte Hanna an die andere Hälfte ihrer Jugend: leere Flaschen, übervolle Aschenbecher, haufenweise Klamotten auf dem Boden. Sie hatte versucht, Ordnung zu halten, aber nicht immer hatte ihre Kraft dazu gereicht. Das Jugendamt war ein paarmal wegen Kristoffer vorbeigekommen, und vor diesen Besuchen hatte sie immer besonders penibel aufgeräumt. Und ihren Vater bekniet, nicht zu trinken. Dasselbe Bild, wenn Oma sich angekündigt hatte. Aber der hatte sie nichts vormachen können. Nach einem ihrer Besuche hatte sie gefragt, ob Hanna nicht zu ihr ziehen wollte. Oma fand, sie müsse nicht die Verantwortung für diese beiden Kerle tragen.

Hanna wiederholte ihre Frage: »Wieso gehst du nicht ans Telefon?«

»Mir war nicht danach.«

Vermutlich hatte das frech klingen sollen, aber das tat es nicht. Fanny saß auf dem Sofa, die Beine fest umschlungen. Sie trug das gleiche schwarze T-Shirt wie beim letzten Mal, dazu diesmal allerdings eine Jogginghose. Von ihrer selbstsicheren Haltung war nichts mehr zu sehen. Vielleicht war es ihr leichter gefallen, ihnen draußen gegenüberzutreten, aber das konnte nicht der alleinige Grund sein. Die Hände waren sauberer, und mehrere Knöchel waren verschorft.

»Laut Tildes und Lukas' Aussage ist im Wald was ganz anderes passiert.«

»Was immer die behaupten, die übertreiben«, sagte Fanny. »Die übertreiben immer.«

Sie löste den Blick nicht vom Fernseher. Ein paar Jugendliche standen vor einem gigantischen Fenster und schauten zu einem anderen Planeten. Vielleicht hatte sie auch mal davon geträumt, Astronautin zu werden. Erik ging hin und schaltete das Gerät ab.

»Was soll der Scheiß?«, sagte Fanny.

Wieder wenig überzeugend. Sie klang nicht wütend, sondern ängstlich.

»Sie sagen, dass du ihn verprügelt hast«, sagte Erik. »Und dass ihr alle ihn getreten habt, als er am Boden lag.«

»Wir haben ihm nur ein paar verpasst. Das war wirklich keine große Sache.«

»Warum hast du dann gelogen?«

Hanna schob einen Schuhkarton von einem Sessel und setzte sich. Erik blieb stehen.

»Ich bin nicht blöd. Ich weiß, wie das rübergekommen wäre.«

»Hast du Joel angespuckt?«

»Wer hat das behauptet?«

Als Fanny begriff, dass sie darauf keine Antwort erhalten würde, fügte sie hinzu: »Vielleicht hatte ich eine feuchte Aussprache, als ich mit ihm geredet hab.«

Hanna lehnte sich vor.

»Was ist passiert, nachdem Joel das Messer gezogen hat?«, fragte sie.

»Er hat wild damit rumgefuchtelt und rumgeschrien. Total psycho. Deshalb haben wir ihn ja auch abhauen lassen.«

Erik zeigte auch ihr das Bild des Messers.

»War es das hier?«

»Keine Ahnung.«

»Wohin bist du danach gefahren?«

»Nach Hause.«

»Kann das jemand bestätigen?«

»Mama auf jeden Fall nicht. Die schluckt Schlaftabletten.«

Hanna ging davon aus, dass Fanny sich bei ihren beiden Elternteilen bediente, um was zu verkaufen zu haben.

»Wo ist dein Vater?«, fragte sie.

»Woher soll ich das wissen? Den hab ich seit Monaten nicht gesehen.«

»Ist das sein Hasch, das du vertickst?«

Fanny schaute sie an. Da lag so viel Flehen in ihrem Blick, dass sich alles in Hanna verknotete.

»Ich verticke kein Hasch«, sagte Fanny. »Wer immer das behauptet, lügt.«

»Hast du Joel auf dem Weg nach Hause noch mal getroffen?«

»Nein.«

»Sicher?«

»Ja.« Fanny wandte sich an Erik. »Ist die immer so schwer von Begriff?«

Erik beantwortete die Frage, indem er ein Testset aus der Jackentasche holte, und da verlor Fanny die Kontrolle über ihre Angst.

»Ihr steckt mir nicht so ein Scheißstäbchen in den Mund!«, schrie sie.

»Du hast keine Wahl«, sagte Hanna. »Wenn du nicht hier und jetzt einwilligst, müssen wir dich auf die Wache mitnehmen.«

Widerwillig ließ Fanny die Prozedur über sich ergehen, aber

als Erik auch noch das Set auspackte, um ihre Fingerabdrücke zu nehmen, schlug ihre Angst in Panik um.

»Nein!«, brüllte Fanny. »Ihr verdammten Pisser. Ihr wollt mir das anhängen!«

32

Der Tonklumpen ähnelte einem dicken Kerl, der nicht tanzen konnte. Trotzdem fuhr er Runde um Runde auf der Scheibe, als würde ihm die Welt gehören.

Rebecka nahm den Fuß vom Pedal, und die Scheibe mit dem Klumpen kam zum Stillstand.

Vorhin hatte sich die Frau aus Norra Möckleby gemeldet, die eine Obstschale bei ihr in Auftrag gegeben hatte. Sie hatte gesagt, sie brauche sie nicht länger. Joel hatte sie mit keinem Wort erwähnt, aber Rebecka wusste, dass dies der Grund war: Man rechnete einfach nicht damit, dass sie noch arbeiten konnte, nachdem ihr Sohn gestorben war. Und das stimmte ja auch. Sie brachte gerade nur Mist zustande. Alles war schief und krumm. Nach dem Telefonat hatte sie die angefangene Schale an die Wand geworfen. Die Frau war so fröhlich gewesen, als sie sie bestellt hatte. Ihre Enkelin sollte sie zur Hochzeit bekommen.

Bei der Abbestellung klang sie eigentlich nur nervös.

Rebecka drückte auf dem Tonklumpen herum. Eigentlich sollte er eine Teetasse werden. Sie hatte entschieden, einfach damit aufzustocken. Draußen hing ein Schild, dass hier Keramik verkauft würde, und es kamen sowohl Insulaner als auch

Touristen. Tassen liefen am besten, dicht gefolgt von Dessertschüsseln und kleinen Krügen. Obstschalen gingen auch ganz okay.

Du brauchst eine richtige Webseite, Mama.

Das hatte Joel zuletzt vor wenigen Wochen gesagt, und er hatte sich sogar angeboten, die aufzubauen. Hatte behauptet, dass das mit einer Vorlage gar nicht so kompliziert war. Dafür hatte er das Wort *template* benutzt und ihr erklärt, was genau das hieß, weil sie ihn nicht sofort verstanden hatte.

Ihr lieber, fantastischer Joel. Rebecka packte den Klumpen und schleuderte ihn davon. Er schlug dumpf gegen die Wand und landete dann wenige Zentimeter von den Überresten der Obstschale entfernt auf dem Boden.

Molly war auch heute wieder bei Sonja; sie hatten entschieden, sie erst einmal nicht zur Schule zu schicken. Die Vorstellung, dass Molly so dem Gerede über Joel entging, war beruhigend, aber sie konnten sie ja trotzdem nicht ewig zu Hause behalten. Sonja hatte ihr erzählt, was Fanny mit Molly gemacht hatte, und Rebecka wäre liebend gern zu ihr gefahren, um ihr eine zu knallen. Eine Antwort aus ihr herauszukriegen. Hatte Fanny auch Joel was angetan? Ihn vielleicht sogar getötet? Sonja hatte gesagt, es gebe nichts, was darauf hindeutete, und dass sie die Polizei ihre Arbeit machen lassen sollten.

Eigentlich sollte Rebecka sich um Molly kümmern. Es war ganz schön armselig, dass sie das nicht schaffte. Aber gerade erinnerte Molly einfach zu sehr daran, dass etwas fehlte. Außerdem bekam Rebecka mit, wie Petri ihre Tochter ansah. Wie dankbar er darüber war, dass sie noch lebte. Das war Rebecka natürlich auch, aber sie wollte, dass beide ihre Kinder leben durften.

Joels und Petris Verhältnis war ganz okay gewesen, aber den Vater hatte Petri ihm nie ganz ersetzen können. Das hatte sie erst begriffen, als Molly zur Welt gekommen war. Joel war er immer mit eher steifem Wohlwollen begegnet, Molly hingegen mit von Herzen kommender Wärme. Rebecka hatte ihn einmal darauf angesprochen. Obwohl er ihre Beobachtung nicht hatte bestätigen wollen, gab er sich danach Mühe, keinen so großen Unterschied zu machen.

Aber ich bin halt nicht sein Vater, hatte er gesagt.

Sonja ist eigentlich auch nicht deine Mutter. Aber das hatte sie nur gedacht und sich nicht zu sagen getraut, weil sie Angst davor hatte, dass er sie dann verließ. Ihr war bewusst, wie wenig rational diese Angst war, trotzdem hatte sie etwas Lähmendes. Im Vergleich zu Axel war Petri jedenfalls um Längen besser.

Rebecka griff nach ihrem Handy. Das war allmählich fast zwanghaft. Sie las ihre persönlichen Nachrichten und überflog die Zeitungsportale und Internetforen.

Sie wollte wissen, was mit Joel passiert war, und die Polizei kam gefühlt nur sehr langsam voran. Hanna kam nur langsam voran. Und mit ihr sprachen sie überhaupt nicht.

Axels Gesicht starrte ihr von der *Expressen*-Seite entgegen. Er saß auf einer schwarzen Ledercouch, vermutlich in seinem Büro, denn hinter ihm hingen gerahmte Auszeichnungen. Keines seiner blonden Haare lag falsch, der Blick aus seinen hellblauen Augen war direkt in die Kamera gerichtet. Rebeckas Hand zitterte so sehr, dass sie fast nicht auf den Link klicken konnte. Das Bild lud sich von Neuem, dazu ein großes Zitat: *Die Trauer ist unerträglich.* Zwei Sätze, mehr konnte sie von dem Interview nicht lesen.

Wut riss sie vom Stuhl. Rebecka war kurz davor, das gesamte

Regal mit den Tassen umzustürzen, konnte sich aber gerade noch zurückhalten. Damit hätte sie nur sich selbst geschadet, nicht ihm.

Wie konnte er nur?

Sie wollte, dass Axel litt. Dass er Joel vermisste. Aber sie bezweifelte, dass auch nur ein Wort dieses Interviews der Wahrheit entsprach.

Jemand klopfte an die Fensterscheibe. Rebecka zuckte zusammen, entspannte sich aber, als sie Ulrika erkannte, die ihr durchs Fenster zuwinkte. Also hatte sie sich schlussendlich doch getraut. Gabriel war gestern beim Rastplatz am Möckelmossen gewesen, und er hatte verlegener gewirkt als sie. Ihrem Blick war er ausgewichen. Was für ein gottverdammter Angsthase er doch war und so falsch. Nichts von dem, was er zu ihr gesagt hatte, war echt gewesen. Gerade konnte sie nur das Dunkle an ihm erkennen. Rebecka wusch sich den Ton von den Händen und ging hinaus.

»Das tut mir alles so wahnsinnig leid für dich«, sagte Ulrika und war kurz davor, in Tränen auszubrechen.

Doch auch ihre Erleichterung war nicht zu übersehen: Es hatte keines ihrer Kinder getroffen.

»Ich hätte herkommen sollen, als ich's gehört hab, aber ich … ich wollte nicht stören.«

Rebecka nickte, machte aber keinen Schritt auf Ulrika zu, um sie zu umarmen. Konnte nicht über ihre Feigheit hinwegsehen. Sie hätte sich wenigstens irgendwie melden können. Unschlüssig blieb Ulrika stehen. Schaute zurück zu ihrem Haus.

»Elias ist schon reingegangen, und da ist natürlich die Sorge, dass …«

»Elias ist schon zu Hause?«

»Ja, die Schule hat angerufen und gebeten, die Kinder abzuholen. Die Polizei ist vor Ort, die untersuchen irgendwas im Wald.«

Ulrikas Mund bewegte sich weiter, aber Rebecka hörte seit dem Satz mit dem Untersuchen nicht mehr zu. Glaubte die Polizei etwa, dass Joel bei der Grundschule getötet worden war?

Ulrika legte ihr eine Hand auf den Arm, suchte ihren Blick.

»Ich dachte, das solltest du wissen.«

»Danke.«

Rebecka hätte sie am liebsten angeschrien, sie solle verschwinden, aber Ulrika fügte noch hinzu, wie leid es ihr täte, nicht eher hergekommen zu sein. Dass es schrecklich sei, was da passiert wäre. Dass sie sich bitte melden solle, wenn sie was bräuchte.

Ich habe mit deinem Mann geschlafen.

Für einen Moment dachte Rebecka, sie hätte das laut gesagt, weil Ulrika sie anstarrte. Aber es war doch nur ein weiterer Gedanke, den auszusprechen sie sich nicht traute. Nein, sie wollte ihn nicht aussprechen. Ulrika war ziemlich in Ordnung, sie hatte nicht verdient, was sie und Gabriel hinter ihrem Rücken getan hatten. Wie hatte sie nur so egoistisch und dämlich sein können? Leise meldete sich der Gedanke, dass das mit Joel eine Strafe genau dafür war, doch sie schob ihn schnell beiseite.

»Linnea leidet auch sehr«, sagte Ulrika. »Sie kann weder essen noch schlafen.«

Rebecka hätte am liebsten geschrien: *Glaubst du, das interessiert mich?* Doch sie zwang sich zu nicken.

»Gabriel auch«, fuhr Ulrika fort.

Ihr Blick bohrte sich so tief in Rebecka, dass diese das Gefühl bekam, sie müsse etwas dazu sagen. Ahnte sie etwas?

»Er hat …«

Das Geräusch der Haustür brachte Ulrika endlich zum Verstummen. Elias stand auf der Treppe und wollte von seiner Mutter wissen, ob er sich einen Keks nehmen dürfe.

»Ich muss gehen«, sagte Ulrika.

»Mach das«, sagte Rebecka.

Kaum war Ulrika im Haus verschwunden, machte Rebecka sich auf den Weg zur Grundschule.

33

»Was für ein Elend«, sagte Erik.

Er schnallte sich an, bevor er den Wagen startete. Der Gestank aus dem Haus hing ihm noch in der Nase. Getrockneter Schweiß, alter Zigarettenrauch und die Ahnung von Schlimmerem: Erbrochenem und Urin. Dass es Fanny nicht gut ging, war nicht zu übersehen. Schlussendlich hatten sie trotz allem ihre Fingerabdrücke nehmen können.

»Ein suchtkrankes Elternteil zu haben, ist keine Entschuldigung«, sagte Hanna. »Oder ein abwesendes Elternteil …«

»Natürlich nicht. Aber manchmal ist es ein Teil der Erklärung.«

Alki. So hatten die Kollegen in der Cafeteria Hannas Vater genannt. Erik war so neugierig gewesen, dass er den Fall gegoogelt hatte. Auf die eigentliche Akte konnte er schlecht zugreifen, ohne Spuren zu hinterlassen. Er wusste, dass Lars Duncker zehn Jahre abgesessen hatte, dann nach Öland zurückgekehrt und vier Jahre später verstorben war. Vermutlich hatte es so lange gedauert, sich totzusaufen. In einem der Artikel kurz nach dem Prozess waren Lars Dunckers zwei Kinder erwähnt worden, aber keine Ehefrau.

»Sollten wir das melden?«, fragte Erik.

»Das hat bisher auch nichts bewirkt«, sagte Hanna. »Ich habe nicht nachgezählt, aber es wurde sicher schon öfter als zwanzigmal gemeldet.«

Er wollte fragen, was ihrer Meinung nach helfen könnte, aber sie befanden sich mitten in den Ermittlungen. Zuerst mussten sie herausfinden, welche Rolle Fanny bei Joels Ermordung gespielt hatte. Für ihren derzeitigen Zustand waren vielleicht eher Schuldgefühle verantwortlich als die Probleme zu Hause.

»Sollten wir sie festnehmen?«

»Noch nicht«, sagte Hanna. »Wir brauchen erst handfestere Beweise.«

Sie atmete so, als wollte sie noch etwas hinzufügen, aber da kam nichts mehr.

»Ich halte bei der Schule, um zu schauen, wie weit die Kriminaltechnik ist«, sagte er.

»Okay.«

Die Schule war praktisch leer, als sie ankamen. Auf dem Hof befand sich niemand, aber in einem der Klassenräume presste ein Mädchen die Nase gegen die Fensterscheibe, bis ein Lehrer kam und sie dort wegholte. Neben dem Schulgebäude stand ein Streifenpolizist und behielt die Lage im Blick. Ein Kollege, dessen Namen Erik ungewöhnlicherweise nicht kannte. Er und Hanna grüßten ihn und gingen ums Haus.

Klas arbeitete am nächsten zur Absperrung und kam sofort zu ihnen, als er sie sah. Er war auch draußen am Rastplatz beim Möckelmossen gewesen.

»Wie läuft's?«, fragte Erik.

»Wir haben den Ort gefunden, wo Joel Forslund verprügelt wurde«, sagte Klas. »Kommt, ich zeig ihn euch.«

Sie folgten ihm und blieben wenige Meter von einer Hütte

entfernt stehen, die Ähnlichkeit mit einem Tipi hatte. Eriks Tochter Nila hätte hier sicher gern ihre Pausen verbracht. Sie teilte seine Liebe für die Natur. Durch das lichte Wäldchen konnte man die dahinterliegenden Getreidefelder erkennen. Zwischen Feld und Schule lagen vielleicht zwanzig Meter. Ansonsten war kein anderes Gebäude in Sichtweite.

»Da drüben«, sagte Klas und deutete zu einer kleinen Lichtung. »Dort.«

»Kannst du rekonstruieren, was passiert ist?«, fragte Erik.

»Das Opfer hat definitiv am Boden gelegen.«

»Glaubt ihr, dass er hier getötet wurde?«, fragte Hanna.

»Eher nicht. Es gibt zwar einige Blutspuren, aber am Rastplatz waren es viel mehr.«

Und Tote bluten nicht, das war die Tatsache, auf der diese Schlussfolgerung fußte, die zu erwähnen der Kriminaltechniker sich jedoch sparte. Aufgrund seiner Verletzung hatte Joel über längere Zeit Blut verloren, das Blut am Rastplatz stammte vermutlich von seinem blutgetränkten Pullover. Abgesehen von der Stichwunde, hatte Joel Hämatome, eine gebrochene Rippe und eine aufgeplatzte Augenbraue. Erik schätzte, die Blutflecken hier stammten von Letzterer.

»Sonst noch was Auffälliges?«

»Wir haben ein bisschen Müll aufgesammelt. Unter anderem Bonbonpapierchen und einen Zigarettenstummel, aber ob uns das weiterbringt, ist fraglich. Seit der Tat wurde hier viel gespielt. Wir haben auch eine Menge Schuhabdrücke gesichert, aber gleich die weggelassen, die uns zu klein erschienen. Wir sind aber bald fertig und packen ein.«

Aufgeregte Stimmen drangen von der anderen Seite der Schule herüber. Eine Frauenstimme war klar zu verstehen.

»Ich muss da hin. Er war mein Sohn.«

»Scheiße, das ist Rebecka«, sagte Hanna und eilte davon.

Erik folgte ihr. Als er die Absperrung erreichte, hatte Hanna ihre Freundin schon ein Stück weggelotst. Erik teilte dem Streifenpolizisten am blauweißen Flatterband mit, dass die Kriminaltechnik fast fertig war.

Erik schaute sich um. Fanny schien die Wahrheit gesagt zu haben. Joel war aufgestanden, nachdem sie ihn verprügelt hatten, und weggegangen. Bloß wohin? Die asphaltierte Straße vor der Schule führte nur in zwei Richtungen. Nach Hause ging es nördlich, aber dorthin hatte Joel es nicht geschafft. Stattdessen war er ein paar Kilometer südwestlich gefunden worden.

War Fanny ihm nachgelaufen? Hatte sie ihn noch einmal angegriffen?

Erik schaute zu Rebecka Forslund. Sie war noch immer aufgeregt, aber Hanna schien die Lage unter Kontrolle zu haben. Sie stand vor Rebecka, hielt ihre Oberarme umschlossen. Dabei sprach sie so leise mit ihr, dass Erik nichts verstehen konnte.

Sein Handy klingelte.

»Das Messer ist die Mordwaffe. Das darauf befindliche Blut stammt von Joel«, informierte ihn Ove. »Außerdem wurden die Fingerabdrücke zugeordnet, sie stammen von zwei unterschiedlichen Personen. Von Joel selbst und von Axel Sandsten.«

Der letzte Tag

Vor der Schule stehen zwei Mopeds. Wen hat Fanny wohl diesmal mitgebracht? Vermutlich Lukas, das zweite Moped sieht aus wie seins.

Joel steckt das Handy ein und tastet sich langsam hinter die Schule. Zwischen den schwarzen Baumstämmen hüpfen nicht zwei Lichtkegel umher, sondern drei. Als Fanny hört, dass er sich nähert, leuchtet sie ihm direkt ins Gesicht. Der kalte Hass, der aus ihren Augen spricht, sorgt fast dafür, dass Joel sich umdreht und wegrennt.

Er weiß nicht, was er sich dabei gedacht hat. Welchen Sinn das hier haben soll.

Aber jetzt ist es zu spät. Umkehren kann er nicht. Lukas taucht grinsend hinter Fanny auf, und neben ihm steht Tilde. Das versetzt ihm einen Stich. Was will die denn hier? Er war nett zu ihr. Linnea hat erzählt, dass Tilde während der Sportstunde einmal von den anderen in einen Abstellraum gesperrt worden ist und dass sie eigentlich niemanden hat, mit dem sie nach der Schule etwas unternehmen kann. Deshalb hat er ja vorgeschlagen, sie mit ins Kino zu nehmen.

Immerhin erklärt das ihr Verhalten im Bus.

Joel stellt sich direkt vor Fanny. Sie muss er überzeugen, die anderen sind nur Hintergrundrauschen.

»Ich will mein Geld«, sagt Fanny.

»Nein.«

»Wie, nein?«

»Ich hab schon bezahlt.«

»Nicht für alles.«

»Ich hab nur ein Tütchen bekommen.«

»Nein, du hast eins bekommen und Linnea zwei.«

»Du lügst, und selbst wenn …«

Fanny rammt ihre geballte Faust gegen seine Augenbraue. Sein Kopf fliegt zur Seite. Ein Ast kratzt ihm die Haut am Auge auf. Jetzt trifft die andere Faust in seinen Bauch. Joel krümmt sich und bekommt kurz keine Luft, da schubst Fanny ihn zu Boden. Das ist das Startsignal für die anderen. Sofort treten sie alle auf ihn ein. Aber nur Fannys Tritte tun weh. Jemand hat die Taschenlampe fallen lassen, sie leuchtet ihm direkt in die Augen.

Soll er das Messer ziehen? Aber wenn er das macht, wird Fanny nur noch wütender. Sie ist so viel stärker. Joel rollt sich zusammen, legt sich schützend die Arme um den Kopf. Vielleicht kann er das alles so überstehen.

Tritt um Tritt knallt gegen seine Arme.

»Du musst zahlen«, zischt Fanny. »Und du hörst gefälligst auf, dich einzumischen.«

Wut keimt in Joel auf und löscht alles andere aus.

»Du verdammte Irre«, brüllt er und kommt auf die Knie. »Du Scheißmissgeburt!«

Fanny ist so schockiert, dass sie einen Schritt zurückmacht. Joel tastet erfolglos nach dem Messer. Fanny holt aus und tritt ihm mit voller Wucht gegen die Brust. Etwas knirscht, und Joel fällt rückwärts. Er will vor Schmerz aufschreien, aber er kann nur keuchen. Seine Wut ist wie weggeblasen.

Joel rollt sich wieder am Boden zusammen und legt die Arme schützend um den Kopf.

»Jetzt reicht es aber«, sagt Tilde, und Lukas stimmt zu.

Joel hasst sie fast noch mehr, diese feigen Mitläufer. Vielleicht weil sie ihm so ähnlich sind. Sie machen mit, dabei haben sie keinen Plan, was sie selbst wollen.

Fanny beugt sich zu ihm.

»Dein lächerlicher kleiner Ausbruch hat dir nicht geholfen. Du musst zahlen und aufhören, dich einzumischen.«

Joel versucht, die Wut wieder heraufzubeschwören, findet aber nur Angst. Er presst die Arme enger an den Kopf. Dann muss er wohl still liegen bleiben und einstecken. Ein kleiner Teil von ihm glaubt, dass er das sogar verdient. Redet ihm ein, dass es ihm dann besser geht, dass er sich dann vielleicht weniger selbst hasst.

Fannys nächster Tritt trifft eine seiner Hände. Joel kann sie nicht schnell genug wieder übers Gesicht halten, weshalb Fannys Schuh gegen seine Augenbraue knallt. Blut läuft ihm ins Auge, und schon sieht er seine Mutter wieder vor sich. Ihr blutüberströmtes Gesicht, Oberkörper, Hände.

Sofort meldet sich Todesangst: *Sterbe ich jetzt?*

Fanny tritt noch einmal zu.

»Du bist noch immer derselbe kleine Scheißer«, zischt sie. »Die einzige Missgeburt hier bist du, Joel-Schwuchtel.«

Dann spuckt sie ihm ins Gesicht, und Tilde greift nach ihrem Arm.

»Was soll das …«

Joel weiß nicht, wer das sagt. Tilde oder Fanny. Vielleicht ist irgendeine Verbindung zum Ohr kaputtgegangen, alle Geräusche klingen verzerrt. Es rauscht und pfeift nur so.

Sie machen ein paar Schritte zurück, aber sehen kann Joel sie nicht mehr. Die Taschenlampe macht ihn fast blind. Er kämpft sich auf alle viere. Schwankt vor Schwindel. Der Schmerz in der Brust ist am schlimmsten. Eine Rippe muss gebrochen sein.

Joel will so schnell wie möglich weg, aber er zwingt sich abzuwarten, bis die Welt aufgehört hat, sich zu drehen. Dann steht er langsam auf.

»Wieso stehst du auf?«, fragt Fanny.

Joel zieht das Messer.

»Keinen Schritt näher«, brüllt er. »Sonst schlitz ich euch auf!«

Sie starren ihn an. Er ist nun nicht mehr im Lichtkegel der Lampe, wird nicht länger geblendet. Der Mond gleitet hinter einer Wolke hervor, und in seinem Schein wirken ihre Gesichter seltsam vergrößert. Sogar Fanny sieht verängstigt aus, aber er schätzt, dass sie jeden Moment vor Wut explodieren wird. Wenn das passiert, will er nicht mehr hier sein. Langsam geht Joel rückwärts. Erst als er gegen einen Baum stößt, dreht er sich um.

34

Die Worte schienen zwischen ihnen in der Luft zu schweben. Hanna sprach, aber nichts davon schien anzukommen. Sie bekam Rebecka nicht mal dazu, sie anzuschauen. Sie griff Rebeckas Oberarme fester und wiederholte sich:

»Es tut mir leid, aber ich kann dir nicht sagen, warum wir hier sind.«

Rebecka wand sich aus ihrem Griff, der Blick noch genauso aufs Schulgebäude gerichtet wie vorher.

»Wurde er dort …?«

»Nein, das glauben wir nicht länger.«

Erst jetzt schaute Rebecka sie an.

Hanna seufzte innerlich. Vielleicht hatte sie mehr gesagt, als sie sollte, aber sie wollte Rebeckas Schmerz so gern lindern. Den Schmerz, der dazu führte, dass ihre Oberlippe zu zittern anfing. Davon abgesehen, war Rebecka nicht dumm. Wieso sonst hätten sie den Wald hinter der Schule untersuchen sollen?

»Aber was glaubt ihr dann? War es diese Fanny …?«

»Es tut mir leid«, sagte Hanna nur.

Wieder schaute Rebecka zur Schule, als wartete dort eine Antwort. Hanna sollte nicht darüber sprechen, was sie glaubten oder nicht glaubten. Nicht bevor sie wussten, was passiert war. Noch war nichts haltbar. Was jetzt nach draußen drang, würde die Ermittlungen beeinflussen. Und nicht nur das. Es konnte Menschen gefährden. Kinder. Wenn rauskam, dass Fanny verdächtigt wurde, und sich später herausstellte, dass sie es gar nicht war, würde sie sich davon vielleicht nie erholen. Deshalb wollte Hanna sie auch noch nicht aufs Revier bringen. Erst, wenn mehr auf ihre Schuld hindeutete.

Erik kam näher, und Hanna sah ihm an, dass es was Neues gab. Das entging auch Rebecka nicht.

»Was ist los?«, fragte sie.

»Hanna und ich müssen zurück nach Kalmar.«

»Warum?«

»Das kann ich leider nicht sagen.«

Rebecka schaute Hanna fast flehend an, doch die schüttelte nur den Kopf. Rebecka schloss die Augen. Als sie sie wieder öffnete, hatte ihr Blick sich verändert. Er war so finster wie damals, als ihr der Zutritt zum *Sandra* in Kalmar verwehrt wurde, weil sie nicht alt genug war. Hanna war im März geboren, Rebecka erst im November.

»Das könnt ihr nicht machen«, schrie sie.

Am liebsten wäre es Hanna gewesen, wenn Erik schon mal zum Auto gegangen wäre. Es war leichter, Rebecka zu besänftigen, wenn er nicht direkt danebenstand und zuschaute. Sie wollte nicht, dass er ihr Handeln infrage stellte. Aber das konnte sie ja schlecht sagen, deshalb ignorierte sie ihn so gut es ging.

»Wie bist du hergekommen?«, fragte sie.

»Das könnt ihr nicht machen«, schrie sie noch mal. »Ich schaff das nicht.«

»Zu Fuß?«

Als Jugendliche hatte Rebecka häufig Wutanfälle gehabt, die aber selten lange anhielten. Am schnellsten gingen sie vorüber, wenn man die Wut ignorierte. Im Moment funktionierte das jedoch eher leidlich, weil die Wut von so vielem befeuert wurde.

»Ja, zu Fuß«, fauchte sie.

»Dann bringen wir dich nach Hause«, sagte Hanna.

Widerwillig ließ Rebecka sich zum Auto bringen. Bevor sie sich hineinsetzte, warf sie noch einen letzten Blick zur Schule. Hanna setzte sich zu ihr auf die Rückbank.

»Soll ich jemanden anrufen?«, fragte sie.

»Zum Beispiel?«

»Petri oder deine Mutter?«

Rebecka antwortete nicht, wandte sich nur ab. Die Hand, die Hanna ihr auf den Arm gelegt hatte, schob sie weg.

Die wenigen hundert Meter legten sie in Stille zurück. Einer Stille, die sich langsam ausdehnte. Sich mit einer anderen Stille vereinte, damals: Nachdem Hanna eine einwöchige Last-Minute-Reise nach Griechenland abgelehnt hatte, weil sie ihren Vater und Bruder nicht alleinlassen wollte, hatte Rebecka drei Tage lang nicht mit ihr gesprochen, nur um sie dann wieder wie immer zu behandeln. Allein oder mit jemand anderem war sie nicht gefahren.

Ihr Vater und Bruder waren aber nur ein Teil der Wahrheit gewesen. Obwohl Hanna genug gespart hatte, um die Reise bezahlen zu können, wollte sie das Geld lieber behalten, bis sie es wirklich brauchte. Schlussendlich hatte sie die Busfahrkarte nach Stockholm und ein paar Wochen in einem Schlafsaal in einer Jugendherberge davon zahlen können. Sie war ohne wirklichen Plan nach Stockholm gefahren, und nach den ersten Wochen hätte sie fast aufgegeben. Dann hatte ihre Großmutter ihr

Geld geschickt, und wenige Tage später hatte Hanna erst einen Job in einem Restaurant gefunden und dann ein Zimmer zur Untermiete. Ein Jahr später war sie an der Polizeischule genommen worden.

Erik hielt vor Rebeckas Haus. Ohne ein Wort stieg sie aus und knallte die Autotür zu. Hanna wäre ihr gern gefolgt. Sie hatte das Gefühl, zwischen ihnen wäre etwas kaputtgegangen, das sie nun kitten musste. Aber sie konnte nicht. Ihre Aufgabe war, diesen Mord aufzuklären. Außerdem bezweifelte sie, dass Rebecka ihre Gesellschaft gerade ertragen könnte. Sie wechselte von der Rückbank auf den Beifahrersitz.

»Schieß los«, sagte Hanna, als Rebecka im Haus verschwunden war.

»Das Blut auf dem Messer ist Joels. Auf dem Griff waren Fingerabdrücke zweier Personen. Die von Joel und von Axel Sandsten.«

»Und die Überwachungskamera?«

»Das Video stammt von Securitas. Eine bisher unbeteiligte Kriminaltechnikerin sitzt gerade bei Ove und schaut es noch einmal an.«

»Warum bei Ove?«

»Zur Sicherheit. Ove glaubt, das Video könnte manipuliert sein. Er schickt Leute los, die sich in der Nachbarschaft umhören sollen. Außerdem soll die Kriminaltechnik sich den Seitenstreifen der Straße von der Schule bis zu Joels Haus und bis zu Fanny vornehmen. Wir müssen wissen, wohin Joel gegangen ist, nachdem er das Waldstück hinter der Schule verlassen hat.«

Hanna war so schockiert, dass sie nicht wusste, was sie darauf erwidern sollte. Dann wanderte ihr Blick zu Rebeckas Haus. Wie sollte sie ihr in die Augen blicken und das erklären? Dass sie vielleicht falschgelegen hatte, als sie erzählte, dass Axel nicht auf Öland war, als Joel ermordet wurde.

35

Der Himmel über dem Sund war dunkelgrau und wolkenverhangen. Über dem Festland zeigten sich ausladende, fast schwarze Felder im Grau. Erik hoffte, dass sie sich noch entladen würden, bevor die Schwiegereltern landeten.

Er schielte zu Hanna. Sie hatte kein Wort gesagt, seit sie Rebeckas Haus hinter sich gelassen hatten. Zu gern hätte er das Schweigen respektiert, aber es ging nicht. Sie mussten sich über diese neue Entwicklung austauschen, bevor sie bei der Wache ankamen.

»Was hältst du von den Fingerabdrücken?«, fragte er.

»Ich habe den Eindruck, dass es nicht viel Sinn ergibt, irgendwelche Schlussfolgerungen zu ziehen, bevor das Überwachungsvideo begutachtet ist. Ich frage mich, ob es eine Verbindung zwischen Axel Sandsten und Fanny geben könnte.«

»Was für eine denn?«

»Vielleicht versorgt Axel sie ja mit Hasch.«

»Ist das dein Ernst?«

»Ja. Axel hat gedealt, als wir in der Schule waren.«

Sein Handy klingelte, das Display verriet, dass es Supriya war.

»Es tut mir leid, aber das muss ich leider annehmen«, sagte Erik. »Könntest du die Freisprechanlage anstellen?«

Supriya war aufgeregt, und wenn Erik jetzt nicht ans Telefon ging, würde das die Situation nur verschlimmern. Nach kurzem Zögern machte Hanna, worum er gebeten hatte.

»Ich bin unterwegs zum Flughafen«, sagte Supriya.

»Jetzt schon?«

»Ja, das Flugzeug landet in weniger als einer Stunde, und ich kann nicht riskieren, dann nicht da zu sein.«

»Hallo, Papa!«, rief Nila im Hintergrund.

Offenbar war auch bei ihnen die Freisprechanlage eingeschaltet. Nila nannte ihn *Papa* und Supriya *Aai.* Sie mischte einfach Schwedisch, Englisch und Marathi. Supriya beherrschte wie die meisten Inderinnen mit höherer Bildung auch noch Hindi, aber sie waren sich einig gewesen, dass dies für Nila dann doch eine Sprache zu viel geworden wäre.

»Hallo, mein Schatz. Freust du dich?«

»Ja! *Aji* bringt mir ein Kleid mit. Ein rosanes!«

Aji war ihre Großmutter. Und Nila hatte die rosa Prinzessinnenphase noch immer nicht hinter sich gelassen.

»Hast du die Bettdecken schon gekauft?«, fragte Supriya dazwischen.

Erik überlegte, ob er vielleicht erwähnen sollte, dass sie über die Freisprechanlage kommunizierten und seine Kollegin neben ihm saß, aber er ließ es bleiben. Hanna rührte sich nicht, und er glaubte, das tat sie, um nicht gehört zu werden. Er überlegte fieberhaft, was er Supriya über Hanna erzählt hatte, aber wieso sollte sie ausgerechnet jetzt anfangen, über Hanna zu reden?

»Noch nicht, leider«, sagte er. »Aber das mache ich noch.«

Erik war wieder zu Englisch übergegangen. So war er es einfach gewöhnt. Englisch mit Supriya, Schwedisch mit Nila. Supriya grummelte unzufrieden. Im Hintergrund prasselte es, vermutlich regnete es bei ihr schon.

»Ich kümmere mich drum, versprochen.«

Supriya fluchte über einen alten Kerl in einem Nachbarauto, und Erik nutzte die Gelegenheit, das Gespräch zu beenden. Ihrer Auffassung nach waren alte Kerle schuld an den meisten Problemen.

»Warum sollst du denn Bettdecken kaufen?«, fragte Hanna. »Es ist doch schon Mai.«

»Meine Schwiegereltern kommen für zwei Wochen zu Besuch, und meine Frau hat Angst, sie könnten frieren.«

Darüber lächelte sie doch tatsächlich.

Vielleicht fand er ja jetzt einen Zugang zu ihr. Obwohl Erik bewusst einen Schritt zurück gemacht hatte, wollte er doch gern über ihren Vater sprechen, ihr zeigen, dass sein Interesse anders gelagert war, als sie annahm. Dass seine Neugierde keine böswillige Motivation hatte. Aber er war sicher, dass eine direkte Frage nicht gut ankäme. Möglicherweise konnte er über einen Umweg dennoch an seine Antworten kommen.

»Ove hat mich gebeten, ein Auge auf dich zu haben.«

Für einen Moment löste Hanna den Blick von der Straße und schaute ihn an.

»Aha, hat er das?«

»Ja. Ich hab darauf erwidert, dass schon jetzt klar ist, dass du eine richtig gute Polizistin bist. Und das war nicht nur so dahergeplaudert, das finde ich wirklich. Falls das noch nicht klar geworden ist.«

»Dann sage ich mal danke.«

Mehr schien sie dazu nicht sagen zu wollen. Er hatte damit

gerechnet, dass sie wütend werden würde. Es musste doch frustrierend sein, wegen der Taten eines Elternteils infrage gestellt zu werden. Allerdings hatte Ove ja eigentlich betont, nur sichergehen zu wollen, dass Hanna sich wohlfühlte. Erik bekam ein leicht schlechtes Gewissen, weil er die Wahrheit ein bisschen gedehnt hatte, nur um sie zum Reden zu bewegen.

»Ich glaube aber, das war nur nett gemeint.«

Halt die Klappe.

Das lag in ihrem Blick, und auch eine leise Stimme in seinem Kopf mahnte ihn. Trotzdem konnte er sich nicht zurückhalten.

»Kennst du Ove von früher? Ihr macht so den Eindruck.«

Hanna wandte den Kopf ab und schaute aufs Wasser. Lange dachte Erik, sie würde nicht antworten. Als sie gerade von der Brücke fuhren, trafen die ersten Regentropfen auf die Windschutzscheibe.

»Ove hat damals die Ermittlungen gegen meinen Vater geleitet.«

»Oh, krass.«

Erik zermarterte sich das Hirn, aber er war sicher, dass er keine Stellungnahme von Ove gelesen hatte, nur von einem Pressesprecher. An Oves Namen hätte er sich erinnert. Die Ermittlungen waren schnell abgeschlossen gewesen, doch darauf hatte sich die Presse sowieso nicht gestürzt, sondern auf die Tat an sich. Wie sie sich auf das Leben des kleinen Dorfs auf Öland ausgewirkt hatte. Unter anderem, weil sie Erinnerungen an frühere Brände geweckt hatte.

Sie waren nur noch wenige Straßen vom Revier entfernt, als der Himmel sich öffnete und sich über sie ergoss. Ein Blitz riss durch das Grau. Erik parkte den Wagen in der Garage, und dann gingen sie direkt zu Ove. Erik öffnete die Tür zu seinem Büro, ohne anzuklopfen, und schloss sie sofort wieder hinter ihnen. Ove stand mit verschränkten Armen am Fenster und hatte offenbar große Probleme dabei stillzuhalten.

»Hallo, ich bin Melina.«

Sie schaute kurz vom Computer auf, ohne zu tippen aufzuhören.

»Hallo«, sagte Hanna und stellte sich nur mit Vornamen vor.

Melina war knapp unter dreißig, wohnte in der Stadt und war die Kriminaltechnikerin, mit der Erik sich am besten verstand. Allem voran, weil sie gern Neues ausprobierte. Erst vor ein paar Wochen hatte sie ihn zu einem Taekwondoprobetraining mitgeschleppt, aber das war nicht sein Ding. Sich gegenseitig zu treten, gehörte nicht zu seinen Lieblingstätigkeiten.

»Und?«, fragte Ove.

»Immer mit der Ruhe, ich bin gleich so weit«, sagte Melina. »So.«

Sie klickte auf Play, und Erik machte einen Schritt vor, um den Bildschirm sehen zu können. Es war das Überwachungsvideo, das er schon kannte. Axel Sandsten marschierte über die Larmgatan vor seinem Büro, allerdings war die Zeitanzeige eine andere. Er war kurz nach Tatjana gegangen.

»Verdammt«, murmelte Ove. »Wurde das bei uns manipuliert?«

»Warte, ich frag meinen Kontakt bei Securitas«, sagte Melina.

Wenige Minuten später hatte sie die Antwort:

»Das hier war das Video, das uns geschickt wurde.«

Mit einem Nicken deutete sie auf den Bildschirm, auf dem Axel Sandsten zu sehen war, eingefroren um 23.14 Uhr.

»Setzt mir sofort Axel Sandsten in ein Vernehmungszimmer«,

sagte Ove. »Und den Techniker, der das Video entgegengenommen hat, in ein anderes.«

»Wer war das denn?«, fragte Erik.

»Benjamin Karlstedt«, sagte Melina mit verkniffener Miene.

Erik sah ihn vor sich, einen kleinen, dunkelhaarigen Mann Anfang dreißig. Schweigsam und effektiv. Sein Vater war ebenfalls Polizist. Wieso hatte er seinen Job für so was aufs Spiel gesetzt? Erik konnte das nicht verstehen.

36

Unten ging die Haustür auf, und Molly rief nach ihr. Rebecka war so fertig gewesen, als sie nach Hause gekommen war, dass sie sich sofort ins Bett gelegt und sich die Decke über den Kopf gezogen hatte. Sie wollte alles nur noch verdrängen. Die Polizei auf dem Schulhof, Hanna, die ihr nicht erklären wollte, was los war. Kurz war sie tatsächlich weggenickt, und jetzt war sie noch müder als vorher. Sie wollte aufstehen und runtergehen, aber sie schaffte es einfach nicht. Die Schritte auf der Treppe waren nicht Mollys, sondern Petris.

Er setzte sich auf die Bettkante und schaltete die Nachttischlampe ein. Rebecka wandte das Gesicht ab.

»Wie geht es dir, mein Schatz?«

Fast hätte sie geschrien: *Was zur Hölle glaubst denn du?* Und Petri sah es ihr an, denn er erstarrte und wich dann ein Stück zurück. Er zitterte förmlich vor Unschlüssigkeit. Fast schon sehnsüchtig schaute er zur Tür, und da wollte Rebecka am liebsten gleich wieder schreien. Diesmal, dass er verschwinden solle. Aber Petri besann sich und streichelte ihr über die Wange.

»Entschuldige. Mir ist klar, dass es dir nicht gut gehen kann.«

In diesem Moment hasste sie ihn. Seine furchtbare Unbeholfenheit. Aber genauso ihre eigene. Petri schaute wieder zur Tür, und Rebecka rechnete wirklich damit, dass er aufstehen und gehen würde. Doch dann wandte er sich doch wieder ihr zu. Seine Augen saßen zu dicht beieinander, und seine Nase war zu groß für sein Gesicht. Nein, er war nicht so attraktiv wie Gabriel. Und während sie dies dachte, verabscheute sie sich selbst für ihre Oberflächlichkeit.

»Kannst du nicht darüber reden? Wie es dir geht?«

»Wozu?«

»Ich glaube, es würde dir guttun.«

Vermutlich hatte Sonja mit ihm gesprochen, als er Molly bei ihr abgeholt hatte. Sicher hatte sie ihrer Sorge über Rebecka Ausdruck verliehen und ihn dazu ermuntert, mehr für sie da zu sein. Und Petri machte alles, was Sonja sagte. Wer war er eigentlich ohne sie? Niemand. Manchmal hatte Rebecka das Gefühl, Sonja geheiratet zu haben.

»Es tut so weh, dass ich mir wünsche, ich könnte mich in Luft auflösen. Willst du das hören? Ja? Meinst du, jetzt geht es mir auch nur das kleinste bisschen besser?«

»Sprich doch bitte etwas leiser.«

Erst als Petri das sagte, wurde ihr bewusst, dass sie geschrien hatte. Schon kamen ihr die Tränen. Weil Joel tot war. Weil sie nicht wusste, wohin mit sich. Und weil sie so ungerecht zu Petri war. Immerhin gab er sich gerade Mühe. Es lag ja nicht nur an ihm, dass ihre Beziehung war, wie sie war. Dass sie kaum wirklich miteinander sprachen. Dass sie zusammenlebten, um sich vorzugaukeln, nicht einsam zu sein. Dass sie mehrere Monate lang eine Affäre mit dem Nachbarn gehabt hatte.

Vorsichtig legte Petri ihr eine Hand auf den Arm, und Rebecka nahm sie in ihre. Sie konnte ihm ansehen, dass es wehtat, aber er ließ zu, dass sie sich seine Hand gegen das Herz presste, bis sie wieder sprechen konnte.

»Die Polizei war im Wald hinter der Schule und hat da was gesucht. Aber Hanna hat gesagt, dass Joel nicht dort gestorben ist.«

»Ja, das habe ich gehört.«

Rebecka hörte das Zögern in seiner Stimme und setzte sich auf.

»Was hast du sonst noch gehört?«

»Die Polizei hat überall geklopft und gefragt, ob jemand Dienstag gegen Mitternacht was bemerkt hat.«

»Was glauben die denn, was passiert ist?«

»Ich habe keine Ahnung.«

Das Zögern war immer noch da.

»Sonst noch was?«, wollte sie wissen.

»Da suchen Polizisten die Straße ab.«

Unten an der Haustür war ein Klopfen zu hören, also stand Petri auf und eilte runter. Vermutlich um zu verhindern, dass Molly öffnete. Rebecka folgte ihm. Vielleicht war es jemand von der Presse, der es satt hatte, dass auf die Anrufe nicht reagiert wurde, und der nun endlich auch ein paar Worte der trauernden Mutter wollte, nicht nur des verzweifelten Vaters. Aber wenn es Polizisten waren, wollte sie mit ihnen sprechen. Sie zwingen, Informationen preiszugeben. Doch es war nicht die Polizei. Es war Mollys Freundin Vera mit ihrer Mutter.

»Tut mir leid mit deinem Bruder«, sagte Vera und hielt ihr eine Plastikdose hin. »Ich und Mama haben Schokobällchen gebacken.«

Veras Mutter warf Rebecka einen Blick zu.

»Uns tut das alles so entsetzlich leid. Vera hat gefragt, was sie machen kann, und das ist das Einzige, was mir eingefallen ist.«

»Danke«, sagte Molly. »Ich liebe Schokobällchen.«

»Ich weiß«, sagte Vera. »Ich auch.«

»Willst du …«, setzte Molly an, wurde aber von Veras Mutter unterbrochen.

»Wir müssen dann aber auch gleich weiter«, sagte sie. »Ich muss kochen.«

Rebecka hatte noch immer kein Wort rausgebracht, nickte aber auf eine Art, die hoffentlich als dankbar und wertschätzend durchging. Vermutlich sah sie furchterregend aus. Molly umarmte ihre Freundin, und als die Tür hinter ihnen geschlossen wurde, fragte sie, ob sie ein Schokobällchen probieren dürfe.

»Nach dem Essen«, sagte Petri.

»Wann essen wir denn?«, fragte sie.

»Gleich. Wenn du mir beim Kochen hilfst, geht es schneller.«

Im Moment wirkte Molly glücklich. Sonja hatte ihr den ganzen Tag über Fotos geschickt. Nur fröhliche Fotos, aber sie hatte dazugeschrieben, dass Mollys Stimmung mehr als gewöhnlich schwankte. Dass sie im einen Augenblick lachen, im nächsten weinen konnte. Hatte sie begriffen, dass Joel niemals wieder zurückkommen würde? Da war sich Rebecka noch immer nicht sicher.

Niemals war noch zu groß für Molly.

Molly und Petri gingen in die Küche, und Rebecka drehte sich um, wollte schon wieder die Treppe hochgehen. Die Dunkelheit des Schlafzimmers schien sie leise zu rufen, sie mit dem falschen Versprechen zu locken, dass sie dort vergessen könne. Rebecka zwang sich, dem zu folgen, was von ihrer Familie noch übrig war. Sie setzte sich auf einen der Küchenstühle. Petri hatte schon mit dem Kochen angefangen. Die Zutaten auf der Arbeitsfläche verrieten, dass er Mangohuhn machen wollte. Petri kümmerte sich um das Fleisch, während Molly den Lauch in Scheiben schnitt. Ein bisschen zu schnell, aber Rebecka konnte sich eine Ermahnung gerade noch verkneifen.

Petri schielte zu ihr, und sein Mundwinkel zuckte. Vermutlich wusste er, was sie gedacht hatte. Dass Molly nicht vorsichtig genug war.

Rebecka lächelte ihn an, formte *entschuldige* mit den Lippen, und er nickte.

Worte waren nicht alles in einer Beziehung. Petri und sie lebten nun schon über zehn Jahre zusammen. Sie hatten so viele gemeinsame Erinnerungen.

»Hast du Hunger, Mama?«, fragte Molly.

»Ja«, sagte Rebecka, und sie glaubte sogar, dass sie tatsächlich etwas essen konnte.

37

Seit Hanna erfahren hatte, dass Axel Sandstens Fingerabdrücke auf dem Messer waren, fühlte sie sich wie im freien Fall. Während der Fahrt ins Präsidium und Melinas Arbeit am Überwachungsvideo war sie immer nur tiefer gestürzt.

Das restliche Ermittlungsteam war in Oves Büro gekommen, um sich abzustimmen, während Axel Sandsten und Benjamin Karlstedt zur Vernehmung geholt wurden. Der Kriminaltechniker war zweiunddreißig und arbeitete seit fast drei Jahren für die Polizei in Kalmar. Laut Ove hatte er seine Arbeit immer vorbildlich erledigt, es gab weder Klagen über noch von ihm.

»Erik und Hanna vernehmen Axel Sandsten«, sagte Ove.

»Nein.«

»Warum nicht?«

Hanna suchte verzweifelt nach einer Antwort. Wegen so vielem. Weil sie Axel nicht ausstehen konnte zum Beispiel. Aber gerade gab es noch so viel anderes, was ihr Bauchschmerzen machte: dass sie Rebecka gesagt hatte, Axel sei gar nicht auf Öland gewesen, als Joel starb. Aber auch Dinge, die gar nichts mit den Ermittlungen zu tun hatten. Dass jemand sie offenbar nicht hierhaben wollte.

Bevor sie eine Antwort formulieren konnte, wandte Ove sich schon an Amer. »Dann übernimmst du das. Und Hanna kann sich zusammen mit Daniel um Benjamin kümmern.«

»Sollte das nicht besser ich machen?«

Carina schaute Hanna an, während sie das fragte, schien sie herausfordern zu wollen.

»Nein«, sagte Ove. »Hanna hat Benjamin noch nie getroffen. Wie viel Kontakt hattest du bisher zu ihm, Daniel?«

»Keinen nennenswerten«, sagte Daniel.

Carina wollte gerade protestieren, da bekam Ove die Nachricht, dass Benjamin in Vernehmungszimmer drei saß. Auf dem kurzen Weg dorthin konnte Hanna sogar noch etwas ausmachen, das sie quälte: Eifersucht auf Eriks Familie. Weil er eine Partnerin und Kinder und Schwiegereltern hatte, gegen deren Besuch er offenbar nichts hatte. Sie hatte nur noch eine Großmutter und einen Bruder, als würden die zählen. Ihre Oma war so dement, dass sie Hanna nicht mal mehr erkannte, und besucht hatte Hanna sie erst einmal, seit sie nach Öland zurückgekehrt war. Das sollte sie bald mal wieder tun, aber es tat so weh zu sehen, wie wenig noch von ihr übrig war. Wie fast immer, wenn sie an ihre Großmutter dachte, wanderte ihre Hand zu ihrer Tätowierung.

Die Beziehung zu ihrem Bruder hatte sie wieder in Ordnung bringen wollen. Sie war nach London geflogen, als Ella ein Jahr alt war, aber sie bekam den Eindruck, dass Kristoffer gar kein Interesse daran hatte.

Als würde er nur ihren Vater in ihr sehen.

Theoretisch hatte sie auch noch Großeltern väterlicherseits, aber die hatte sie seit fünfzehn Jahren nicht gesehen. Auch sie waren nicht zur Beerdigung gekommen. So war man auf der Seite der Familie immer schon mit Problemen umgegangen:

Man schwieg sie tot. Wurde irgendwann eins so groß, dass man es nicht länger ignorieren konnte, zog man um. Sie lebten jetzt in Norwegen.

Ihre Oma war nie so gewesen. Durch ihre Geschichten und Erzählungen hatte sie die Erinnerung an Hannas Mutter am Leben gehalten. Außerdem hatte sie Hanna gezwungen, über ihren Vater zu sprechen. Das hatte sie auch bei Kristoffer versucht, zu ihm war sie jedoch nicht durchgedrungen.

Hanna konnte Axel nicht vernehmen, denn so ungern sie das auch zugab, er war eine Verbindung zu Kristoffer. Zu allem, was passiert war.

»Alles okay?«, fragte Daniel.

Sie spürte ihn neben sich wie eine warme Quelle. Einen Ort, an dem sie Energie tanken konnte, wenn sie sich nur dafür öffnete. Aber sie glaubte nicht, dass sie sich das je trauen würde.

»Ich bin einfach nur müde«, sagte sie.

»Sicher?«

Hanna nickte. Wie viel wusste er wohl über ihren Vater? Sie ging davon aus, dass Carina ihm das Wesentliche erzählt hatte. Aber das Einzige, was von ihm kam, war Rücksicht, nicht so eine aufdringliche Neugierde wie bei Erik. Rücksicht und Augen, die ihre Gedanken sofort wieder zu Fabian lenkten.

Daniel öffnete die Tür zum Vernehmungszimmer, und Benjamin Karlstedt schaute zu ihnen auf.

»Warum möchtet ihr mit mir sprechen?«, fragte er.

Das graue Hemd hatte dunkle Stellen unter den Achseln.

Hanna stürzte noch ein bisschen tiefer. Was würde das alles für Rebecka bedeuten? Für sie selbst? Sie setzten sich, und nachdem Daniel die Aufnahme gestartet und die Formalitäten geklärt hatte, kam er direkt zur Sache:

»Du hast die Überwachungskamera gegenüber von Axel Sandstens Büro entdeckt und die Datei von Securitas entgegengenommen.«

»Ja.«

Benjamin fuhr sich mit der Hand durchs dunkle Haar. Dann wirkte es, als würde ihm bewusst, dass er etwas Unpassendes tat. Sogleich legte er beide Hände vor sich auf den Tisch und senkte den Blick darauf.

»Wann hat Axel Sandsten sein Büro verlassen?«

»Das weiß ich nicht mehr hundertprozentig.«

»Aber ungefähr?«

»So gegen zwei.«

Kaum hatte er das gesagt, war Hanna sicher, dass er es gewesen war, der das Video manipuliert hatte.

»Nein, das stimmt nicht«, sagte Daniel. »Er verließ das Büro um Viertel nach elf. Wieso hast du die Uhrzeit verändert?«

»Das habe ich nicht«, sagte Benjamin.

Er starrte anklagend auf seine Hände, als hätten sie eigenmächtig gehandelt.

»Du hast die Zeitanzeige gefälscht«, sagte Hanna unaufgeregt. »Die auf dem Originalvideo, das du von Securitas bekommen hast, war die richtige. Noch können wir nicht mehr sagen, als dass du sie gefälscht hast. Aber es ist nur eine Frage der Zeit, bis wir mehr herausfinden, und das weißt du. Hilf uns, damit wir in dieser Mordermittlung nicht noch mehr Zeit verlieren.«

Benjamins Blick wanderte zur Tür hinter ihnen. Hanna entschied, noch einmal anders anzusetzen.

»Woher kennst du Axel Sandsten?«, fragte sie.

»Über meine Frau.«

»Wie heißt sie?«

Sofort packte Hanna die Angst, dass es eine frühere Bekannte sein könnte. Aber Benjamin war gerade mal zweiunddreißig, seine Frau vermutlich noch jünger.

»Ylva. Ylva Karlstedt.«

Hanna hatte noch nie Kontakt zu einer Ylva gehabt.

»Ylvas Firma hat Axel angeheuert, und die Kosten für seine Beratungsdienste stiegen ins Unermessliche. Sie konnte ihre Schulden bei ihm noch nicht begleichen.«

Benjamins Blick huschte zwischen ihnen hin und her, seine innere Zerrissenheit war nicht zu übersehen. Einerseits wollte er reden, andererseits nicht.

»Wer kam auf die Idee, dass du ein Auge auf die Ermittlungen hast, in denen Axel Sandsten auftauchte?«

»Also, so war das nicht«, sagte Benjamin.

»Wie denn dann?«, fragte Hanna.

»Wir haben nie darüber gesprochen. Aber als ich Axel auf diesem Video gesehen habe, dachte ich, das könnte ja ganz nützlich sein, um Ylvas Schulden loszuwerden.«

»Wie hoch sind ihre Schulden?«, fragte Daniel.

»Siebzigtausend Kronen«, seufzte Benjamin. »Wir brauchen das Geld, weil wir Kinder wollen und die Behandlung teuer ist.«

Vielleicht brachte er den Kinderwunsch ins Spiel, um Mitleid zu erwecken, für Hanna änderte das jedoch nichts. Außer dass ihr die Frau leidtat, die nun ja unweigerlich auch betroffen war.

»Und dass du damit einem mutmaßlichen Mörder hilfst, war dir egal?«, fragte Daniel.

»Nein, aber solche Typen wie Axel kommen immer davon, deshalb dachte ich, es spielt sowieso keine Rolle.«

»Du bist Polizist.«

»Ja, aber … Ich glaube wirklich nicht, dass er das war.«

Benjamin versuchte, die Verantwortung von sich zu weisen, doch sein gequälter Gesichtsausdruck verriet, dass es ihm nicht gelang.

»Habt ihr über Joel gesprochen?«, fragte Hanna.

»Nein«, antwortete Benjamin. »Das wollte ich, ehrlich gesagt, nicht.«

»Wie hast du den Zeitstempel des Videos verändert?«, fragte Daniel.

Benjamin erklärte es, und danach beendete Daniel die Vernehmung.

»Wie geht es jetzt weiter?«, fragte Benjamin.

»Das weiß ich nicht«, sagte Hanna. »Das entscheiden Ove und die Staatsanwaltschaft.«

»Darf ich meine Frau anrufen?«

»Noch nicht.«

Hanna und Daniel ließen Benjamin im Vernehmungszimmer zurück, baten aber einen Kollegen, ein Auge auf ihn zu haben. Sie wollten kein Risiko eingehen, falls er auf den Gedanken käme, sich selbst oder andere verletzen zu wollen.

»Der Fahrradfahrer, den das deutsche Paar gesehen hat, war doch angeblich um die dreißig und blond«, sagte Daniel. »Könnte das nicht Axel Sandsten gewesen sein?«

»Vielleicht«, sagte Hanna.

Ihre Zweifel hatten viele Gründe. Joel war schon mehrere Stunden tot gewesen, als er gefunden wurde, und außerdem hatte sie Schwierigkeiten, sich Axel auf einem Fahrrad vorzustellen. Aber vielleicht hatte es ja einen Anlass dafür gegeben, nicht mit dem Auto zu fahren.

»Ich frage mal bei den beiden Deutschen nach«, sagte Daniel.

Hanna nickte und ging zum Beobachtungszimmer. Axels

Vernehmung lief noch, und sie musste ihn sehen, musste den Mann sehen, der mutmaßlich seinen eigenen Sohn erstochen hatte.

Der letzte Tag

Die ganze Zeit lauscht Joel nach hinten. Mehr Prügel überlebt er nicht. Aber es klingt nicht so, als würde Fanny ihm folgen. Nur vor ihr hat er Angst. Dabei wird ihm erst jetzt klar, wie gefährlich sie in Wirklichkeit ist.

Als Joel die Straße erreicht, geht er in nördlicher Richtung weiter. Vorsichtig schleppt er sich nach Hause. Wieso hat er nicht das Rad genommen? Dabei ist er nicht mal sicher, ob er in seinem Zustand überhaupt hätte Rad fahren können. Er schafft es nicht mal, sich mit dem Handy den Weg zu leuchten. Aber weil er so langsam ist, kommt er auch so klar. Der Mond ist noch immer sichtbar, und an manchen Häusern brennt die Außenbeleuchtung. Trotzdem ist die Finsternis schier undurchdringlich. Wie er die Dunkelheit hasst. Als er klein war, hatte er fest daran geglaubt, dass in der kohlrabenschwarzen Lücke zwischen Bett und Wand Monster lebten.

Es gibt keine Monster, hatte Mama ihn getröstet. Dabei existieren sie tatsächlich.

Joel-Schwuchtel.

So haben Fanny und ihre recht große Gefolgschaft ihn von der ersten bis zur sechsten Klasse genannt. Aber der Hass in ihrer Stimme war nie so extrem gewesen wie in dieser Nacht. Vielleicht kam daher ja die Wut auf ihn, vielleicht lag es gar nicht so sehr am Geld oder daran, dass er sie von Molly weggeschubst hatte.

Aber ja, er mag Jungs, auch wenn er bisher nur ein bisschen geknutscht hat. Sein Herz flattert kurz, als er an Sebastians warme Lippen und das vorsichtige Lächeln in Nadines Küche denkt. Sie hatte Sebastian extra zu ihrem Geburtstag eingeladen, weil sie dachte, dass er Joel gefallen könnte.

Und das tat er, doch es kam nie zu mehr als dem Kuss an dem Abend und einem Treffen auf einen Kaffee im *Fiesta*. Vielleicht spürte Sebastian Joels Unsicherheit. Es gibt einfach so viel, was er nicht versteht. Wie kann man jemanden lieben, wenn man gar nicht weiß, wer man selbst ist?

Der Schmerz vernebelt ihm den Verstand. Seine Seite spürt er am heftigsten. Joel ist sicher, dass da was gebrochen ist. Dazu noch eine andere Art von Schmerz: Was hat Linnea getan? Er glaubt nicht, dass Fanny über die Tütchen gelogen hat. Sie weiß schließlich nicht, dass Linnea mal bei ihm ziehen durfte. Aber wieso hatte Linnea ihm nicht gesagt, dass sie unbedingt mehr wollte? Wieso war sie direkt zu Fanny gegangen?

Die fröhliche, lustige Linnea.

Das mit dem Geld muss gelogen sein. Linnea kann unmöglich gesagt haben, dass er zahlen würde.

Ihm geht noch mal durch den Kopf, was gerade im Wald passiert ist. Die Schläge. Die Tritte. Wie er sich zusammengekauert hat, wie so ein verängstigtes Kleinkind. Und dann irgendwie trotzig rumgebrüllt hat. Was er Fanny alles sagen wollte. Dass man sich nicht wie ein Arsch an Grundschülern vergreift. Dass er sich niemals beugen wird.

Vorsichtig betastet er seine Augenbraue. Sie ist nur noch klebrig, blutet aber nicht mehr.

Wie soll er das Mama erklären? Behaupten, dass er schlafgewandelt ist? Dass er direkt zur Haustür hinausspaziert und dann auf die Auffahrt geknallt ist? Als Kind ist er mal schlafgewandelt, zuletzt vor vielleicht fünf Jahren. Da dachte er, er wäre im Bad und pinkelte auf einen Sessel.

Joel erreicht die kleine Kirche und setzt sich erst mal in das Häuschen bei der Bushaltestelle. Er braucht eine Pause. Und er muss einen Lagecheck machen. Erst jetzt fällt ihm auf, dass seine Hose ganz schmutzig ist, außerdem ist ein Loch am Knie. Es ist die Jeans, die er von Petri zu Weihnachten bekommen hat.

Meinst du, uns kommt das Geld zu den Ohren raus?

Er kann schon jetzt die Enttäuschung in Mamas Stimme hören. Petri wird vermutlich nichts sagen.

Joel holt sein Handy aus der Tasche und entdeckt, dass das Display kaputt ist. Scheiße, das auch noch. Mama wird niemals was für ein neues Handy springen lassen. Trotz allem gelingt es ihm, das Teil einzuschalten. Er richtet die Kamera auf sein Gesicht, aber die Lichtverhältnisse sind zu schlecht. Er macht ein Foto mit Blitz und schaut es sich an. Sein Gesicht sieht fürchterlich aus. Wenn er zu Hause ankommt, muss er sich erst mal waschen. Und morgen früh muss er sich etwas Make-up von seiner Mutter mopsen, um das Schlimmste zu überschminken.

Blut und Dreck kriegt er ja weg, aber ums linke Auge bekommt er garantiert ein ziemliches Veilchen. Außerdem ist seine Lippe doppelt so dick, das kann auch Schminke nicht verbergen. Vielleicht hilft es ja, sie zu kühlen.

Joel schiebt das Handy in die Kängurutasche und schneidet sich dabei fast. Er sollte das Messer wieder in die Hülle stecken, aber das ist viel zu anstrengend. Er lässt den Kopf gegen die Rückwand sinken und schließt die Augen.

Plötzlich scheint die Luft um ihn herum von Geräuschen erfüllt. Als Mama ihn damals endlich davon überzeugt hatte, dass es keine Monster unter seinem Bett gab, bekam er Angst vor Gespenstern. Und zwischen ihm und dem Friedhof liegen nur ein paar kleine Häuser. Die Kirche gibt es schon seit über tausend Jahren. Wie viele Menschen wurden seitdem hier begraben?

Die Kälte auf seiner Haut fühlt sich an wie ein Flüstern der Toten.

Joel will aufstehen, will weg von hier. Aber dann hört er einen Motor, und es ist bestimmt sicherer, noch ein bisschen sitzen zu bleiben, falls es Fanny ist. Joel verhält sich ganz still und atmet so flach er kann. Das Dröhnen wird schnell stärker. Wieso ist es so laut?

38

Ove stand vor dem Bildschirm im Beobachtungszimmer, während Carina sich auf eins der blauen Sofas gesetzt hatte. Hanna berichtete kurz, dass der Kriminaltechniker gestanden hatte, den Zeitstempel des Videos geändert zu haben. Gleichzeitig schickte sie Erik eine SMS mit demselben Inhalt. Auf dem Bildschirm war zu sehen, dass er die Nachricht las und dann Amer zeigte.

»Was hat Axel Sandsten denn bisher gesagt?«, fragte Hanna.

»Dass er Joel das Messer zum fünfzehnten Geburtstag geschenkt hat. Dass deshalb seine Fingerabdrücke darauf sind.«

Ove nahm die Brille ab und rieb mit seinem Hemd an den Fettflecken auf den Gläsern.

»Wie erklärt er denn den veränderten Zeitstempel auf dem Video?«

»Dazu sind sie noch gar nicht gekommen. Erik hat bislang nur gefragt, wann er das Büro verlassen hat, und Axel Sandsten beharrt darauf, dass es um Viertel nach zwei war.«

Ove setzte die Brille wieder auf. Hanna betrachtete Axel, der bequem zurückgelehnt auf einem Sessel saß. Sein Anwalt auf einem Stuhl neben ihm. Beide trugen Anzüge, Axels war ein bisschen heller.

Ich würde niemals meinen Sohn umbringen, sagte er.

Mein Mandant hat Ihnen eine sehr glaubwürdige Erklärung dafür geliefert, wie seine Fingerabdrücke auf das Messer gekommen sind, meldete sich nun der Anwalt zu Wort. *Eine Erklärung, die sich zudem mit einer Quittung untermauern lässt.*

Eine Quittung, die beweist, dass Ihr Mandant die Mordwaffe gekauft hat, sagte Amer.

Seine Miene war unbewegt, aber sein Ton verriet ein Lächeln.

Ja, erwiderte der Anwalt. *Eine Woche vor dem Geburtstag des Sohnes. Es war ein Geschenk.*

Es geht nicht nur um das Messer, sagte Erik an den Anwalt gerichtet. *Das Überwachungsvideo, dem wir entnommen haben, wann Ihr Mandant das Büro verlassen hat, wurde gefälscht.*

Das brachte den Anwalt für einen Augenblick aus der Fassung. In Stockholm hatte Hanna schon vielen Männern seines Schlags in Vernehmungszimmern gegenübergesessen: eine glatt polierte Oberfläche und ziemlich wenig dahinter. Sie musste zugeben, dass es auch andere gab, und auch mit denen hatte sie zu tun gehabt. Aber den Anwalt ihres Vaters hatte sie nicht gemocht. Ein einziges Mal hatte sie sich mit ihm unterhalten, und es war offensichtlich gewesen, dass er ihren Vater für schuldig hielt. Hatte ihr Vater deshalb den Mord gestanden?

Erik wandte sich an Axel.

Können Sie erklären, warum das Video gefälscht wurde?

Zum ersten Mal, seit Hanna ins Zimmer gekommen war, wirkte Axel genervt. Äußerte sich so Stress bei ihm?

Der Kriminaltechniker hat sich bei mir gemeldet, sagte er, *und das angeboten.*

Wieso haben Sie zugestimmt?

Weil ich keine Zeit habe, in einen Mordfall reingezogen zu werden.

Axel schielte zu seinem Anwalt, doch es war klar, dass dieser ihm nicht zu Hilfe kommen würde.

Was haben Sie gemacht, nachdem Sie das Büro verlassen haben?, fragte Erik. *Gegen elf.*

Das kann ich nicht sagen, erwiderte Axel.

Warum nicht?

Das habe ich versprochen.

Diese Antwort reicht mir nicht, sagte Erik. *Verstehen Sie denn nicht, wie das aussieht?*

Ich habe keine Zeit für diesen Unsinn, sagte Axel Sandsten und wollte wohl aufstehen. Doch sowohl sein Anwalt als auch Amer sagten ihm, er solle sitzen bleiben. Stattdessen verließen Amer und Erik den Raum.

»Kommt«, sagte Ove und eilte zur Tür.

»Was machen wir?«, fragte Erik, als sie im Flur beisammenstanden.

»Ich nehme Kontakt zur Staatsanwaltschaft auf«, sagte Ove. »Es widerstrebt mir, aber wir haben keine andere Wahl, wir müssen ihn offiziell festnehmen. Gebt Daniel Bescheid, dass wir uns gleich bei euch im Büro abstimmen.«

Daniel saß an seinem Computer und tippte etwas, vermutlich den Bericht über die Vernehmung von Benjamin Karlstedt. Carina nahm direkt an dem ovalen Tisch Platz und holte ihr Handy hervor. Gerade fehlte Hanna jegliche Energie für eine Konfrontation mit der Kollegin, also wählte sie den Platz, der am weitesten von Carina entfernt war: vor ihrem Computer. Es dauerte eine Viertelstunde, bis Ove auftauchte, und da sammelten sich alle schnell am Tisch.

»Tut mir leid, dass es so lange gedauert hat«, sagte er, setzte sich und öffnete einen Laptop, den er mitgebracht hatte. »Es sind ein paar weitere Sachen aufgetaucht.«

»Und was ist jetzt mit Axel?«, fragte Erik.

»Er wurde offiziell festgenommen und wird die Nacht hier verbringen. Vernehmt ihn gleich morgen früh noch mal, vielleicht ist er da ja bereit zu reden.«

Daniel berichtete, dass die Buchners inzwischen nach Deutschland zurückgekehrt waren. Er hatte ihnen ein Foto von Axel Sandsten geschickt, aber sie hatten nicht sagen können, ob er der Fahrradfahrer war oder nicht.

Ove putzte wieder seine Brille, obwohl sie in der Zwischenzeit sicher nicht schmutzig geworden war.

»Die IT-Abteilung hat sich gemeldet«, sagte er. »Deshalb hat es ein bisschen gedauert. Joel hat seine Suchanfragen regelmäßig gelöscht, aber sie konnten die Daten trotzdem wiederherstellen. Es ergibt sich ein ähnliches Bild wie aus seinen Skizzenbüchern. Dem Jungen ging es nicht gut. Offenbar hatte er Selbstmordgedanken und hat nach Methoden gesucht. Außerdem scheint er wegen seiner sexuellen Veranlagung verunsichert gewesen zu sein.«

»Er war queer?«, fragte Daniel. »Darauf hat in seinen Skizzenbüchern eigentlich nichts hingedeutet.«

Schon während der Schulzeit war Axels Homophobie auffällig gewesen. Bei einer der Partys bei ihm zu Hause, bei der Hanna gewesen war, hatte er einen Typen geschlagen, der ihm angeblich an den Hintern gefasst hatte. Hanna glaubte das kein Stück. Niemand wäre so dumm gewesen, Axel anzugrapschen. Damit hatten sie zumindest ein erstes potenzielles Motiv, nämlich dass Axel es nicht ertragen konnte, einen homosexuellen Sohn zu haben.

»Wie gesagt, bislang gibt es nur Hinweise, die IT sitzt dran. Sie haben uns für morgen weitere Ergebnisse versprochen. Außerdem haben sie ein paar Fotos von dem zerstörten Handy rekonstruieren können. Die letzte Aufnahme ist diese.«

Ove klickte ein Bild an und drehte dann den Laptop so, dass es alle sehen konnten. Es wirkte wie ein Selfie, und Joel war offensichtlich noch am Leben.

»Aufgenommen um 00.34 Uhr«, sagte Ove.

»Wo ist er da?«, fragte Hanna.

»Das wird noch geprüft«, sagte Ove.

»Gib mal.«

Ove schob ihr den Computer rüber, und Hanna vergrößerte das Bild. Joels Gesicht nahm fast das gesamte Foto ein, aber am einen Bildrand erkannte man Glas. Oder Plastik. Und der Bereich hinter ihm war grün.

»Ich glaube, das ist so ein Wartehäuschen. An einer Bushaltestelle«, sagte sie.

»Fahren um die Uhrzeit denn Busse?«, fragte Erik.

»Wohl kaum«, sagte Hanna. »Zumindest nicht an Wochentagen.«

»Weißt du, wo das sein könnte?«

»Ich glaube, so ein Bushaltestellenhäuschen gibt es nur einmal in Gårdby. Bei der Kirche.«

»Okay, das geb ich gleich an die Kriminaltechnik weiter«, sagte Ove und massierte sich die Nasenwurzel.

»Ich hätte noch einen anderen Kandidaten, auf den die Beschreibung des Fahrradfahrers passt«, sagte Amer. »Ein zweiundvierzigjähriger Vogelbeobachter aus Stenåsa. Ich habe ihm eine Nachricht hinterlassen, dass er sich umgehend bei mir melden soll.«

»Und der geparkte Wagen?«, fragte Daniel.

»Da gibt es leider immer noch nichts Neues. Samuel Herngrens Handy wurde seit Dienstag nicht wieder eingeschaltet.«

»Ist das nicht alarmierend?«, fragte Hanna. »Worum ging es denn bei der Körperverletzung, die ihm vorgeworfen wird?«

»Er soll jemandem eins mit einer Flasche übergezogen haben, aber er hat Gegenanzeige erstattet und behauptet, dass der andere angefangen hat.«

»Ich finde, wir sollten ein bisschen mehr tun, um ihn zu finden«, sagte Hanna.

»Zum Beispiel?«, fragte Ove.

»Mit seinen Angehörigen sprechen.«

»Klar«, sagte Ove. »Aber gerade hat Axel Sandsten oberste Priorität. Das Unwetter hat leider die Arbeit der Kriminaltechnik unterbrochen und unter Umständen auch eventuelle Spuren entlang der Straße beseitigt. Die Befragung in der Nachbarschaft hat auch noch nichts ergeben, aber damit machen wir am Montag weiter. Hoffentlich haben wir dann auch die Ergebnisse des DNA-Tests. Wer von euch kann morgen kommen?«

Daniel sagte als Erstes zu. Hanna war nicht ganz so schnell, aber nur weil sie davon ausgegangen war, dass alle zusagen würden.

»Es tut mir leid, aber bei mir geht es morgen nicht«, sagte Amer. »Mein Sohn wird vier. Aber ich kann Sonntag kommen, wenn nötig.«

»Ich kann auch nicht«, sagte Carina. »Ich bin mit meiner Cousine verabredet.«

»Ich komme«, sagte Erik nach kurzem Zögern, das vermutlich mit dem Besuch der Schwiegereltern zusammenhing.

Eigentlich hatte Hanna Angst vor der Antwort, aber sie stellte die Frage trotzdem.

»Darf ich Rebecka informieren?«

»Nein«, sagte Ove. »Noch nicht. Vielleicht morgen nach der Vernehmung.«

39

Es war kurz nach sechs am Freitagabend, als Erik endlich sein Zuhause betrat. Nila kam in ihrem neuen Kleid angelaufen. Es war glitzernd rosa und ganz nach ihrem Geschmack. Vermutlich war es unmöglich, das gute Stück zu waschen, aber darum mussten die Schwiegereltern sich ja nicht kümmern.

»Ist das nicht toll? Das zieh ich zu Sallys Geburtstagsfeier an.«

Sally wurde kommendes Wochenende sieben und hatte zur Feier in *Leos Spieleland* geladen.

Sally war gerade Nilas beste Freundin, aber vor ein paar Wochen war Nila tränenüberströmt nach Hause gekommen, weil Sally gesagt hatte, ihre Arme seien braun. *Aber das sind sie doch auch*, hatte Erik darauf erwidert und wiederholt, was er in ähnlichen Situationen bereits gesagt hatte. Dass alle anders aussehen und dass niemand schöner oder hässlicher ist als die anderen. Wer immer so was behauptet, hat einfach unrecht.

Hat Sally noch was gesagt?, hatte er gefragt, woraufhin Nila den Kopf schüttelte.

Aber die Tränen deuteten ja darauf hin, dass sie »braun« als etwas Schlechtes verstanden hatte.

Supriya kam mit ihren Eltern ebenfalls in den Flur und nickte zufrieden, als er die Beute sah, die er mitschleppte: zwei Daunendecken. Die Plastiktüten waren übersät von kleinen Tropfen. In den letzten Stunden hatte es ununterbrochen geregnet. Ihm tat alles weh, gerade so, als wäre er wirklich auf der Jagd gewesen. Fast hätte er sich die Mühe mit den Decken nicht mehr gemacht, aber er wusste ja, wie Supriya reagierte, wenn sie nicht bekam, was sie wollte.

Das war das Einzige, was sich in ihrer Beziehung nicht ausgeglichen anfühlte: Sie stellte mehr Forderungen an ihn als er an sie.

Ich bin einfach nur müde, dachte er.

Aavika und Yadu begrüßten ihn mit Umarmungen und Wangenküssen. Sie hatten ihn schon immer gemocht. Ihrer Ansicht nach hatten es Kinder, die im Westen lebten, geschafft. Trotzdem glaubte er ihnen nicht ganz, dass sie glücklich damit waren, dass ihre einzige Tochter so weit weggezogen war. Supriyas jüngere Brüder lebten noch in Indien.

Es roch schon sehr nach dem Essen, das Aavika gerade kochte, und sie entschuldigte sich auch sogleich, um in die Küche zurückzukehren.

Erik hängte seine nasse Jacke an die Garderobe und trug die beiden neuen Decken ins Schlafzimmer. Für die nächsten beiden Wochen würden die Schwiegereltern hier schlafen, und sie wollten zu dritt in Nilas Zimmer zusammenrücken. Erik und Supriya bezogen gemeinsam das Bett.

Im Wohnzimmer saßen Nila und ihr Großvater und spielten Schach. Erik musste die Sprache nicht beherrschen, um zu verstehen, was hier vor sich ging. Yadu versuchte, ihr die Regeln zu erklären, während Nila sich selbst welche ausdachte. Nachdem Supriya einen halbherzigen Versuch gestartet hatte, ihre Mutter in der Küche zu unterstützen, zogen sie und Erik sich mit je einem Glas Chardonnay auf den Balkon zurück.

Der Balkon war Eriks Lieblingsort. Der Ausblick über den Kalmarsund. Das Geräusch der Wellen und Sturmmöwen. Der Himmel war aufgeklart, das Unwetter im Abzug. Die Wasseroberfläche bewegte sich nur noch durch den Regen und die leichte Brise. Nur wegen der Nähe zum Meer hatte er sich auf diesen Kompromiss eingelassen. Trotzdem ließ ihn der Traum vom Haus auf dem Land nicht los, wo er sein eigenes Gemüse anbauen konnte. Ein Schrebergarten schien ihm für so ein Projekt zu mickrig zu sein. Außerdem wollte er nicht nur eigenes Gemüse ziehen, sondern auch noch ein paar andere Sachen aus dem Buch ausprobieren. Wenn er nur ein Grundstück mit einer ganz einfachen Kate darauf fände, könnten sie sich das vielleicht auch ohne Umzug leisten.

»Man könnte ja meinen, Mama wäre müde nach der langen Reise«, sagte Supriya auf Schwedisch.

»Nimm es einfach dankbar an«, erwiderte Erik.

Normalerweise holten sie immer Pizza, um das Wochenende einzuläuten, weil sie freitagabends wenig Lust auf Kochen hatten. Und wenn seine Eltern zu Besuch waren, verbrachten sie jede freie Minute mit ihrer Enkeltochter und kamen nur zu den Mahlzeiten in die Küche. Manchmal wünschte er, seine Eltern würden in der Nähe wohnen, aber sie hatten keinerlei Ambitionen, Malmö zu verlassen.

»Ich muss leider morgen arbeiten«, sagte er.

»Das habe ich mir schon gedacht«, sagte Supriya. »Aber wir kommen klar. Nila will ihnen das Schloss zeigen. Außerdem beeindruckt es meine Eltern mehr, wenn du arbeitest, statt mit uns rumzugammeln.«

Sie gab ihm einen Kuss.

»Dazu haben wir ja Sonntag noch lange genug Zeit«, sagte sie und wechselte wieder ins Englische. »Oder willst du da etwa auch arbeiten?«

Jetzt hatte sich eine gewisse Schärfe in ihre Stimme geschlichen. Die Aussicht auf ein ganzes Wochenende mit ihren Eltern in nächster Nähe überforderte Supriya. Ihre Mutter war ihr sehr ähnlich, auch sie gab gern kleine Tipps, wie man etwas besser machen könnte.

»Nein«, sagte Erik und hoffte, dass es auch dabei blieb.

»Wie läuft es denn?«

»Es geht voran.«

So gern er wollte, mehr Details über die Ermittlungen konnte er unmöglich preisgeben. Supriya lachte auf. Ihr Lachen war das Erste, was Erik an ihr aufgefallen war. Sie hatte über seinen Gesichtsausdruck gelacht, während er sich bei einem Literaturfestival in Jaipur durch die Menschenmassen kämpfte. Sie und ihre Freundin hatten beschlossen, ihm zu Hilfe zu kommen.

»Und mit deiner neuen Kollegin?«

»Gut.«

»Aber?«

»Sie ist ein bisschen schwierig.«

»Inwiefern?«

»Sie redet nicht viel.«

Wieder lachte Supriya. »Seit wann hast du damit ein Problem?«

Da erzählte er ihr von Hannas Vater. Dass er wegen eines brutalen Mordes, der damals durch die Medien ging, im Gefängnis gesessen und sich nach seiner Entlassung zu Tode getrunken hatte. Dass Ove damals die Ermittlungen geleitet hatte.

»Wie mutig von ihr, wieder herzukommen«, sagte Supriya.

»Oder dumm.«

»Manche Menschen brauchen den Ort, an dem sie aufgewachsen sind. Du nicht. Ich auch nicht. Aber sie vielleicht.«

Supriya trank von ihrem Wein.

»Du machst das schon«, sagte sie. »Das machst du doch immer.«

»Aber wie?«

»Lad sie doch morgen zu uns ein. Und versuch mal, dabei ein bisschen einfühlsam zu sein.«

Jetzt lachte Erik. »Du willst doch nur den Puffer zwischen dir und deinen Eltern erweitern.«

»Vielleicht. Aber spielt das eine Rolle?«

40

Auf dem Rückweg vom Präsidium machte Hanna einen Umweg und hielt am Rastplatz beim Möckelmossen. Vor der Mauer, gegen die Joel gelehnt hatte, türmten sich noch immer Blumen und Kerzen, aber Menschen waren gerade keine da. Vielleicht weil Freitag war und sie anderes zu tun hatten. Mit der Familie Pizza essen, sich mit Chips vor den Fernseher setzen. Es war Viertel vor sieben, die Sonne näherte sich bereits dem Horizont, aber es würde noch über zwei Stunden dauern, bis sie endgültig verschwand.

Der Sommer war immer Hannas Lieblingsjahreszeit gewesen, allerdings eher wegen der vielen Sonnenstunden als wegen der Wärme. Mitte Juni war es über siebzehn Stunden lang hell. Sonderlich warm wurde es dagegen selten, was auch daran lag, dass es auf der platten Insel kaum Windschatten gab.

Samuel Herngrens Wagen stand noch immer auf dem Parkplatz. Unter seiner Adresse in Färjestaden war er allein gemeldet, aber Hanna hatte mit seiner Mutter gesprochen, die in Rälla wohnte. Sie hatte berichtet, dass Samuel manchmal abtauchte und das Handy ausschaltete, was allerdings normalerweise kein Anlass zur Sorge war.

Doch nun hatte Hanna sie aufgeschreckt, und dazu hatte sie nicht mal erwähnen müssen, dass sein Auto unweit der Stelle stand, wo ein toter Junge gefunden worden war. Dass die Polizei ihren Sohn sprechen wollte, reichte schon aus. Seine Mutter hatte nicht gewusst, dass eine Anzeige wegen Körperverletzung gegen ihn vorlag. Laut ihrer Aussage war er nie gewalttätig.

Hanna betrachtete, was von der Blutlache übrig war. Das Leben ging weiter, doch hier war das kaum zu spüren. Joel gehörte nun zu den Toten. Hanna dachte oft an sie, die Verstorbenen: an ihre Mutter, ihren Vater, Ester. Und ihre Großmutter. Denn im Wesentlichen hatte sie Hannas Ansicht nach diese Welt bereits verlassen. Über fünf Jahre war es her, dass Hanna eine vernünftige Unterhaltung mit ihr hatte führen können. Doch in Wahrheit steckte ihre Großmutter in einer Art Zwischenstadium fest. In der Dämmerung, von der sie selbst immer so gern erzählt hatte.

Oma war voller Geschichten gewesen, wie der über die Nachtigall, die das Böse fortsang. Hanna hatte das gegoogelt, ohne auch nur einen Treffer zu finden. Vielleicht hatte Oma sich das ausgedacht, als Gegengewicht zu all den finsteren Dingen, von denen sie sonst sprach.

Hanna erschauderte. Wenn die Dämmerung einsetzte, wollte sie nicht mehr hier sein. Dagegen kam keine Nachtigall an. Sie kniete sich hin und legte eine Hand auf die feuchten Steine. Es hatte aufgehört zu regnen, aber vermutlich nur vorübergehend.

Was ist passiert, Joel?

Bisher wussten sie nur, dass er im Wald hinter der Schule in Gårdby verprügelt worden war. Dass er danach aufgestanden war, mit einem Messer herumgefuchtelt und sich zurückgezogen hatte. Dass er nach Hause gewollt hatte, denn die Bushaltestelle bei der Kirche lag auf seinem Heimweg. Dass Fanny vielleicht ihr Moped genommen hatte und ihm gefolgt war. Dass Joel irgendwann nach 00.34 Uhr ein Messer in den Bauch gerammt wurde und dass sich auf diesem Messer Axel Sandstens Fingerabdrücke befanden.

Hanna wollte nichts lieber, als mit Rebecka sprechen, aber sie konnte nicht. Nicht nachdem sie Ove um Erlaubnis gebeten und er verneint hatte.

Wieso hatte sie überhaupt gefragt?

Wenige Minuten später stieg Hanna in ihr Auto und fuhr nach Hause. Als sie bei den Nachbarn vorbeikam, sah sie die Familie in der Küche versammelt. Es war nur eine Momentaufnahme von wenigen Sekunden, aber Hanna hatte den Eindruck, dass sie sich unterhalten und gelacht hatten. Kurz überlegte sie, ob sie weiterfahren sollte bis zu Ingrid, aber dann bog sie doch in ihre eigene Auffahrt.

Hanna ließ sich mit dem Handy aufs Sofa fallen und suchte Rebeckas Nummer heraus. Sie wollte das Gefühl loswerden, das sich hielt, seit Rebecka aus dem Auto gestiegen war. Dass etwas zwischen ihnen kaputtgegangen war. Aber nichts, was sie sagen konnte, würde die Lage verbessern. Schlussendlich schickte sie Rebecka eine SMS.

Nur zur Info, wir machen kein Wochenende. Wir arbeiten weiter, um das hier aufzuklären.

Nach wenigen Sekunden kam eine Reaktion:

Danke. Tut mir leid, wie ich mich heute aufgeführt habe.

Das muss es nicht, schrieb Hanna. *Ich hab schon Schlimmeres gesehen.*

Von mir, oder?

Auch.

Drei Pünktchen verrieten, dass Rebecka etwas schrieb, aber die Sekunden verstrichen, ohne dass eine Nachricht eintraf. War sie wütend geworden?

Hanna stand auf und ging in die Küche, doch dann summte ihr Handy.

Ich hasse Axel. Er hat im Expressen *rumgeheult, wie sehr er trauert. Dabei hat Joel ihm nichts bedeutet. Er will nur Mitleid.*

Am liebsten hätte Hanna sie angerufen, aber das konnte sie nicht, ohne zu erzählen, was sie wusste.

So ein Scheißkerl. Mit diesem Kommentar begnügte sie sich.

Mehrere Minuten wartete sie auf eine weitere Nachricht. Als keine kam, schrieb sie, dass sie jetzt was kochen und sich im Laufe des kommenden Tages melden würde.

Da sie alle Reste aufgegessen hatte, machte Hanna Pasta und wärmte dazu fertige Tomatensoße auf. Darüber hobelte sie Parmesan, suchte noch nach den schwarzen Oliven, fand aber keine. Die Pasta aß sie zu einer Folge *Outlander*, einer Serie über eine Britin, die 1945 ihre Flitterwochen in Schottland verbringt, durch einen Steinkreis klettert und ins Jahr 1743 zurückgeworfen wird, wo sie eine so überwältigende Liebe erfährt wie noch nie in ihrem Leben. Hanna saugte die Geschichte in sich auf, als reichte die Liebe im Film, um sie zu retten. Der Anblick des sattgrünen schottischen Hochlands beruhigte sie.

Den dreckigen Teller brachte sie in die Küche. Es gab keine Spülmaschine, und Hanna hatte nicht vor, eine zu kaufen. Wieder kam ihr der Gedanke, bei Ingrid vorbeizuschauen, aber dafür hatte sie heute keinen Nerv. Oder vielmehr war ihr einfach nicht danach. Ihr gefiel es in ihrem kleinen Haus. Also goss sie sich einen Rotwein ein, versuchte, ein Buch zu lesen, verlor aber nach wenigen Seiten die Lust. Obwohl sie allein war, fühlte sie sich gerade nicht sonderlich einsam. Und obwohl hier vieles schwierig war, wurde ihr bewusst, dass die Entscheidung, wieder nach Öland zu ziehen, die richtige gewesen war.

Hanna griff gerade zur Fernbedienung, als ihr Handy zu klingeln begann. Kristoffers Nummer. Hanna schluckte, bevor sie dranging.

»Hallo«, sagte er.

Das eine Wort verriet ihr schon, dass er betrunken war. Sie sagte nichts. Wartete darauf, dass er fortfuhr.

»Ich habe viel über Axel nachgedacht, seit du angerufen hast.«

Kristoffer trank einen Schluck von irgendwas.

»Er war wirklich ein Schwein. Eiskalt. Einmal hat er einen Typen umgenietet, der war danach auf einem Auge blind. Was immer ihr glaubt, dass er getan hat, das war bestimmt er.«

Das letzte Wort war kaum mehr als ein Flüstern.

»Ist er schwul?«

»Ich glaube nicht. Wieso?«

»Ich kann leider nicht über die Ermittlungen sprechen.«

Die folgende Stille sprach von Kristoffers großem Verlangen, aufzulegen und weiterzutrinken, aber Hanna wollte ihn nicht freigeben. Noch nicht.

»Wie geht's der Family?«

»Alles okay. Die beiden sind übers Wochenende in Colchester und besuchen Bethanys Eltern.«

»Wieso bist du nicht mitgefahren?«

»Ich muss arbeiten.«

Hanna hörte ihm an, dass das nicht der alleinige Grund war. Oder aber es lag am Alkohol.

»Das Hotel, du verstehst.«

»Du«, sagte sie, denn jetzt hatte sie schon mal angefangen, da musste sie auch dranbleiben.

»Was?«

»Das, was Papa … hast du je daran gezweifelt, dass das wirklich so abgelaufen ist, wie die Polizei behauptet hat?«

»Wie kommst du darauf? Ist was passiert?«

Sein Tonfall war eiskalt, er klang fast nüchtern.

»Nein, nur …«

Sie wollte über die Brutalität sprechen. Über die Verletzungen von Ester Jensen.

»Weißt du was?«, sagte Kristoffer. »Das interessiert mich nicht. Das kannst du allein wiederkäuen.«

»Ich …«

Aber Kristoffer hatte schon aufgelegt. Hanna presste sich das Handy gegen die Brust. Mehrere Minuten lang saß sie so, bis es plötzlich an ihrem Brustbein vibrierte. Sie war überzeugt, dass die eingegangene Mitteilung eine Entschuldigung von Kristoffer war, aber sie kam von keiner gespeicherten Nummer. Hanna öffnete die Nachricht:

Du hättest nicht zurückkommen sollen.

SAMSTAG, 18. MAI

41

Es dauerte bis in die frühen Morgenstunden, bis Hanna endlich einschlief, und dann wurde sie von Träumen über ihren Vater geplagt. Anfangs wollte sie nicht, dass sie endeten. Sie wollte weiter die Meerforelle sehen, die Papa geangelt hatte, wie sie auf dem Fels lag, zappelte und um Luft rang. Wollte weiter die salzigen, regenschweren Windstöße in der Nase und an den Wangen spüren. Als sie zwölf war, hatte Papa sie und Kristoffer mitgenommen nach Grankullavik an Ölands Nordspitze, um dort zu angeln. Später am selben Tag hatte er ihnen erzählt, dass Mama krank war.

Ein Geräusch schreckte sie auf, als sie im Traum gerade die Angel auswerfen wollte. Verwirrt schaute sie sich in der schwachen Morgendämmerung um. Der halbwache Gedanke, dass jemand dort war. Aber Hanna wollte weiter angeln. Als sie versuchte, zum Fels am Ufer zurückzufinden, landete sie in einem Haus, das sie nicht wiedererkannte. Es war dunkel. Jemand öffnete Schranktüren und Schubladen. Wühlte herum. Ein Glas fiel zu Boden. Schritte näherten sich langsam, und sie wagte kaum zu atmen. Schließlich verstummten sie direkt vor ihr. Arme griffen nach ihr, rissen sie um. Auch wenn sie von dem

Gesicht des Angreifers nichts als einen dunklen Schatten sehen konnte, war sie sicher, dass es sich um einen Mann handelte. Er trat und schlug, bis es sich anfühlte, als wäre jeder einzelne ihrer Knochen gebrochen. Eine Flüssigkeit wurde über sie gegossen. Es brannte auf der Haut, in der Lunge. Benzin. Das Streichholz, das an der Schachtel entlangrieb, klang wie Donnergrollen.

Keuchend setzte Hanna sich auf. Schlug mit den Händen auf ihre Arme, ihre Beine, überzeugt, dass sie brannte. Dass der Mann danebenstand und zusah. Allmählich erkannte sie das Zimmer. Das graue Licht fiel gegen die schräge, weiß gestrichene Holzdecke. Auf die Kommode, abgesehen vom Bett das einzige andere Möbelstück. Ihr Schrank stand im kleinen Nebenraum. Sie war allein, aber das Gefühl aus dem Traum noch so präsent, dass es ihr die Tränen in die Augen trieb. Dabei handelte es sich nicht um Angst, nur so kurz dem Tod entronnen zu sein, sondern um zitternde Trauer.

Es sollte unmöglich sein, ihren Vater zu lieben. Wieso konnte sie damit nicht aufhören? Wieso konnte sie nicht wie Kristoffer sein, das alles vergessen und weitergehen?

Du hättest nicht zurückkommen sollen.

Ja, das stimmte womöglich.

Die Uhr zeigte gerade mal fünf, trotzdem stand Hanna auf und trat ans Fenster. Sie zog die Jalousie hoch, die sich als absoluter Fehlkauf entpuppt hatte, weil sie überall Licht durchließ. Dann fiel ihr wieder ein, dass etwas sie geweckt hatte. Dass sie gedacht hatte, sie wäre nicht allein. Sie schaute durchs Fenster, während sie mit dem Finger über die Holznachtigall streichelte, das Geschenk ihrer Großmutter. Die Felder erstreckten sich, so weit das Auge reichte. Am Horizont konnte man Baumkronen erahnen.

Nein, es musste an der SMS gelegen haben. Und an dem Telefonat.

Hanna beschloss, zu einem längeren Morgenspaziergang aufzubrechen als sonst. Sich draußen zu bewegen war das Einzige, was ihre Sinne wirklich beruhigen konnte. In Stockholm hatte sie in der Nähe des Naturschutzgebiets Nacka gewohnt, wo sie oft spazieren war. Heute folgte sie dem Wanderweg in südlicher Richtung. Der Himmel hing voll dicker grauer Wolken, und der Wind riss an ihr. Das Wetter in Grankullavik war damals auch fürchterlich gewesen, aber das hatte keine Rolle gespielt.

Ich sollte mir eine Angel anschaffen, dachte sie. Als ließe sich dieser letzte unbeschwerte Tag neu auflegen. Wenn ihre Nichte Ella jemals zu Besuch käme, würde sie das machen.

Auf halbem Weg zum Hafen von Mörbylånga setzte der Regen ein, und Hanna kehrte um. Die Bäume schützten sie etwas, trotzdem war Hanna schnell bis auf die Knochen durchnässt. Immerhin lösten sich mit jedem Tropfen auch die letzten Reste des Traums auf.

Als sie nur noch wenige Meter von ihrem Haus entfernt war, hörte es auf zu regnen. Ingrid entdeckte sie durchs Fenster und kam sofort heraus.

»Du liebe Güte. Der Regen an sich ist ja fantastisch, aber wieso um alles in der Welt laufen Sie freiwillig darin herum?«

Ingrid hatte lang und breit erzählt, wie dringend Regen nötig war. Die letzten Sommer waren trocken gewesen, was schwere Jahre für den Sohn bedeutete, der den Hof übernommen hatte.

»Als ich los bin, war es noch trocken«, verteidigte Hanna sich.

Sie zog an der klitschnassen Jeans, die ihr an den Oberschenkeln klebte.

»Das ist so schlimm mit dem Jungen aus Gårdby, der ermordet wurde«, sagte Ingrid. »Haben Sie damit zu tun?«

Hanna nickte und schaute zu ihrem Haus.

»Gut, ich verstehe den Wink«, sagte Ingrid. »Aber eins muss ich Ihnen trotzdem mitteilen. Über den Vater von diesem Jungen.«

»Ja?«, sagte Hanna, und sofort hämmerte Panik in ihrer Brust. Hatte sich etwa schon rumgesprochen, dass Axel verhaftet worden war?

»Der treibt irgendeinen Schabernack unten in Grönhögen.«

»Schabernack?«

»Mein Sohn hat davon erzählt. Seine Frau arbeitet bei der Gemeindeverwaltung.«

»Wissen Sie was Genaueres?«

»Nein, aber ich kann meinen Sohn fragen.«

»Lassen Sie das lieber.«

Hanna schüttelte es nun vor Kälte.

»Dann mal ab in die warme Stube«, sagte Ingrid.

»Sofort, nur eins noch …« Hanna schaute wieder zu ihrem Haus. Vielleicht war dies nicht der richtige Zeitpunkt für die Frage, aber wenn sie darauf wartete, käme er mitunter nie. »Wird viel über mich geredet?«

»Wegen Ihres Vaters, meinen Sie?«

Hanna nickte.

»Die Frauen aus meiner Nähgruppe reden eine Menge, aber denen fällt einfach nichts Sinnvolleres ein.«

»Nähgruppe?«

»Ja. Oder Nähkränzchen, wenn Sie so wollen, aber ich mag das Wort nicht besonders.«

»Okay. Aber mehr haben Sie nicht gehört?«

»Nein. Das ist ja auch schon so lange her. Aber denen ist doch klar, dass Sie nicht er sind.«

»Danke«, sagte Hanna.

»Wofür?«

»Mir geht es jetzt ein bisschen besser.«

Obwohl sie so nass war, umarmte Ingrid sie.

»Ich habe gesehen, dass es in Gårdby gebrannt hat«, sagte Hanna. »Wissen Sie was darüber?«

»Die Garage, meinen Sie?«

»Ja, genau.«

»Man munkelt, der Brand wurde gelegt, aber ich gehe jede Wette ein, dass der Blitz eingeschlagen hat.«

»Apropos, haben Sie am Mittwoch was gewonnen?«

»Vierundfünfzig Kronen«, sagte Ingrid lächelnd.

Dann drehte sie sich um und ging zurück zu ihrem Haus.

»Bleiben Sie das nächste Mal drinnen«, rief sie noch über die Schulter.

Als Hanna zu Hause war, schälte sie sich aus ihren Sachen und duschte lang und heiß in der kleinen Duschzelle im Erdgeschoss. Wenn sie hier unten die Räume zusammenlegte, würde vielleicht Platz für ein größeres Badezimmer entstehen. Mit Wanne. Dann zog sie sich wieder an, aß ein zünftiges Frühstück und fuhr ins Präsidium.

Sollte sie jemandem die SMS zeigen, die sie bekommen hatte?

Aus irgendeinem Grund wirkte diese Nachricht deutlich beunruhigender auf sie als die anonymen Anrufe. Außerdem ließ sich der Absender vermutlich ermitteln, im Gegensatz zu den Anrufen mit unterdrückter Nummer. Eine schnelle Googlesuche hatte nichts ergeben, und mehr konnte sie auf eigene Faust gerade nicht tun. Aber es war wichtig, diese Sache im Keim zu ersticken, bevor sie sich zu etwas Üblem auswuchs. Hanna klopfte bei Ove. Weil sie davon überzeugt war, dass die Nachricht mit ihrem Vater zusammenhing, wollte sie nicht, dass das ganze Team etwas davon mitbekam.

»Du hättest nicht zurückkommen sollen.«

Ove las die SMS laut vor und sah dann aus, als würde er sich die Wörter auf der Zunge zergehen lassen wie einen guten Wein.

»Vielleicht hat das ja mit den Ermittlungen zu tun«, sagte er. »Jemand, mit dem du mehrmals gesprochen hast.«

»Die meisten, mit denen wir bisher zu tun hatten, sind Teenager. Ich glaube nicht, dass sie sich so ausdrücken würden.«

»Vielleicht nicht, aber ausschließen kann man es nicht.«

»Was schlägst du also vor?«

»Ich leite die Nummer weiter an die Kriminaltechnik, die sollen die mal prüfen.«

Ove griff zu einer großen Bäckerstüte, die auf seinem Schreibtisch lag.

»Wir gönnen uns ein Luxusfrühstück zur Besprechung. Es ist schließlich Samstag.«

Außer Ove und ihr waren nur noch Daniel und Erik da, weshalb sie sich am ovalen Tisch in ihrem Dienstzimmer trafen. Daniel war etwas legerer gekleidet als in der Woche, einfach nur in Jeans und T-Shirt, und so gefiel er Hanna viel besser. Er wirkte gleich weicher, wodurch er sich auch mehr von Fabian unterschied. Diesmal erwiderte sie Daniels Lächeln. Sie konnte ihn ja schlecht auf Abstand halten, nur weil er ihrem Ex-Freund ähnelte. Ove biss in sein Puddingteilchen.

»Der Radfahrer, dem das deutsche Ehepaar begegnet ist, war nicht Axel Sandsten«, sagte er dann. »Amer hat gestern diesen Vogelbeobachter erreicht, und der ist tatsächlich am Rastplatz vorbeigefahren, hat aber nichts gesehen. Er hatte es nur so eilig, weil jemand einen Stelzenläufer gesichtet hatte.«

»Wieso ist er denn nicht mit dem Auto gefahren?«, fragte Erik.

»Das war in der Werkstatt.« Ove biss erneut in das Puddingteilchen, bevor er weitersprach: »Außerdem wurde uns bestätigt, dass es sich bei der DNA in Joels Gesicht tatsächlich um die von Fanny Broberg handelt.«

»Das ist allerdings wenig verwunderlich, nachdem sie ja mehr oder weniger gestanden hat, ihm ins Gesicht gespuckt zu haben«, sagte Hanna. »Das Selfie von Joel beweist, dass er nach dem Übergriff noch lebte. Und wir wissen, dass Axel Sandstens Fingerabdrücke auf dem Messer waren.«

»Vielleicht sollten wir Fanny trotzdem auch festnehmen«, sagte Daniel. »Vorausgesetzt, Sandstens Aussage stimmt, dass das Messer ein Geschenk war. Fanny hat Joel verprügelt, da ist es doch nicht so unwahrscheinlich, dass sie ihm gefolgt ist, oder?«

Ove steckte sich das letzte bisschen des Puddingteilchens in den Mund. »Wir warten noch ab. Fannys Fingerabdrücke waren nicht auf dem Messer.«

Erik nickte.

»Ich finde, wir sollten mal schauen, ob es nicht doch eine Verbindung zwischen Fanny und Axel Sandsten gibt«, sagte Hanna.

»Warum?«, fragte Ove.

»Wegen des Hasch. Axel hat zu unserer Schulzeit ziemlich viel gekifft, und ich glaube, er hat damals auch gedealt.«

»Okay, fragt Fanny mal danach.«

»Wann sollen wir Axel vernehmen?«, fragte Erik.

»In ein paar Stunden. Ich habe die Kriminaltechnik darauf

angesetzt, alle seine Bewegungen nachzuverfolgen ab dem Zeitpunkt, als er am Dienstag das Büro verlassen hat.«

»Ich würde gern Rebecka informieren«, sagte Hanna.

»Warte damit bis nach der Vernehmung«, sagte Ove.

»Aber das wird sich rumsprechen. Wenn es sich nicht längst rumgesprochen hat.«

»Nein«, beharrte Ove.

»Was kann ich machen?«, fragte Daniel.

Es war nicht zu übersehen, dass dies sein Versuch war, die mittlerweile etwas angespannte Stimmung aufzulockern.

»Such mal nach Hasskriminalität in Südöland«, sagte Ove. »Besonders Fälle, die sich gegen Homosexuelle richten.«

»Sind wir uns denn sicher, dass er queer war?«

»Ich habe noch mal mit den IT-Leuten gesprochen, und sie haben ein Forum für LGBTQ-Jugendliche gefunden, in dem Joel aktiv war. Sie haben um seinen Anwendernamen und das Passwort gebeten. Das kann also auch eine lohnenswerte Spur sein. Deshalb wäre es auch gut, wenn ihr, Erik und Hanna, bei Familie und Freunden nachhakt, was das Thema angeht.«

Hanna hätte gern protestiert. Hasskriminalität mitten in der Nacht auf dem Alvar erschien ihr ziemlich unwahrscheinlich. Viel wahrscheinlicher war, dass der Täter Joel gut kannte. Aber das eine schloss das andere nicht aus, wenn Axel dahintersteckte. Mehr als einmal hatte sie schließlich gehört, dass er fand, Schwule seien Pädophile.

Abschließend berichtete Ove von der SMS, die sie bekommen hatte, und sie wich den Blicken der anderen beiden Kollegen aus. Sie wollte nicht wissen, was sie davon hielten.

»Kam die Nachricht von derselben Nummer wie die Anrufe?«, fragte Erik.

Ove wandte sich so schnell zu ihr um, dass er fast seinen Kaffee umstieß.

»Was für Anrufe?«, wollte er wissen.

Erik versuchte nicht mal, so auszusehen, als täte es ihm leid, das verraten zu haben. Hätte er nicht einfach die Klappe halten können? Hanna biss sich auf die Zunge, um sich ihre Wut nicht anmerken zu lassen.

42

Wenige Sekunden lang nach dem Aufwachen war Rebecka glücklich, dann holte die Wirklichkeit sie ein.

Joel gab es nicht mehr.

Am liebsten hätte sie laut geschrien und musste sich auf die Fingerknöchel beißen, um das zu verhindern. Sie wollte Petri nicht noch mehr Grund zur Sorge geben. Fehlte ihm Joel überhaupt? Es machte nicht den Anschein.

Rebecka griff nach dem Handy auf dem Nachttisch und warf einen Blick auf die Uhr. Viertel nach neun. Dann hatte sie immerhin ein paar Stunden geschlafen. Es waren weitere Nachrichten von anderen aus dem Dorf und von alten Freunden und Verwandten gekommen, die an sie gedacht hatten. Wer sich meldete und wer nicht, das war schon eigenartig. Noch immer suchte die Presse Kontakt, aber nicht mehr so hartnäckig. Vielleicht hatten sie begriffen, dass Rebecka nicht mit ihnen sprechen wollte. Sofort musste sie an das Interview mit Axel denken. Sie hatten ja ihr trauerndes Elternteil gehabt.

Und nach wie vor kein Wort von Gabriel.

Allerdings interessierte sich Rebecka im Moment nur für die

jüngste Nachricht, die Hanna vor wenigen Minuten geschickt hatte: *Ruf mich an.*

Rebecka war gerade im Begriff, Hannas Nummer zu wählen, als die Tür aufging und Molly in ihrem Einhornkostüm hereinkam. Ihr Gesicht hellte sich auf, als sie sah, dass ihre Mutter wach war.

»Stehst du jetzt auf?«

»Bald.«

»Papa macht Pfannkuchen.«

Vermutlich hatte Petri sie geschickt. Er wusste, so war die Wahrscheinlichkeit größer, dass sie tatsächlich herunterkäme und mitessen würde. Genauso hatte sie früher Joel aus den Federn bekommen. Wieder verspürte sie einen Stich in der Brust.

»Ich komme sofort«, sagte sie. »Ich muss nur noch schnell jemanden anrufen.«

»Dann warte ich.«

»Das geht leider nicht, mein Schatz. Ich muss allein sein.«

Enttäuschung verdüsterte Mollys Gesicht, weshalb Rebecka schnell sagte, sie müsse aber erst noch dringend mit ihr kuscheln. Sofort warf Molly sich ihr in die Arme, und Rebecka drückte die Nase in den schon so oft gewaschenen Stoff und atmete tief ein.

»Du kannst loslassen«, kicherte Molly.

Rebecka wartete, bis ihre Schritte auf der Treppe verklungen waren, und rief Hanna an.

»Habt ihr was Neues gefunden?«, fragte sie. »Wisst ihr, wer Joel ermordet hat?«

»Leider noch nicht«, sagte Hanna. »Aber ich muss dich was fragen.«

Hanna verstummte, was ihre Angst nur befeuerte. Hatte die Polizei etwas Illegales auf dem Computer gefunden, das dem früheren Besitzer gehörte, oder hatte er tatsächlich etwas Schlimmes angestellt? Etwas, das schlimmer war als ein bisschen Kiffen? Sie hatte das Gefühl, dies war der Auftakt von etwas, dessen Ende sie nicht erfahren wollte.

»War Joel schwul?«

Rebecka brauchte einen Augenblick, um all die Horrorszenarien abzuschütteln, die sie sich ausgemalt hatte.

»Warum fragst du?«

»Es tut mir leid«, sagte Hanna. »Aber dazu darf ich mich nicht äußern.«

Rebecka suchte eine gute Antwort, fand aber keine.

»Ich weiß es nicht«, sagte sie und fing an zu weinen.

Hanna schien zu verstehen, was die Tränen bedeuteten.

»Aber du hattest den Verdacht?«

»Ja, ich dachte, das könnte sein.«

»Darüber gesprochen habt ihr aber nie?«

»Nein, ich dachte, das würde er machen, wenn er dazu bereit war.«

Hanna erwiderte nichts, was auf Rebecka anschuldigend wirkte.

»Ich weiß, dass ich vielleicht …«

»Nein«, unterbrach Hanna sie. »Denk gar nicht erst weiter. Das, was geschehen ist, hättest du nicht verhindern können. Wir haben noch keine Ahnung, welches Motiv hinter der Tat steckt. Ob es überhaupt eins gibt. Aber wir müssen jeden Stein umdrehen, egal wie klein er ist.«

Die Entschlossenheit in Hannas Stimme tröstete sie ein wenig.

»Ich verspreche, mich zu melden, wenn ich dir was Neues erzählen kann.«

»Danke.«

Rebecka musste sich erst mal sammeln, bevor sie zu Petri, Molly und den wartenden Pfannkuchen hinuntergehen konnte. Natürlich hatte sie gehört, dass andere Kinder ihren Sohn Joel-Schwuchtel gerufen hatten, aber damit hatten sie schon angefangen, als Joel eigentlich noch gar kein sexuelles Interesse in irgendeine Richtung zeigen konnte. Und sie erinnerte sich noch zu gut an die Hänseleien, die es zu ihrer Schulzeit gegeben hatte. Grausam, aber selten mit dem geringsten Bezug zur Wirklichkeit. Joel war immer eher zart gewesen. Und hübsch. So schrecklich hübsch …

Rebecka schlug sich mit der flachen Hand ins Gesicht. Sie durfte nicht wieder zu weinen anfangen, dann würde sie nie aus dem Bett kommen.

Molly fing an zu strahlen, als sie in der Küche auftauchte.

»Ich dachte schon, du bist wieder eingeschlafen. Aber Papa hat gesagt, ich darf nicht noch mal zu dir!«

Rebecka gab ihr einen Kuss auf die Stirn und setzte sich neben sie. Petri sah ihr an, dass sie etwas hatte, aber Rebecka schüttelte nur den Kopf. Noch nicht.

Ich wette, dass es dein perverser Freund war. Axels SMS kam ihr in den Sinn, aber sie schob den Gedanken weg. Es war wirklich schrecklich, dass er sie immer noch so aus dem Gleichgewicht bringen konnte. Und wieso schrieb er »Freund«, wo er doch wusste, dass sie verheiratet waren?

Petri bedeutete mehr für sie, als Axel es jemals getan hatte.

Rebecka steckte sich einen Bissen Pfannkuchen in den Mund.

»Du hast die Marmelade vergessen«, sagte Molly.

»Oha. Kannst du mir vielleicht helfen?«

Rebecka lächelte ihre Tochter an und bekam zum Dank einen großzügigen Klecks auf ihren Pfannkuchen geklatscht.

»Sieht aus wie ein Kaninchen«, sagte Molly fröhlich.

Ihr Handy klingelte, und ohne nachzudenken, ging Rebecka dran.

»Hallo, hier ist Veronika Krans vom *Expressen.* Axel Sandsten wurde festgenommen, weil er verdächtigt wird, seinen Sohn Joel ermordet zu haben. Was sagen Sie dazu?«

43

Nach dem Gespräch mit Rebecka griff Hanna zu einem der übrig gebliebenen Puddingteilchen und ging in den Pausenraum. Die Nacht war nicht spurlos an ihr vorübergegangen, sie brauchte einen Energieschub. Da kam ihr der Zucker und die Gelegenheit, einen Moment allein zu sein, gerade recht.

Fünf Minuten hatte sie für sich. Länger nicht.

Erik kam mit einem Becher Kaffee in der Hand aus der Cafeteria. Offenbar hatte er einen anderen Weg ins Erdgeschoss genommen, damit es nicht so aussah, als würde er ihr nachlaufen oder sie allein abpassen wollen. Vielleicht um sich zu entschuldigen. Gerade war ihr nicht danach, einen Groll auf ihn zu haben.

Erik setzte sich zu ihr und trank einen Schluck Kaffee.

»Du siehst müde aus«, sagte er.

»Du auch.«

»Ja, ist gestern spät geworden. Meine Schwiegereltern sind ja zu Besuch. Und ich bin früh aufgestanden und eine Runde gelaufen.«

Hanna schaute verstohlen zu ihm. Wenn das eine Entschuldigung sein sollte, war es keine besonders gute. Aber vielleicht war es ja an ihr, sich ein bisschen Mühe zu geben. Etwas mehr sagen, irgendwie entspannt nett sein und es ihm so leichter machen, sie zu mögen. Aber was sollte sie sagen? Nach den Schwiegereltern zu fragen, wäre komisch. Und für sein Training interessierte sie sich ehrlich gesagt nicht. In Stockholm war das auch etwas gewesen, das sie von den anderen unterschied. Nach dem Jahr mit dem Personal Trainer war sie weiter ins Fitnessstudio gegangen, um sich fit zu halten, für den Job und die Psyche. Sie hatte davon profitiert, wie die körperliche Anstrengung die Gedankenflut bändigte. Aber sie sprach nicht gern über Gewichte und Übungen.

Schließlich wählte Hanna den leichtesten Ausweg, sie stand auf und ging. Begründete es vor sich selbst damit, dass sie noch Anrufe tätigen musste.

Hör auf, dir solche Gedanken zu machen, mahnte sie sich leicht genervt, als sie an ihrem Schreibtisch war. In Stockholm war ihr das leichter gefallen. Aber so ein Mensch – so abgeschottet und verschlossen – wollte sie eben auch nicht mehr sein.

Hanna rief als Erstes bei Linnea an, die erzählte, dass Joel praktisch seit der ersten Klasse Joel-Schwuchtel genannt worden sei. Ob er schwul war oder nicht, wusste sie nicht. Für sie hatte das nie eine Rolle gespielt, weil sie ihn sowieso nur als einen guten Kumpel gesehen hatte. Linnea klang irgendwie dumpf.

»Ist was passiert?«, fragte Hanna.

»Mein Kumpel ist tot.«

»Klar, aber darüber hinaus?«

»Ach, meine Eltern streiten.«

»Worüber?«

»Irgendeinen Blödsinn.«

»Also nicht über Joel?«

»Wieso sollten sie?«

»Keine Ahnung.«

»Nein«, sagte Linnea. »Sie brüllen sich gerade an wegen so Bettlaken, die rosa aus der Wäsche kamen.«

In der Stille, die darauf folgte, versuchte Hanna, etwas von dem Streit aufzuschnappen, aber sie konnte nichts hören.

»Gibt es sonst noch was, das ich über Joel wissen sollte?«, fragte sie.

»Nein.«

Hanna bedankte sich, legte auf, schloss die Augen und holte ein paarmal tief Luft, bevor sie bei Nadine anrief.

Nadine begrüßte sie und atmete dann gleich aus, weshalb Hanna davon ausging, dass sie auf dem Balkon saß und rauchte.

»Ich komme gleich zur Sache«, sagte Hanna. »War Joel schwul?«

»Wieso?«

Es klirrte, und Nadine fluchte.

»Meine Tasse ist umgekippt«, fauchte sie. »Ich hab scheißheißen Tee überall, so ein Kack. Es ist ja wohl egal, ob Joel schwul war oder nicht.«

»Vermutlich, aber wir müssen alles über ihn wissen, um den Fall zu lösen.«

Es klapperte, offenbar sammelte Nadine Scherben ein. Hanna verkniff sich die Bemerkung, sie solle vorsichtig sein. Das Letzte, was Nadine wollte, war sicher eine, die sich als Mutter aufspielte.

»Entschuldigung.« Nadine seufzte. »Manchmal bin ich eine ziemliche Bitch. Ich vermiss ihn bloß so.«

»Du bist noch in ihn verliebt, oder?«

»Ja, aber ich hab das verdrängt, damit wir weiter befreundet sein konnten.«

»War er denn nun schwul?«

»Wenn du wissen willst, ob er auf Typen stand, ist die Antwort Ja. Aber die Sache ist noch ein bisschen komplizierter.«

»Wie denn komplizierter?«

Jetzt konnte sie deutlich hören, dass Nadine an einer Zigarette zog.

»Ach, vergiss es einfach. Ich labere Müll.«

Hanna malte ein großes Fragezeichen auf den Block, der immer vor ihr lag, wenn sie telefonierte. Irgendwas gab es hier zu finden, sie wusste nur nicht was. Sie dachte an den Blutstorchenschnabel und Carinas Theorie, es könne sich um ein Liebesdrama handeln. Vielleicht hatte sie das etwas vorschnell ausgeschlossen.

»Was weißt du denn über Joels Beziehungsleben?«, fragte sie.

»Sehr wenig. Darüber konnten wir nicht gerade gut sprechen, wegen … wegen meiner Gefühle.«

Hanna hörte trotzdem etwas aus dieser knappen Antwort heraus.

»Und was war das wenige?«

»Ich hab mal versucht, ihn mit einem Typen zu verkuppeln, aber das hat nicht geklappt.«

»Wie hieß der Typ?«

»Sebastian Bianchi.«

Nadine zog noch einmal an ihrer Zigarette. Wie viel rauchte sie wohl am Tag? Sie war doch erst sechzehn.

»Wie geht es dir?«, fragte Hanna.

Oves Worte, aber im Gegensatz zu Hanna antwortete Nadine nicht, dass alles in Ordnung war.

»Scheiße. Aber ich verspreche, nicht vom Balkon zu springen.«

»Gut«, sagte Hanna und beendete das Gespräch.

Sie war davon überzeugt, dass Nadine ihr bewusst etwas verschwieg, aber auch, dass sie ihr davon gerade nichts weiter entlocken konnte. Vielleicht war der Täter doch jemand ganz anderes, als sie bisher glaubten, und sie mussten tiefer in Joels Freundschafts- und Beziehungsleben vordringen. Trotzdem bezweifelte sie weiter, dass der Blutstorchenschnabel irgendeine symbolische Relevanz hatte. Hanna warf einen Blick in die elektronische Dokumentation, aber Carina hatte nichts Neues dazu geschrieben. Da sie keinen gesteigerten Wert darauf legte, Carina an einem Samstag zu stören, musste ihre Frage bis Montag warten.

Dann rief Hanna bei Fanny an, um nach Axel zu fragen, und weil sie nicht ans Telefon ging, versuchte sie es stattdessen bei Fannys Mutter.

»Ja«, meldete sich eine schläfrige Stimme.

Hanna warf einen Blick auf die Uhr. Es war kurz nach zehn.

»Hallo, mein Name ist Hanna Duncker, ich bin von der Polizei in Kalmar. Wie gut, dass ich Sie erreiche.«

Sie versuchte es auf die nette Art, die brachte häufig weiter als die mahnende. Ihr Nachname provozierte keine Reaktion.

»Was hat die Göre jetzt angestellt?«

»Wie bitte?«

»Sie rufen doch sicher wegen Fanny an?«

»Ist sie zu Hause?«

»Fanny!«, brüllte ihre Mutter.

Es klang, als würde sie durchs Haus gehen.

»Nein, in ihrem Zimmer ist sie nicht«, sagte sie.

»Wo waren Sie in der Nacht von Dienstag auf Mittwoch?«, fragte Hanna.

»Wieso?«

»Wären Sie so nett und würden die Frage beantworten?«

Ihre Freundlichkeit bröckelte, aber in diesem Fall spielte das auch eher keine Rolle. Sie bezweifelte, dass Fannys Mutter für solcherlei Nuancen überhaupt aufnahmefähig war.

»Ich war in meinem Bett und habe geschlafen. Moment … Sie glauben doch wohl nicht, dass ich diesen Jungen ermordet habe? Ich weiß, dass Sie gerade rumlaufen und lauter Fragen stellen.«

»Waren Sie allein?«

»Fanny war hier.«

»Haben Sie Ihre Tochter denn gesehen?«

»Ich habe doch gerade gesagt, dass ich geschlafen habe. Sind Sie dumm oder was?«

»Also sind Sie nicht aufgewacht und …«

»Nein, wieso? Glauben Sie, dass Fanny das war? Dass sie …«

»Wir glauben gar nichts. Wir verschaffen uns nur einen Überblick darüber, wo alle in der betreffenden Nacht gewesen sind.«

Fannys Mutter brummelte etwas von ineffektiver Polizeiarbeit und legte auf. Es hätte auch keinen Zweck gehabt, dieser Frau zu erzählen, dass ihre Tochter Joel in der Nacht verprügelt hatte, in der er gestorben war. Dabei war dies eins der wenigen Dinge, die sie mit Sicherheit wussten. Aber danach war er weggegangen und hatte um 00.34 Uhr ein Selfie von sich an der Bushaltestelle bei der Kirche in Gårdby gemacht. Hanna sah sich selbst in Fanny: Das hätte aus ihr werden können, wenn sie ihre Großmutter nicht gehabt hätte, vermutlich wollte sie das Mädchen deshalb schützen. Es war schwer zu verarbeiten, dass man unter Mordverdacht stand. Schwerer als wenn der Verdacht ein Familienmitglied betraf.

Hanna drückte auf Wahlwiederholung, aber diesmal hob Fannys Mutter nicht ab.

44

Es war nur noch ein kleines Stückchen Pfannkuchen übrig. Rebecka steckte es in den Mund, kaute und schluckte. Molly zuliebe musste sie sich zusammenreißen. Aber die Worte der Journalistin huschten ihr durch den Kopf wie eingesperrte Ratten. Petri räumte gerade die Spülmaschine ein, schaute aber immer wieder verstohlen zu ihr. Ganz wie Molly, die schon längst aufgegessen hatte, allerdings neben ihr sitzen geblieben war. Ihre Lippen bewegten sich.

»Ich habe dich nicht verstanden, mein Schatz. Was hast du gesagt?«, fragte Rebecka.

»Möchtest du noch einen?«

Als Rebecka verneinte, sprang Molly auf und rannte zum Fernseher. Petri ließ die klebrigen Teller stehen und nahm Mollys Platz ein.

»Erzähl«, sagte er. »Was ist passiert?«

Ein Flehen lag in seinem Ton und in seiner Miene. Seine Angst davor, außen vor zu bleiben, machte ihr schlechte Laune. Das war eine Verantwortung, die sie nicht tragen wollte. Sie hatte genug mit sich selbst zu tun. Und nachvollziehen konnte sie das auch nicht. Woher kam dieser neue Eifer, mit ihr sprechen zu wollen?

»Das war eine Journalistin«, sagte sie. »Axel ist wegen Mordes an Joel festgenommen worden, und sie wollte wissen, was ich dazu zu sagen habe.«

Petri legte ihr eine Hand auf die Schulter, und Rebecka kostete es große Mühe, sie nicht einfach abzuschütteln.

»Du musst Hanna anrufen«, sagte er.

»Ich habe mit ihr gesprochen, bevor ich runtergekommen bin. Sie hat das mit keinem Wort erwähnt.«

Petris Hand wanderte in ihren Nacken, streichelte ihren Haaransatz. Wie hatte Rebecka das mal geliebt.

»Vielleicht war das nur eine Lockfrage der Journalistin. Um zu prüfen, ob du was weißt.«

Ihre Wut und Angst mussten raus, also schleuderte sie ihm entgegen: »Warum um alles in der Welt sollte sie das tun?«

Petri wich dem Angriff aus.

»Was hat Hanna denn erzählt?«

»Sie wollte wissen, ob Joel schwul war.«

»Und was hast du darauf geantwortet?«

»Dass ich das für möglich halte, wir aber nie darüber gesprochen haben.«

Petris Blick wanderte zum Fenster, und weil er so konzentriert wirkte, fragte Rebecka sich, was dort war. Zu ihrer großen Verwunderung stellte sie fest, dass er ins Leere schaute.

»Was ist los?«, fragte sie.

Dabei klang sie etwas genervter als beabsichtigt, aber es war so offensichtlich, dass Petri mit sich rang. Vielleicht ging es um Joels Veranlagung. Vielleicht hatte er ihn deshalb nie wie einen eigenen Sohn lieben können.

»Sag schon«, setzte sie nach.

»Es gibt da was, das du wissen solltest.« Seine Hand streichelte sie jetzt nicht mehr, sondern klammerte sich an ihrem Nacken fest.

Er hätte ihr genauso gut einen Eimer kaltes Wasser übergießen können. Rebecka wurde eiskalt, und am liebsten hätte sie ihn nun angefleht: *Nein, behalt es für dich. Mehr verkrafte ich nicht.* Warum hatte sie bloß nachgefragt? Sie wollte nicht länger hier sitzen. Sie wollte zurück unter ihre Bettdecke.

»Ich habe Joel in Färjestaden zusammen mit einem Mann gesehen. Ich fand es auffällig, weil er älter war als Joel und mir nicht bekannt vorkam. Außerdem schienen die beiden irgendwie wütend aufeinander zu sein. Obwohl eigentlich Joel wütender wirkte.«

»Warum hast du nichts davon erzählt?«

»Ich habe mit Joel darüber gesprochen, und er hat mich gebeten, dir nichts zu sagen.«

»Warum nicht?«

Petri schüttelte nur den Kopf. Wie gern hätte Rebecka ihm eine verpasst, ihn angeschrien, dass er nicht auf Joel hätte hören sollen. Dann hätte sie das alles vielleicht verhindern können. Das war ein Gedanke, den sie einfach nicht loswurde. Dass es eine Verkettung von Umständen gab, die zu Joels Tod geführt hatten, und dass sie an irgendeinem Punkt hätte unterbrochen werden können.

Dass es nicht so hätte enden müssen.

Jetzt war alles kaputt. Sie stand vor einem Haufen aus Scherben, mit denen sie nichts anzufangen wusste. Die Wut bahnte sich ihren Weg.

»Du hättest mit mir reden müssen«, schrie sie und schlug seine Hand weg, die immer noch in ihrem Nacken gelegen hatte.

»Ich habe versucht, ein Vater für Joel zu sein, genau wie du es dir gewünscht hast.«

Besorgt schaute Petri zum Wohnzimmer, aber nicht mal Mollys Anwesenheit konnte Rebecka besänftigen.

»Aber er ist tot. Kapierst du denn nicht, dass das alles geändert hat?«

»Doch, und es fühlt sich falsch an, dass ich es nicht gleich erzählt habe. Aber es fällt mir gerade schwer, zu …«

»*Es fühlt sich falsch an*?«, unterbrach Rebecka ihn, indem sie ihn nachäffte.

»Hör auf«, zischte Petri. »Ich habe versucht, mit dir zu reden, aber das ist nicht gerade leicht.«

»Jetzt gib nicht mir die Schuld daran, wenn du den Mund nicht aufbekommst.«

»Du hättest auch was sagen können.«

»Was zur Hölle meinst du damit?«

»Glaubst du, ich bin blind?«

Er sprach noch immer im Flüsterton, aber die Wut, die sie aus den winzigen Pupillen traf, jagte ihr mehr Angst ein, als sie jemals vor Petri gehabt hatte.

»Ich wusste, dass du einen anderen hast«, sagte er. »Aber kannst du dir vorstellen, wie sich das anfühlte, am Dienstag dazusitzen und zu kapieren, dass es ausgerechnet Gabriel war?«

45

Weil Sebastian Bianchi ein neuer Name innerhalb der Ermittlungen war, unterzog Hanna ihn einer Schnellprüfung. Er war in keinem der gängigen Register zu finden, in den sozialen Medien jedoch sehr aktiv. Den Bildern nach zu urteilen, war er ein aufgeschlossener Typ, der Partys und Filme liebte. Hanna fragte sich, inwieweit dies der Wirklichkeit entsprach.

Sie selbst hatte weder bei Facebook noch Instagram ein Profil mit Klarnamen. Was konnte sie dort schon zeigen, was keine Lüge war? Außerdem fiel ihr nicht ein einziger Mensch ein, der ihr folgen wollen würde. Außer Kristoffer vielleicht. Der lud manchmal Fotos bei Facebook hoch. Um Ellas Entwicklung miterleben zu können, hatte Hanna ein Konto mit falschem Namen angelegt. Auf dem letzten Foto saß Ella in einem Sessel in dem Hotel, wo Kristoffer arbeitete, und ahmte ihren Vater nach. Auf ihrem Schoß lag ein Prospekt, und sie tat so, als würde sie etwas hineinschreiben. Die Konzentration, die aus dem kleinen, runden Gesicht sprach, war bezaubernd. Hanna konnte sich gar nicht an ihr sattsehen. Ella hatte große Ähnlichkeit mit ihr selbst als Kind.

Hanna hatte Sebastians Handynummer von Nadine bekommen

und rief ihn an. Es dauerte eine Weile, bis eine belegte Stimme antwortete. Es war Samstag, Sebastian war ein Teenager. Klar, dass er noch geschlafen hatte.

»Wir haben uns nur einmal geküsst«, antwortete Sebastian auf Hannas Frage, ob sie zusammen gewesen waren.

»Wie war er so?«, hakte sie nach.

Was für eine blöde Formulierung. Natürlich wollte sie nicht wissen, wie Joel geküsst hatte. Sebastian lachte auf, aber bevor sie die Frage präzisieren konnte, antwortete er schon.

»Er war süß. Klug. Rücksichtsvoll. Das klingt jetzt vielleicht nach leeren Worten, aber so ist es nicht. Die meisten Typen sind ja eher hässlich, dumm und egoistisch.«

Hanna fand, dass dies ein sehr düsterer Blick auf die Menschheit war, aber ganz falsch lag er damit sicher nicht.

»Trotzdem wurdet ihr kein Paar. Wollte er nicht?«, fragte sie.

»Ich weiß es, ehrlich gesagt, nicht. Er war sich auf so vielen Ebenen unsicher.«

Hanna hätte Joel gern mal getroffen. Der Gedanke überrumpelte sie. Aber der Grund dafür war nicht so sehr, dass er Rebeckas Sohn war, sondern eher, dass sie ihm diese Unsicherheit gerne genommen hätte. Sie hätte ihm erklärt, dass es nicht darauf ankam, was andere dachten. Sondern darauf, einfach nur man selbst zu sein. Damit hatte sie selbst noch oft genug zu kämpfen.

Sebastian gähnte.

»Wie spät ist es eigentlich?«

»Fast halb elf.«

»Es ist so schrecklich, was Joel zugestoßen ist. Aber ich muss mich jetzt noch mal hinlegen.«

Hanna fielen keine weiteren Fragen ein, weshalb sie Sebastian wieder in den Schlaf entließ. Noch fast eine halbe Stunde bis zur erneuten Vernehmung von Axel. Bis dahin wollte sie sich Joels Skizzenbücher ansehen, die bei Daniel lagen. Sie würden den Angehörigen erst wieder ausgehändigt, wenn sie sicher waren, dass sie für die Ermittlungen keinen weiteren Nutzen hatten.

An der kleinen Trennwand blieb sie stehen. Von hier hätte er Fabian sein können. Ihr falsches Facebookprofil hatte sie nicht nur genutzt, um sich Fotos ihrer Nichte anzuschauen, sondern auch, um zu verfolgen, wie Fabian mit seiner Erzieherin in die Zukunft schritt. Daniel schaute auf, und schon war die Illusion fort.

»Wolltest du was?«, fragte er.

»Joels Skizzenbücher.« Mehr brachte sie nicht heraus.

Daniel reichte sie ihr, und sie eilte zurück an ihren Platz. Alle Zeichnungen waren schwarz. Die meisten mit Kohlestift angefertigt, würde sie sagen. Und selbst die Motive waren sehr finster. Eine zeigte einen Kopf, aus dem eine Hand ragte. Die Zeichnung war gut gemacht, aber Hanna mochte nicht, was sie in ihr auslöste. Als gäbe es da etwas unter der ordentlichen Oberfläche, das unbedingt herauswollte.

Hanna fand ein Buch, das erst halb voll war, woraus sie schloss, dass dies seine aktuellsten Zeichnungen enthielt. Darin waren mehrere Comicstreifen, die Joel Mr. Man und Miss She getauft hatte. Thematisch ging es überspitzt um Männlichkeit und Weiblichkeit. Das Telefon klingelte, und widerwillig nahm Hanna den Hörer ab. Sie hatte das Gefühl, gerade etwas auf der Spur gewesen zu sein.

»Hallo, mein Name ist Petri Forslund … ich bin mit Rebecka verheiratet«, fügte er hinzu, weil sie nicht gleich reagierte. Dabei hatte sie aus Angst innegehalten.

»Ist was passiert?«, fragte sie.

»So könnte man es wohl nennen. Eine Journalistin hat Rebecka angerufen und um einen Kommentar zu Axel Sandstens Verhaftung gebeten.«

Innerlich fluchte Hanna. Als hätte sie es nicht geahnt. Wieso hatte sie bloß nichts gesagt?

»Kann ich sie mal sprechen?«

»Nein«, sagte Petri. »Sie war so aufgewühlt, dass ich ihr ein Beruhigungsmittel geben musste. Dann stimmt es also?«

»Ja«, sagte Hanna nach kurzem Zögern.

Eigentlich hätte sie ihm liebend gern erklärt, dass eine Verhaftung kein Schuldspruch war, aber dazu hätte sie mehr zum Warum und Wie sagen müssen, was sie nicht konnte.

»Richten Sie Rebecka aus, dass sie mich anrufen kann«, sagte sie. »Jederzeit.«

»Das werde ich, aber ich bezweifle, dass sie mit Ihnen sprechen will.«

Diese Worte trafen sie, als hätte er sie geschlagen. Petri seufzte, und Hanna rechnete mit einer Belehrung, wie sie ihren Job zu machen habe. Doch stattdessen sagte er:

»Ich habe da was gesehen, was ich am besten sofort hätte erzählen sollen.«

»Was denn?«

»Letzten Donnerstag habe ich Joel in Färjestaden gesehen. Zufällig nach der Arbeit. Das war gegen halb fünf.«

Er seufzte noch einmal.

»Und weiter?«

»Ich war im Einkaufszentrum, weil ich noch was besorgen musste. Dort hab ich Joel zusammen mit einem Mann gesehen. Sie schienen sich zu streiten. Joel wirkte ziemlich aufgeregt, und der Mann versuchte, ihn zu beruhigen. Er hat nach seinem Arm gegriffen.«

»Haben Sie gehört, worum es ging?«

»Nein, dazu war ich zu weit weg.«

»Wo genau war das?«

»Sie standen vor *Sko Dej*.«

»Können Sie den Mann beschreiben?«

»Er war um die vierzig, hatte kurzes hellbraunes Haar.«

»Ist Ihnen sonst noch was aufgefallen?«

»Was meinen Sie?«

Petris Stimme ging ein bisschen hoch, als hätte er ihre Frage anklagend verstanden.

»Sie haben gesagt, Joel war aufgeregt. Gab es sonst vielleicht noch eine Gefühlsäußerung?«

Petri schwieg, und Hanna drängte ihn nicht.

»Rebecka hat erwähnt, Sie glauben, Joel war schwul.«

»Ja.«

»Ich weiß nicht, warum ich Rebecka nicht davon erzählt habe«, sagte Petri schließlich. »Vielleicht, weil der Mann so viel älter war. Danach habe ich Joel jedenfalls gefragt, ob er was mit diesem Mann hatte.«

»Was hat Joel darauf geantwortet?«

»Er hat es abgestritten. Aber so, wie die miteinander umgegangen sind, das wirkte sehr intim.«

46

Was machte die Familie wohl gerade? Erik trank einen Schluck Kaffee und stellte sich vor, dass Aavika in der Küche stand und Essen vorbereitete. Dass Nila und Yadu im Wohnzimmer zusammen vorm Fernseher saßen. Seine Schwiegereltern waren wach gewesen, als er zur Arbeit aufbrach, Mumbai war Schweden schließlich viereinhalb Stunden voraus. Supriya und Nila hatten dagegen noch geschlafen. Nila stand spätestens gegen neun auf, nur Supriya kam samstags kaum aus den Federn.

Der Gedanke, dass Aavika gerade südindische Reispfannkuchen, *dosa,* und ein Chutney mit Kokosmilch machte, ließ seinen Magen knurren. Er brachte ihn mit einem weiteren Schluck Kaffee zum Schweigen.

Erik schielte zu seinem Handy, aber noch waren keine Nachrichten von zu Hause gekommen. Er hatte Supriya nach dem Aufwachen und nach der Rückkehr von seiner Laufrunde einen Kuss auf die Wange gegeben. Auf den ersten hatte sie praktisch gar nicht reagiert, nach dem zweiten hatte sie etwas Unverständliches gemurmelt und sich weggedreht.

Sein Computer war in den Energiesparmodus verfallen, und

nachdem Erik ihn geweckt hatte, sah er, dass ihm noch vierundzwanzig Minuten bis zur Vernehmung blieben. Schnell loggte er sich aus und packte seine Sachen zusammen. Bevor er Axel aus der U-Haft holte, musste er sich erst noch mit der Kriminaltechnik kurzschließen.

Als Erik zu Hanna schaute, legte diese gerade stirnrunzelnd den Telefonhörer weg.

»Was ist los?«, fragte er.

Ihre Blicke trafen sich, und Hannas Gesicht glättete sich sofort. Als hätte er etwas gesehen, was sie nicht mit ihm hatte teilen wollen.

»Ich habe gerade mit Rebeckas Ehemann gesprochen«, sagte sie. »Sie wurde von einer Journalistin kontaktiert, die sie über Axel ausfragen wollte. Es ist durchgesickert, dass er festgenommen wurde.«

»Verdammt.«

»Genau. Jetzt will Rebecka nicht mehr mit mir sprechen. Außerdem hat ihr Mann Joel in Färjestaden gesehen, zusammen mit einem Mann. Er sagt, sie hätten vor dem Schuhladen im Einkaufszentrum gestanden und gestritten.«

»Wann denn?«

»Letzte Woche Donnerstag, gegen halb fünf. Er hat den Mann kurz beschrieben: etwa vierzig, kurzes hellbraunes Haar. Die beiden haben einen eher intimen Eindruck auf ihn gemacht, aber Joel hat abgestritten, dass da was war.«

»Mit einem Vierzigjährigen?«

»Genau mein Gedanke.«

»Ich wollte grade zur Kriminaltechnik, um nachzuhören, ob die noch was über Axel Sandsten gefunden haben, bevor wir ihn noch mal vernehmen«, sagte Erik. »Ich kann die darauf ansetzen, auf die Suche nach einem Überwachungsvideo aus dem Einkaufszentrum zu gehen.«

Hanna nickte und schaute dann auf ihre Tastatur.

Erik wollte noch etwas sagen. Supriya wäre enttäuscht, wenn er ohne Hanna nach Hause käme. Aber wenn sie erführe, dass er sie nicht mal eingeladen hatte, würde sie wütend. Ein weiteres Problem war jedoch, dass sie gesagt hatte, er solle einfühlsam sein, und dafür fühlte sich der Moment nicht passend an.

Also ging er zunächst zu Melina. Sie hockte vor ihrem Computer, starrte auf den Bildschirm und hörte irgendwas, wozu sie mit dem Kopf wippte. Als sie ihn bemerkte, zog sie sofort die Kopfhörer ab. Die Musik, die daraus summte, klang, als hätte ein Zweijähriger mit einem Synthesizer gespielt.

»Das ist Derrick May«, erklärte sie. »Technoklassiker.«

Melina war in Daniels Alter, aber im Gegensatz zu seinem direkten Kollegen schaffte Melina es regelmäßig, dass er sich alt fühlte. Er kommentierte die Musik nicht, sondern erklärte gleich, dass sie weitere Überwachungsvideos suchten, und von wann und wo und wer im besten Fall darauf zu sehen sein sollte.

»Geht klar«, sagte Melina. »Ich gebe das weiter, ich hab noch genug mit Axel Sandsten zu tun.«

»Hast du noch was gefunden?«

»Leider nicht.«

Sie löste nicht einmal den Blick vom Bildschirm. Darauf war eine Gasse zu sehen, die von einer Laterne beleuchtet war. Rundherum nur Dunkelheit. Hin und wieder fuhr ein Auto vorbei.

»Und was ist mit der Drohung, die Hanna Duncker bekommen hat?«, fragte er. »Kümmerst du dich darum oder jemand anders?«

»Nee, ich, aber die ließ sich nicht zurückverfolgen. Die Nummer gehört zu einer Prepaidkarte.«

Erik wollte Hanna in diesem Punkt dringend unterstützen, weil er versehentlich Ove darauf aufmerksam gemacht hatte, dass sie auch anonyme Drohanrufe bekam. Aber nicht nur deshalb. Er selbst hatte schon ein paar Drohungen bekommen, aber die gingen an ihn als Polizisten. Diese hier schienen persönlicher zu sein. Er war sicher, dass es um ihren Vater ging.

»Aber angerufen hast du vermutlich?«, fragte er.

Melina lächelte matt.

»Selbstverständlich.«

Trotzdem bat Erik um die Nummer und probierte es selbst. Als niemand dranging, schickte er eine SMS:

Ich nehme an, dass es Ihnen nicht gut geht, und ich möchte gern mit Ihnen sprechen.

Er wollte gerade ihr Büro verlassen, als Melina triumphierend aufschrie und auf den Bildschirm deutete.

»Das ist Axel Sandstens Wagen, der am Dienstag, dem 14. Mai, um 23.30 Uhr über die Ölandbrücke fährt.«

47

Den Bericht über das Telefonat mit Petri Forslund hatte sie nach fünfzehn Minuten fertig. Hanna starrte auf die letzten Wörter, die Beschreibung des Mannes, mit dem Petri Joel gesehen hatte. Rebecka hatte sich noch nicht bei ihr gemeldet, und Hanna wollte einfach nur, dass Axels Vernehmung vorbei war. Denn dann konnte sie es wagen, selbst bei ihr anzurufen, besonders wenn Axel gestehen würde. Diese Hoffnung wollte sie nicht aufgeben, wenngleich sie im Grunde wusste, dass Axel niemals ein Geständnis ablegen würde, selbst wenn er schuldig war.

Erik kam angejoggt und legte ein paar Ausdrucke vor ihr auf den Tisch. Der oberste zeigte die Schwarz-Weiß-Aufnahme eines Autos.

»Solltest du nicht jetzt die Vernehmung leiten?«, fragte sie.

»Gleich.« Er zeigte auf die Aufnahme. »Das ist Axel Sandsten, wie er am Dienstag, dem 14. Mai, über die Ölandbrücke fährt. Nachdem er das Büro verlassen hat.«

Hanna griff nach dem Blatt und betrachtete es genau. Licht und Dunkel in unterschiedlicher Stärke. Aber das Kennzeichen war deutlich zu erkennen. Sie nahm das nächste Blatt. Darauf war eine Ausschnittvergrößerung der Windschutzscheibe, hinter der Axel Sandsten zu erkennen war. Ohne jeden Zweifel. Sofort überkam Hanna der sehnsüchtige Wunsch, Rebecka anzurufen und ihr zu erzählen, dass sie wusste, wie Joel gestorben war.

»Ich möchte dich bei der Vernehmung dabeihaben«, sagte Erik.

»Aber …«

»Ich hab schon mit Daniel gesprochen, und Ove hat es abgesegnet. Ich glaube, dass Axel mit dir sprechen würde.«

Hanna war sich da nicht so sicher, aber das sagte sie nicht. Sie wollte dabei sein. Die Zeit würde schneller vergehen, als wenn sie hier saß und wartete. Außerdem wollte sie Axels Gesicht sehen, wenn ihm diese Aufnahmen vorgelegt wurden.

»Ich hab das Zimmer mit Videoaufzeichnung gebucht. Vielleicht ist es am besten, wenn ich ihn selbst dorthin bringe.«

Hanna nickte und stand auf. Das Fenster war offen, und ein leichter Luftzug trug den Geruch von Benzin herein. Sofort war Hanna wieder in ihrem Traum, diesmal nicht mitten im Geschehen, sondern als Zuschauerin. Der Mann war nicht länger ein dunkler Schatten, sondern ihr Vater. Sie sah, wie er den blutenden, schwer zugerichteten Körper betrachtete, der reglos am Boden lag. Dann ging er aus dem Zimmer, verteilte Benzin im Haus und zündete es an.

Hanna musste sich am Tisch abstützen, um nicht umzukippen.

»Was ist los?«, fragte Erik.

»Mir ist nur etwas schwindelig«, sagte sie. »Bin wohl zu schnell aufgestanden.«

Erik holte Luft, und Hanna rechnete damit, dass er nun verlangte, sie möge ihm mitteilen, was in ihr vorging.

Aber er lächelte sie an. »Hast du heute Abend schon was vor?«

»Wieso?«

Hanna ließ vorsichtig den Tisch los. Wollte er jetzt wirklich über Privates sprechen? Sie mussten gleich eine Vernehmung führen.

»Meine Frau hat gefragt, ob du heute Abend vielleicht mit zu uns nach Hause kommen möchtest.«

Panisch suchte Hanna nach einer Ausrede.

»Also, ich würde mich auch freuen«, fuhr er fort. »Supriyas Mutter kocht immer so viel, dass wir gar nicht alles aufessen können. Und da dachte ich, nach dem heutigen Tag … ach, egal. Was sagst du?«

Sie wusste genau, was er dachte. Es ging nicht ums Essen, sondern darum, sich besser kennenzulernen. Sie hatten in den letzten Tagen so eng zusammengearbeitet, und so würde es vermutlich auch weitergehen. Sie selbst hatte ja schon den Gedanken gehabt, dass sie sich mehr Mühe geben sollte, aber in ihr rumorte gerade so viel. Außerdem war sie immer noch ein bisschen sauer auf ihn, weil er Ove von den Drohanrufen erzählt hatte.

»Heute Abend passt es leider nicht«, sagte sie. »Meine Nachbarin hat mich schon zum Essen eingeladen.«

Eine Lüge. Sie hatte überhaupt keine Pläne, wagte es aber nicht, ihm gegenüber zuzugeben, dass ihr einfach die Kraft fehlte.

»Schade«, sagte Erik. »Dann halt ein andermal.«

»Unbedingt.«

Den gesamten Weg bis zum Flur schwieg er. Also wenige Meter.

»Was ist das für eine Nachbarin?«

Wollte er sie überprüfen? Der Lüge überführen? Hanna schüttelte die Verdachtsgefühle ab.

»Sie heißt Ingrid.«

»Was macht sie beruflich?«

»Sie ist in Rente. Früher war sie mal Bäuerin.«

Erik betrachtete sie so, dass Hanna sich fragte, ob er das für einen Scherz hielt. Aber wieso sollte das einer sein?

»Darüber würde ich gern ein andermal mehr hören«, sagte er und eilte dann weiter, um Axel zu holen.

Hanna bereitete das Vernehmungszimmer vor und setzte sich dann in einen der Sessel. Wenige Minuten später traf Erik mit Axel Sandsten und dessen Anwalt ein. Axels rechte Hand zuckte, so als hätte er eigentlich grüßen wollen, es sich aber anders überlegt. Er setzte sich in den zweiten Sessel.

»Schön, dich wiederzusehen«, sagte er.

Ihre Blicke trafen sich.

»Die Freude ist nicht meinerseits.«

Darüber lachte er. Der Anwalt wirkte nicht ganz so entspannt auf dem harten Holzstuhl neben seinem Mandanten.

»Ich hoffe, Ihnen ist klar, dass das ein Nachspiel haben wird«, sagte er.

Hanna ignorierte ihn und hielt den Blick weiter auf Axel gerichtet.

»Wie war die Nacht?«, fragte sie.

Er trug nicht die gleichen Sachen wie am Vortag, schätzungsweise hatte der Anwalt ihm frische Wäsche mitgebracht. Axel wirkte nicht so, als hätte es ihm an Schlaf gemangelt, schien aber erfreut über die Nachfrage.

»Gab schon bessere«, sagte er.

»Hat dich was wach gehalten?«

»Eine ganze Menge«, sagte er. »Aber Schuldgefühle waren es nicht, falls du darauf anspielst. Ich habe Joel nicht ermordet. Er war mein Sohn.«

»Was haben Sie gemacht, als Sie am Dienstag das Büro verlassen haben?«, fragte Erik.

»Dazu kann ich leider nichts sagen.«

»Das reicht uns aber nicht«, antwortete Erik. »Und das sollten Sie langsam begreifen.«

»Ehrlich gesagt, sind Sie hier diejenigen, die was nicht begreifen.«

»Das, was du getan hast, wovon du uns aber nichts erzählen willst«, sagte Hanna. »War das zufälligerweise auf Öland?«

Axels Augen wurden schmal, aber bevor er etwas erwidern konnte, hielt sie die beiden Bilder hoch. Eine Sekunde. Genau eine Sekunde dauerte es, bis der Anwalt verlangte, sich mit seinem Mandanten kurzzuschließen. Also verließen Hanna und Erik das Vernehmungszimmer.

»Das hätte Daniel genauso gut gekonnt«, sagte Hanna. »Oder du.«

»Ja«, stimmte Erik zu. »Aber hat sich das nicht gut angefühlt?«

Hanna nickte. Beweise waren das Einzige, womit sie Axel möglicherweise dranbekamen. Nach wenigen Minuten streckte der Anwalt den Kopf zur Tür heraus und sagte, sie könnten wieder reinkommen.

»Neuer Versuch«, sagte Erik. »Wo waren Sie, nachdem Sie das Büro verlassen haben?«

»Ich war in Mörbylånga«, sagte Axel Sandsten.

»Was wollten Sie dort?«

»Ich habe den Vorsitzenden der Baubehörde getroffen.«

Etwas in Hanna geriet ins Wanken. Vielleicht war es die Überzeugung, dass Axel schuld war, die sie gerade noch erfüllt hatte. Über etwas, das so leicht zu prüfen war, würde Axel nicht lügen, oder? Aber sie klammerte sich an die Hoffnung, dass der

Vorsitzende einen Grund hatte, ihm ein falsches Alibi zu verschaffen. Schließlich hatte ja sogar einer ihrer Kriminaltechniker in Eigenregie ein Video für ihn gefälscht.

»Mitten in der Nacht?«, fragte sie.

»Ja, es gab ein dringendes Problem. Ich habe Land im Süden Ölands gekauft, ich will dort ein Resort bauen.«

»Und warum wolltest du das nicht erzählen?«

»Weil es das gesamte Projekt gefährden könnte.«

Hanna wurde wütend. Was stimmte denn mit diesem Menschen nicht? Wieso setzte Axel derart kranke Prioritäten?

»Dein Sohn ist tot«, sagte sie. »Da sollte ja wohl das Wichtigste sein, uns bei den Ermittlungen zu unterstützen!«

»Ja, er ist tot. Daran kann ich nichts mehr ändern. Aber das Projekt kann ich noch retten.«

»Liegt das Grundstück in Grönhögen?«

Axel betrachtete sie mit zusammengepressten Lippen.

»Woher weißt du das?«, fragte er schließlich.

»Ich habe meine Quellen.«

Hanna lächelte beim Gedanken an Ingrid, und darüber wurde Axel wütend.

»Das darf nicht rauskommen«, sagte er und lehnte sich vor. »Noch nicht. Das könnte noch immer alles schiefgehen.«

Der Anwalt legte ihm eine Hand auf den Arm, woraufhin Axel sich wieder zurücklehnte.

»Wie heißt der Vorsitzende der Baubehörde?«, fragte Erik.

»Göran Olander.«

»Sei schön artig, bis wir mit ihm darüber gesprochen haben.«

»Gern«, sagte Axel, ohne auch nur das kleinste bisschen amüsiert zu klingen.

Während Erik beim Vorsitzenden anrief, stützte sich Hanna

gegen die Wand vor dem Vernehmungszimmer. Sie sah ihm die Antwort an, bevor er sie aussprach:

»Göran Olander bekräftigt, dass er Axel Sandsten gegen Mitternacht in Mörbylånga getroffen hat. Das Treffen dauerte etwas über zwei Stunden.«

Hanna suchte nach dem Hoffnungsschimmer. Vielleicht log Olander? Aber das glaubte sie nicht. Also steuerte sie die Toilette an, um einen Augenblick allein sein zu können.

48

Am liebsten wäre Rebecka ins Schlafzimmer gegangen, hätte sich unter die Decke verkrochen und die Welt mit all ihren Forderungen ausgeschlossen. Die Tablette, die Petri ihr gegeben hatte, hatte sie schläfrig gemacht, aber die innere Unruhe war noch da. Hauptsächlich Molly zuliebe zwang Rebecka sich, auf dem Sofa sitzen zu bleiben.

Sie konnte sie nicht hier unten allein lassen. Nicht nach dem, was sie hatte mitansehen müssen. Molly war in die Küche gekommen, als Petri geschrien hatte, sie sei eine egoistische Schlampe. Vor Schreck hatte Molly kein Wort herausbekommen, hatte einfach nur im Türrahmen gestanden und sie angestarrt. Rebecka hatte sie entdeckt und war zu ihr gerannt. Der Streit war sofort vorbei gewesen. Oder jedenfalls vertagt.

Rebecka war nicht mehr wütend, nur noch müde.

Sie schaute zu ihrer Tochter, die sich an ihr Stoffkaninchen klammerte. Mit konzentrierter Miene verfolgte sie, was Hicks und Astrid und die anderen Drachenreiter machten. Plötzlich kicherte sie und wandte sich an ihre Mutter.

»Hast du das gesehen, Mama?«

Rebecka lächelte und nickte, dabei hatte sie keine Ahnung,

was Molly meinte. Nein, sie war nicht nur Molly zuliebe hier. Es tat ihr gut, bei ihr zu sitzen. Molly liebte Drachen. Joel hatte ihr immer Geschichten von Drachenreiter Tam vorgelesen. Gestern Abend wollte Molly, dass sie weiterlas, aber sie konnte nicht. Das musste Petri übernehmen.

Ihr Handy klingelte, doch das Display verriet, dass es Hanna war, weshalb Rebecka es ignorierte. Sie konnte sich nicht vorstellen, je wieder mit Hanna sprechen zu wollen. Wenige Minuten später summte das Handy, und kurz überlegte Rebecka, ob sie auch die SMS ignorieren sollte, aber sie musste wissen, was drinstand.

Axel wurde freigelassen. So ist das bei Ermittlungen. Wer festgenommen wird, ist nicht automatisch schuldig. Deshalb habe ich nichts gesagt. Aber wir sind davon überzeugt, dass er es nicht war.

Rebecka schrieb:

Genauso überzeugt wie letztes Mal?

Lange starrte sie auf die Antwort, dann löschte sie sie und legte das Handy weg, ohne etwas zurückgeschickt zu haben.

Molly fragte: »Bist du traurig, Mama?«

»Ja, ein bisschen. Und du?«

Rebecka wischte sich ein paar Tränen weg, die unkontrolliert zu fließen begonnen hatten.

»Ja, aber jetzt gerade nicht.«

Rebecka gelang es, ein paar Minuten lang die Serie zu schauen, ohne an Joel oder Hanna denken zu müssen. Trotzdem schienen die Szenen völlig zusammenhanglos. Hicks und Astrid flogen herum und suchten irgendwas. Und dann waren sie plötzlich in einer Höhle.

Normalerweise unternahm Rebecka samstags etwas Besonderes mit Molly. Letztes Wochenende waren sie im Abenteuerbad in Kalmar gewesen. Sie hatte Joel gefragt, ob er mitkommen wolle, aber er hatte Kopfschmerzen vorgeschoben. Heute waren weder sie noch Petri fähig, Molly zu beschäftigen. Ihm hatte das alles mehr zugesetzt, als sie geahnt hatte. Wieder liefen die Tränen, diesmal weil sie darüber nachdachte, dass er von ihrer Untreue gewusst hatte, ohne etwas zu sagen. Natürlich war ihr aufgefallen, dass er am Dienstag mehr getrunken hatte als sonst, aber keine Sekunde hatte sie gedacht, dass das an ihr lag. An dem, was sie getan hatte. Sie war viel zu beschäftigt gewesen, sich in Gabriels Nähe zu stehlen, ohne dass ihr dabei aufgefallen wäre, dass er sich bereits von ihr entfernte.

Petri kam aus der Küche und fragte, ob sie etwas bräuchte. Seine Miene verriet nicht, was in ihm vorging.

»Ein Tee wäre toll«, sagte sie.

Eigentlich brauchte sie nichts, aber gerade wollte sie nichts von ihm ausschlagen. Er kam zurück mit einer Tasse Tee für sie und einer für Molly. Wenngleich Mollys Tee zu zwei Dritteln aus Milch bestand und vermutlich ein paar Löffel Zucker enthielt. Außerdem hatte er ein paar Plätzchen auf das Tablett gelegt. Molly stürzte sich auf die Plätzchen. Vielleicht hatte sie Angst, sie könnten verschwinden, wenn sie sich nicht beeilte.

Rebecka trank einen Schluck Tee und stellte die Tasse wieder weg.

Dann klopfte es an der Tür, und Petri ging hin. Trotz der Fernsehgeräusche erkannte Rebecka Ulrikas Stimme. Noch immer legten Leute Blumen vor ihrem Haus ab, aber fast niemand wagte es zu klingeln. Ulrika kam ins Wohnzimmer.

»Möchtest du kurz mit rauskommen?«, fragte sie.

Sofort fürchtete Rebecka, dass Petri sie angerufen und von ihr und Gabriel erzählt hatte. Aber das passte nicht zu Ulrikas besorgtem Ton. Wenn er sie wirklich verständigt hatte, dann aus leicht fehlgeleiteter Fürsorglichkeit. Weil er glaubte, dass es Rebecka guttäte, wenn sie sich bewegte. Schlaf, iss und beweg dich, dann wird alles gut. Aber die Vorstellung, jetzt durchs Dorf zu flanieren, war nicht gerade verlockend.

Besonders nicht mit Ulrika.

»Wir könnten uns auch nur kurz hinten auf eure Terrasse setzen.«

Rebecka nickte und stand auf. Vielleicht hatte Ulrika ja irgendwas gehört.

»Dann guckst du mit mir weiter«, sagte Molly zu Petri, der sofort Rebeckas Platz einnahm.

Ulrika und Rebecka setzten sich auf die Gartenmöbel. Das Holz war hart und kalt, aber Rebecka holte keine Kissen. Ulrika betrachtete sie, und erst da fiel Rebecka auf, dass sie dunkle Ringe unter den Augen hatte.

»Wie geht es dir denn?«, fragte Rebecka.

»Eigentlich sollte ich das fragen. Deshalb bin ich hergekommen.«

»Vielleicht. Aber ich hab gar nicht mehr die Kraft nachzufühlen.«

Ulrika schaute zum Wald und seufzte.

»Bei uns läuft es gerade nicht so super«, sagte sie.

»Bei dir und Gabriel?«

Ulrika nickte. Rebecka fragte nicht weiter, weil sie Angst davor hatte, dass das Thema auf Untreue kam. Dass Ulrika am Dienstag auch was mitbekommen hatte. Aber wäre sie dann wirklich hier? Vielleicht wusste sie ja nur, dass er fremdgegangen war, aber nicht mit wem? Vielleicht hatte sie nur deshalb überhaupt diesen Grillabend angeleiert. Um Gabriel zurückzugewinnen. Dann hätte sie ja sogar Erfolg gehabt. Gabriel hatte Rebecka abgesägt. Aber was war dann danach schiefgelaufen?

Da kam Rebecka ein anderer Gedanke. Vielleicht hatte Petri ja Ulrika hergebeten, damit Rebecka ihr gestand, mit ihrem Mann geschlafen zu haben. Sofort meldeten sich Kopfschmerzen. Über das Verhalten anderer nachzudenken, machte sie völlig fertig.

»Gabriel … er …«

Ulrika konnte sie nicht mal ansehen, und da wusste Rebecka, dass sie das hier beenden musste.

»Du, ich schaff das gerade nicht …«

Es störte sie, dass Ulrika offenbar nur hergekommen war, um über ihren untreuen Ehemann zu sprechen. Die Frage nach Rebeckas Wohlbefinden war ihr sehr schnell entfallen.

»Nein, du hast recht«, sagte Ulrika. »Wir sollten nicht über mich sprechen. Hält die Polizei dich auf dem Laufenden?«

»Es geht so.«

»Ich hab gehört, dass Axel …«

»Der ist wieder draußen.«

»Warum?«

»Hanna betont immer wieder, dass sie bei laufenden Ermittlungen nicht viel verraten darf.«

»Hanna?«

»Ja, Hanna Duncker. Sie kommt von hier. Wir waren zusammen auf der Schule. Wusstest du das nicht?«

Ulrika schüttelte den Kopf. Da sie aus Borgholm kam, war sie auf einer anderen Schule gewesen. In ihrem Gesicht konnte man regelrecht ablesen, wann der Groschen fiel.

»Duncker … Ist sie etwa die Tochter von dem Typen, der damals diese Frau verprügelt und dann das Haus abgebrannt hat?«

»Ja«, sagte Rebecka leicht genervt, aber sie unterdrückte den Impuls, Hanna zu verteidigen.

»Entschuldige«, sagte Ulrika. »Ich wusste nicht, dass ihr befreundet seid.«

»Wir *waren* befreundet. Wir hatten praktisch keinen Kontakt, seit sie weggezogen ist.«

»Wieso ist sie zurückgekommen?«

»Ich habe keine Ahnung.«

Sie schwiegen einen Moment lang. Rebecka hatte sich keine Jacke mitgenommen, weshalb sie leicht fror. Sie schielte zur Terrassentür.

»Das muss ja schrecklich sein, wenn der eigene Vater …«

»Ja«, unterbrach Rebecka sie.

Sie hatte gerade echt keinen Nerv auf Ulrika. Wieso verstand sie denn den Wink nicht und verschwand?

»Was ist denn eigentlich passiert? Was glaubt die Polizei?«, fragte Ulrika.

»Ich weiß es nicht«, sagte Rebecka. »Zuletzt haben sie mich gefragt, ob Joel schwul war.«

Ulrika sah schockiert aus.

»War er das?«

»Keine Ahnung«, sagte Rebecka, und dann brach sie in Tränen aus.

Ulrika nahm sie in den Arm.

»Warum hat er denn nichts gesagt?«, schluchzte Rebecka. »Hat er gedacht, ich kann ihn so nicht akzeptieren?«

49

Durchs Fenster konnte Erik sehen, dass es nieselte, und wieder fragte er sich, was die Familie wohl gerade machte. Es war fast halb zwölf, vermutlich waren sie also gerade beim Schloss angekommen. Vielleicht hatten sie soeben das Auto verlassen und waren über die Zugbrücke ins schützende Innere gelaufen. Unmittelbar überkam ihn die Sehnsucht, noch mal einen Monsun in Indien zu erleben. Das trockene Grau, das plötzlich farblich explodierte, Kinder, die in den Pfützen spielten, all die lachenden Menschen.

»Worüber lächelst du?«, fragte Hanna.

Erik bezweifelte, dass er das erklären konnte.

»Meine Familie macht heute einen Ausflug zum Schloss«, sagte er. »Und die größte Sorge meiner Frau ist das Wetter. Sie befürchtet, dass ihre Eltern frieren könnten.«

Hanna stand auf und schloss das Fenster. Sie saßen an dem ovalen Tisch in ihrem Dienstzimmer und warteten auf Ove und Daniel. Nach dem kurzen Gespräch mit Göran Olander hatte Erik bei Ove angerufen, der sagte, sie sollten sich kurz treffen und austauschen. Offenbar hatte die IT-Forensik noch mehr Dateien von Joels Computer und Handy wiederherstellen können.

Nächstes Jahr wollte Supriya mal wieder nach Mumbai fahren, und dann vielleicht noch nach Jaipur, damit Nilas Erinnerungen an Indien frisch blieben. Erik war da ganz ihrer Meinung, trotzdem plagte ihn ein großer Gewissenskonflikt, weil er am liebsten nicht fliegen wollte.

Hanna war wieder in ihr mürrisches Schweigen verfallen, und Erik begriff nicht, warum. Vielleicht hielt sie seine Einladung für unangemessen. Sie arbeiteten schließlich erst den vierten Tag zusammen. Aber dass er Leute, die er noch nicht gut kannte, mit nach Hause brachte, war nichts Außergewöhnliches. Letztes Jahr hatte er ein paar verirrte indische Touristen vor der Domkirche getroffen, und als er hörte, dass sie sich auf Marathi unterhielten, hatte er sie spontan angesprochen. Sein marathischer Sprachschatz war schnell ausgeschöpft gewesen, und dann waren sie zum Englischen übergegangen. Die Inder waren ihm nur zu gern nach Hause gefolgt, und sie hatten alle zusammen einen schönen Abend verlebt.

»Zurück auf Anfang«, sagte Hanna.

»Ach, jetzt bist du übertrieben pessimistisch. Diesmal wissen wir, dass er es nicht war.«

»Tun wir das?«

»Ja«, sagte Erik. »Wieso sollte Göran Olander für Axel Sandsten lügen?«

»Jetzt bist du übertrieben naiv.«

Schnell senkte Hanna den Blick. Als würde sie sich für ihre Wortwahl schämen. Dabei hatte sie recht. Ein Großteil ihrer Arbeit bestand darin, Lügen aufzudecken. Aber nichts deutete darauf hin, dass Olander log.

»Wir müssen noch mal mit Fanny sprechen«, sagte Hanna.

»Ja, machen wir doch nach dem Meeting einen Abstecher nach Öland.«

Daniel kam mit einem Laptop in den Händen herein, dicht gefolgt von Ove.

»Gut, dass ihr hier seid«, sagte Ove. »Ist euch der Name Markus Johansson schon begegnet?«

»Nein«, sagte Erik. »Wieso?«

»Joel hat mit einem User dieses Namens in dem LGBTQ-Forum gechattet. Der Chat an sich ist wenig bemerkenswert. Es geht um Joels Zerrissenheit über seine Gefühle, darüber, dass er nicht weiß, wer er ist, und dieser Markus hat ihm Mut gemacht. Dass der Analytiker so schnell auf ihn aufmerksam wurde, lag am Altersunterschied. Markus erwähnt, dass er einen Sohn in Joels Alter hat, das heißt, er muss mehr als doppelt so alt sein. Außerdem verabreden sie sich.«

»Wisst ihr schon, wer er ist?«, fragte Erik.

»Da sind wir dran«, sagte Daniel. »Es gibt ein paar Markus Johanssons in der Gegend.«

»Ist einer von ihnen um die vierzig?«, fragte Hanna.

Daniel tippte in den Computer.

»Da ist einer, der dreiundvierzig ist und in Oxhagen wohnt. Er ist verheiratet, lebt aber nicht mit seiner Partnerin zusammen und hat einen Sohn auf dem Katrinelundsgymnasium in Göteborg.«

»Hast du ein Foto?«

»Moment.«

Nach wenigen Minuten hatte Daniel ein Foto gefunden. Der Mann darauf hatte hellbraunes Haar. Das konnte der Mann sein, den Petri beschrieben hatte.

»Er ist Filialleiter des *Teknikmagasinet* im Einkaufszentrum *Giraffen*.«

Das *Giraffen* lag direkt gegenüber vom Polizeipräsidium.

Erik rief beim *Teknikmagasinet* an und erfuhr, dass Markus Johansson heute frei hatte.

»Ich finde, wir sollten uns bald mit ihm unterhalten«, sagte Hanna.

»Versucht erst mal, Fanny Broberg zu erreichen«, sagte Ove. »Als ich die Staatsanwaltschaft über Axel Sandsten informiert habe, bekam ich einen Durchsuchungsbeschluss für Brobergs Haus.«

Es war nicht zu übersehen, wie wenig Hanna dieser Beschluss zusagte. Auch Ove entging das nicht.

»Sie hat Joel in der Mordnacht verprügelt«, sagte er. »Sie wohnen nicht weit voneinander entfernt. Es ist sehr wahrscheinlich, dass sie sich auf dem Heimweg noch einmal begegnet sind.«

»Ich bin ja nicht dagegen, mit ihr zu sprechen«, sagte Hanna. »Aber ist eine Hausdurchsuchung der richtige Weg? Wenn man sich anschaut, wo Joel gefunden wurde, ist wesentlich wahrscheinlicher, dass er unterwegs von jemandem eingesammelt wurde.«

»Wir können doch auf dem Weg nach Öland kurz bei Markus Johansson halten«, schlug Erik vor. »Das dauert ja höchstens eine Viertelstunde.«

Ove warf Daniel einen Blick zu, wohl in der Hoffnung, bei ihm Unterstützung zu finden, aber vergebens.

»Okay«, sagte er. »Ihr könnt einen Stopp bei Markus Johansson einlegen. Aber Daniel fährt mit einer Streife direkt zu Fanny Broberg und sorgt dafür, dass sie dort festgehalten wird, bis ihr eintrefft.«

Der letzte Tag

Das ganze Haltestellenhäuschen vibriert durch das Motorendröhnen. Joel hält die Luft an und schließt die Augen. Nicht, weil er glaubt, dass das reicht, um sich zu verstecken, sondern weil er es einfach nicht sehen will. Er konzentriert sich auf die kalte, harte Bank, auf der er sitzt. Lieber auf die als auf die Dunkelheit hinter ihm. Den Friedhof mit all seinen Toten.

Plötzlich verstummt der Motor. Joel öffnet die Augen und schaut direkt in den Scheinwerfer des Mopeds. Er wendet den Blick nicht ab. Hinter dem Licht erahnt er Fannys Gesicht. Sein Herz schlägt so heftig, dass ihm schlecht wird. Er gibt sich Mühe, sich nichts anmerken zu lassen.

Er will nicht noch mehr Prügel provozieren.

Irgendwann hält er es nicht mehr aus. Er muss was tun, damit er nicht anfängt zu heulen.

Langsam steht er auf. Schmerz schießt ihm durch den Körper, und er keucht. Hört Fannys höhnisches Schnauben. Joel wendet sich vom Licht ab und geht weiter die Straße entlang.

Fanny startet und fährt im Schneckentempo hinter ihm her. Joel ist dankbar, dass ihr Moped sein rasendes Herz übertönt.

Wieso sagt Fanny nichts? Wieso tut sie nichts?

Wahrscheinlich ahnt sie, wie viel Angst er so schon hat.

Joel ist kurz davor, nach Linnea zu fragen, nur um das Schweigen zu durchbrechen. Was Linnea da getan hat, kann er immer noch kaum glauben.

Er hatte definitiv mal Gefühle für sie. Sie hat etwas Helles und Einfaches, das anziehend auf ihn wirkt. Vielleicht, weil er das selbst nicht ist. Er hat mal versucht, Nadine zu erklären, dass eine Beziehung zwischen ihnen beiden nicht funktionieren könnte, weil sie beide zu düster sind – aber ohne Erfolg.

Linnea ist nicht die, für die er sie hielt. Vielleicht sollte er Nadine trotz allem eine Chance geben? Aber im Moment hat er echt keinen Bock auf Beziehung. Und erst recht nicht darauf, nicht zu wissen, wer er ist.

Tina.

Seine Gedanken streifen sie, aber Joel will nicht, dass sie dort verharren. Das ist zu schmerzhaft.

Das Moped schlittert über den Kies, und Joel schreit fast auf, kann sich aber gerade noch zusammenreißen. Er bereut es, Nadine nicht von Fanny erzählt zu haben, aber er hatte so große Angst davor, dass sie etwas Dummes machen würde. Als könnte es noch schlimmer werden, als es gerade ist.

Er will nicht sterben.

Joel hat den halben Heimweg bewältigt, und er motiviert sich mit der Vorstellung, was er machen will, wenn er es bis nach Hause schafft. Er will ein paar Schmerztabletten einwerfen. Er ist davon überzeugt, trotz der Schmerzen einschlafen zu können. Er war noch nie so erschöpft.

Nur noch zehn Meter bis zur Snegatan, da muss Fanny abbiegen. Das Moped leuchtet Joel den Weg. Er starrt auf die

Kriebelmücken, die durch den Lichtkegel tanzen. Wiederholt den Gedanken wie ein Mantra, dass sie abbiegen muss.

Noch fünf Meter, noch vier, drei … Der Motor kreischt wie ein Raubtier mitten im Sprung.

50

Das Gefühl, versagt zu haben, verfolgte Hanna bis ins Auto. Sie hätte mehr tun müssen, um die Hausdurchsuchung zu verhindern. In Anbetracht der Folgen, die eine solche Aktion für Fanny haben konnte, war es dafür noch zu früh – besonders jetzt, wo die Ermittlungen eine neue Wendung genommen hatten. Hanna wollte noch immer prüfen, ob es eine Verbindung zwischen Fanny und Axel Sandsten gab, aber gerade war Markus Johansson die Spur, die Hanna für die wichtigste hielt.

»Idioten«, murmelte Hanna, als sie am Tabakladen vorbeifuhren und sie die Schlagzeile der Lokalzeitung sah:

Axel Sandsten verhaftet

Sie verabscheute es, wenn Verdächtige so ausgestellt wurden. Ganz besonders wenn eben diese Verdächtigen längst schon wieder freigelassen worden waren. Die Presse hinkte immer einen Schritt hinterher. Als es gestern Nachmittag in den Schlagzeilen noch um den armen, trauernden Vater ging, saß der längst in U-Haft. Mit welcher Schlagzeile sie wohl morgen kommen würden? Sicher konnte Axel das alles noch zu seinem Vorteil drehen. Wahrscheinlich hatte er ihnen auch deshalb nicht gleich gesagt, was sein Alibi war.

Erik saß auf dem Beifahrersitz und telefonierte. Erst mit Supriya, dann mit einem Hausmeister.

»Es gibt bei Johanssons Haus keinen Türcode«, sagte er. »Die Haustür sollte offen sein.«

Hanna parkte auf dem Drottning Kristinas väg. Die Gebäudefront war bedeckt von roten, verglasten Balkonen. Sie gingen um das Haus und durch die erste Tür.

Sie nahmen die Treppe in den zweiten Stock und klingelten. Markus Johansson öffnete ihnen in Chinohose und weißem T-Shirt. Barfuß. Obwohl er nicht größer als einen Meter siebzig sein konnte, wirkte er groß und schlaksig. Er kam ihr vage bekannt vor, aber sie wusste nicht woher. Sie wurden hereingelassen, nachdem sie sich vorgestellt und ihre Dienstmarken gezeigt hatten. Markus führte sie in die Küche.

»Kennen wir uns?«, fragte Hanna.

Markus betrachtete sie lange, schüttelte dann den Kopf.

»Wir möchten über Joel Forslund sprechen«, sagte Erik.

»Das habe ich fast geahnt.«

Sie hatten also den richtigen Markus gefunden, trotzdem war Hanna nicht gerade erleichtert. Sie grübelte immer noch darüber, woher sie ihn kennen könnte. Noch aus der Zeit, bevor sie Öland verlassen hatte? Aber er war fast zehn Jahre älter als sie, insofern konnte sie sich das kaum vorstellen.

»Hatten Sie eine Beziehung?«

Die Frage war nach Hannas Empfinden zu schnell und zu direkt. Sie hätte eine offenere Variante gewählt. Hätte Markus erst mal ein bisschen von Joel erzählen lassen. Sie versuchte, Erik mit einem Blick zu bremsen, aber er schaute nicht zu ihr. Vielleicht dachte er ja, sie hatten keine Zeit. Aber selbst diese Frage schien Markus nicht zu überraschen.

»Nein, absolut nicht. Joel ging es nicht gut, und ich wollte ihm Halt geben.«

»Woher kannten Sie sich?«

»Aus einem Internetforum.«

»Einem LGBTQ-Forum, oder?«

»Ja.«

Wenn Hanna ihn nicht aufhalten konnte, musste sie Erik wohl gewähren lassen. Also schaute sie sich in der Küche um. Auf der Arbeitsfläche standen eine Obstschale und ein Krug mit diversen Küchenhelfern. Vor den Fenstern hingen keine Gardinen, auf der Fensterbank stand eine einsame Grünpflanze. Der Tisch, an dem sie saßen, war weiß lackiert, genauso die Stühle. Hanna konnte weder die Einrichtung noch Markus wirklich einordnen. Ältere Männer kontaktierten selten Jungen in Internetforen, nur um ihnen Halt zu geben.

»Wie würden Sie Ihre sexuelle Veranlagung beschreiben?«

Markus seufzte, vielleicht wegen der umständlich gestellten Frage.

»Ich bin mit einer Frau verheiratet«, sagte er. »Was würden Sie also schätzen?«

»Wo ist Ihre Frau?«

»Wir sind zusammen, aber leben getrennt. Sie hat eine eigene Wohnung in der Nähe.«

»Warum?«

»Als wir zusammengewohnt haben, gab es zu viel Streit. Wir haben beide ein zu großes Bedürfnis, allein zu sein.«

Hanna hatte noch nie mit jemandem zusammengewohnt, mit dem sie zusammen war. Es störte sie, dass sie sich hauptsächlich aus Feigheit nicht getraut hatte, zu Fabian zu ziehen. Dass sie es nicht zumindest einmal ausprobiert hatte, nicht allein zu wohnen. Vielleicht würde die Gelegenheit sich nicht wieder bieten. Dabei wusste sie, dass es auf lange Sicht nicht funktioniert hätte, ganz davon abgesehen, was sie für ihn empfunden hatte. Er hatte zu viel gewollt, und das auch noch sofort. Sie waren gerade mal drei Monate zusammen gewesen, als er mit dem Vorschlag kam. Erik schaute sie an, offenbar störte ihn ihr Schweigen. Sie ging nicht darauf ein, sondern konzentrierte sich auf Markus.

»Hatte Joel Gefühle für Sie?«, fragte sie.

»Nein«, sagte Markus. »Das wäre mir aufgefallen.«

Hanna fand, dass die Antwort viel zu schnell kam und viel zu überzeugt klang. Als wolle er sie nur loswerden. Sie versuchte einen anderen Ansatz.

»Wieso ging es Joel nicht gut?«

»Es ist nicht leicht, erwachsen zu werden.«

»Klar, aber bei ihm steckte noch ein bisschen mehr dahinter, oder?«

Markus hob die Schultern.

»Was Joel passiert ist, ist furchtbar, aber wir kannten uns erst seit ein paar Monaten. Ich kann Ihnen nicht weiterhelfen.«

»Worüber haben Sie sich unterhalten?«, fragte Hanna.

»Über Bücher, Fernsehserien, Dokumentationen. Am meisten eigentlich darüber, wie schwierig es ist, seinen Platz auf der Welt zu finden. Dass es eigentlich keine Rolle spielen sollte, wen man liebt oder als was man sich identifiziert.«

Die Antwort war immer noch irritierend vage, weshalb sie noch einen anderen Zugang probierte:

»Wie ist das Verhältnis zu Ihrem Sohn?«

»Was hat das denn damit zu tun?«

»Antworten Sie einfach auf die Frage«, forderte Erik.

»Es war schwierig«, sagte Markus. »Aber es wird langsam besser.«

»Wieso geht er in Göteborg zur Schule?«

»Das ist ein spezielles Sportgymnasium. Mit Eishockeyschwerpunkt.«

Markus' Haltung änderte sich, während er über seinen Sohn sprach. Seine Miene sagte etwas anderes als seine Worte, das Verhältnis schien alles andere als besser geworden zu sein. Hanna ahnte, dass Markus Johansson mit einigem hinter dem Berg hielt.

»Ist Ihr Sohn der Grund dafür, dass Sie in diesem Forum unterwegs sind?«, fragte sie.

»In gewisser Weise.«

»Könnten Sie das ein bisschen weiter ausführen?«

»Es war noch nie einfach, mit ihm zu sprechen, mit anderen fällt mir das leichter. Da habe ich das Gefühl, helfen zu können.«

»Ist Ihr Sohn schwul?«, fragte sie.

»Nein. Soweit ich weiß zumindest.«

»Aber wieso sind Sie dann ausgerechnet in einem LGBTQ-Forum unterwegs?«

»Ich habe mal bei der Telefonseelsorge gearbeitet.«

»Wo waren Sie in der Nacht von Dienstag auf Mittwoch?«, mischte sich nun Erik wieder ein, der offenbar genug hatte von Markus' ausweichenden Antworten.

»Ich war zu Hause und habe geschlafen. Ich habe mich schon so gegen zehn hingelegt.«

»Kann das jemand bestätigen?«

»Nein. Ich habe noch mit meiner Frau telefoniert, aber das wird so gegen neun gewesen sein.«

»Wann waren Sie zuletzt auf Öland?«

»Vor ein paar Wochen. Da habe ich einen Freund in Färjestaden besucht.«

Sie ließen ihn mit der Aufforderung zurück, sich zu melden, falls ihm noch etwas einfiel, das sie über Joel wissen sollten.

»Kennst du Markus Johanssons Autokennzeichen?«, fragte Hanna.

Erik schüttelte den Kopf, also rief Hanna im Revier an und fragte nach. Sie steuerten den Parkplatz an, der zum Haus gehörte, und hatten schon bald den schwarzen Audi gefunden. Der Wagen löste in Hanna das gleiche Gefühl aus wie sein Halter. Irgendwo hatte sie ihn schon mal gesehen. Der linke Seitenspiegel war kaputt, außerdem gab es einen langen Kratzer im Lack über die gesamte Seite. Sie schaute durchs Fenster hinein. Der Wagen war deutlich gepflegter als ihrer. Nichts lag darin herum. Nicht mal der kleinste Zettel. Hanna bildete sich ein, Reinigungsmittel riechen zu können.

»Was sagst du dazu?«, fragte Hanna.

»Sieht so aus, als wäre da jemand wütend auf ihn.«

51

Während Hanna sie nach Öland fuhr, rief Erik bei Ove an, um ihn auf den neuesten Stand zu bringen, doch bei ihm war besetzt. Also schickte er ihm eine SMS, dass er auf einen Rückruf warte. Er hatte das Telefon in der Hand und schaute aufs Display, als ein Foto von Supriya kam. Darauf waren Nila und Yadu hinter alten Gefängnisgittern. Sie pressten sich dagegen, als wollten sie ausbrechen.

So war er mit mir nie, hatte Supriya mal über ihren Vater gesagt. Sie hatte immer schön machen müssen, was von ihr erwartet wurde, und ansonsten einfach nicht stören. Zu Hause hatte sie ihrer Mutter bei allen Arbeiten geholfen, die nicht von der Haushälterin erledigt wurden, ihre Brüder hatten keinen Finger rühren müssen. Aber ihre Eltern hatten sie zum Studium ermuntert und waren eine Zeit lang in Sorge gewesen, dass sie nie heiraten würde, weshalb Erik mit offenen Armen empfangen worden war. Vor dem Ruhestand hatte Yadu eine eigene Schnapsbrennerei gehabt, und Aavika war Köchin gewesen. Gerade als Erik seiner Frau ein Emoji schickte, meldete sich Ove.

»Wie läuft es?«, fragte er.

»Der Verdacht hat sich erhärtet«, sagte Erik. »Markus Johansson sollte einmal ordentlich überprüft werden. Hatte er Kontakt zu weiteren Jungs in Joels Alter in diesem Forum? Oder anderen Foren? Er hat erwähnt, dass er mal bei der Telefonseelsorge war.«

»Schon passiert. Wo seid ihr?«

»Fahren gerade auf die Brücke«, sagte Erik. »Ist Fanny zu Hause?«

»Leider nicht, aber in Anbetracht des Zustands, in dem sich das Haus befindet, wird die Durchsuchung dauern. Vielleicht taucht sie ja bald auf.«

Erik ging nicht davon aus, dass Fanny nach Hause käme, solange die Polizei dort rumkramte, aber das sagte er nicht. Fast hätte er lachen müssen. Irgendwie hatte Hanna ihn mit ihrem Pessimismus angesteckt. Und heute wirkte sie doppelt mürrisch.

»Würdet ihr beide ein bisschen rumfahren und nach ihr Ausschau halten?«, fragte Ove.

Nachdem sie aufgelegt hatten, erklärte Erik, worum Ove gebeten hatte.

»Okay«, sagte sie. »Wenn sich die Kids heute noch da treffen, wo wir früher rumgehangen haben, dann weiß ich, wo wir suchen können. Fangen wir bei der Schule an.«

Der Verkehr über die Ölandbrücke war am Wochenende dichter als wochentags, aber zurzeit war noch lange nicht so viel Betrieb wie während der Sommermonate.

»Irgendwas war mit Joel, das uns niemand erzählen will«, sagte Hanna.

»Ja, bloß was?«

»Keine Ahnung.«

Hanna nahm die Abfahrt zur Landstraße 136 in etwas zu schnellem Tempo, sodass Erik am Türgriff Halt suchte. Irritiert warf sie ihm einen Blick zu, doch er ignorierte sie und schaute nach vorn. Über die gelben und grünen Felder, zwischen denen hier und da vereinzelte Bäume standen. Wie öde das war. Kurz darauf passierten sie ein kleines Dorf mit mehreren Häusern und einer Windmühle. Dann bog Hanna in Richtung Gårdby ab, und die Straße wurde schmaler.

»Wie warst du als Kind?«, fragte er.

»Inwiefern ist das relevant?«, fragte Hanna zurück.

»Warst du wie Fanny?«

»Nein«, sagte Hanna. »Eher wie Joel.«

Wie meinte sie das? War sie homosexuell? Das konnte er ja schlecht fragen, also hielt er den Mund. Dann wiederum, warum eigentlich nicht? Eigentlich sollte die Frage nicht brisanter sein als die nach der Schuhgröße.

»Bist du homosexuell?«

»Nein. Du?«

»Ich habe eine Frau.«

Hanna schnaubte.

»Ja, schon klar«, sagte Erik. »Das heißt nichts.«

Sie näherten sich Gårdby, und Erik hielt aufmerksam Ausschau nach Fanny, sah aber niemand Entsprechendes. Nur Menschen, die in ihren Gärten werkelten, und zwei Frauen, die Kinderwagen vor sich herschoben.

Hanna parkte neben der Schule, und eine Runde um das Gebäude reichte aus, um festzustellen, dass dort keine Jugendlichen waren. Ein paar etwa Zehnjährige hatten das große Klettergerüst auf dem Spielplatz besetzt.

»Seid ihr von der Polizei?«, riefen sie ihnen nach.

Noch vor einer Woche wäre das wohl nicht die erste Frage gewesen. Erik nickte kurz und hob zum Gruß die Hand.

»Wohin jetzt?«, fragte er.

»Zum Hafen.«

Der Weg dorthin dauerte länger, als er gedacht hätte. Sie durchquerten noch ein weiteres kleines Dorf, kamen an ein paar Häusern vorbei und an den immer gegenwärtigen Feldern.

Als sie auf dem Hafengelände eingetroffen waren, stieg Erik aus, und sofort breitete sich die Ostsee vor ihm aus. Da war es wieder, das Gefühl von vorhin, nur noch viel stärker. Wie öde das hier war.

Ohne ein Wort stellte Hanna sich mit dem Rücken zu ihm ans Wasser. Erik lief einmal den Hafen ab. Es gab nur ein paar wenige Schuppen, und obwohl er nicht glaubte, dass Fanny sich in einem davon versteckte, prüfte er dennoch Fenster und Türen. Auf einem der Stege stand ein Mann in seinem Alter und angelte.

»Beißen sie?«

»Nein«, antwortete der Mann. »Das Wasser ist schon zu warm.«

Erik verstand nichts vom Angeln, aber nickte, als wüsste er, wovon er sprach.

»Wie lange stehen Sie schon hier?«, fragte er.

»Ein paar Stunden.«

»Haben Sie in der Zeit jemanden gesehen?«

»Nur Henrik, der was an seinem Boot gemacht hat.«

Erik nickte, als wüsste er, wer Henrik war. Dann warf er einen Blick zu den wenigen Booten, die hier vertäut waren. Überwiegend handelte es sich um Motorboote, aber ein paar Ruderboote waren auch darunter.

»Keine Jugendlichen?«

»Nein.«

Erik bedankte sich und kehrte zu Hanna zurück. Dem Mann war offenbar herzlich egal, wer Erik war. Obwohl er in alle Schuppen geschaut hatte. In Malmö hätte er mit seinen Fragen erst mal eine Menge Gegenfragen provoziert. Aber vermutlich hatte der Mann einfach sofort begriffen, dass er Polizist war.

Sein Handy klingelte. Es war die Nummer, von der Hanna die Drohnachrichten bekommen hatte. Er zeigte ihr das Display und erzählte von der SMS, die er geschrieben hatte.

»Möchtest du drangehen?«, fragte er.

»Absolut nicht«, sagte Hanna.

Sie wirkte eher, als würde sie ihm liebend gern das Telefon aus der Hand reißen und ins Meer schmeißen. Diese Wut verwunderte ihn, aber er konnte ihr gerade nicht nachgehen, sondern musste den Anruf annehmen, ehe aufgelegt wurde.

»Wie können Sie es wagen, mir mit irgendwelchen Mutmaßungen zu kommen?«, fragte eine aufgebrachte Frauenstimme.

»Ich …«

Aber die Frau hatte nicht die Absicht, ihn antworten zu lassen.

»Sie haben ja keine Ahnung, wie es war, sie wiederzusehen. Ihr Vater hat meine Mutter ermordet. Er …«

Nachdem sie mehrere Sekunden nach Luft gerungen hatte, ohne ein weiteres Wort herauszubringen, legte die Frau auf. Erik schaute Hanna an. Offenbar wollte sie gar nicht das Handy ins Meer schmeißen, sondern ihn.

»Hatte Ester eine Tochter?«, fragte er.

»Ja, Maria.«

»Dann war sie es, die dir gedroht hat.«

52

Esters Tochter Maria also. Hanna hatte das schon geahnt, aber Ahnungen ließen sich verdrängen. Sie war nicht darauf vorbereitet gewesen, wie es sich anfühlte, die Gewissheit zu haben. Alles war im Begriff, sich aufzulösen. Selbst die Wut auf Erik, die neu aufgeflammt war, weil er einfach eine SMS geschickt hatte, ohne das vorher mit ihr abzustimmen.

Erik griff nach ihrem Arm, brachte sie zum Wagen und beförderte sie auf den Beifahrersitz. Sie wollte sagen, dass sie keine Hilfe brauchte, besonders nicht seine, aber sie bekam kein Wort heraus. Er warf die Autotür zu, ging um den Wagen herum und setzte sich neben sie.

»Ihr Verhalten ist nicht in Ordnung«, sagte er.

Hanna wandte das Gesicht zur Ostsee. Wenn sie es zu Hause nicht ausgehalten hatte, war sie genau hierhergekommen.

»Vielleicht nicht. Aber weißt du, was er …«

»Ja«, sagte er. »Das brauchst du nicht zu erzählen.«

Hanna ließ das Meer nicht aus den Augen. Natürlich hatte er sich informiert, nachdem er verstanden hatte, dass ihr Vater ein Mörder war. Das taten alle. Aus dem gleichen Grund, aus dem die Leute langsamer wurden und aus den Fenstern gafften, wenn sie an einem Autounfall vorbeikamen.

Ein paar Kollegen in Stockholm hatten ihren Namen sofort zuordnen können, außerhalb der Polizei jedoch nur sehr wenige. Dreimal hatte sie es selbst erzählt, aber niemand war damit klargekommen. Alle, die es erfahren hatten, waren verschwunden. Sie konnten sie nicht von der Tat ihres Vaters loslösen. Bisher waren die Menschen nur auf Abstand zu ihr gegangen. Diesmal war eine Grenze überschritten worden. Maria wollte ihr schaden.

Bei mehreren Fällen, an deren Ermittlungen Hanna beteiligt gewesen war, hatte sich der Hass gegen die Angehörigen gerichtet. Der Ehefrau eines Mannes, der eine junge Frau vergewaltigt und ermordet hatte, waren Steine durchs Fenster geworfen worden, durch die fliegenden Scherben wurde sie verletzt. Da die Schikane nicht aufhörte, hatte sie schlussendlich wegziehen müssen.

»Wie heißt Maria weiter?«, fragte Erik.

»Jensen.«

Erik tippte auf seinem Handy.

Ein Kiebitz landete wenige Meter vom Auto entfernt. Er betrachtete sie mit anklagendem Blick: *Was willst du hier? Wärst du mal besser in Stockholm geblieben.*

In Stockholm hatte sie die Möglichkeit gehabt, jemand anders zu werden. Aber eigentlich hatte sie dort nur halb gelebt. Wenn überhaupt. Sie hatte ihren Job, aber darüber hinaus eigentlich nichts. Vereinzelte Lieb- und Freundschaften waren vorbeigezogen, aber nicht zu halten gewesen. Dabei lag das nicht an der Stadt, sondern an ihr. All ihre halbherzigen Versuche waren von vornherein zum Scheitern verurteilt. Sie war halt nicht wie

Kristoffer, der ihre Vergangenheit einfach abgeschüttelt hatte. Sie musste erst mal verstehen, was passiert war, um es hinter sich lassen zu können.

»Maria Jensen wohnt in Norra Sandby«, sagte Erik. »Ich finde, wir sollten mal hinfahren.«

Hanna wusste schon, wo sie wohnte. Das hatte sie gleich nachgeschaut, nachdem sie sich beim Möckelmossen begegnet waren.

»Haben wir eigentlich nicht was anderes zu tun?«, fragte sie.

»Fällt dir denn sonst noch was ein, wo Fanny sein könnte?«, entgegnete Erik.

»Vielleicht bei Tilde oder Lukas.«

»Glaubst du das wirklich?«

»Nein.«

So wie Tilde und Lukas über sie gesprochen hatten, war es unwahrscheinlich, dass sie Fanny hereingelassen hätten, wäre sie plötzlich bei ihnen aufgetaucht. Aber vielleicht gab es noch andere Freunde. Das Problem war, dass sie niemanden fragen konnten. Fannys Mutter wusste darauf sicher keine Antwort.

»Dann fahren wir zu Maria«, sagte Erik. »Wir können danach ja noch eine Runde durch Gårdby drehen. Ich weiß, dass Ove manchmal etwas träge wirkt, aber das ist er nicht. Im Grunde genommen ist er ziemlich in Ordnung. Ich schreibe ihm eine SMS und erkläre es ihm.«

Ohne Hannas Antwort abzuwarten, schickte er die Nachricht, und ohne Oves Antwort abzuwarten, startete er den Wagen und fuhr los.

Mehrmals hätte Hanna ihn am liebsten gebeten, zu wenden, aber sie ließ es dann doch. Fieberhaft hielt sie nach Fanny

Ausschau. Wollte sie finden, damit sie aufhalten konnte, was ihr bevorstand.

Je näher sie Norra Sandby kamen, desto schwerer fiel ihr das Atmen. Möglich, dass es hörbar war, denn Erik warf ihr beunruhigte Blicke zu. Aber wenn er sich wirklich Sorgen um sie machte, sollte er sie dieser Situation vielleicht einfach gar nicht erst aussetzen. Sie ließ ihren linken Unterarm los, hatte sich so sehr an die Tätowierung geklammert, dass es wehtat.

Erik parkte vor Marias kleinem Steinhaus, und irgendwie gelang es ihr, Erik davon zu überzeugen, im Wagen zu warten. Der Vorgarten war sehr gepflegt, und am liebsten wäre sie einfach dort geblieben. Den Mai hatte sie immer gemocht. All das Grün, das förmlich explodierte. Hanna kannte sich gut mit Pflanzen und Tieren aus. Als Mama noch lebte, hatte ihr Vater sie und Kristoffer praktisch gedrillt. Trotzdem gab es hier vieles, das sie nicht benennen konnte. Hanna streifte mit dem Finger leicht den Fliederbusch, der bald ausschlagen würde. Eine Wespe schrak auf und flog davon.

Dann ging sie zur Tür, und nachdem sie noch einmal über die Nachtigall gestrichen hatte, drückte sie auf den Klingelknopf. Ein dumpfes Läuten erklang im Innern. Im Haus brannte Licht. Trotzdem hoffte Hanna, dass Maria nicht da war.

Die Tür wurde geöffnet, und als Maria sie erkannte, erstarrte jeder ihrer Gesichtsmuskel.

»Bitte, mach nicht gleich wieder zu«, bat Hanna.

Marias hasserfüllter Blick wanderte über ihren Körper. Schließlich drehte sie sich um und ging, ließ die Tür aber offen. Unsicher folgte Hanna ihr. Ohne noch einmal zu Erik zu blicken, schloss sie die Tür hinter sich.

»Warum bist du zurückgekommen?«, fragte Maria.

Sie stand mit verschränkten Armen auf dem Flickenteppich in der Wohnküche. Die Antwort auf diese Frage war nicht gerade kurz. Weil Hanna in Stockholm nie wirklich frei hatte atmen können. Weil sie dort keine einzige echte Beziehung hatte aufbauen können. Weil sie die ganze Zeit gespürt hatte, dass etwas fehlte. Weil das meiste schiefgelaufen war, weil sie sich gewissermaßen zum Umzug gedrängt fühlte. Weil sie eine Verbindung zu Öland hatte, die weit über ihre Familie hinausging. Aber sie hatte keine Ahnung, wie sie das alles erklären sollte.

»Ich habe mich in Stockholm nicht wohlgefühlt«, sagte sie schließlich.

»Wohlgefühlt?«

Maria fauchte das Wort geradezu.

»Ich weiß, dass die Tat meines Vaters … unverzeihlich ist. Aber ich bin nicht mein Vater.«

»Wie stehst du heute zu ihm?«

Klug wäre es sicher, einfach zu lügen und zu sagen, dass sie ihn hasste. Aber Hanna konnte nicht. Lars war ein fantastischer Vater gewesen, als sie klein war. Er hatte ihr vorgelesen, hatte mit ihr gespielt, ihr die Welt erklärt. War mit ihr und Kristoffer zu kleinen Abenteuern aufgebrochen. Wandern, zelten, angeln. Aber all das war mit dem Tod ihrer Mutter verschwunden. Ihr stiegen Tränen in die Augen.

»Du gehst jetzt besser.«

Marias Worte und auch ihre Körpersprache waren noch immer unverändert hart. Hanna wusste nicht, was sie hier eigentlich machte. Sie hätte sich nicht von Erik zu diesem Besuch zwingen lassen dürfen. Aber sie konnte nicht gehen. Noch nicht.

»Hast du auch angerufen?«

Maria schaute sie nur an.

»Ohne was zu sagen, nur mit dieser Aufnahme von …«

»Nein.«

Hanna musste hier weg, und als sie sich umdrehte, entdeckte sie das Foto auf der Kommode. Darauf standen Maria und Carina nebeneinander vor einem blühenden Rosenstrauch, sie trugen die gleichen Sonnenhüte. Das Foto konnte nicht älter als fünf Jahre sein, und Carina hatte einen Gesichtsausdruck, den Hanna auf dem Revier noch nie bei ihr gesehen hatte. Entspannt und fröhlich.

Hanna stürmte fast hinaus.

»Wie ist es gelaufen?«, fragte Erik, als sie zu ihm ins Auto gestiegen war.

»Beschissen. Fahr einfach.«

Erik startete den Wagen und fuhr los, aber vernünftig genug, die Klappe zu halten, war er nicht.

»Du musst …«

Weiter kam er nicht.

»Scheiße, Mann, ich muss überhaupt nichts!«, zischte Hanna.

Erik zuckte zusammen und schaute sie verwundert an.

»Was ist denn da drin passiert?«, fragte er.

Nicht: *Was soll das?* Gerade weil er so ruhig und verständnisvoll war, brach jetzt die Wut auf ihn aus ihr heraus, die schon den ganzen Tag gebrodelt hatte.

»Was ist eigentlich dein Scheißproblem?«, schrie sie.

»Mein Problem?«

»Ja, ständig vergeigst du was. Erst erzählst du Ove von den Anrufen. Dann schreibst du Maria, ohne vorher mal mit mir zu sprechen. Das ist doch scheiße. Und dann hältst du es für eine gute Idee, einfach mal bei ihr vorbeizutuckern.«

Erik fuhr rechts ran. Seine Hände zitterten. Sie waren schon fast wieder in Gårdby.

»Es tut mir leid«, sagte er durch zusammengebissene Zähne. »Aber du machst es einem auch nicht gerade leicht.«

»Ich bin nicht mein Vater.«

»Das habe ich doch nie behauptet! Du deutest einfach alles falsch, was ich sage. Oder mache.«

Hanna starrte Erik an. Er war verletzt und empört. Sie wandte sich ab. Kämpfte gegen den Impuls an auszusteigen. Sie wollte nicht hier sein. Eigentlich war sie gar nicht so wütend auf ihn, sondern auf ihr eigenes beschissenes Leben. Maria kannte Carina, und wahrscheinlich hatte sie die Wahrheit gesagt, dass sie nicht angerufen hatte. Also war das jemand anders gewesen, aber wer zur Hölle?

Mehrere Minuten lang standen sie so am Straßenrand. Schließlich war es Hanna, die das Schweigen brach.

»Entschuldige bitte«, sagte sie.

Erik betrachtete sie, schien seine Worte sorgfältig zu wählen.

»Nein, ich sollte mich entschuldigen«, sagte er.

Hanna hielt den Blick auf den Türgriff gesenkt. Versuchte, die Tränen wegzublinzeln. Sie sollte zumindest versuchen, sich zu erklären. Bloß wie?

»Ich weiß, dass ich manchmal rede, ohne vorher groß nachzudenken«, sagte Erik. »Aber ich will dir wirklich nichts Böses.«

»Okay«, sagte Hanna. »Ich …«

Aber mehr brachte sie nicht raus. Nach ein paar Minuten startete Erik den Wagen wieder.

»Fahr nach Süden«, sagte Hanna.

»Wieso?«

»Vielleicht ist Fanny beim Möckelmossen.«

53

Eine kleine Gruppe stand vor den abgelegten Blumen. Viele waren bereits verwelkt, aber es wurden immer wieder frische gebracht. Fanny war nicht da. Die blonde Frau, die Hanna am ersten Abend gesehen hatte, auch nicht. Aber sie griff wieder zu ihrem Handy und machte Fotos.

Erik nickte ihr zu – zufrieden, nahm Hanna an, aber sicher war sie nicht. Seit es ihr nicht gelungen war, sich zu erklären, hatten sie kein Wort gesprochen. Als Hanna fertig war, kehrten sie zum Wagen zurück, da es keinen Anlass gab, länger zu bleiben. Das Foto von Maria und Carina kam ihr wieder in den Sinn. Sie wusste nicht, was sie damit anfangen sollte. Oder mit der Erkenntnis, dass Maria nicht hinter den anonymen Anrufen steckte. Oder mit der Tatsache, dass sie vollständig die Kontrolle verloren und Erik angeschrien hatte.

»Ich hab riesigen Kohldampf«, sagte er und steuerte den Wagen vom Parkplatz. »Wir sollten uns dringend was zu essen besorgen.«

Hanna schaute ihn nur an.

»Was denn?«, fragte er. »Streiten macht hungrig. Außerdem ist es schon nach zwei.«

Hanna schluckte erneut Tränen hinunter.

»Ich rufe mal eben Daniel an«, sagte sie. »Höre nach, wie die Hausdurchsuchung läuft. Vielleicht werden wir da gebraucht.«

Weil Daniel nicht ans Telefon ging, rief Hanna bei Ove an, der ihnen mitteilte, dass die Durchsuchung noch nicht abgeschlossen und Fanny bislang nicht wieder aufgetaucht war. Ihre Mutter war vor Ort, und ihrer Auskunft nach war die Tochter auf die Malediven durchgebrannt. Als Hanna erwähnte, dass auch sie Fanny bisher nicht gefunden hatten, bekam sie den Auftrag, nach Kalmar zurückzukehren.

Sie beendete das Gespräch und überlegte, ob sie noch hätte erwähnen sollen, was sie bei Maria erfahren hatte. Dass die Anrufe nicht von ihr kamen. Oder ob sie von dem Foto hätte erzählen sollen. Aber auch Ove gegenüber hätte sie das nicht in Worte fassen können. Erst mal musste sie herausfinden, in welcher Beziehung Maria und Carina zueinander standen, bevor sie sich damit an Ove wandte. Und gegen die Drohungen konnte sie sowieso nichts machen, solange sie anonym blieben.

»Wir sollen zurück ins Präsidium«, sagte sie zu Erik. »Ich hab auch nichts zu essen dabei, vielleicht können wir unterwegs irgendwo anhalten?«

Sie gab sich Mühe, nett zu klingen.

»Wonach ist dir denn?«, fragte er.

»Mir ist alles recht, entscheide du.«

Kaum waren sie wieder auf dem Festland und hatten die E22 verlassen, bog Erik statt zum Revier zum Hotel Scandic ab und hielt vor einem Imbiss namens *Dilan* an.

»Hier essen oder mitnehmen?«

»Ich würde lieber was mitnehmen«, sagte Hanna.

Gerade wusste sie nicht, woran sie bei ihm war – oder bei sich selbst –, da stresste sie die Vorstellung, ihm während einer ganzen Mahlzeit gegenübersitzen zu müssen. Im Präsidium gab es vielleicht noch jemand anderes im Pausenraum, mit dem Erik sprechen konnte.

Aber leider war das nicht der Fall. Weil sie nichts sagte, erzählte er von dem Survivalbuch, das er gerade las. Demnach war ihre Ausgangssituation besser als seine: Sollte ein Großteil der Bevölkerung ausgelöscht werden, würden die Städte schnell unbewohnbar. Sie waren nicht angelegt, um ohne die moderne Infrastruktur zu bestehen. Außerdem wären sie bald von Toten überfüllt.

»Und ich dachte, du bist Optimist«, sagte Hanna.

»Bin ich ja auch«, sagte Erik. »Ich finde das einfach nur interessant.«

Kaum war der Lammspieß aufgegessen, zog Hanna sich an ihren Schreibtisch zurück. Sie überprüfte Maria, fand aber nichts, was ihre Freundschaft zu Carina erklären würde. Carina selbst zu überprüfen, wagte sie nicht.

Sie konnte sich nur schlecht konzentrieren. Wieder und wieder wanderten ihre Gedanken zu dem Zusammentreffen mit Maria. Vielleicht ließ sie Hanna ja nun in Ruhe, schließlich hatte sie ihr jetzt gesagt, was sie dachte. Doch irgendwie zweifelte Hanna daran. Diese Form von Hass verflog nicht einfach. Aber die Anrufe? Bei denen ging es vermutlich nicht um Trauer und Wut über die Tat ihres Vaters, sondern sie richteten sich gegen sie persönlich. Jemand fühlte sich bedroht, weil sie zurück war.

Hanna unternahm noch einen Versuch, ihre Gedanken wieder auf die Ermittlungen zu richten. Wer wusste, dass Joel just in der Nacht durch Gårdby lief, abgesehen von Fanny, Tilde und Lukas? Viel sprach dafür, dass es doch Fanny gewesen war, doch dieser Gedanke widerstrebte Hanna. Ihr war ein dreiundvierzigjähriger Täter lieber als ein sechzehnjähriges Mädchen.

Hanna öffnete die elektronische Dokumentation und las sich durch sämtliche Vernehmungsprotokolle, Gesprächslisten und die wenigen forensischen Berichte, die bisher gekommen waren. Aber sie fand keinen neuen Zugang. Die Überprüfung von Markus Johansson hatte jemand anders übernommen, aber einen Bericht gab es noch nicht. Würde es vermutlich vor Montag auch nicht geben. Sicherheitshalber fragte sie trotzdem bei Ove nach:

Irgendwas Neues zu Markus Johansson?

Die Antwort kam sofort:

Nein. Aber sobald was kommt, erfährst du es sofort.

»Hast du's dir anders überlegt?«, fragte Erik.

Verwirrt schaute Hanna vom Handy auf.

»Was?«

»Kommst du doch mit? Ich wollte jetzt aufbrechen.«

War das ein Scherz? Hanna suchte nach Zeichen dafür in seiner Miene, fand aber keine.

»Willst du wirklich noch immer, dass ich mitkomme?«, fragte sie.

»Ich halte das aus, wenn mich jemand anbrüllt«, sagte Erik. »Glaub mir, ich hab schon Schlimmeres gehört.«

Sie war versucht, noch einmal ihre Nachbarin vorzuschieben, aber das hatte er ihr offenbar schon beim ersten Mal nicht abgekauft. Zu ihrem großen Ärger wurde sie schon wieder rot. Hanna starrte auf den Bildschirm. Was sie bei Maria herausgefunden hatte, hatte sie erschüttert, weshalb sie heute vermutlich selbst in Kleva keinen ruhigen Abend verbringen konnte. Vielleicht konnte sie sich Ingrid aufdrängen, aber wieso, wenn Erik sie doch freiwillig eingeladen hatte? Zwar bevor sie ihn angeschrien hatte, aber irgendwann musste sie halt auch mal aufhören, so große Angst zu haben. Und sie wollte ihr Verhalten immer noch gern erklären.

»Okay«, sagte sie also.

Die Verwunderung auf Eriks Gesicht versetzte sie in Panik. Hatte er nur gefragt, weil er sowieso davon ausging, sie würde ablehnen? Aber die Art, wie er jetzt *cool* sagte, ließ ihre Angst auf ein handhabbares Maß schrumpfen. Sie loggte sich aus und stand auf.

Es war kurz vor fünf, als sie Eriks und Supriyas Wohnung in Varvsholmen betraten. Seine Tochter Nila kam in einem rosafarbenen Kleidchen angehüpft.

»Hallo, wer bist du?«

»Ich bin Hanna, und ich arbeite mit deinem Vater.«

Schnelle Schritte näherten sich, vermutlich angelockt von der fremden Stimme. Supriya zog sie sofort in eine Umarmung. Dabei ging sie Hanna gerade mal bis zur Brust.

»Wie schön, Sie kennenzulernen.«

Erik warf seiner Frau einen leicht missbilligenden Blick zu. Wahrscheinlich fand er, sie übertrieb. Hanna war irgendwie davon ausgegangen, Supriya spreche kein Schwedisch, aber das tat sie, auch wenn der Akzent deutlich war und manchmal die Wortstellung nicht stimmte.

Hanna begrüßte Supriyas Eltern mit Händeschütteln. Aus irgendeinem Grund hatte sie damit gerechnet, dass die beiden indische Kleidung trugen, aber das einzig auffällig Indische war der Schal, der Supriyas Mutter um die Schultern lag. Hanna stellte nur ungern fest, dass sie selbst solche Vorurteile hatte.

Nila spielte Schach mit ihrem Großvater, während Supriyas

Mutter sich ums Kochen kümmerte. Hanna blieb im Wohnzimmer stehen und wusste nicht, wohin mit sich. Erik war mit Supriya auf den Balkon verschwunden.

»Komm«, rief Erik ihr von dort aus zu.

Supriya reichte ihr ein Glas Weißwein. Hannas Auto stand noch vorm Präsidium, Hanna hatte beschlossen, mit dem Bus nach Hause zu fahren.

»Danke«, sagte sie.

Die Aussicht war fantastisch. Das Einzige, was ihr an ihrem Haus fehlte, war der Blick aufs Meer. Was gleichzeitig ihren täglichen Morgenspaziergang zum Strand erklärte. Natürlich sah sie das Meer spätestens von der Brücke aus, aber es war eben ein Unterschied, wenn man es weder riechen noch hören konnte.

Hanna setzte sich zu Erik und seiner Frau, trank Wein und aß Nüsse. Die beiden unterhielten sich, also musste sie erst mal nichts sagen. Trotzdem konnte sie sich nicht entspannen.

»Wie lange seid ihr schon wieder in Schweden?«, fragte Hanna, um zu zeigen, dass sie nicht nur zuhören konnte.

»Bald fünf Jahre«, sagte Supriya. »Ich wollte, dass Nila hier aufwächst. Indien ist kein gutes Land für Frauen.«

Ihr Gesichtsausdruck änderte sich, als sie über ihr Heimatland sprach, und Hanna konnte ihre Sehnsucht förmlich spüren. Erik schien davon nichts mitzubekommen.

»Nicht?«, fragte sie.

»Nein, Frauen haben dort nichts zu sagen.«

»Als hätte dich das je gehindert«, sagte Erik.

Der Blick, den er seiner Frau zuwarf, quoll über vor Liebe.

»Vielleicht nicht«, sagte sie.

Die beiden so sprechen zu hören, versetzte Hanna einen Stich. Sie würde es wohl nie erleben, dass jemand sie so sehr liebte.

Öfter als ihr lieb war, dachte sie darüber nach, wie ihr Leben wohl aussähe, wäre sie tatsächlich bei Fabian eingezogen. Vielleicht würden sie noch zusammenwohnen, aber sie bezweifelte, dass sie besonders glücklich wären. Manchmal dauerte es, bis sie etwas begriff. Eigentlich hatte sie sich gar nicht in Fabian verliebt, sondern in die Vorstellung, jemanden zu haben, mit dem sie alles teilen konnte.

Sie betrachtete Supriya, die sie anlächelte. Hoffentlich würde ihre Sehnsucht nicht irgendwann überwältigend groß werden.

Ihr Handy klingelte, aber da die Nummer unterdrückt war, zögerte Hanna, den Anruf anzunehmen. Schließlich drückte sie doch auf den grünen Hörer. Diesmal erwarteten sie weder Stille noch Brandgeräusche, sondern eine verzerrte Männerstimme, die sagte: *Verschwinde! Wenn du bleibst, stirbst du!* Schnell legte sie auf.

»Ruft sie immer noch an?«, fragte Erik.

Hanna zuckte abwehrend mit den Schultern. Jetzt wäre vielleicht der passende Moment, ihm zu erzählen, was ihr bei Maria klar geworden war, aber sie konnte einfach nicht. Supriya entschuldigte sich, weil sie angeblich zur Toilette musste, aber vermutlich wollte sie ihnen ein paar Minuten allein geben. Hanna suchte nach den richtigen Worten, aber egal wie aufmunternd Erik sie anschaute, sie bekam kein einziges heraus. Eine knappe Minute ertrug er die Stille.

»Es gibt da eine Sache, die du über Daniel wissen solltest«, sagte er dann.

»Aha?«

»Er ist schwul.«

»Okay …«

»Na ja, ich habe mitbekommen, wie du …«

»Danke, schon verstanden.«

Hanna trank einen Schluck Wein und widerstand dem Impuls, sich das kühle Glas gegen die Wangen zu pressen, damit sie zu glühen aufhörten. Hatte Daniel das auch mitbekommen? Das war eigentlich das Schlimmste an dieser Bemerkung, sie zeigte ihr, dass sie so offensichtlich geschmachtet hatte. In gewisser Weise war es gut, dass Daniel schwul war. Von Anfang an war ihr klar gewesen, dass sie ihn nur attraktiv fand, weil er Fabian so ähnelte. Sie kannte ihn ja gar nicht, was jetzt nur noch deutlicher wurde. Während sie die Stille mit einem weiteren Schluck Wein zu überbrücken versuchte, kam Supriya wieder und sagte, das Essen sei fertig.

Am Tisch sprachen alle Englisch. Hanna schämte sich ein bisschen für ihres. Es war nicht so gut, wie sie es sich gewünscht hätte, aber das schien niemanden zu kümmern. Das Essen war fantastisch und nicht so scharf, wie sie befürchtet hatte. Als sie das sagte, lachte Supriyas Mutter.

»Ich habe vorsichtig gewürzt, damit Erik mitessen kann.«

Darüber lachten alle. Selbst Erik.

Supriyas Mutter fragte, ob Hanna Familie habe, und schien bekümmert über die Vorstellung, dass Hanna allein in einem Haus wohnte. Dass ihre Familie nur aus einer Großmutter bestand, die im Pflegeheim untergebracht war, und einem Bruder, der in London lebte. Hanna stellte ihr Verhältnis wesentlich besser dar, als es war. Behauptete, sie würden jede Woche telefonieren. Ihre Großeltern erwähnte sie nicht.

Dann stieg ihr allmählich der Wein zu Kopf. Der Wutausbruch zuvor, der neuerliche Anruf, das Gespräch über die Familie … all das wurde plötzlich zu viel.

»Ich muss jetzt leider los«, sagte sie. »Damit ich den Bus noch bekomme.«

Das stimmte nicht ganz, der nächste Bus fuhr erst in fast einer Stunde, aber sie ging nicht davon aus, dass Erik den Plan auswendig wusste.

Das Bahnhofsgebäude war geschlossen, also setzte Hanna sich ins Haltestellenhäuschen. Es war nicht leicht, nicht sofort an Joel zu denken. An das Foto, das er von seinem ramponierten Gesicht gemacht hatte.

Was war danach passiert?

Hanna lehnte den Kopf an und schloss die Augen. Sofort war die Stimme wieder da, die gesagt hatte, sie würde sterben, wenn sie nicht verschwand. Aber wohin sollte sie gehen?

Sie öffnete die Augen wieder, um der Stimme zu entkommen. Sie hatte eine Ahnung befeuert, die Hanna seit so vielen Jahren verdrängte. Dass irgendwas nicht stimmte: Die einzelnen Teile, die sie gehört hatte, passten nicht zusammen. Die übermäßige Gewalt. Das wenige, was ihr Vater dazu gesagt hatte. Sie musste herausfinden, was in dieser Nacht vor sechzehn Jahren passiert war.

Hanna schickte Ove eine Nachricht, in der sie um Einblick in die Ermittlungsakte ihres Vaters bat.

Der letzte Tag

Der Motor heult auf, und Joel reagiert instinktiv. Er ist überzeugt, dass Fanny ihn überfahren wird. Oder vor ihm hält, vom Moped springt und wieder auf ihn einschlägt, nur diesmal eben nicht aufhört.

Und er kann nichts dagegen tun.

Fanny fährt an ihm vorbei und tritt zu. Nicht sonderlich fest, trotzdem verliert Joel das Gleichgewicht. Er stürzt in den Straßengraben, schafft es gerade noch, die Arme halbwegs hochzureißen. Der linke Ellbogen fängt das meiste des Aufpralls ab. Sein Schrei wird vom Motordröhnen übertönt. Joel liegt in dem halbhohen Gras auf der Seite. Krümmt sich wieder zusammen und legt sich schützend die Arme um den Kopf.

Ohne die Geschwindigkeit zu drosseln, biegt Fanny in die Snegatan ein.

Joel glaubt nicht, dass sie wirklich weg ist. Bleibt in der Dunkelheit liegen und wartet. Lauscht. Aber außer seinem Schmerz, dem Pochen der Rippe, ist da nichts.

Bisher hat er sich erst einmal was gebrochen. Damals ist er mit dem Rad hingefallen und auf dem Arm gelandet. Dabei erinnert er sich gar nicht mal so sehr an den körperlichen Schmerz, an den anderen dafür umso mehr: Weil Axel gesagt hat, er solle aufhören zu heulen. Dass nur Mädchen so flennen.

Wie alt war er da? Vielleicht acht. Denn in der Schule war er schon, die anderen Kinder haben auf seinem Gips unterschrieben. Nein, nicht die Kinder, die Mädchen. Denn eigentlich hat er nur mit Mädchen gespielt.

Sein Leben ist ein einziger Trümmerhaufen. Wieso eigentlich?

Joel hat keine Ahnung, wo er mit dem Aufräumen ansetzen soll. Er spricht doch schon mit Nadine, aber helfen tut das auch nicht. Vielleicht, weil er ihr auch nicht alles sagen kann. Manches, was er ihr erzählt, gefällt ihr nicht, das ist nicht zu übersehen. Aber er versteht sie. Schließlich hat sie sich in Joel verliebt.

Er sollte Tina anrufen. Sich entschuldigen und das alles erklären, aber Joel weiß nicht, ob sie ihm je vergeben wird.

Tina war so traurig.

Ein kalter Windstoß lässt Joel erschaudern, und er richtet sich langsam auf. Fanny ist wirklich weg. Fast fängt Joel vor Erleichterung an zu weinen, da erst wird ihm klar, wie angespannt er die ganze Zeit gewesen ist. Aber er bezweifelt, dass Fanny ihn und Molly von jetzt an in Ruhe lassen wird. Nicht, solange sie noch Geld von ihnen will.

Auch darüber sollte er mit Mama sprechen.

Sie um Hilfe bitten.

Die Dunkelheit frisst seine Erleichterung auf. So schrecklich es auch gewesen war, Fanny hinter sich zu wissen, aber keine Ahnung zu haben, was sie mit ihm vorhatte, so hatte sie ihm wenigstens den Weg geleuchtet.

»Gleich da«, sagte er laut, um die Gespenster abzuwehren.

Nur noch wenige hundert Meter, dann hat er es geschafft. In die Wärme, ins Bett.

Joel holt sein Handy heraus, um die Taschenlampenfunktion zu nutzen und Tina eine Nachricht zu schicken. Eine einfache Entschuldigung reicht sicher schon. Die Erklärung kann noch warten. Doch diesmal geht das Telefon nicht wieder an.

54

Um Viertel vor zehn stieg Hanna in Kleva aus dem Bus. Weil sie dem Fahrplan ein paar Minuten voraus waren, musste der Bus offenbar noch an der Haltestelle warten. Hanna machte sich schon einmal auf den Weg entlang der Straße. Der Mann, der mit ihr ausgestiegen war, schien in die andere Richtung gegangen zu sein. Etwa auf der Hälfte des Wegs wurde Hanna vom Bus überholt, der mit einer Handvoll Passagiere weiter zur Endstation in Mörbylånga unterwegs war.

Die Sonne war vor knapp einer Stunde untergegangen, das hieß, jetzt war es stockfinster. Hanna holte ihr Handy aus der Tasche, um sich den Weg zu leuchten. Sie musste sich unbedingt eine kleine Taschenlampe für genau solche Gelegenheiten besorgen. Als sie um die Kurve kam, erschien zu ihrer großen Erleichterung in der Ferne die Laterne, die ihre kleine Dorfstraße beleuchtete.

Der Wein wirkte noch nach. Sie hatte fast drei Gläser getrunken, zwei mehr, als sie gewohnt war. Sie sehnte sich nach zu Hause. Erst würde sie ein großes Glas Wasser trinken, dann eine Stunde vor dem Fernseher verbringen. Die frische Erkenntnis, dass Daniel schwul war, mit einer Folge *Outlander* ertränken, bevor sie schlafen ging.

Hanna wurde schneller. Sie hätte nicht unbedingt von sich gesagt, dass sie Angst im Dunkeln hatte, aber sie hatte vergessen, wie anders die Dunkelheit hier war verglichen mit Stockholm. So dicht und schwer. Außerhalb des Lichtscheins gab es einfach nichts.

Hinter ihr rasselte etwas, und sofort setzte ihr Herz einen Schlag aus. War der Mann doch in ihre Richtung gegangen? Sie schaute sich um, sah aber absolut nichts. Und wenn schon, vielleicht wohnte er ja auch im Dorf?

Doch Hanna gelang es nicht, sich zu beruhigen. Mit einem Mal war sie davon überzeugt, dass der Mann hinter ihr her war. Vielleicht war sogar er es gewesen, der sie angerufen und bedroht hatte. Sie hatte nichts dabei, womit sie sich verteidigen konnte, und ihre Fäuste konnten gegen eine mögliche Waffe nichts ausrichten. Zwar hatte sie einmal einen Kurs in Entwaffnungstechniken gemacht, doch da hatte sie sich nüchtern in einer hell erleuchteten Turnhalle befunden, nicht angetrunken in absoluter Finsternis.

Also machte sie das Einzige, was ihr übrig blieb: Sie rannte los.

Sie war schneller, als gut war, schließlich sah sie nicht, wohin sie trat, aber solange sie noch Asphalt unter den Sohlen spürte, sollte alles gut gehen. Sie klammerte sich mit dem Blick an die nun hüpfende Laterne, denn dort musste sie hin. Sie versuchte, nach hinten zu lauschen, konnte aber nur ihre eigenen Schritte hören, und den Puls, der in ihren Ohren dröhnte. Sie kam von der Straße ab, trat in den Graben und kam ins Stolpern. Verzweifelt ruderte sie mit den Armen, überzeugt davon, gleich zu stürzen. Im letzten Moment kam sie doch wieder ins Gleichgewicht. Sie sollte dringend langsamer werden, aber es ging nicht. Die Dorfstraße war nur noch wenige Meter entfernt.

Sie war so erleichtert, als sie abbiegen konnte und im Dorf angelangt war, dass sie aufschluchzte. Hier gab es mehr Licht, und die meisten Dorfbewohner waren noch wach. Nicht nur konnte sie besser sehen, sie konnte im Zweifelsfall auch nach Hilfe rufen. Sie blieb stehen und schaute sich um, aber wenn der Mann ihr tatsächlich gefolgt war, dann wartete er jetzt sicher ebenfalls irgendwo.

Schnellen Schritts ging Hanna durch das Dorf. Sie wollte nicht rennen, falls jemand aus dem Fenster schaute. Wollte nicht zum Quell neuer Gerüchte werden. Sich bei den Nachbarn direkt einen Namen als die durchgeknallte Polizistin machen, die nach Hause rannte, als wäre der Teufel persönlich hinter ihr her.

Hanna erreichte ihr dunkles Haus, konnte sich aber nicht überwinden hineinzugehen. Sie brauchte jetzt einen anderen Menschen. Jemanden, der ihr bestätigen konnte, dass diese Angst unbegründet war. Bei Ingrid brannte noch Licht, also lief sie einfach weiter und klingelte.

Ingrid schaute zum Küchenfenster hinaus, und Hanna hob verlegen eine Hand zum Gruß. Sofort öffnete sich die Haustür. Bei Ingrid war es immer am besten, direkt zu sagen, was los war.

»Ich bin mit dem Bus aus der Stadt gekommen, und dann hatte ich das Gefühl, dass mir jemand folgt. Ich habe mich noch nicht nach Hause getraut.«

»Kommen Sie rein«, sagte Ingrid. »Ich wollte eigentlich gerade ins Bett gehen, aber das hat Zeit.«

Hanna warf noch einen Blick über die Schulter. Überall Schatten und Bewegungen in der Nacht, aber es war unmöglich, ihre Ursache auszumachen. Dann ging Hanna ins Haus und schloss hinter sich ab.

»Whisky?«, fragte Ingrid.

Hanna zögerte. Eigentlich sollte sie nicht noch mehr Alkohol trinken, aber gerade brauchte sie was Hochprozentiges, um ihre Nerven zu beruhigen.

»Gern, danke.«

»Ich habe im Spirituosenfachhandel in Kalmar einen japanischen Whisky entdeckt.«

»Klingt gut«, sagte Hanna.

Ingrid bat sie, schon mal im Wohnzimmer Platz zu nehmen, und nachdem sie ein bisschen in der Küche rumgewerkelt hatte, stieß sie mit einem Tablett zu ihr, auf dem zwei Gläser und eine Flasche standen. *Nikka* stand auf dem Etikett. Hanna trank einen großen Schluck und konstatierte, dass dies ein guter Tropfen war. Intensiv und nicht zu rauchig, ganz wie sie es mochte.

»Dann erzählen Sie mal«, forderte Ingrid sie auf.

Die Angst hatte erheblich nachgelassen, trotzdem erzählte Hanna. Von dem Mann, der mit ihr ausgestiegen war, und wie sie plötzlich das Gefühl bekommen hatte, er wäre ihr gefolgt.

»Wie sind Sie denn auf die Idee gekommen?«, fragte Ingrid dann.

Sofort traten Hanna Tränen in die Augen. Genauso hatte ihre Oma das auch immer gemacht: sich nicht mit dem zufriedengegeben, was sie gesagt hatte, sondern nachgehakt, was dahintersteckte. Denn selbst wenn sie sich eingebildet hatte, dass der Mann hinter ihr her gewesen war, so war die Stimme am Telefon nicht ihrer Fantasie entsprungen.

»Ich wurde bedroht«, sagte Hanna. »Unter anderem bekomme ich Anrufe. Anfangs hatte ich Esters Tochter Maria im Verdacht, aber seit heute weiß ich, dass es jemand anders sein muss. Und es hat mit meinem Vater zu tun.«

Ingrid nippte an ihrem Whisky.

»Warum sollten Sie deshalb bedroht werden?«

»Weil … ich glaube nicht, dass damals wirklich die Wahrheit ans Licht gebracht wurde. Ich … ich will das ändern.«

»Glauben Sie, dass Ihr Vater unschuldig war?«

»Vielleicht. Oder … keine Ahnung.«

Hanna verstummte und versuchte, Ordnung in ihr Gedankenchaos zu bringen, jedoch ohne Erfolg.

Ingrid betrachtete sie und brachte ihre Sorge auf den Punkt: »Weiß jemand, dass Sie die Wahrheit ans Licht bringen wollen?«

»Nein.«

Es war nicht mal eine Stunde vergangen, seit sie Ove um Akteneinsicht gebeten hatte, und die Anrufe hatten bereits am Mittwoch angefangen. Fühlte sich tatsächlich jemand allein von der Tatsache bedroht, dass sie nach Öland zurückgekehrt war? Hanna verstand das nicht. Bis die Einsicht sie traf wie ein Schlag ins Gesicht: Nein, ihr Vater war vielleicht nicht unschuldig gewesen, aber was, wenn es einen Komplizen gegeben hatte?

MONTAG, 20. MAI

55

Es war kurz vor sieben, als Hanna bei dem umgedrehten Ruderboot stehen blieb, das am Strand von Kleva lag. Der Himmel über dem Kalmarsund war strahlend blau, und das Thermometer zeigte bereits zwölf Grad. Hanna hatte den Wetterbericht nicht verfolgt, aber es schien, als wäre die Wärme auf dem Weg.

Das dürfte Supriyas Eltern freuen. Doch dann wurde ihr bewusst, dass der schwedische Frühsommer für sie trotzdem noch eher winterlich erscheinen musste.

Gestern war sie kurz in Kalmar gewesen, um ihr Auto zu holen, und hatte die Gelegenheit zu einem Abstecher ins Präsidium genutzt. Da sie von ihrem Team niemand vor Ort angetroffen hatte, war sie schnell wieder nach Öland gefahren. Allerdings hatte sie einen Umweg über Gårdby und den Möckelmossen gemacht.

Dabei hielt sie auch nach Fanny Ausschau, entdeckte sie aber nirgendwo. Beim telefonischen Kontaktversuch war sie gleich auf der Mailbox gelandet.

Den Nachmittag hatte sie mit Ingrid verbracht, die vorbeigekommen war, um nach ihr zu sehen. Es hatte Bindfäden geregnet, aber das hatte ihnen nichts ausgemacht. Sie hatten auf

Hannas kleiner Veranda gesessen, Tee getrunken und Ingrids selbst gebackene Himbeerplätzchen gegessen. Eigentlich hatten sie nur über Ingrid gesprochen, die nach einem Telefonat mit ihrem Sohn sehr aufgeregt war. Er hatte vorgeschlagen, dass sie in betreutes Wohnen umziehen solle, weil sie seiner Ansicht nach nicht mehr gut allein klarkäme. Bei allem Ärger plagte sie eine Sorge, die schwerer in Worte zu fassen gewesen war: dass sie tatsächlich langsam alt wurde.

Der Unterschied zu Hannas Leben in Stockholm war gewaltig. Jetzt hatte sie eine Nachbarin, mit der sie sich traf, und das sogar gern. In Stockholm wäre sie nicht mal auf die Idee gekommen, Kontakt aufzunehmen.

Erst am Abend war ihr eingefallen, dass sie vergessen hatte, sich bei Rebecka zu melden. Dann hatte sie schnell noch eine SMS geschickt mit der Nachricht, dass sie an sie denke. Über die Ermittlungen hatte sie nichts geschrieben. Oder Fanny Broberg oder Markus Johansson. Oder darüber, dass vielleicht ein Dreiundvierzigjähriger ausgenutzt hatte, wie unsicher und deprimiert Joel gewesen war.

Wusste Rebecka von der Hausdurchsuchung bei Fanny? Vermutlich. Sicher gab es im Ort niemanden, der das nicht mitbekommen hatte.

Ihre Antwort war kurz ausgefallen: *danke*.

Hanna sog noch einmal tief die Meeresluft ein, bevor sie nach Hause zurückkehrte.

Eine Dreiviertelstunde später betrat sie mit einer Tasse Kaffee in der Hand das Büro. Noch stellte das Pendeln kein Problem dar, aber wenn die Tourismussaison erst richtig losging, würde sich das vermutlich ändern. Erik kam kurz nach ihr an.

»Danke noch mal für Samstag«, sagte sie.

Er lächelte sie an. Etwas hatte sich da definitiv zwischen ihnen verändert oder es war ihr endlich gelungen, sich zu entspannen. Manchmal hatte sie ein Talent dafür, Dinge unnötigerweise zu verkomplizieren.

Hanna ging zu ihrem Tisch, wollte ihre Mails checken und einen Blick in die elektronische Dokumentation werfen. Wenige Meter entfernt blieb sie stehen. Auf ihrem Schreibtisch lag ein brauner Pappordner. Hanna sank auf ihren Stuhl und starrte den Ordner an. Schließlich schlug sie ihn auf und las die erste Seite. Es handelte sich um eine Kopie der Ermittlungen zum Raubmord an Ester Jensen.

Irgendwie hatte Hanna verdrängt, dass sie darum gebeten hatte. Vielleicht weil ihr gestern nicht gedroht worden war. Sie wollte noch immer die Wahrheit herausbekommen, aber gerade musste sie sich auf das Versprechen konzentrieren, das sie Rebecka gegeben hatte: Joels Mörder zu finden.

Hanna öffnete die oberste Schublade ihres Schreibtischs und steckte den Ordner hinein.

Der jüngste Eintrag in der elektronischen Dokumentation handelte davon, dass sich der Halter des Wagens, der am Möckelmossen geparkt stand, endlich gemeldet hatte. Er war auf einer mehrtägigen Wanderung gewesen und hatte deshalb das Handy ausgeschaltet. Erst als er am Sonntagabend wieder am Rastplatz eintraf und die abgelegten Blumen sah, hatte er verstanden, dass etwas passiert war. Nachdem er die aufgeregten Nachrichten seiner Mutter und schließlich die der Polizei abgehört hatte, rief er an. Laut eigenen Angaben konnte er zur Ermittlung nichts beitragen, und Hanna sah keinen Anlass dazu, das infrage zu stellen.

Um zehn nach acht meldete Hanna sich bei Markus Johansson.

Das war früh, aber sie wollte es unbedingt vor der Morgenbesprechung erledigen. Im Hintergrund waren Stimmen zu hören, also nahm sie an, dass er auf der Arbeit war.

»Moment«, sagte er.

Die Geräusche wurden leiser, bis sie ganz verstummten, sicher weil er eine Tür hinter sich geschlossen hatte.

»So, was wollen Sie?«

»Gibt es noch etwas, das Sie mir über Joel erzählen möchten?«

»Nein.«

»Auch etwas, das Ihnen unwichtig erscheint, könnte uns weiterhelfen.«

»Da gibt es aber nicht mehr.«

»Wie kam es zu den Schäden an Ihrem Wagen?«

Stille am anderen Ende, abgesehen von Markus' Atemzügen, auf die Hannas Körper mit erhöhtem Herzschlag reagierte. Die anonymen Anrufe hatten definitiv Folgen. Aber glaubte dieser Typ wirklich, dass sie einfach packen und verschwinden würde? Was würde er machen, wenn er begriff, dass sie blieb?

Carina und Daniel kamen herein und steuerten ihren Teil des Büros an. Daniel nickte ihr und Erik zu, Carina ignorierte Hanna. Daniels Anblick weckte einzig ein leises Schamgefühl in ihr.

»Wieso ist das von Interesse?«, fragte Markus schließlich.

»Das kann ich nicht beantworten.«

Er seufzte.

»Da ist ein Typ auf einem Parkplatz ausgerastet. Er hat gegen den Seitenspiegel getreten und dann mit irgendwas an der Seite entlanggeritzt. Schätzungsweise mit einem Schlüssel, sicher weiß ich das nicht.«

»Warum?«

Wieder folgte eine Pause. Da Markus Johansson beharrlich schwieg, wiederholte Hanna ihre Frage. In sanftem Ton, nicht anklagend.

»Ich habe keine Ahnung«, sagte Markus. »Es war spät, er war betrunken. Offenbar habe ich etwas getan, das ihm nicht gepasst hat.«

»War das Joel?«

»Ganz bestimmt nicht!«

Dass er das so heftig abstritt, weckte ihre Neugierde.

»Danke«, sagte sie. »Ich gehe davon aus, dass wir uns bald wieder hören.«

56

Rebecka betrachtete Molly, die ihr Frühstück hinunterschlang. Gestern Abend hatte sie verkündet, dass sie wieder zur Schule wolle. Dass ihre Freundinnen ihr fehlten, besonders Vera. Petri hielt es sofort für eine gute Idee, Rebecka hatte ihre Zweifel.

»Hast du es dir anders überlegt?«, fragte sie jetzt.

Wie sehr sie sich wünschte, dass Molly dies bejahen würde, doch ihre Tochter schüttelte nur eifrig den Kopf. Sie trug das Katzenkleid, das sie auch zum Grillen am Dienstag angehabt hatte.

»Ich muss zur Schule, damit die mich nicht vergessen.«

»So schnell wird man dich nicht vergessen.«

Ging es hier eigentlich um Joel? Fing Molly schon an, ihn zu vergessen? Rebecka wagte es nicht, sie zu fragen. Sie schaute zu dem leeren Stuhl, konnte Joel förmlich dort über seine Toastscheiben gebeugt sitzen sehen, die er am liebsten mit Schmelzkäse aß. Fast hörte sie ihn schmatzen. Aber als sie versuchte, sich ins Gedächtnis zu rufen, wie er roch, kamen nur Erinnerungen an Joel als Baby.

Axel hatte in seinen furchtbaren Interviews über die Baby- und Kinderjahre gesprochen. Darüber, wie fantastisch Joel gewesen war. Sie hatte sie trotz allem gelesen. Jetzt war er der arme, trauernde Vater, der fälschlicherweise des Mordes an seinem Sohn verdächtigt wurde. Die Medien liebten ihn, schienen den Hals nicht vollkriegen zu können. Gestern Abend war er in einer Nachrichtensendung live zugeschaltet worden. Das Einzige, was Axel über sie gesagt hatte, war, dass sie sich nicht gut verstanden, und ohne es tatsächlich auszusprechen, machte er klar, dass sie, Rebecka, daran schuld war.

»Aber ich will mit Vera spielen«, sagte Molly.

Petri kam in die Küche.

»Das kannst du ja auch. Putz dir schnell die Zähne, dann bring ich dich hin.«

Er schaute sie nicht an. Seit dem Streit am Samstag hatten sie kaum ein Wort gewechselt. Das Schweigen war ein anderes geworden. Nicht länger schal, sondern zermürbend. Obwohl er durch den neuen Sanierungsauftrag alle Hände voll zu tun hatte, war er zu Hause geblieben, um seine Tochter zur Schule zu bringen. Dafür liebte Rebecka ihn, gleichzeitig zeigte es ihr aber auch, wovor sie die meiste Angst hatte: dem Moment, wenn er nach Hause kam, wenn sie allein sein würden, wenn da niemand mehr wäre, der sich an ihrem Geschrei störte.

Er hatte auch nicht gut einschlafen können, aber sie hatte ihn nicht nach dem Grund gefragt. Wollte nichts heraufbeschwören, was sich nicht wieder eindämmen ließ. Irgendwann war er doch eingeschlafen, und sie hatte im Dunkeln wach gelegen und seinem Atem gelauscht.

Molly kam die Treppe herunter und schaute sie flehend an.

»Ich möchte, dass Mama mich bringt.«

»Okay.«

Rebecka stand auf, aber Petri stoppte sie in der Tür, den Blick auf die Zarge rechts von ihrem Kopf gerichtet.

»Bist du sicher?«, fragte er.

Sie nickte, dabei war sie alles andere als sicher. Weder, ob sie es für eine gute Idee hielt, dass Molly wieder in die Schule ging, noch, ob sie es schaffte, Lehrern oder Eltern gegenüberzutreten. Aber sie konnte das Molly nicht ausschlagen. Als sie das Haus verließen, nahm Molly ihre Hand. Offenbar war auch sie nervös.

Rebecka schaute an sich hinab. Wenigstens trug sie eine Jeans und einen sauberen Pulli, dazu diesmal immerhin ihre eigenen Schuhe, aber dann fiel ihr ein, dass sie sich seit Tagen nicht die Haare gewaschen hatte. Sie griff sich an den Hinterkopf, versuchte, die fettigen Haarsträhnen ein wenig aufzulockern. Von Neuem stieg Wut auf Petri in ihr auf. Wieso hatte er nichts gesagt?

Als vor ihnen ein paar andere Kinder und Eltern auftauchten, drosselte Rebecka das Tempo. Sie wollte mit niemandem sprechen müssen.

»Was ist los?«, fragte Molly.

»Nichts«, sagte sie und lächelte.

Als sie auf den Schulhof kamen, wartete dort zu Rebeckas Erleichterung schon Vera. Sie kam sofort angelaufen und umarmte Molly, zog sie zum Spielen weg. Immerhin hatten sie noch zehn Minuten, bis die erste Stunde begann.

»Tschüss, Mama«, rief Molly über die Schulter.

Rebecka brachte kein Wort heraus, also winkte sie ihrer Tochter nur nach. Dann ging sie zu Isak, dem Lehrer, dem sie am meisten vertraute. Man spürte einfach, dass er seinen Job liebte und die Kinder ernst nahm. Er war erst vor wenigen Jahren hergezogen, deshalb hatte er Joel nicht unterrichtet.

Sie musste gar nicht erst fragen.

»Ich habe ein Auge auf Molly, versprochen«, sagte er. »Und ich melde mich sofort, falls was sein sollte.«

»Danke.«

»Und mein herzliches Beileid. Ich weiß, wie schlimm es ist, jemanden zu verlieren.«

»Danke«, wiederholte sie.

Schnell wandte sie sich ab, ein Schluchzen in der Brust. Rebecka hatte das Gefühl, Molly auf der Autobahn ausgesetzt zu haben. Am liebsten wäre sie zurückgerannt, hätte sich ihre Tochter geschnappt und sie nach Hause gebracht.

Aber sie tat es nicht.

Mit jedem Schritt verringerte sich der Druck auf ihrer Brust, und Rebecka gelang es sogar, die Leute zu grüßen, die ihr entgegenkamen. Sie ging langsam in der Hoffnung, dass Petri bereits gefahren war, wenn sie ankam. Sie konnte jetzt unmöglich ein Krisengespräch mit ihm führen.

Dann fiel ihr mit einem Mal ein, dass sie Isak hätte fragen sollen, wen er verloren hatte. Vielleicht wusste Ulrika das ja, aber dann hätte sie das vermutlich längst erzählt. Ulrika sprach oft und gern über alle im Dorf.

Petris Wagen stand noch in der Auffahrt, und Rebecka wäre liebend gern gleich wieder gegangen. Bloß wohin? Vielleicht konnte sie sich ins Atelier schleichen und dort warten, bis er weg war. Beim Gedanken ans Atelier schaute sie zu Gabriel und Ulrikas Haus, wo sie Gabriel auf der Treppe sitzend entdeckte. Er wandte das Gesicht ab, trotzdem sah sie, dass seine Augen rot geweint waren. Ein kleiner Teil von ihr wollte zu ihm gehen und ihn fragen, was los war, doch dann würde er vielleicht anfangen, sich über seine und Ulrikas Beziehungsprobleme auszulassen. Vielleicht hatte Gabriel ihr ja seine Untreue gestanden.

Rebecka kam das alles so schäbig vor. Sie begriff einfach nicht, was sie in ihm gesehen hatte. Ihre Verzweiflung darüber, dass Gabriel sie abserviert hatte, war nichts verglichen mit der absoluten Dunkelheit, in die sie der Verlust ihres Sohnes katapultiert hatte.

Gabriel war ein Nichts. War nie etwas gewesen, und sie konnte nicht mal mehr wütend auf ihn sein, weil er ein Luftschloss gebaut und sie hineingelockt hatte.

Aber wie konnte sie das Petri erklären? Und wollte sie das überhaupt?

Als Antwort überkam sie ein warmes Gefühl, wie eine sanfte Woge. Solche hatte sie häufig in der Schwangerschaft mit Molly gehabt. Doch, nichts wollte sie lieber. Petri hatte sie nie getäuscht. Er hatte sie immer unterstützt und ihre Stimmungsschwankungen ertragen. Außerdem liebte er ihre gemeinsame Tochter über alles. Ohne ihn käme sie gar nicht weiter.

In diesem Moment öffnete Petri die Tür und trat auf die Treppe. Die Entschlossenheit auf seinem Gesicht jagte ihr Angst ein, brachte die Sicherheit, die sie gerade noch gespürt hatte, ins Wanken. Nach kurzem Zögern ging sie zu ihm.

»Wir müssen reden«, sagte er. »Es gibt da was, das ich dir erzählen will.«

57

Auf dem Weg aus dem Besprechungszimmer bekam Erik einen so heftigen Wadenkrampf, dass er stehen bleiben musste. Vielleicht hatte er es mit dem Laufen übertrieben, aber aufgeben wollte er nicht. Dinge halbherzig zu machen, war nie sein Ding gewesen. Bei seinem Versuch, Marathi zu lernen, hatte er über mehrere Wochen jeden Tag viele Stunden über dem Lernmaterial gesessen. Trotzdem war es nur langsam vorangegangen, weshalb er schließlich ganz aufgegeben hatte.

Erik machte einen Schritt zur Seite, um Amer durchzulassen.

Der Krampf ließ nach, und Erik humpelte weiter. Vielleicht sollte er Supriya einfach gestehen, dass er aufgab. Das würde ihre Laune vielleicht etwas heben. Der heutige Plan der Schwiegereltern war, Kalmar zu Fuß zu erkunden. Allein. Supriya fürchtete, dass sie ständig bei ihr anrufen würden, um sie um Hilfe zu bitten. Erik war etwas genervt von ihrem Gejammer, sonst war sie nicht so.

Jedenfalls war Supriyas Idee, Hanna zum Essen einzuladen, großartig gewesen. Dass sie so plötzlich aufgebrochen war, hatte ihn beunruhigt, und am liebsten hätte er ihr noch geschrieben, um zu fragen, ob alles okay war. Aber Supriya hatte gesagt, das sei unnötig. Als er Hanna heute Morgen begrüßte, wirkte sie zum Glück gut gelaunt.

Während der morgendlichen Besprechung änderte sich die Stimmung jedoch. Gerade befanden sie sich in einer Phase des Abwartens, und die Punkte der Tagesordnung waren schnell abgehakt. Bei der Hausdurchsuchung bei Fanny Broberg war eine Jacke mit Blut an einem Ärmel beschlagnahmt und zur weiteren Analyse geschickt worden. Fanny selbst blieb verschollen, was Ove als Schuldeingeständnis wertete. Aber Angst könnte auch eine Rolle spielen. Erik erinnerte sich noch sehr genau an die Panik in ihrer Stimme, als Fanny brüllte, sie wollten sie drankriegen.

Ove wollte, dass sie sich weiter auf Fanny Broberg konzentrierten, und hatte eine interne Suchmeldung ausgegeben. Erik hatte nicht protestiert, wenngleich er eher Markus Johansson verdächtigte. Doch die Untersuchung lief noch. Carina wollte das Material zu ihm sichten: Kontoauszüge, Handydaten, Lebenslauf … Irgendwas stimmte an der angeblichen Freundschaft zwischen Markus und Joel nicht.

Erik fand, es war an der Zeit für weitere Vernehmungen mit den Menschen, die Joel Forslund am nächsten gestanden hatten. Manchmal musste sich der Schock erst einmal legen, bevor das Umfeld wirklich über den Toten sprechen konnte.

Sein Handy verkündete eine SMS von Supriya:

Es ist gerade mal neun Uhr, und Mama hat schon zweimal angerufen! Wo ist der Schlüssel? Wo ist ein Geldautomat? ICH WERDE WAHNSINNIG!

Supriya hatte ihren Eltern all das erst gestern erklärt, aber hängen geblieben war davon offenbar nichts. Sie wurden eben alt. Außerdem kannten sie sich nicht aus. Das antwortete er jedoch nicht, sondern teilte ihr sein Mitgefühl mit.

Erik loggte sich ein und entdeckte eine neue Mail von Melina. Sie hatte die Überwachungsvideos aus dem Einkaufszentrum auf Öland geprüft und wohl gefunden, was sie suchten. Erik klickte auf das angehängte Video.

Schräge Vogelperspektive. Joel ging in Jeans und Kapuzenpulli an der Kamera vorbei. Schnelle, wütende Schritte. Jemand holte ihn ein. Ein Mann mit Anzughose und Hemd. Erik stoppte das Video. Das war ohne jeden Zweifel Markus Johansson. Er stand vor Joel, das Gesicht der Kamera zugewandt. Erik drückte wieder auf Play. Es folgte ein mehrminütiger Wortwechsel, der erst endete, als Markus Joel eine Hand auf die Schulter legte. Joel schüttelte sie ab und rannte weg. Markus blieb allein zurück und schaute ihm nach, augenscheinlich sehr aufgebracht.

Petri Forslund hatte beschrieben, dass die beiden sehr vertraut miteinander gewirkt hatten. Das sah Erik anders. Aber vielleicht hatte Petri ja etwas mitbekommen, das der Kamera entgangen war.

Erik machte einen Schritt zurück und blickte in die Runde.

»Ich brauche einen gehörlosen Menschen.«

»Warum?«, fragte Daniel.

»Um bei einem Überwachungsfilm von den Lippen abzulesen.«

»Man sollte nicht automatisch davon ausgehen, dass jemand Lippen lesen kann, nur weil er oder sie gehörlos ist«, sagte Daniel.

»Nein, natürlich, ich …«

»Aber meine Mutter ist gehörlos und kann Lippen lesen.«

58

Hannas Blick wanderte immer wieder zur Schreibtischschublade. Warum hatte sie nicht gewartet mit ihrer Bitte? Gerade hatte sie keine Zeit, in den Taten ihres Vaters zu wühlen. Sie hatte einen anderen Fall zu lösen.

Frustriert presste sie die Fingernägel in die Handfläche. Glaubte sie wirklich, beweisen zu können, dass Lars im Auftrag von jemand anderem gehandelt hatte? Oder vielleicht sogar komplett unschuldig war? Aber was würde das eine oder andere für einen Unterschied machen – er war schließlich tot.

Ganz so einfach war es jedoch auch nicht. Sie und Kristoffer spürten schließlich noch immer die Konsequenzen seiner Verurteilung. Sie musste die Wahrheit herausfinden, wie auch immer sie aussah. Sie durfte sich nicht davon abhalten lassen.

Um ihr Gedankenkarussell zu stoppen, beschloss Hanna, das Dienstzimmer kurz zu verlassen. Hinter sich hörte sie gerade noch Erik fragen, ob jemand einen gehörlosen Menschen kenne, aber sie steuerte so schnell es ging die nächstgelegene Toilette an, schloss schnell die Tür hinter sich und setzte sich auf den Klodeckel. Nach wenigen Minuten bekam sie eine SMS von Erik, dass er das Überwachungsvideo vom Einkaufszentrum in

Öland bekommen habe. Also stand Hanna auf und drückte auf den Spülknopf, damit es den Anschein hatte, sie hätte tatsächlich die Toilette benutzt. Doch sie schaffte es nicht zu Erik, denn Ove tauchte im Türrahmen seines Büros auf.

»Würdest du mal eben reinkommen?«

Eigentlich war es keine Frage, sondern eine Aufforderung, und er war schon wieder hineinverschwunden, bevor sie überhaupt reagieren konnte. Schon während der Morgenbesprechung war ihr eine Veränderung an ihm aufgefallen, und sie hatte kaum etwas gesagt, obwohl sie der Meinung war, dass sie sich mehr auf Markus Johansson konzentrieren sollten als auf Fanny Broberg. Eigentlich wollte sie ungern allein sein Büro betreten. Sein Tonfall hatte nicht davon gekündet, dass er neue Informationen zum Fall hatte. Es ging also um etwas anderes.

Dennoch folgte Hanna ihm und schloss die Tür hinter sich. Ove lächelte sie an, aber es wirkte bemüht.

»Setz dich«, sagte er.

Erst als sie das getan hatte, fuhr er fort.

»Jetzt guck doch nicht so erschrocken. Ich wollte nur mal nachfragen, wie die ersten Tage so gelaufen sind.«

»Okay.«

Eigentlich wollte sie damit nur dem Thema zustimmen, das sollte kein Fazit der ersten Tage sein. Aber sie hatte den Eindruck, als wollte Ove sie falsch verstehen.

»Ich finde, ehrlich gesagt, es ist deutlich besser gelaufen als nur okay.«

»Danke.«

Als wäre dieses Wort auch nur einen Deut besser.

Oves aufgesetzte Art bewirkte nur, dass sie sich noch mehr vor dem fürchtete, was als Nächstes kam. Sofort fragte sie sich, ob er heute schon mit Erik gesprochen und was Erik in dem Fall berichtet hatte. Aber das war ungerecht Erik gegenüber, er hatte ihr schließlich von sich aus erzählt, dass Ove ihn gebeten hatte, ein Auge auf sie zu haben. Und Eriks Einschätzung nach aus rein positiven Gründen.

»Hast du die Ermittlungsakte bekommen?«

Hanna nickte vorsichtig. Also ging es um ihren Vater. Darauf hätte sie auch von selbst kommen können.

»Wieso willst du in dieser alten Geschichte graben? Wäre es nicht besser, das einfach hinter sich zu lassen?«

Hinter sich lassen? Wieso sollte sie das je können?

Wieder dieses Gefühl. Dass irgendwas nicht zusammenpasste.

Hanna betrachtete Ove, seinen leicht vorgeneigten Oberkörper. Sein blaues Hemd hatte einen Fleck am Ärmel. Vielleicht hatte er ja wieder auf seine Enkelin aufgepasst. Er ließ sie nicht aus den Augen. Dies war nicht der richtige Moment, um ihm von dem Foto von Maria und Carina zu erzählen. Oder um ihn zu fragen, ob er je an der Schuld ihres Vaters gezweifelt hatte. Oder ob es Anzeichen dafür gab, dass er nicht allein gehandelt hatte. In den wenigsten Fällen führte eine schnurgerade Spur zum Täter.

Da sich jemand offenbar allein durch ihre Rückkehr bedroht fühlte, sollte sie sich zu ihren Nachforschungen so bedeckt wie eben möglich halten.

»Ich bin mir gar nicht sicher, ob ich überhaupt schon reinlesen möchte«, antwortete sie. »Ehrlich gesagt, weiß ich nicht mal, warum ich wirklich um die Akte gebeten habe.«

»Gut«, sagte Ove und wirkte gleich etwas entspannter. »Vielleicht hätte ich sie dir gar nicht geben sollen, aber ich möchte dir wirklich helfen, wo ich kann.«

Er klang aufrichtig, trotzdem war unmissverständlich, in welche Richtung seine Hilfe gehen würde: weg von ihrem Vater.

Ove wollte gerade noch etwas hinzufügen, als sein Telefon zu klingeln anfing. Nach einem Blick auf die Nummer hob er den Hörer ab. Hanna deutete an, gehen zu wollen, doch Ove hob sofort den Zeigefinger, dass sie bleiben solle. Offenbar sprach er mit Carina.

Jetzt klang seine Stimme definitiv so, als hätte es eine entscheidende Entwicklung im aktuellen Fall gegeben. Ove legte auf und lächelte sie an.

»Markus Johansson war am Mittwoch auf Öland«, sagte er. »Er hat um sieben Uhr abends direkt an der Brücke getankt.«

Laut eigener Aussage war er seit Wochen nicht auf Öland gewesen. Und da fiel Hanna plötzlich ein, wo sie sein Auto schon einmal gesehen hatte.

»Ich war am Mittwochabend ja am Möckelmossen, und ich bin mir fast sicher, dass ich hinter seinem schwarzen Audi geparkt habe. Der Seitenspiegel war ebenfalls kaputt.«

Nur konnte Hanna sich beileibe nicht daran erinnern, Markus Johansson gesehen zu haben.

59

Kaum war das Video zu Ende, startete Erik es erneut. Daniels Mutter war mit dem Auto unterwegs zum Revier, und Daniel war schon einmal hinuntergegangen, um sie in Empfang zu nehmen. Markus' Gesichtsausdruck ließ kaum Rückschlüsse auf den Inhalt des Gesprächs zu, Erik wollte unbedingt wissen, was da gesagt wurde.

Sein Handy summte, und er dachte, dass es vielleicht eine Antwort von Hanna war. Sie war vor einer Viertelstunde verschwunden, niemand wusste, wohin. Erik seufzte, als er Supriyas Nachricht las:

Jetzt hat Mama angerufen und gefragt, ob sie sich eine Jacke leihen kann.

Sollte er nun den ganzen Tag lang Supriyas permanenten Aufmerksamkeitsbedarf bedienen müssen? Eigentlich machte sie gerade mit ihm, was ihre Eltern mit ihr machten.

Ich muss arbeiten.

Sofort bereute er diese Antwort. Supriya reagierte, wie er erwartet hatte.

Super Unterstützung von deiner Seite.

Das empfand er als Überreaktion. Auch die Sache mit den Eltern. Aber darüber hatte er schon einmal vergeblich mit ihr diskutiert. Er konnte einfach nicht verstehen, was für ein Problem sie mit ihren Eltern hatte. Sie waren lieb und nett, und das, was Supriya von ihrer Kindheit erzählt hatte, bot auch keine Erklärung. Yadu war oft abwesend und recht streng gewesen, aber Aavika hatte ihr viele Freiheiten gelassen, solange sie gute Noten nach Hause brachte und im Haushalt half.

Tut mir leid, schrieb Erik zurück. *Es ist aber so.*

Darauf antwortete Supriya nicht, und da wusste er, dass er sich ein paar Stunden Ruhe erkauft hatte, bloß zu welchem Preis?

Hanna kam zurück, und ihre Körpersprache hatte sich verändert. Als käme sie gerade vom Arzt und hätte erfahren, dass der Tumor gutartig war. Sie war unterwegs zu ihm.

»Wo warst du?«, fragte er.

»Bei Ove. Markus Johansson war am Mittwoch auf Öland, und ich glaube, ich habe seinen Wagen am Möckelmossen gesehen.«

»Aber ihn nicht?«

»Nein.«

Erik zeigte ihr das Überwachungsvideo und erklärte, dass eine Frau unterwegs war, die Lippen lesen konnte.

»Ganz davon abgesehen, was da geredet wird, müssen wir ihn erneut vernehmen, und zwar diesmal hier«, sagte Hanna. »Ich rufe ihn an.«

»Was wollte Ove denn?«, fragte Erik.

Hanna war zu lange weg gewesen, um nur über Markus Johansson zu sprechen, aber sie schüttelte nur abwehrend den Kopf und kehrte an ihren Schreibtisch zurück.

Da erschien Daniel mit seiner Mutter.

»Das ist Gunnel.«

Obwohl sie unterschiedliche Haarfarben hatten – Daniel dunkel, seine Mutter blond –, sahen sie einander sehr ähnlich. Gerade Nase, runde Wangen. Beide ähnlich ordentlich gekleidet. Daniel mit Jeans und Hemd, Gunnel mit Stoffhose und einem hellrosa Oberteil mit V-Ausschnitt.

Erik streckte ihr zur Begrüßung die Hand hin. Dann wusste er nicht weiter.

»Du kannst ganz normal mit ihr sprechen«, erklärte Daniel. »Wichtig ist nur, dass du sie dabei anschaust. Wie gesagt, sie kann Lippen lesen.«

Er und seine Mutter lächelten. Offenbar waren sie das gewöhnt. Daniel wirkte anders in ihrer Anwesenheit, irgendwie weicher. Erik hatte nicht mal gewusst, dass seine Mutter gehörlos war, obwohl Daniel schon von ihr erzählt hatte. Er war in Rockneby aufgewachsen, ein wenig nördlich von Kalmar, und seine Eltern wohnten noch dort, genauso eine seiner beiden Schwestern.

»Danke, dass Sie so schnell kommen konnten«, sagte Erik.

Gunnel gebärdete und Daniel übersetzte: »Kein Problem. Ich habe viel Zeit, ich bin in Rente.«

»Ich habe ein Vernehmungszimmer reserviert«, sagte Erik. »Dort haben wir unsere Ruhe.«

Jetzt erst wurde ihm bewusst, wie überflüssig das war. Er hatte nicht bedacht, dass sie gehörlos war. Das Tippen und die Telefonate im Büro hätten sie vermutlich gar nicht gestört. Trotzdem ging er mit ihr ins Vernehmungszimmer und startete das Video am dortigen Computer. Gunnel schaute es aufmerksam an, aber ihre Hände bewegten sich nicht. Erst als das Video vorbei war.

»Was hat sie gesagt?«

»Dass sie es noch mal sehen muss. Es ist schwierig, ihn zu lesen, weil er so aufgebracht ist. Außerdem braucht sie was zum Schreiben.«

Erik streckte sich nach Papier und Stift für Gunnel, und dann startete er das Video erneut. Ein paar Minuten später, und nachdem sie das Video ein drittes Mal gesehen hatte, war das Gespräch aufgeschrieben. Zumindest Markus Johanssons Anteil daran. Von Joel sah man ja nur den Hinterkopf, bis er aus dem Bild rannte.

Ich will nur, dass es dir gut geht.

Doch, will ich. Auch wenn mir klar ist, dass du das vielleicht anders siehst.

Du musst es erzählen. Fang mit deiner Mutter an. Schlimmer als jetzt kann es doch gar nicht werden.

Warum sagst du so was? Das ist wirklich nicht fair.

Joel, warte …

An dieser Stelle streckte Markus die Hand aus und legte sie auf Joels Schulter. Wütend schüttelte Joel sie ab, woraufhin Markus verletzt aussah.

Erik bedankte sich bei Gunnel, die daraufhin noch etwas zu ihrem Sohn gebärdete, der ebenfalls gebärdend antwortete.

»Was hat sie gesagt?«, fragte Erik.

»Sie wollte wissen, ob er Joel ermordet hat.«

»Und was hast du geantwortet?«

»Dass sie nicht so verdammt neugierig sein soll. Außerdem hab ich ihr ein Essen auf Kosten der Polizei versprochen.«

60

Hanna starrte den Rücken in der geblümten Bluse an und hielt kurz inne. Sie hatte nicht die geringste Lust, mit Carina zu sprechen, aber sie musste. Ihnen blieben nur noch zwanzig Minuten, bis Markus Johansson eintreffen würde, und er hatte angekündigt, mit einer Anwältin zu kommen. Erstaunt hatte er nicht gerade geklungen, als Hanna ihm mitgeteilt hatte, dass sie ihn noch einmal vernehmen müssten.

Hanna stellte sich neben Carina.

»Hast du sonst noch was über Markus Johansson in Erfahrung bringen können, außer dass er auf Öland getankt hat?«

Carina schaute kurz auf und seufzte.

»Ich habe den Eindruck, er führt ein Doppelleben.«

»Wie kommst du darauf?«, fragte Hanna.

»Zum einen die Wohnsituation. Dass er und seine Frau nicht zusammenleben«, sagte Carina. »Deshalb habe ich mir seine Kontoauszüge einmal genauer angeschaut. Dort sind einige Kneipenbesuche verzeichnet, und ich gehe nicht davon aus, dass seine Frau ihn da begleitet hat.«

»Warum nicht?«

»Weil die Summe auf nur einen Drink hindeutet.«

»Danke, das ist eine große Hilfe.«

Tatsächlich mehr, als Hanna zu hoffen gewagt hatte. Carina hingegen sah alles andere als glücklich aus über das Lob. Definitiv nicht wie auf dem Foto mit Maria vor einem Rosenstrauch. Aber darauf konnte Hanna sie nicht ansprechen. Nicht so kurz vor einer wichtigen Vernehmung.

»Hast du noch etwas zum Blutstorchschnabel gefunden?«, fragte Hanna also stattdessen. »Deutet irgendetwas darauf hin, dass Joel die Blüte absichtlich in die Hand gelegt wurde?«

»Nein«, antwortete Carina. »Die Kriminaltechnik geht davon aus, dass er sie selbst gepflückt hat. Aber mit Sicherheit können sie das nicht sagen.«

»In Anbetracht der Entwicklung rund um Markus Johansson handelt es sich vielleicht doch um ein Beziehungsdrama.«

Aus irgendeinem Grund wirkte Carina plötzlich genervt.

»Wann vernehmt ihr ihn?«, fragte sie.

»Um halb elf, in Zimmer vierzehn. Melde dich, falls du noch was herausfindest.«

Carina nickte und wandte sich dann wieder ihrem Computer zu.

Noch zehn Minuten, bis Markus Johansson auftauchen würde. Hanna druckte alle Fotos aus, die sie am Möckelmossen gemacht hatte, und sortierte sie nach Aufnahmedatum. Blätterte sie durch. Sie wollte Markus Johansson finden. Auf den Bildern vom Mittwoch. Sie war sich so sicher, dass sie hinter seinem schwarzen Audi geparkt hatte. Dass es noch einen weiteren schwarzen Audi mit ähnlich beschädigtem Seitenspiegel gab, war einfach unwahrscheinlich. Als sie Markus nicht entdeckte, schob sie frustriert die Ausdrucke weg. Dann begriff sie, wen sie eigentlich suchte. Schnell hatte sie das betreffende Bild gefunden und starrte lange darauf.

Ja, das war er.

Der Empfang rief an und teilte mit, dass Markus Johansson eingetroffen war. Hanna steckte das Foto in eine Mappe, sagte Erik Bescheid und ging dann hinunter, um Markus Johansson abzuholen.

Ihm war anzusehen, dass er nicht gut geschlafen hatte. Er war blass und hatte dunkle Ringe unter den Augen. Die Anwältin, die ihn begleitete, sah deutlich munterer aus. Sie trug ein graues Kostüm und eine blaue Schleifenbluse.

Hanna startete die Aufnahme und klärte die Formalia.

»Was werfen Sie meinem Mandanten vor?«, fragte die Anwältin.

»Noch gar nichts«, sagte Hanna. »Wir vernehmen ihn, um festzustellen, ob er als Verdächtiger im Mord an Joel Forslund infrage kommt.«

Dabei ließ sie Markus Johanssons Gesicht nicht aus den Augen. Der vorherrschende Ausdruck darauf war Trauer. Menschen, die getötet hatten, konnten traurig sein. Bei Hannas erstem Besuch im Gefängnis hatte ihr Vater fast ununterbrochen geweint.

Hanna legte das Foto vom Rastplatz am Möckelmossen auf den Tisch und zeigte auf die blonde Frau.

»Das sind Sie, nicht wahr?«

Markus warf einen Blick auf das Bild und nickte.

»Wollten Sie nicht erkannt werden?«

»Ich wollte mich dort als ich selbst zeigen. Als Tina.«

»Würden Sie mir das erklären?«

»Ich bin eine Frau. Trans.«

Markus schaute sie fast flehend an, doch Hanna forderte ihn auf weiterzusprechen. Sie mussten wissen, warum er dort gewesen war.

»Ich habe mich mit meinem Körper nie wohlgefühlt. Vor ein paar Jahren hatte ich einen absoluten Tiefpunkt, und da musste ich was unternehmen. Ich habe es meiner Frau erzählt und mit der Therapie angefangen. Deshalb wohnen wir nicht mehr zusammen. Mein Sohn hat auch Probleme damit, mich so zu akzeptieren, wie ich bin.«

Die Anwältin hörte nur schweigend zu, weshalb Hanna den Eindruck bekam, dass sie über all dies bereits Bescheid wusste. Jetzt, als Hanna die Bestätigung hatte, war es ihr schleierhaft, wie sie die Ähnlichkeit in den feinen Gesichtszügen hatte übersehen können. Sie hatte ihn mit den langen, glatten Haaren und dem leichten Make-up tatsächlich eindeutig für eine Frau gehalten.

»Warum haben Sie gelogen und behauptet, nicht auf Öland gewesen zu sein?«

»Ich hatte Angst und wollte mich schützen.«

»In welcher Beziehung standen Sie zu Joel?«, fragte Hanna.

»Das war keine Liebesbeziehung, das war nicht gelogen. Ich habe versucht, ihm zu helfen.«

»Wie wollten Sie ihm helfen?«

»Joel war unsicher und verwirrt. Das war ich auch mit fünfzehn. Heute sehe ich den Grund dafür so klar und deutlich. In den letzten Jahren habe ich viel Zeit in diesem Forum verbracht, und es war reiner Zufall, dass ich Joels Eintrag gelesen habe. Und dann habe ich beschlossen, das für ihn zu tun, was ich mir in seinem Alter gewünscht hätte.«

»Und das war?«

»Ich habe mit ihm gechattet.«

»War Joel trans?«, fragte Erik.

»Wenn Sie ihm unbedingt ein Etikett aufdrücken wollen, dann ja, zumindest glaube ich das. Aber eigentlich war er hauptsächlich in dem Gedanken gefangen, dass etwas nicht stimmte. Erst dachte er, es läge daran, dass er Jungs mochte, dann, dass er eigentlich als Mädchen hätte auf die Welt kommen sollen. Aber vor Kurzem hat er dann begriffen, dass auch das nicht zutraf. Dass er weder noch war. Oder sowohl als auch.«

Hannas Ansicht nach sprach Markus Johansson in Rätseln.

»Gibt es dafür ein Wort?«, fragte sie.

»Dafür gibt es sogar einige: nicht binär, transgender, genderfluid … Für Joel war der Prozess noch nicht abgeschlossen. Er wusste noch nicht, wie er sich nennen wollte.«

Erik drehte den Laptop zu Markus Johansson und startete das Überwachungsvideo.

»Worum ging es hier?«

Die Geschichte deckte sich mit dem, was Gunnel ihnen bereits entschlüsselt hatte. Markus, oder vielmehr Tina, hatte einmal mehr versucht, Joel davon zu überzeugen, mit seiner Mutter zu sprechen. Sie wollte ihm klarmachen, dass es ihm hauptsächlich deshalb so schlecht ging, weil er viel zu viel allein trug. Joel hatte Tina angeschrien, dass sie sich nicht einmischen solle. Dass alles besser gewesen war, bevor sie sich kennengelernt hatten. Dass er sie hasste.

Mit jedem Wort wuchs Hannas Überzeugung: Dieser Mann hatte Joel nicht getötet.

Vielmehr, diese Frau.

»Möchten Sie uns noch erklären, was mit Ihrem Auto passiert ist?«, fragte sie.

»Es gibt nicht gerade viele Orte in dieser Stadt, an die jemand wie ich gehen kann. Aber immer mal wieder ziehe ich mich so an, wie ich will, um was trinken zu gehen. Das ist auch ein Teil der Therapie, und ich bin viel glücklicher, wenn ich Tina sein kann. Aber leicht ist das nicht. Ein paar Typen haben gehört, wie ich auf dem Weg von der Bar zum Auto mit meiner Frau telefoniert habe. Meine Stimme hat mich verraten, also sind sie mir bis zum Auto gefolgt und, ja, den Rest wissen Sie ja schon.«

Der Vollständigkeit halber wiederholte Hanna, was Tina bei ihrem ersten Gespräch gesagt hatte. Dass der Spiegel abgetreten und der Wagen zerkratzt worden war. Dann beendete sie die Vernehmung und bedankte sich bei Tina dafür, dass sie gekommen war.

»Also werde ich nicht verdächtigt?«

»Nein. Und wenn Sie gleich die Wahrheit gesagt hätten, wäre uns das eher klar gewesen. War Ihnen nicht bewusst, wie wichtig diese Information für uns ist?«

»Joel hatte so große Angst davor, darüber zu sprechen – selbst mit seiner Mutter. Er wollte absolut nicht, dass es jemand erfuhr. Mir war wichtig, das zu respektieren.«

61

Während Hanna Markus Johansson und seine Anwältin hinausbrachte, ging Erik zu Ove, um ihn auf den neuesten Stand zu bringen. Es war sehr deutlich gewesen, dass Hanna nicht mitwollte, was Erik nur noch neugieriger auf das Thema ihres vorherigen Treffens machte. Vielleicht war es um Hannas Vater gegangen? Aber Erik dachte gar nicht daran, noch einmal nach ihm zu fragen.

Ove sah aus, als könnte er eine Woche Urlaub an der Riviera gebrauchen. Er schlug den braunen Papphefter zu, in dem er gerade gelesen hatte. Erik hatte nur den Briefkopf des Staatlichen Amts für Rechtsmedizin erkennen können.

»Ich hoffe, du hast gute Nachrichten«, sagte Ove.

»Leider nicht.«

Erik berichtete, was sie im Verlauf der Vernehmung erfahren hatten, und fasste zusammen, zu welchem Schluss Hanna und er gekommen waren: Der Täter war vermutlich jemand anderes.

»Verdammter Mist«, sagte Ove. »Klingt so, als wären wir wieder bei Fanny Broberg.«

»Sehe ich auch so.«

Ove nahm seine Brille ab, rieb sich den Nasenrücken und setzte sie wieder auf.

»Seid ihr wirklich sicher, dass er es nicht gewesen ist?«

»Ziemlich. Er hat kein Motiv.«

»Er könnte lügen.«

»Ja, aber darauf deutet nichts hin.«

»Wie war noch gleich sein Alibi?«

Plötzlich hielt Ove fast verbissen an Markus Johansson fest, und Erik verstand nicht, warum. Er selbst hatte schon morgens eher auf Fanny Broberg gesetzt.

»Er sagt, er war zu Hause. Das ist halt schwer zu belegen.«

»Versuch es.«

Erik nickte. Ove hatte Zweifel in ihm gesät. Hatten sie Markus Johansson vielleicht wirklich zu schnell abgehakt? Selbst wenn stimmte, was er zu dem Treffen im Einkaufszentrum gesagt hatte, könnte er trotzdem an anderen Punkten gelogen haben.

»Dass Joel … trans war. Könnte das ein Motiv sein?«, fragte Ove.

»Das halte ich für unwahrscheinlich«, sagte Erik. »Im Prinzip hat das ja niemand gewusst.«

»Soweit wir das beurteilen können«, betonte Ove.

Erik hatte großes Verständnis für Markus Johansson. Seine Frau war ausgezogen, weil sie mit der Situation nicht klargekommen war. Sein Sohn wollte nicht länger in derselben Stadt wohnen. Gleichzeitig konnte er aber auch ihre Reaktion nachvollziehen: Es konnte nicht leicht sein, plötzlich zu erfahren, dass der eigene Partner so lange verschwiegen hatte, wer er wirklich war. Oder so etwas über ein Elternteil zu erfahren. Egal wie viel Mühe Erik sich gab, er konnte Markus einfach nicht weiblich denken und Tina nennen. Vielleicht stand ihm dabei das Aussehen im Weg.

Erik war nicht gerade bewandert, was das Thema trans anging. Einer von Supriyas Kindheitsfreunden hatte eine Geschlechtsangleichung vornehmen lassen und war später zu Tode gefoltert worden. Aber in diesem Punkt herrschten in Schweden ja grundsätzlich andere Gepflogenheiten als in Indien. Zumindest hoffte er das.

Nachdem er Oves Büro verlassen hatte, steuerte Erik direkt die Cafeteria an. Er brauchte Kaffee. Am liebsten wäre er jetzt einfach mit Supriya zu Hause. Genau wie Ove hatte er geglaubt, dass sie sich endlich auf der Zielgeraden befanden, und er hatte sich darauf gefreut, bald wieder mehr Zeit mit der Familie verbringen zu können. Er schickte ihr eine SMS und hoffte, dass sie nicht gerade mitten in der Behandlung eines Patienten steckte.

Entschuldige, ich bin ein Idiot.

Sie antwortete sofort: *Ja, das bist du. Aber du bist mein Idiot.*

Gefolgt von einem hüpfenden Typ in Shorts.

Die Ermittlungen laufen gerade nicht gut.

Diesmal dauerte es länger, bis eine Antwort kam: *Du machst das schon. Das machst du doch immer.*

Nach wenigen Sekunden: *Ich liebe dich.*

Ich liebe dich, schrieb Erik zurück und trank einen Schluck schwarzen Kaffee.

Er glaubte, dass er und Supriya ehrlich zueinander waren. Dass sie reden konnten. Aber was wusste er wirklich? Er kehrte zurück ins Büro und fand Hanna in einem der Sessel vor.

»Wie hat Ove es aufgenommen?«, fragte sie.

»Geht so. Er will Markus Johansson noch nicht aufgeben.«

»Das kann ich an und für sich verstehen. Schließlich haben wir eigentlich niemand anderen.«

»Fanny«, sagte Erik. »Und vielleicht Lukas und Tilde. Scheint, als wären wir wieder bei denen angelangt.«

Hanna schüttelte den Kopf.

»Das glaube ich nicht. Ich rufe noch mal bei Nadine an und hake nach, ob sie wusste, dass Joel trans war. Sie scheint ihm ja am nächsten gestanden zu haben. Dann schaue ich mir noch mal die Fotos vom Rastplatz an. Irgendwie werde ich das Gefühl nicht los, dass ich was übersehen habe. Aber erst muss ich mit Carina über die neuesten Entwicklungen sprechen.«

Beim letzten Satz war sie in Flüsterton verfallen, und jetzt schaute sie sich um.

»Was ist da eigentlich los?«, fragte Erik.

»Was meinst du?«

»Was ist da los zwischen Carina und dir?«

Nachdem Hanna erwähnt hatte, dass Carina sie nicht zu mögen schien, hatte Erik feststellen müssen, dass dem wohl wirklich so war. Hannas Wangen nahmen mehr Farbe an.

»Sie hat irgendwas mit Esters Tochter zu tun.«

»Woher weißt du das?«

»Ich hab ein Foto von ihnen gesehen, als ich bei Maria war.«

»Aha«, sagte Erik.

»Wie, ›aha‹?«

Erik schaute Hanna an und wusste nicht, wie er darauf reagieren sollte. Schätzungsweise war das der Grund für ihren gestrigen Wutausbruch gewesen. Aber war es wirklich ein so großes Ding, dass Carina mit dieser Maria bekannt war? Sie sollten doch trotzdem zusammenarbeiten können.

»Dann sprich doch mal mit Carina darüber.«

»Nein«, sagte Hanna.

»Oder red doch mit Ove.«

Hanna stand auf, und Erik seufzte. War das jetzt kränkend gewesen? In der Tür drehte Hanna sich um.

»Wir sollten mal mit Joels Stiefvater Petri sprechen.«

»Aus irgendeinem bestimmten Grund?«

»Na ja, bisher haben wir uns mit ihm ja noch gar nicht richtig unterhalten.«

62

Es gibt da was, das ich dir erzählen will.

Kaum hatte Rebecka diese Worte gehört oder vielmehr die Angst gespürt, die an ihnen klebte, ging ihr die Luft aus. Ganz so, als wäre das eine Schutzfunktion von Körper oder Seele. Sie war sofort ins Schlafzimmer gerannt und hatte sich die Decke über den Kopf gezogen.

Petri war ihr gefolgt und hatte sich zu ihr ans Bett gesetzt.

Ohne etwas zu sagen.

Hatte gewartet.

Bis er nicht länger warten konnte und er fast flehend ihren Namen flüsterte, woraufhin sie sich die Ohren zuhielt und zu summen anfing. Wie so eine Geistesgestörte, als hätte sie völlig den Verstand verloren. So fühlte es sich an, ihre Gedanken drehten durch, fanden keinen Halt mehr.

Wieder hatte Petri ruhig gewartet. Aber schlussendlich hatte er aufgegeben und war gegangen.

Ich kann nicht mehr.

Ihr ganzer Körper schmerzte unter der Erkenntnis, aber nach und nach lockerte der Schmerz seine Umklammerung.

Sie konnte unmöglich hier liegen bleiben. Irgendwann würde

Molly nach Hause kommen, und bevor das so weit war, musste sie sich anhören, was Petri zu sagen hatte.

Rebecka setzte sich auf, und alles drehte sich. Als der Schwindel sich gelegt hatte, stand sie auf, tapste zur Tür und öffnete sie. Petri war nicht zu hören, also schlich sie ins Bad und schloss sich dort ein. Erschöpft sank sie auf den Klodeckel. Der Duschvorhang war am unteren Ende schmutzig, sie sollte ihn abnehmen und waschen. Es gab so vieles, was sie tun sollte.

Wovor hatte sie denn Angst?

Dass Petri auch untreu gewesen war? Dass er etwas anderes Dummes getan hatte, wofür er sich schämte? Dass er nicht länger mit ihr zusammen sein wollte?

Ja, davor hatte sie die größte Angst. Dass er sie verlassen würde. Dass sie noch einsamer sein würde als sowieso schon. Aber dafür konnte sie ihn schlecht verantwortlich machen.

Was war sie nur für eine Idiotin.

Sie hatte ihre Beziehung für nichts und wieder nichts zerstört.

Plötzlich sah sie alles, was an Petri gut war. Dass er sie immer zum Malen ermuntert hatte. Dass er sie dabei unterstützt hatte, die Töpferwerkstatt aufzubauen, als sie etwas Neues ausprobieren wollte. Dass er jedes Mal so schnell wie möglich nach Hause kam, wenn sie ihn brauchte. Wie damals, als eine Fledermaus ins Wohnzimmer geflogen war und herumflatterte. Oder als sie davon überzeugt gewesen war, dass Axel die Reifen an ihrem Saab zerstochen hatte.

Rebecka griff nach dem Duschvorhang und riss so heftig daran, dass die Stange gleich mit herunterkrachte. Das Echo war noch nicht verklungen, da stand Petri schon vor der Tür und versuchte hereinzukommen.

»Bitte, mach die Tür auf.«

Rebecka reagierte nicht. Sie starrte die Stange an, die aus der Wanne ragte. Auf der Kommode gegenüber vom Bad lag ein Frühstücksmesser, damit sie die Tür schnell öffnen konnten, falls Molly Hilfe brauchte. Rebecka war dankbar, dass er es nicht nutzte.

»Ich verzeihe dir alles«, sagte er. »Bitte, bitte, lass mich doch rein.«

Bei den Worten fing sie an zu weinen, obwohl sie nicht sicher war, ob er sie wirklich ernst meinte. Vielleicht war er nur so erpicht darauf, ihr zu verzeihen, weil das, was er getan hatte, tausendmal schlimmer war. Langsam ging sie zur Tür und schloss auf. Ließ sich von ihm umarmen und aufs Sofa unten im Wohnzimmer bringen.

»Gabriel ist mir scheißegal«, sagte er. »Er spielt keine Rolle. Nur wir sind wichtig, du und ich.«

Rebecka konnte nicht sprechen. Jetzt war sie es, die wartete.

»Es tut mir leid, dass ich dir Angst gemacht habe, aber … Ach, scheiße …«

Er presste sich die Fäuste gegen die Schläfen.

»Ich weiß nicht, warum mir das so schwerfällt.«

»Sag es einfach«, flüsterte sie.

Die Fäuste sanken in seinen Schoß, beide starrten sie darauf.

»Ich war mal im Knast«, sagte Petri. »Ich weiß nicht, warum ich das nie erzählt habe, aber … Jetzt … Vielleicht macht die Polizei ein großes Ding daraus, obwohl es eigentlich nicht mehr aktenkundig sein sollte.«

Rebecka wollte seine Hand nehmen, verharrte jedoch mitten in der Bewegung. Wie sollte sie reagieren? In ihr war nichts als Leere. Wieso hatte sie nichts davon gewusst?

»Weshalb warst du im Gefängnis?«, fragte sie vorsichtig.

»Schwere Körperverletzung. Ich war fünfzehn, deshalb bin ich in der Jugendverwahrung gelandet. Aber danach … hat sich alles geändert. Sonja war immer großartig zu mir, aber ich hab das erst begriffen, als sie danach trotzdem noch zu mir gehalten hat, nachdem … Da hab ich mich dann langsam getraut, mich zu öffnen. Das ist in Nybro passiert, und Sonja hat so getan, als hätte ich einfach nur bei einem Verwandten gelebt, während ich meine Strafe absaß.«

Er sprach schnell, abgehackt.

»Ich hatte damals so wahnsinnig viel Wut in mir, und es war nicht das erste Mal, dass ich jemandem eine verpasst habe. Aber der Typ hatte ein gebrochenes Jochbein und hat mich angezeigt … und es gab einen Haufen Zeugen. Ich bin aber nicht mehr dieser wütende Jugendliche. Und es tut mir so leid, dass ich … dass ich den überhaupt so rausgelassen hab. Was, wenn die Polizei jetzt glaubt, dass ich … dass ich Joel was angetan hab?«

Petri schluchzte auf.

»Ich weiß, dass ich nur sehr schlecht meine Gefühle zeigen kann, aber ich mochte Joel wirklich sehr, und er fehlt mir. Sicher nicht so sehr wie dir, aber …«

Rebecka hatte den Eindruck, Petri zum ersten Mal zu sehen. Das Ängstliche, Verletzliche. Endlich verstand sie seine Vorsicht. Dass er es immer allen recht machen wollte. Wie sehr er sich einschränkte. Dass er nicht wagte zu sagen, was er dachte. Er war wie sie. Er wollte so vieles, was er gar nicht bewältigen konnte. Die Liebe, die sie in diesem Moment für ihn empfand, machte ihr Angst, aber sie hatte nicht vor, diesmal wieder die Angst siegen zu lassen.

»Wir müssen besser darin werden, miteinander zu reden«, sagte sie.

»Ich weiß.«

Petri legte ihr den Arm um die Schultern, und Rebecka ließ den Kopf gegen seine Brust sinken.

63

Obwohl Carina nicht an ihrem Platz saß, ging Hanna zu ihrem Schreibtisch. Daniel war gerade ebenfalls nicht im Büro, also nutzte Hanna die Gelegenheit und sah sich um. Auf Carinas Tisch waren ein Kalender, ein Notizblock, ein Stressball und eine Tasse voller Stifte. Keine Fotos. Das Einzige, was im entferntesten einer persönlichen Note ähnelte, waren zwei Topfpflanzen, denn sie waren sehr gepflegt, und die Blumentöpfe wirkten handverziert. Vielleicht war das Interesse für Pflanzen und Gärten ja das verbindende Element zwischen ihr und Maria? Bloß wo hatten sie sich getroffen? Hanna würde eher auf eine Art Verein tippen als auf ein entsprechendes Forum im Internet. Vielleicht wusste Ingrid ja, wo es so was gab oder wie sie organisiert waren.

Schritte sorgten dafür, dass sie sich umdrehte, aber es war nur Erik. Hanna bereute, dass sie ihm von dem Foto erzählt hatte. *Sprich mit Carina*, war sein Vorschlag gewesen. *Oder red doch mit Ove.*

Hanna kehrte an ihren Schreibtisch zurück. Da sie keinen gesteigerten Wert darauf legte, mit Carina zu sprechen, schickte sie ihr eine Nachricht mit einer kurzen Zusammenfassung der Vernehmung. Dann rief sie Nadine an.

»Ich hab gleich Unterricht«, sagte Nadine. »Du hast also nicht viel Zeit.«

»Warum hast du nicht erwähnt, dass Joel trans war?«

Stille. Kurz fragte Hanna sich, ob Nadine aufgelegt hatte.

»Hallo?«

»Mit wem habt ihr gesprochen?«

»Markus Johansson. Oder wahrscheinlich sollte ich eher Tina sagen.«

Wieder verfiel Nadine in Schweigen.

»Was weißt du über sie?«, fragte Hanna.

»Ich hab sie nie getroffen, aber Joel hat erzählt, dass sie ihm geholfen hat.«

»Bei was geholfen?«

»Dass es ihm besser geht.«

»Hatten sie eine Beziehung?«

»Das glaube ich nicht. Also, mir war das schon irgendwie suspekt, dass er mit einer Vierzigjährigen gechattet hat. Ich hätte das nie gemacht. Aber Joel hat geschworen, dass sie in Ordnung ist.«

Hanna erwiderte erst mal nichts. Manchmal war das der beste Weg, jemanden zum Reden zu bewegen.

»Ich konnte nichts davon erzählen«, fuhr Nadine fort. »Wir haben ein paar Mädchennamen ausprobiert und auch mit Pronomen experimentiert, aber Joel war sich ja selbst noch nicht sicher.«

Trotzdem hätte diese Information den Ermittlungen genutzt. Wenn Nadine gleich etwas gesagt hätte, wären sie eher an diesen Punkt gekommen. Aber das spielte nun auch keine Rolle mehr, also sprach Hanna es gar nicht erst an.

»Wie würdest du die Beziehung zwischen Joel und Petri beschreiben?«, fragte Hanna.

»Nein, ich scheiß drauf.«

»Wie bitte?«

»Ach, das ging nicht an dich. Das war jemand aus meiner Klasse. Ich scheiß auf den Unterricht.«

»Entschuldige, ich wollte nicht …«

»Egal, ich hatte sowieso keine Lust. Warum fragst du nach Petri?«

»Kannst du vielleicht einfach antworten?«

»Joel hat oft über ihn hergezogen, aber ich glaube, eigentlich mochte er ihn ganz gern. Und er war eifersüchtig auf Molly. Weil sie einen richtigen Vater hatte.«

Hannas Versuch, noch etwas mehr aus Nadine herauszukriegen, blieb erfolglos. Also beendete sie das Gespräch. Dann suchte sie Petris Handynummer heraus. Schnelle Schritte ließen sie aufschauen. Carina hielt ihr das Telefon hin.

»Hast dich nicht getraut anzurufen, was?«

»Du warst nicht an deinem Platz, da dachte ich, du bist beschäftigt.«

Hinter Carina nahm sie Eriks aufmerksamen Blick wahr.

»Ist irgendwas unklar an dem, was ich geschrieben habe?«, fragte Hanna.

»Du bist nicht meine Vorgesetzte.«

Hanna starrte sie an. Sie war völlig ratlos, wie sie Carinas Wut begegnen sollte. Das fühlte sich so verdammt ungerecht an. Aus den Augenwinkeln bekam sie mit, dass Erik einen Schritt auf sie zumachte. Am liebsten hätte sie ihm zugerufen, dass er aufhören solle, sich einzumischen.

»Ich kapiere nicht, wie du hier so einfach reinschneien kannst«, sagte Carina, »und uns andere verdrängst, die schon seit Jahren hier arbeiten. Besonders mit Blick auf deine Vergangenheit.«

Carina drehte sich um, vermutlich wollte sie schnell wegmarschieren, aber sie stieß fast mit Erik zusammen. Hanna hielt den Blick auf ihren Schreibtisch gesenkt.

Sie musste dem was entgegensetzen.

Auf keinen Fall sollte Erik die Sache für sie lösen. Denn in einem Punkt hatte er recht: Sie musste mit Carina sprechen. Ihr klarmachen, dass sie sich so nicht aufführen konnte.

»Carina«, sagte Erik.

Genau in diesem Moment betrat auch Daniel das Büro und blieb kurz hinter der Tür stehen. Hanna zwang sich, aufzustehen und zu Carina zu gehen.

»Ich bin nicht mein Vater«, sagte sie.

Ihre Stimme zitterte, also schluckte sie, bevor sie weitersprach.

»Du kennst Esters Tochter Maria, nicht wahr?«

»Maria ist meine Cousine.«

Carina warf ihr einen wütenden Blick zu und eilte aus dem Büro. Daniel schaute ihr nach, warf dann aber erst mal Hanna einen Blick zu, als wolle er um Erlaubnis bitten. Hanna nickte, also folgte er ihr. Hanna kehrte an ihren Platz zurück und setzte sich.

»Alles okay?«, fragte Erik.

»Ja.«

»Immerhin weißt du's jetzt.«

»Ja.«

Schließlich gelang es Hanna, sich zu sammeln. Sie machte einen guten Job, und sie dachte nicht daran, sich das von Carina schlechtreden zu lassen. Wenn Carina weiter so unfreundlich zu ihr war, würde sie noch einmal mit ihr sprechen müssen. Und wenn das nichts änderte, müsste sie sich an Ove wenden.

Hanna rief bei Petri an, und da sie ihn nicht erreichte, hinterließ sie ihm eine Nachricht und bat darum, so schnell wie möglich zurückgerufen zu werden. Dann nahm sie sich noch einmal die Fotos vom Rastplatz am Möckelmossen vor. Ihr war klar, dass sie Rebecka erzählen musste, was sie über Joel erfahren hatte. Dass er vielleicht trans gewesen war. Das Risiko, dass es weitergetratscht wurde und dann in der Presse landete, war groß.

Ihr Handy klingelte, und Hanna hoffte, dass es Petri war, doch es handelte sich um Joels Freundin Linnea.

»Ich muss Ihnen etwas beichten.«

Hanna hörte, dass sie schluckte, aber dann kam erst mal nichts.

»Ja?«, sagte sie.

»Fanny hat Joel das Hasch verkauft.«

»Danke«, sagte Hanna, »aber das haben wir mittlerweile auch herausgefunden.«

Linnea fing an zu weinen.

»Möchtest du mir erzählen, warum du jetzt weinst?«, fragte Hanna.

Es folgte eine unzusammenhängende Geschichte darüber, dass Linnea Hasch von Joel bekommen hatte. Dass sie direkt zu Fanny gegangen war, als sie mehr wollte. Dass Fanny erst gesagt habe, das wäre umsonst, dann aber doch Geld verlangt habe. Wenn Linnea nicht bezahlte, habe sie angekündigt, dann würde Joel das tun.

»Was, wenn sie ihn deshalb …«, schluchzte Linnea.

»Wir wissen noch nicht, wer Joel ermordet hat«, sagte Hanna. »Oder warum. Aber vielen Dank, dass du dich gemeldet hast.«

Nach dem Auflegen wandte Hanna sich wieder den Fotos zu. Sie brauchte einen neuen Ansatz, einen neuen Blickwinkel. Sie fing an aufzulisten, wer darauf zu erkennen war, aber dazu kannte sie zu wenige mit Namen. Außerdem sahen sie so gewöhnlich aus: Das waren einfach Leute aus Gårdby und den umliegenden Dörfern. Eltern, Klassenkameraden, Lehrer …

Hanna betrachtete ihre Gesichter, suchte nach Anzeichen von Schuldgefühlen. Lange starrte sie auf die Aufnahme von Tina. Ja, dort erkannte sie Schuldgefühle, aber sie gingen fast in einer noch viel größeren Trauer unter.

Mit einem Seufzer schob sie die Fotos zusammen, und da fiel er ihr auf: ein Mann, der auf zweien der Bilder zu sehen war. Etwa ihr Alter, blond. Verschlossene Miene auf dem einen, verzweifelte auf dem anderen. Sie schaute die Fotos noch einmal durch, aber niemand anders war mehr als einmal dort gewesen.

Auf einem dritten Bild konnte sie ihn hinter einer Gruppe Jugendlicher erahnen. Zu drei unterschiedlichen Gelegenheiten hatte sie ihn fotografiert, und das war oft, besonders wenn man bedachte, dass sie nie lange geblieben war. Sie schaute das Foto an, auf dem er so ernst wirkte, konnte sich aber nicht daran erinnern, ob sie ihn schon einmal irgendwo anders als dort am Rastplatz gesehen hatte.

Hanna legte das Foto zusammen mit dem von Tina in eine Mappe und stand auf, um mit Erik zu sprechen. Dann überlegte sie es sich noch einmal anders und packte auch alle anderen Bilder dazu. Sie mussten zu Rebecka fahren und alle Aufnahmen mit ihr durchgehen.

64

Die Butter auf dem Toastbrot glänzte, und Rebecka legte es zurück auf den Teller. Es hatte gedauert, Petri davon zu überzeugen, doch zur Arbeit zu fahren. Sie musste allein sein, und um ihn loszuwerden, hatte sie ihm versprochen, etwas zu essen. Er hatte gefragt, ob sie mehr über die Körperverletzung wissen wollte, aber sie hatte nur den Kopf geschüttelt. Das konnte warten. Das alles war jetzt über zwanzig Jahre her, und er hatte noch nie die Hand gegen sie erhoben.

Er war nicht wie Axel.

Rebecka führte das Brot noch einmal zum Mund, und diesmal biss sie ab. Allerdings musste sie den Bissen mit einem Schluck Wasser hinunterspülen.

Ein Wagen bog in die Auffahrt und blieb stehen. Durch das heruntergelassene Rollo konnte sie es zwar nicht erkennen, trotzdem wusste Rebecka, um was für ein Auto es sich handelte. Vielleicht lag es daran, wie entschlossen die Türen geöffnet und zugeschlagen wurden, wie die Füße sich über den Kies bewegten. Sie wappnete sich vor dem, was als Nächstes kommen würde: das Klopfen an der Tür. Fünf Tage war es her, dass die Polizei an ihre Tür geklopft und ihr erzählt hatte, dass Joel tot war. Der Moment, in dem alles ausgelöscht wurde.

Nein, nicht die Polizei. Hanna.

Die Situation war so absurd gewesen, dass Rebecka immer noch Schwierigkeiten hatte, sie anzunehmen. Wieder und wieder erlebte sie den Gang zur Tür. Wusste noch genau, was ihr alles durch den Kopf rauschte, als sie sah, wer da vor der Tür stand, das unmittelbare Begreifen, worum es ging, als sie verstand, dass Hanna Polizistin war. Dass sie wegen Joel gekommen waren. Dass das Schlimmste, was sie sich vorstellen konnte, Wirklichkeit geworden war. Trotzdem Hoffnung, an die sie sich klammerte. Hoffnung, dass Hannas Erscheinen einen anderen Grund hatte. Die Verzweiflung, als klar wurde, dass dem nicht so war.

Auch diesmal ein Klopfen. Rebecka stand auf und ging zur Tür. War gedanklich zurück bei der Nachricht, die alles zerstört hatte. Wieder standen Hanna und dieser andere Polizist vor ihrem Haus. Sie konnte ihnen nicht ansehen, was sie ihr diesmal erzählen wollten.

Hanna umarmte sie zur Begrüßung. Rebecka erwiderte die Umarmung zwar, allerdings nahm sie Hanna noch immer übel, dass sie ihr nichts von Axels Verhaftung erzählt hatte.

»Bist du allein?«, fragte Hanna.

»Ja. Molly ist in der Schule und Petri bei der Arbeit.«

»Können wir reinkommen?«

Rebecka brachte sie in die Küche. Sie setzte sich an den Tisch, schob aber den Teller mit ihrem Toast weg, trank lieber einen Schluck Wasser.

»Rebecka, es gibt da was, das ich dir erzählen will. Über Joel.«

Es gibt da was, das ich dir erzählen will.

Ihr Körper reagierte, weil es ein Echo von Petris Worten war, aber Rebecka wollte sich davon nicht beeinflussen lassen. Sollte sie ihnen erzählen, dass Petri im Gefängnis gewesen war? Nein, das konnte sie nicht. Das käme ja fast einem Verrat gleich.

Rebecka schaute Hanna an. Was würde sie nun erfahren, was alles verändern würde? Was hatte Hanna noch vor ihr geheim gehalten?

»Joel war vermutlich trans.«

»Wie bitte?«

»Joel war vermutlich trans.«

»Was? … Er wollte ein Mädchen sein?«

»Nein, nicht so richtig. Mir wurde das von jemandem erklärt, dem Joel sich anvertraut hatte. Offenbar wollte diese Person Joel helfen zu verstehen, wer er war.«

»Wie, wer er war?«

Sie klang wie ein verdammter Papagei.

»Er hat sich mit sich selbst nicht wohlgefühlt«, sagte Hanna. »Fühlte sich weder als Junge noch als Mädchen, eher sowohl als auch. Nicht binär heißt das wohl.«

Was sollte das bedeuten? Rebecka konnte nicht folgen, aber sie hielt den Mund. Hanna schaute sie an, als rechnete sie damit, dass Rebecka losbrüllte. Auch ihr Kollege blickte sie schweigend an. Wie hieß er noch mal? Sie hatte seinen Namen mehrmals gehört, und es störte sie, dass sie sich nicht daran erinnern konnte.

Rebecka schaute zum Fenster hinaus. Sie hatte gemerkt, dass es Joel nicht gut ging. Warum hatte sie ihn nicht gezwungen, mit ihr zu reden? Ganz der Feigling, der sie immer schon gewesen war, hatte sie darauf gehofft, dass sich das Problem einfach mit der Zeit selbst lösen würde. Stattdessen hatte er sich anderswo Unterstützung gesucht.

»Sagt dir der Name Tina etwas?«, fragte Hanna.

»Nein.«

»Und Markus Johansson?«

»Nein.«

»Ich kann dir ein Foto zeigen.«

Hanna holte ein Bild aus einer Mappe und legte es vor Rebecka auf den Küchentisch. Darauf war ein Mann mit hellbraunen Haaren.

»Den habe ich noch nie gesehen«, sagte sie. »Was hat er mit Joel gemacht?«

Hanna antwortete nicht, holte nur ein weiteres Bild aus der Mappe. Man konnte sehen, dass es abends aufgenommen worden war. Die Sonne war noch nicht untergegangen, aber das intensive Abendlicht verlieh der Umgebung eine besondere Schärfe. Rebecka erkannte den Ort. Das war der Rastplatz am Möckelmossen, wo Joel gefunden worden war. Sie sah mehrere Menschen und das Absperrband der Polizei. Das musste vom ersten Abend sein. Als sie zum ersten Mal dort gewesen war, hatte sie kein Absperrband mehr gesehen. Hanna tippte auf den Mann mitten im Bild.

»Weißt du, wer das ist?«

»Ja, das ist Gabriel. Mein Nachbar.«

»Andersson? Der hier im blauen Haus wohnt?«

»Ja, der Vater von Linnea. Und Elias. Warum willst du das wissen?«

Rebecka wusste die Antwort, bevor Hanna sie aussprach. Sie stand ihr ins Gesicht geschrieben.

»Das darf ich leider nicht sagen.«

Bei dem Blick, den die beiden wechselten, wurde ihr schlecht. Jetzt wollte sie tatsächlich schreien: *Warum willst du das wissen?*

Hanna überließ ihr den Stapel Fotos vom Rastplatz, und Rebecka blätterte sie durch, konnte sich aber auf keines konzentrieren, sah nur das eine von Gabriel.

»Wir müssen weiter«, sagte Hanna. »Aber ich verspreche dir, dass ich mich bei dir melde, sobald ich kann.«

»Aber ich möchte es jetzt wissen!«

Hanna umarmte sie noch einmal.

»Das geht leider noch nicht. Aber bald. Und bitte, bitte, bleib zu Hause.«

Rebecka schlug ihre Arme weg, wütend auf Hanna. Wie konnte sie nur?

65

Die Tür zu Rebeckas Haus wurde hinter Hanna geschlossen. Es tat weh, sie mit so wenigen Informationen zurückzulassen. Aber die Ermittlungen liefen noch. Sie durfte ihre Vermutungen nicht teilen, weil sie damit genauso gut falschliegen konnte. Schließlich gab es auch andere Erklärungen dafür, dass Gabriel Andersson so oft zum Möckelmossen gefahren war, nachdem Joel dort tot aufgefunden worden war. Vielleicht steckten Schuldgefühle anderer Art dahinter. Eine eigene Tragödie, die er bewältigen musste. Ein solcher Todesfall konnte so vieles auslösen.

Erik holte sein Handy heraus und rief bei Ove an.

»Wie geht es dir?«, fragte er, nachdem er aufgelegt hatte.

»Es ist, wie es ist. Was sagt der Chef?«

Sie sprach leise, damit Rebecka sie nicht verstehen konnte.

»Dass wir Gabriel Andersson ins Präsidium bringen sollen, um ihn zu vernehmen.«

Das war eine naheliegende Anweisung: erst einmal hören, was er zu sagen hatte.

Sie gingen zu Anderssons Haus, vor dem ein roter Nissan in der Auffahrt stand. Hanna war sich ziemlich sicher, dass es Ulrikas Wagen war. Beim Vorbeigehen spürte sie, dass die

Motorhaube warm war. In der Küche brannte Licht, und Erik drückte auf die Klingel. Ulrika öffnete ihnen, und da sie sich kürzlich erst bei Linneas Befragung gesehen hatten, wiesen sie sich nicht noch einmal aus.

»Sind Sie allein zu Hause?«, fragte Hanna.

»Ja. Wieso?«

»Dürfen wir reinkommen?«

Erik machte schon einen Schritt auf sie zu, während er das fragte, und Ulrika wich direkt zurück, um sie hereinzulassen. Sie war blass, bewegte sich vorsichtig und schaute sie nicht direkt an. Das musste noch nichts heißen: Viele Menschen wurden nervös, wenn die Polizei bei ihnen klingelte, schließlich verhieß das selten etwas Gutes. Hanna fragte sich, ob Linnea von den Drogen erzählt hatte, doch sie bezweifelte es. Das musste aber noch warten. In der Küche blieb Ulrika stehen und schaute sich um, räumte dann weiter Lebensmittel weg.

»Könnten wir uns vielleicht setzen?«, fragte Hanna.

»Moment, ich muss erst noch die Sachen in den Kühlschrank stellen.«

Ulrika räumte eine Flasche Milch und ein Paket Butter weg. Langsam. Als bräuchte sie noch einen Moment, um sich zu sammeln.

»Wo ist Ihr Mann?«, fragte Erik, als Ulrika sich gegenüber von ihnen gesetzt hatte.

»Bei der Arbeit.«

»Wo arbeitet er?«

»An der Privatschule in Färjestaden.«

Kaum hatte Erik ihren Mann erwähnt, waren Ulrika die Tränen gekommen.

»Können Sie uns erklären, warum Sie weinen?«, fragte Hanna.

»Ich mache mir solche Sorgen um Gabriel.«

»Warum?«

Jetzt weinte Ulrika zu heftig, um antworten zu können. Hanna riss ein Blatt von der Küchenrolle auf dem Tisch und reichte es ihr. Ulrika presste es sich gegen die Augen. Nach einer kleinen Weile schnäuzte sie sich hörbar. Noch einmal fragte Hanna, woher Ulrikas Sorge um Gabriel kam, doch die schüttelte nur den Kopf.

»Was haben Sie nach dem Grillen gemacht?«, fragte Erik.

»Ich habe in der Küche schon mal das gröbste Chaos beseitigt, und dann bin ich ins Bett gegangen.«

»Und Gabriel?«

»Auch.«

»Aber?«

Ihr war deutlich anzusehen, dass der Abend damit noch nicht vorbei gewesen war, sie jedoch Angst hatte, darüber zu sprechen. Sie schloss die Augen. Vielleicht musste sie sich ja vorstellen, allein zu sein, um das auszusprechen.

»Er ist noch mal aufgestanden. Während ich schlief. Irgendwann bin ich aufgewacht, da war er weg.«

»Haben Sie auf die Uhr geschaut?«, fragte Hanna.

»Ja. Es war halb eins. Ich bin ins Bad, aber da war er nicht. Unten im Erdgeschoss auch nicht.«

Ulrika öffnete die Augen wieder, schaute sie aber nicht an.

»Wann ist er nach Hause gekommen?«, fragte Erik.

»Erst um drei. Ich konnte nicht einschlafen ohne ihn.«

»Was ist denn passiert, als er wieder da war?«

Ulrika antwortete nicht. Ihre Miene war unbewegt. Hanna wiederholte Eriks Frage.

»Ich habe so getan, als würde ich schlafen«, sagte Ulrika.

»Und was hat Gabriel gemacht?«

»Er hat die Waschmaschine angestellt und dann geduscht. Es hat sicher eine halbe Stunde gedauert, bis er ins Schlafzimmer kam, um sich hinzulegen. Er war so betrunken, dass er neben der Tür gegen die Wand lief.«

»Wissen Sie, wo er gewesen ist?«, fragte Erik.

Ulrikas Miene wurde hart.

»Er betrügt mich. Wieder. Obwohl er versprochen hat, damit aufzuhören. Und dann an seinem Geburtstag, nachdem ich … Wir hatten einen so schönen Abend, und dann verschwindet er einfach und …«

»Hat er sich an den letzten Tagen ungewöhnlich verhalten?«

Die Härte verschwand. Ulrika lehnte sich vor, verbarg das Gesicht in den Händen. Ihr Körper wurde von Schluchzern geschüttelt. Sie warteten ab. Erik riss ein weiteres Stück von der Küchenrolle und reichte es ihr.

»Er ist rumgehuscht wie ein Schatten. Ich habe ihn mehrfach gefragt, was los ist, aber er sagt, ich sehe Gespenster, dass nichts ist. Ich glaube nicht mal, dass er wirklich bei der Arbeit ist. In seiner Verfassung kann er eigentlich unmöglich unterrichten.«

Wieder erfüllten ihre Schluchzer die Küche.

»Ich hätte ihn zur Rede stellen sollen, als er nach Hause kam, aber ich war zu feige.«

Ulrika tupfte sich die Augen trocken und putzte sich die Nase.

»Ich bin zu feige. Ich habe versucht, mit Rebecka über meinen Verdacht zu sprechen, aber nicht mal das hab ich hinbekommen.«

»Was ist denn Ihr Verdacht?«

Hanna ahnte es, wollte es aber von Ulrika selbst hören.

»Dass Gabriel irgendwie mit Joels Tod zu tun hat«, flüsterte

Ulrika. »Ich weiß nicht warum oder wie, aber das ist die einzige Erklärung dafür … Wie er … Und wie spricht man so was an?«

Nun schaute Ulrika auf, schaute sie an, als erwarte sie, dass sie darauf eine Antwort wüssten. Ihr Blick blieb bei Hanna haften, nagelte sie fest.

»War es Gabriel? Hat er Joel getötet?«

»Noch wissen wir nur, dass wir unbedingt mit Ihrem Mann sprechen müssen. Wo könnte er denn sein, wenn er nicht in der Schule ist?«

»Ich weiß es nicht. Ich weiß gar nichts mehr.«

»Bitte, denken Sie nach.«

»Vielleicht bei seiner anderen. Wer immer das gerade wieder ist.«

66

Vorsichtig schob Rebecka die Jalousie beiseite. Nur ein winziges Stück, damit Hanna und Erik sie nicht bemerkten. Erik, so hieß er, und Rebecka war ein kleines bisschen erleichtert, dass ihr sein Name wieder eingefallen war. Als würde das beweisen, dass sie keine Totalversagerin war.

Sie standen bei ihrem Wagen, und Erik telefonierte. Als er das Gespräch beendet hatte, flüsterten sie miteinander. Die Mienen ernst. Dann gingen sie zu Gabriel und Ulrika, und dann konnte sie wegen der verdammten Hecke, die Petri längst hatte schneiden wollen, nichts mehr sehen.

Rebecka warf einen Blick auf die Uhr. Eigentlich sollte Ulrika jetzt zu Hause sein. Rebecka eilte an das Fenster der Giebelwand, konnte von dort aber nur erkennen, dass die Haustür geöffnet und wieder geschlossen wurde.

Rebeckas Panik war so überwältigend, dass sie nicht wusste, wohin mit sich. Am liebsten wäre sie selbst hinübergerannt und hätte sich gewaltsam Zugang zum Nachbarhaus verschafft. Verlangt, dass man ihr genau erklärte, was hier gerade vorging. Sie konnte unmöglich stillhalten. Wanderte von der Küche ins Wohnzimmer und zurück, während sie an den Nägeln kaute.

Vielleicht konnte sie ja von oben was sehen? Sie rannte hinauf in Joels Zimmer, stolperte über die Türschwelle, torkelte zum Fenster. Das Einzige, was sie von hier sehen konnte, waren Linneas Zimmer, der Garten und die Auffahrt. Aber sie waren noch da drin, das mussten sie sein. Sonst hätte sie gehört, wie der Wagen gestartet wurde. Joels Zimmer hatte kein Fenster zur Vorderseite, weshalb sie nicht sehen konnte, ob sie schon weggefahren waren.

Irgendwie beruhigte es sie, in Joels Zimmer zu sein. Eigentlich wollte sie die Auffahrt nicht aus den Augen lassen, trotzdem schaute sie sich um. Das ungemachte Bett. Der Stuhl mit den Sachen, die zu schmutzig für den Kleiderschrank, aber noch zu sauber für die Wäsche waren. Der Schreibtisch, auf dem die Skizzenbücher fehlten. Die kleine Schneekugel mit der Ballerina, die er mit sechs auf dem Trödelmarkt von seinem Taschengeld gekauft hatte.

Trans? Weder Junge noch Mädchen, sondern sowohl als auch? Hatten sie wirklich von ihrem Sohn gesprochen?

Geliebter, kleiner Joel. Nein, sie weigerte sich, das zu glauben. Sie hatte das Gefühl, Hanna hätte eine Bombe gezündet, sie mit blutigen Beinstümpfen daliegen sehen und einfach zurückgelassen.

Rebecka griff nach dem Kapuzenpulli, der ganz oben über dem Stuhl hing, und drückte ihre Nase hinein. Er roch noch nach ihm. Ihre Beine gaben nach, weshalb sie sich schnell an der Fensterbank abstützte und fast den kleinen Buddha umstieß. Die Räucherstäbchen hatte er so offensichtlich nur gehabt, um den Haschgeruch zu kaschieren. War sie wirklich so dämlich oder hatte sie es einfach nicht sehen wollen?

Joel war fort, und so viel in ihr wehrte sich immer noch dagegen.

Sie weigerte sich einfach, das zu akzeptieren.

Wieder starrte sie zur Auffahrt hinüber. Wieso dauerte das so lange?

Schließlich sah sie, wie Hanna und Erik das Haus verließen. Sie war zu weit weg, um ihre Mienen lesen zu können, also rannte sie wieder hinunter in die Küche. Durch die Jalousie wirkte es, als würden sie direkt auf sie zukommen. Für einen Augenblick dachte Rebecka, sie würden bei ihr klopfen, aber sie stiegen nur ins Auto und fuhren weg.

Zur Hölle mit dir, Hanna.

Zur Hölle mit allem.

Rebecka versuchte nicht mal, sich davon abzuhalten. Sie rannte zu Ulrika hinüber und klingelte. Als sie nicht öffnete, hämmerte Rebecka mit den Fäusten gegen die Tür.

»Mach auf, Ulrika. Ich weiß, dass du da bist.«

Die Faust war gerade wieder unterwegs Richtung Tür, als sie aufging. Ulrikas Augen waren rot und geschwollen, mit den Händen umklammerte sie ihre Oberarme. Sie trug diese grässlich fusselige Strickjacke.

»Es tut mir so unfassbar leid.«

»Ja, das sagtest du bereits. Aber was genau eigentlich?«

Ulrika antwortete nicht, starrte nur zu Boden. Rebecka schob sich an ihr vorbei in den Flur. Schaute sich um, dabei wusste sie, dass Gabriel nicht zu Hause war. Ulrika drehte sich zu ihr um, und Rebecka schrie sie an.

»Hat Gabriel Joel umgebracht? War er es?«

»Ich weiß es nicht. Aber ich glaube schon.«

»Warum hast du denn nichts gesagt, verdammt noch mal?«

Ulrika sackte zu Boden, reckte die Arme in die Luft. Es sah aus, als würde sie beten.

»Ich habe es versucht.«

»Versucht«, zischte Rebecka. »Das hat ja prima geklappt.«

Sie war so wütend, am liebsten hätte sie Ulrika geschlagen. Getreten.

»Du kannst dir nicht vorstellen, wie die letzten Tage für mich waren«, sagte die Frau, mit der sie mal befreundet gewesen war.

Ulrika rappelte sich auf, kam auf sie zu.

»Und was ist mit mir?«, brüllte Rebecka. »Was glaubst du, wie die letzten Tage *für mich* waren? Was immer dein kranker Mann getan hat, immerhin lebt er noch. Joel ist tot!«

Wie hatte sie nur mit Gabriel schlafen können? Sich wünschen, sie wären ein Paar?

Rebecka schob sich an Ulrika vorbei nach draußen. Mit hämmerndem Herzen rannte sie nach Hause. Sie brauchte Petri, wie sie ihn noch nie zuvor gebraucht hatte. Denn sie begriff, wann es passiert sein musste. Als sie über der Toilette im Atelier hing und kotzte und schluchzte und dachte, ihr Leben wäre vorbei, weil Gabriel sie nicht länger wollte. Laut Polizei hatte Joel sich ja in der Nacht davongeschlichen. Er musste nach Hause gekommen sein und …

Was hatte er gesehen? Was war Joels letzter Eindruck von ihr gewesen?

Der letzte Tag

Vier Schritte, dann dreht er sich wieder um. Wagt es nicht, der Stille hinter sich zu trauen. Das einzige Geräusch kommt von den Grillen. Keine Motoren. Keine Vögel. Ihm fehlt der Gesang der Nachtigall. Die hohen, schnellen Laute, die das Dunkel zurückdrängen.

Ein Schatten am Wegesrand lässt ihn zusammenzucken, und sofort macht die gebrochene Rippe sich mit einem Stechen bemerkbar.

Es ist nur ein Busch.

Die Dunkelheit wimmelt von Gestalten, die um ihn herumtanzen. Immer schneller, immer näher, sie rauben ihm den Atem. Vielleicht hat die Rippe auch die Lunge verletzt.

Irgendwann entdeckt er das Licht. Einen Punkt, der allmählich zu einem Viereck wächst. In seinem Kopf hämmert es, Übelkeit überkommt ihn stoßweise, lässt das Licht schwanken. Er versucht, sich mit dem Blick daran zu klammern. Dorthin muss er.

Seine Beine geben nach, er sinkt auf die Knie. Stützt sich mit den Händen ab. Sein Mund füllt sich mit Magensäure.

Wie verlockend es wäre, einfach liegen zu bleiben.

Aber er ist so nah.

Er rappelt sich auf und stolpert weiter. Hinter ihm knirscht es. Schritte? Nein, das darf nicht sein. Sicher nur ein Tier.

Dann erkennt er eine Bewegung im schwachen Licht. Die Augen wehren sich gegen das, was sie sehen, wollen die Information nicht weiterleiten.

Warum?

Die Frage erschüttert ihn, erschüttert den Boden unter seinen Füßen. Alles wird kaputtgehen.

Wie gebannt starrt Joel zum Atelierfenster.

Mama.

Und Gabriel.

Wie kann sie nur?

Ihr Gesicht ist verzerrt vor Sehnsucht, aber Gabriel will sie nicht. Mama wirft sich ihm an den Hals, aber er weicht zurück. Sie fällt zu Boden, Joel kann sie nicht länger sehen. Aber losreißen kann er sich von dem Schauspiel trotzdem nicht.

Die Ateliertür fliegt auf, Gabriel stolpert heraus.

»Joel«, flüstert er. »Mein Gott, was ist passiert?«

Und als er Joels Gesichtsausdruck sieht: »Es ist nicht, was du denkst.«

Wieso flüstert er? Scheiße, stinkt der nach Wein.

Joel versucht, sich an ihm vorbeizuschieben. Er muss nach seiner Mutter schauen. Gabriel greift nach seinem Arm, aber Joel reißt sich los. Zu heftig. Er stürzt und kann den Fall diesmal nicht mit den Händen abfangen.

Ein stechender Schmerz jagt vom Bauch aus weiter nach oben. Erst als er sich wieder aufrappelt, begreift Joel, dass der Schmerz nicht von der gebrochenen Rippe kommt. Er schiebt die Hand in die Kängurutasche seines Kapuzenpullis, und als er sie wieder herausholt, ist sie blutrot.

Das Messer. Wie tief …

»Ich hatte ein …«

Weiter kommt er nicht, er sackt auf die Knie.

Ein Wimmern holt ihn zurück. Wieso steht Gabriel einfach nur da? Wieso hilft er ihm nicht?

Und warum in aller Welt verhält er sich, als wäre er der Verletzte?

»Entschuldige.«

Joel glaubt erst, er hat sich verhört. Aber dann sagt Gabriel es wieder, mehrfach.

»Entschuldige, entschuldige, entschuldige.«

Joel ringt mit dem Bewusstsein. Dann spürt er Arme um sich und will schreien: *Nein, aufhören! Das tut zu weh. Ruf einen Krankenwagen.*

Die Arme zwingen ihn auf die Beine.

»Ich bring dich ins Krankenhaus«, sagt Gabriel.

67

Am rechten Straßenrand entdeckte Erik ein Haltestellenhäuschen. Dort musste Joel das Selfie von sich gemacht haben. Gerade wartete dort niemand, und die Sonne schien so stark ins Auto, dass man sich einbilden konnte, der Sommer wäre schon da. Erik sah den verprügelten Joel vor sich. Wie er dort allein mitten in der Nacht gesessen, seine Verletzungen begutachtet und Kraft für das letzte Stück des Nachhausewegs gesammelt hatte.

Erik nahm den Fuß vom Gas, bis sie an der Bushaltestelle vorbei waren, und bog dann ab Richtung Färjestaden. Er klappte die Sonnenblende aus und schielte zu Hanna, die aus dem Seitenfenster schaute. Die Situation belastete sie, auch wenn sie das zu überspielen versuchte.

»Mach dir keine Gedanken um mich«, sagte sie, ohne ihn anzusehen.

Hanna hatte wirklich einen sechsten Sinn für die Gefühlslage anderer.

»Verstanden«, sagte er.

Sein Handy klingelte, und er schaute nach, wer es war. Yadu.

»Mist«, murmelte er. »Das ist mein Schwiegervater. Eigentlich ruft der nicht an, wenn's nicht wichtig ist.«

»Soll ich drangehen?«

Erik schüttelte den Kopf. Wahrscheinlich war es nichts weiter. Vermutlich konnte er nur Supriya gerade nicht erreichen, weil sie in einem Patientengespräch war. Egal wie sehr sie über ihre Eltern klagte, ihre Anrufe ignorierte sie für gewöhnlich nicht.

»Meinst du, es besteht die Gefahr, dass Ulrika ihren Mann warnt?«, fragte Hanna.

»Ehrlich gesagt, halte ich das für unwahrscheinlich.«

»Ich auch.«

»Aber ruf doch mal in der Schule an und frag, ob er da ist.«

Das machte Hanna auch sofort. Sie blickte zu ihm und reckte den Daumen in die Höhe, als sie die Bestätigung hatte. Erik konnte ja nur ihren Teil des Telefonats hören, aber so wie er das verstand, war Gabriel gerade im Unterricht. Ohne zu erklären, warum sie Gabriel sprechen wollten, sagte Hanna, dass die Person am anderen Ende bloß nicht den Unterricht stören, sondern vor der Schule auf sie warten sollte. Sie bräuchten nur noch etwa zehn Minuten.

»Himmel, war die plötzlich gestresst«, sagte Hanna nach dem Auflegen.

»Das ist eigentlich ja sogar verständlich.«

»Ja, schon klar. Sie hat sofort gefragt, ob ein Familienmitglied gestorben ist.«

»Vielleicht hatte Gabriel ja mit ihr die Affäre.«

Darüber schüttelte Hanna nur den Kopf.

Vor ihnen bog ein Traktor von einem Feldweg auf die Straße ab, und Erik stieg in die Eisen. Er schwenkte aus, um ihn zu überholen, doch ihnen kam eine Reihe Autos entgegen. Also sortierte er sich hinter dem Traktor ein, der über die Straße tuckerte, als hätte er alle Zeit der Welt.

»Willkommen auf dem Land«, sagte Hanna.

»Ja, herrlich, diese Entschleunigung«, sagte Erik und lächelte. Er trommelte auf das Lenkrad, bis sich endlich eine Gelegenheit zum Überholen bot. Natürlich hätte er einfach das Blaulicht einsetzen können, aber ein paar Minuten mehr oder weniger würden nun auch keinen gravierenden Unterschied mehr machen. Gabriel Andersson wusste schließlich nicht, dass sie unterwegs waren.

Yadu versuchte es ein zweites Mal, doch Erik ignorierte diesen Anruf genauso wie den ersten, unterdrückte die aufkeimende Sorge. Was immer der Anlass war, Erik konnte sich nicht damit auseinandersetzen, sie hatten die Schule fast erreicht.

Vor dem modernen Glasgebäude stand eine Frau um die dreißig in Jeans und grüner Bluse. Sie knetete nervös ihre Hände. Erik hielt direkt vor dem Eingang.

»Wieso wollen Sie denn zu Herrn Andersson?«, fragte die Frau, als sie gerade ausgestiegen waren.

»Darüber dürfen wir keine Auskunft geben«, sagte er. »Aber er muss uns begleiten. Es wäre also gut, wenn Sie oder jemand anderes mitkommen, um seinen Unterricht zu übernehmen.«

»Das kann ich machen. Ich bin übrigens Sandra Dahl.«

Sie streckte ihnen die Hand entgegen, und auch sie stellten sich vor.

Kurz überlegte Erik, ob er Sandra Dahl bitten sollte, Gabriel aus dem Unterricht zu holen. Es bestand ein gewisses Risiko, dass er in Panik verfiel, wenn er begriff, dass sie von der Polizei waren. Aber die Verantwortung konnten sie nicht abgeben. Vor allem nicht an diese nervöse Frau. Gabriel würde sofort merken, dass etwas nicht stimmte. Alternativ konnten sie natürlich das

Ende der Stunde abwarten, aber dann wären die Flure voller Menschen. Gerade waren sie fast leer.

Die Frau brachte sie zum Klassenzimmer, nickte zur Tür und trat dann einen Schritt zurück.

Erik klopfte an, wartete aber keine Reaktion ab, sondern öffnete sogleich.

»Guten Tag, Herr Andersson, ich weiß nicht, ob Sie sich noch an mich erinnern. Ich heiße Erik Lindgren und bin von der Polizei Kalmar. Das ist meine Kollegin Hanna Duncker. Wir müssen Sie bitten mitzukommen.«

Gabriel sah aus wie ein Reh im Scheinwerferlicht. Er sagte nichts, starrte sie nur an. Erik hatte am allerersten Ermittlungstag mit ihm gesprochen, kurz nachdem sie Rebecka die Todesnachricht überbracht hatten. Hätte er schon da Verdacht schöpfen müssen?

Nein, der Gedanke war müßig. Genauso müßig wie der Gedanke, dass er Hanna gestern direkt um die Aufnahmen vom Rastplatz hätte bitten sollen. Dabei hätte er Gabriel sofort identifizieren und sie sich den Weg zu Rebecka sparen können.

»Machen Sie sich um die Klasse keine Sorgen«, sagte Erik. »Sandra Dahl übernimmt den Unterricht.«

Gabriel zuckte zusammen, als Erik Sandras Namen aussprach, und wirkte, wenn möglich, sogar noch gestresster. Vielleicht lag Erik ja richtig mit seiner Vermutung, dass Gabriel just mit ihr die Affäre hatte. Im Klassenzimmer war es trotz all der anwesenden Jugendlichen mucksmäuschenstill. Gabriel schaute erst seine Schüler an, dann wanderte sein Blick zum Fenster. Er hielt einen Stift in der Hand, die Tafel hinter ihm war mit mathematischen Gleichungen vollgeschrieben.

Erik beobachtete Gabriel genau, bereit loszusprinten, sollte das nötig sein. Hinter dem Fenster war nur blauer Himmel zu sehen. Langsam wandte Gabriel den Kopf wieder der Klasse zu. Dann schloss er die Augen. Als er sie wieder öffnete, drehte er sich zur Tür und ging auf Erik zu.

68

Die Flure waren zum Großteil noch immer leer. Hanna und Erik flankierten Gabriel, und Hanna behielt alles rechts von ihnen im Blick. Die Schülerinnen und Schüler, denen sie begegneten, interessierten sich nicht für sie, aber eine ältere Frau drehte sich um und schaute ihnen nach. Dabei machte Hanna sich keine Gedanken über die anderen, sondern über Gabriels Reaktion, falls jemand etwas sagen sollte. Menschen unter Stress waren unberechenbar.

Als Erik die Ausgangstür öffnete, warf Hanna noch einen letzten Blick zurück. Sandra Dahl stand noch im Gang und schaute ihnen nach. Vielleicht hatte Erik mit seiner Vermutung ja tatsächlich recht gehabt.

Gabriel blieb zögernd vor der geöffneten Autotür stehen.

»Sie haben keine Wahl«, sagte Hanna. »Sie müssen mitkommen.«

Gabriel schaute sie an, dann öffnete er den Mund, als wolle er etwas sagen. Doch als die Tür zur Schule hinter ihr aufging, schloss er den Mund wieder und stieg ein. Erik entschuldigte sich, er müsse kurz telefonieren. Mit dem Schwiegervater, vermutete Hanna. Obwohl sie neugierig war, setzte sie sich auf den Beifahrersitz. Sie wandte sich an Gabriel.

»Wir fahren aufs Präsidium in Kalmar, wo wir Sie vernehmen werden. Sie werden verdächtigt, Joel Forslund ermordet zu haben. Sie haben das Recht auf einen Anwalt.«

Hanna sprach langsam, damit Gabriel folgen konnte. Erst betrachtete er sie, als hätte er kein Wort verstanden. Aber als sie alles noch einmal wiederholte, unterbrach er sie.

»Ich will keinen Anwalt.«

Erik stieg ein, und Hanna schaute ihn fragend an.

»Meine Schwiegermutter ist im Krankenhaus. In der Notaufnahme. Sie hatte einen Herzinfarkt.« Er schüttelte ratlos den Kopf. »Supriya geht nicht ans Telefon, wahrscheinlich ist sie gerade in einer Behandlung.«

»Was willst du jetzt machen?«

»Erst mal gar nichts. Ich habe Supriya eine Nachricht hinterlassen.«

Er startete und fuhr los.

»Wie ernst ist es?«, fragte Hanna.

»Das können sie noch nicht sagen. Aber Yadu ist total durcheinander, es war nicht leicht, etwas aus ihm herauszubekommen.«

Hanna beobachtete Gabriel über den Rückspiegel. Er schaute zur Seite und schien ihnen nicht zuzuhören. Die Hände lagen gefaltet in seinem Schoß. Selbst wenn er versuchen sollte auszubrechen, würde das nicht funktionieren, denn die Hintertüren ließen sich nur von außen öffnen. Am liebsten wollte Hanna Erik vorschlagen, direkt zum Krankenhaus zu fahren. Aber sie wusste, dass sie an seiner Stelle niemals darauf eingegangen wäre.

Wie aus Reflex wandte Hanna den Kopf zur Seite, als sie auf die Ölandbrücke kamen. Der Anblick des Wassers wirkte sofort beruhigend auf sie, doch ganz wollte die Anspannung nicht weichen. Der nächste Schritt war entscheidend. Ihr Instinkt sagte ihr, dass Gabriel Andersson schuldig war, aber das hieß nicht, dass er auch gestehen würde. Oder dass es zu einer Anklage käme. Wieder schaute sie über den Rückspiegel zu ihm, aber er schien sich nicht mal bewegt zu haben.

Die Abfahrt zum Präsidium kam immer näher.

»Ganz sicher?«, fragte Hanna.

Noch einmal würde sie nicht nachhaken. Erik antwortete, indem er abbog.

Sie brachten Gabriel in ein Vernehmungszimmer.

»Wollen Sie etwas zu trinken?«, fragte Hanna.

Gabriel schaute sie an, als wäre das die dümmste Frage, die er je gehört hätte, dann schüttelte er den Kopf.

Erik startete die Aufnahme, nannte Datum, Zeit und Anwesende, außerdem den Grund für Gabriel Anderssons Vernehmung.

»Können Sie uns erzählen, was in der Nacht vom vierzehnten auf den fünfzehnten Mai passiert ist?«, fragte Hanna.

Gabriels Blick wanderte von ihnen zur Tür und zurück. Aber es war wie im Auto, es gab keinen Ausweg. Das Seufzen, das darauf folgte, hätte genauso gut ein Schluchzen sein können.

»Ich bin am vierzehnten vierzig geworden. Ulrika hat einen Grillabend für mich organisiert. Die Nachbarn kamen rüber. Und dabei wurde mir bewusst, was für ein Idiot ich gewesen bin.«

»Gewesen bin?«

»Ja. Ich habe meine Frau betrogen und an dem Abend beschlossen, das mit der anderen zu beenden. Ich war lange genug das Arschloch. Ich liebe Ulrika. Meine Kinder. Ich brauche sonst niemanden.«

Dass er auf die Fragen antwortete, war ein gutes Zeichen. Die meisten Vernehmungen liefen so, ähnelten eher Unterhaltungen. Wenn die Verdächtigen redeten. Manchmal sagten sie auch gar nichts. Und mitunter passierte es, dass sie sich die irrsten Geschichten ausdachten, nur um davonzukommen.

»Haben Sie sich noch in dieser Nacht mit der anderen Frau getroffen?«

»Ja, ich bin zu ihr rübergegangen.«

»Sie wohnt also in Gårdby«, stellte Erik fest.

»Ja«, sagte Gabriel.

»Wie heißt sie?«, fragte Hanna.

Sie war sicher, dass er *Sandra Dahl* sagen würde.

»Rebecka. Joels Mutter.«

Diese Antwort schockierte Hanna so sehr, dass es ihr nicht gelang, eine neutrale Miene beizubehalten. Sie hatte in Vernehmungen schon fürchterliche Dinge gehört, ohne zu zeigen, was in ihr vorging. Denn jede Reaktion konnte potenziell dafür sorgen, dass der Verdächtige sich verschloss. Aber das hier traf sie bis ins Mark. Wieso hatte Rebecka das nicht erwähnt? Hatte sie etwa die ganze Zeit gewusst, wer Joels Mörder war?

»Wo haben Sie sich in der Nacht getroffen?«, fragte sie und hörte selbst, wie anklagend sie dabei klang.

»In ihrem Atelier.«

»Wie hat sie darauf reagiert, dass sie die Affäre beenden wollten?«, fragte Erik und lenkte die Aufmerksamkeit wieder auf sich.

»Nicht gut. Wir haben gestritten.«

»Hatten Sie getrunken?«

»Ja, schon beim Grillen nicht wenig. Und ins Atelier hatte ich auch eine Flasche Wein mitgebracht, die wir zusammen leerten. Ich musste mir wohl Mut antrinken, um …«

Gabriel verstummte und starrte auf die Tischoberfläche.

»Was ist im Atelier passiert?«, fragte Erik.

»Ach, es war einfach nur schrecklich«, sagte Gabriel. »Sie hat grässliche Dinge geschrien. Ein paar stimmten, aber die meisten nicht. Trotz allem war ich froh, dass ich dem Ganzen ein Ende gesetzt hatte.«

Hanna wusste, dass sie lieber still bleiben sollte, aber sie konnte nicht.

»Und wie kam es dazu, dass Joel erstochen wurde?«

Eigentlich wollte sie nur wissen, wie sehr Rebecka in die Sache verstrickt war. Gabriels Blick blieb auf die Tischoberfläche gerichtet. Es war nicht zu übersehen, dass er kurz davor war, die Kontrolle zu verlieren.

»Haben Sie Joel erstochen?«, fragte Erik.

Gabriel schüttelte den Kopf.

»Sie müssen laut antworten für die Aufnahme.«

»Nein, ich habe ihn nicht erstochen. Ich habe Rebecka gesagt, dass ich ihr nicht länger zuhören würde. Dass ich gehen wollte. Da hat sie sich mir praktisch an den Hals geworfen, aber ich habe einen Schritt zurückgemacht, und sie ist auf dem Boden gelandet. Lag da und hat sich an mein Bein geklammert. Ich hab gesagt, sie soll sich zusammenreißen …«

Gabriels Wangen färbten sich tiefrot, woraus Hanna schloss, dass seine eigentlichen Worte vermutlich um einiges schärfer gewesen waren.

»Rebecka ist dann in das kleine Bad gekrochen, und ich habe gehört, wie sie sich übergeben hat. Als ich mich umdrehte, um zu gehen, hab ich gesehen, dass jemand vor dem Fenster stand, also bin ich raus. Anfangs hab ich gar nicht begriffen, dass das Joel war. Er sah so komisch aus. Hatte Blut im Gesicht …«

Fast sehnsüchtig schaute Gabriel zur Tür.

»Erzählen Sie weiter«, verlangte Hanna. Immerhin gelang es ihr, ruhig zu klingen.

»Ich glaube, ich habe ihn gepackt. Ich wollte mit ihm reden. Ihm erklären, was er da gesehen hatte. Dass er das niemandem sagen durfte. Aber er hat sich losgerissen und ist hingefallen. Auf den Bauch. Als er wieder auf die Beine kam, sah er noch komischer aus. Er hat eine Hand in die Tasche von seinem Pulli gesteckt, und als er sie wieder rauszog, war sie ganz blutig.«

Gabriel verstummte, seine Gedanken waren offensichtlich ganz woanders. Vermutlich bei Joel.

»Und was haben Sie dann gemacht?«, fragte Hanna.

Gabriel antwortete nicht, doch als sie ihre Frage wiederholte, zuckte er zusammen.

»Ich habe Panik bekommen. Ich hab ihn zum Auto gebracht und gesagt, dass ich ihn ins Krankenhaus fahre. Das hatte ich auch vor. Aber er hat so wahnsinnig geblutet. Er hatte ein Messer in der Tasche. Verstehen Sie? Ein verdammtes Messer!«

»Ja«, sagte Hanna, damit Gabriel nicht aufhörte, sondern weitererzählte.

»Joel ist im Auto gestorben, und ich wusste nicht, was ich machen sollte. Bin sicher eine Stunde 'rumgefahren. Irgendwann hab ich dann am Möckelmossen angehalten und ihn dort aus dem Wagen gezogen.«

»Warum haben Sie nicht nach Rebecka gerufen?«, fragte Hanna.

Wieder gelang es ihr, einen sachlichen Ton zu wahren. Sie wollte nicht, dass er verstummte und sie ohne alle Antworten zurückließ. Aber diese Frage ließ Gabriel zusammenbrechen. Er sackte auf dem Tisch zusammen, sein ganzer Körper bebte vor Schluchzern.

»Die hätte ich nicht ertragen«, flüsterte er. »Und ich wollte nicht, dass sie das sah. Nicht in ihrem Zustand.«

»Und warum haben Sie keinen Krankenwagen gerufen?«

Gabriel setzte sich abrupt auf.

»Ich hab Panik bekommen«, sagte er. »Ich dachte, es ginge schneller, wenn ich ihn selbst ins Krankenhaus fahre. Außerdem wollte ich unterwegs mit ihm reden. Damit er Ulrika nichts erzählte.«

»Und dann?«

»Joel ist gestorben, und ich ... Ich wollte mich selbst schützen. Er war schließlich schon tot, ihm war nicht mehr zu helfen. Aber meine Familie ... die musste ich retten. Ulrika hat mir so viele Chancen gegeben. Unsere Ehe wäre vorbei gewesen, wenn sie erfahren hätte, mit wem ich ... Ich liebe sie. Also, Ulrika. Scheiße ... Ich kapiere nicht, wie ich so verdammt dumm sein konnte.«

Hanna wusste nicht, was genau er damit meinte, und vielleicht spürte er das, denn er schaute sie direkt an.

»Ich hätte den Notruf wählen sollen«, sagte er. »Ich bereue das alles so sehr, dass es mich völlig fertigmacht. Aber ich hatte eine Art Kurzschluss im Kopf. Ich konnte einfach nicht klar denken.«

»Wie haben Sie Joel zurückgelassen?«, fragte Hanna.

»Am Möckelmossen. Dort, wo er gefunden wurde.«

»Ja, aber ich meinte, wie sah er aus, als Sie weggefahren sind?«

»Er war tot«, sagte Gabriel. »Da war kein Puls mehr.«

Vielleicht verstand er ihre Frage nicht, weil er so aufgewühlt war. Oder aber er wollte nicht darüber sprechen.

»Beschreiben Sie uns bitte, wie Sie Joel an dem Rastplatz zurückgelassen haben«, sagte Hanna. »Wie sah er aus, als Sie gefahren sind?«

»Ich habe ihn aus dem Wagen gezogen«, sagte Gabriel. »Dabei fiel das Messer aus seiner Tasche, das habe ich erst mal ins Auto gelegt, später aus dem Fenster geworfen.«

»Haben Sie es angefasst?«

»Nur mit dem Jackenärmel.«

»Wo genau?«

»An der Klinge. Nicht an der Spitze, eher oben am Griff.«

»Und Joel?«

»Er lag auf der Seite und hat sich nicht bewegt.«

»Haben Sie ihm etwas in die Hand gesteckt?«

»Nein«, sagte Gabriel unsicher.

»Als er gefunden wurde, lehnte er an der Mauer«, sagte Hanna. »Und er hielt eine Blüte in der Hand.«

»Nein«, sagte Gabriel. »Das kann nicht sein.«

Er sah wirklich so aus, als würde er ihr nicht glauben. Vermutlich war das eine Art Selbstschutz, um nicht völlig durchzudrehen. Hanna brauchte Luft, aber eine Frage hatte sie noch, bevor sie die Vernehmung abschließen konnte.

»Hat Rebecka irgendetwas davon mitbekommen?«

»Nein. Ich bin mir sicher, dass sie nichts mitbekommen hat.«

Hanna stoppte die Aufnahme.

»Wie geht es jetzt weiter?«, fragte Gabriel.

»Wir sprechen mit der Staatsanwaltschaft, und Sie müssen definitiv mit einer Haftstrafe rechnen.«

Gabriel wirkte nicht so, als hätte er damit gerechnet, gehen zu dürfen.

»Was werden Sie Ulrika sagen?«, fragte er. »Über Rebecka und das, was passiert ist?«

»Wir müssen ihr nur sagen, dass Sie verhaftet wurden. Aber Ulrika wusste schon, dass Sie untreu waren. Allerdings glaube ich nicht, dass ihr klar war, mit wem.«

Die letzten Minuten

Joel kommt zu sich und weiß nicht, wo er ist. Gerade saß er doch noch in einem Auto.

Es ist so unfassbar dunkel, die Luft an seinem Gesicht ist kalt. Vermutlich ist er deshalb aufgewacht. Er liegt auf rauem Boden. Einem Feldweg vielleicht?

Er tastet mit der Hand nach seinem Bauch, der ganz feucht ist. Alles tut weh, nicht nur der Bauch. Der Kopf, die Rippe, der Rücken … Trotzdem kann er sich bewegen.

Neben ihm ist eine Mauer, und mit ein wenig Anstrengung rutscht er hin, um sich anzulehnen. Wieso hat Gabriel ihn hier abgesetzt? Wieso hat er ihn nicht ins Krankenhaus gebracht? Allmählich kann er Konturen in der Dunkelheit erkennen, aber noch nicht genug, um darauf schließen zu können, wo er ist.

Dann richtet er den Blick in den Himmel, auf all die Sterne.

Mama und Gabriel.

Nein, daran will er nicht denken. Wie Mama sich Gabriel an den Hals geworfen hat, diese armselige Sehnsucht auf ihrem Gesicht.

Was für ein Scheißtag das ist, und er hört überhaupt nicht auf, wird nur immer schlimmer und schlimmer.

Joel neigt sich zur Seite. Er muss aufstehen, muss hier weg. Aber er ist zu schwach. Irgendwas ertastet er, als er auf dem Boden nach Halt sucht. Verwundert stellt er fest, dass es eine Blüte ist. Joel versucht zu erkennen, was für eine es ist, aber es ist zu dunkel.

Er will nach Hause. In sein Bett, zu seiner Familie. Tina hat recht, er muss es seiner Mutter sagen. Der Begriff, den Tina verwendet hat – nicht binär –, kommt ihm vor wie eine Art Schlüssel. Plötzlich ergab alles einen Sinn. Vielleicht hat er sich deshalb im ersten Moment so dagegen gewehrt. Sich gegen Tina gewehrt.

Er muss sich unbedingt entschuldigen für all die gemeinen Sachen, die er gesagt hat.

Mika.

Joel testet den Namen.

Ja, wenn er alt genug ist, will er diesen Namen annehmen. Wenn Mama nicht sogar eher zustimmt. Vielleicht fällt es ihm ja leichter, mit ihr zu sprechen, jetzt wo er weiß, dass auch sie ein Geheimnis hat.

Joel lehnt den Kopf gegen die Mauer und schließt die Augen. Sein Herz ist ein kleiner, hüpfender Vogel. Und jetzt hört er sie wieder: die hohen, schnellen Laute, die ihm auf dem Weg zum Wald Gesellschaft geleistet hatten.

Die Nachtigall.

Er lächelt. Alles wird gut. Wenn ihn nur bald jemand findet.

69

Nachdem von der Staatsanwaltschaft offiziell ein Haftbefehl gegen Gabriel Andersson erlassen worden war, ging Hanna zu Ove und sagte, sie wolle zu Rebecka fahren und es ihr persönlich mitteilen. Ove gab sein Einverständnis.

Erik war gleich nach der Vernehmung in die Notaufnahme gefahren, wo Supriya ihn schon erwartete. Sie hatte ihm vorab bereits geschrieben, dass Aavika das Schlimmste überstanden habe.

Die Anklage lautete auf vorsätzlich unterlassene Hilfeleistung mit Todesfolge. Da Joel noch gelebt hatte, als Gabriel ihn am Möckelmossen aussetzte, war die Tat besonders schwer zu verurteilen. Es war unwahrscheinlich, dass jemand noch nach Gabriel am Fundort gewesen war und Joel bewegt hatte. Gabriel drohten damit bis zu sechs Jahre Gefängnis.

Hannas Mitleid für Gabriel hielt sich in Grenzen, dafür fühlte sie umso mehr mit seiner Familie, besonders seinen Kindern. Sie wusste nur zu gut, was ihnen nun gezwungenermaßen bevorstand. Und Linnea fühlte sich schon jetzt so schuldig wegen der Sache mit dem Hasch. Aber am meisten schmerzte ihr Herz für Joel, den fünfzehnjährigen Menschen, dem nicht genug Zeit gegeben worden war, seinen Platz in der Welt zu finden. Und für Rebecka. Hanna hoffte inständig, dass ihre Freundin tatsächlich nichts von all dem mitbekommen hatte.

Gleichzeitig machte sich eine tiefe Trauer in ihr bemerkbar über all das, was sie selbst in den vergangenen Jahren durchgemacht hatte.

Als sie Gårdby erreichte, verstärkte sich ihr Kummer noch. Sie betrachtete die Häuser und Bäume, die vor den Fenstern vorbeiglitten, und es war ihr, als würden die Zeiten zu einem schmerzhaften Ganzen verschmelzen. Würde sie das je überwinden? Es würde nicht leicht werden, mit Rebecka zu sprechen, und sie merkte, dass sie noch nicht bereit dazu war. Also bog sie erst mal in die Snegatan ab. Niemand hatte Fanny seit der Hausdurchsuchung gesehen, und weder sie noch ihre Mutter waren telefonisch zu erreichen.

Hanna parkte auf dem Hofplatz und atmete erleichtert auf, als sie die gekrümmte Gestalt vor dem Moped sah. Sie stieg aus und ging zu ihr hinüber.

»Was willst du?«, fragte Fanny, ohne aufzuschauen.

Fanny hatte sich noch einmal gewandelt. All das Harte und auch das Verängstigte waren weg, übrig war nur noch ein trauriges Kind.

»Wir wissen, dass du Joel nicht erstochen hast.«

»Bist du extra hergekommen, nur um mir das zu sagen?«

»Ja.«

»Danke.«

Hanna drehte sich um und kehrte schon wieder zu ihrem Wagen zurück, als Fanny sie aufhielt.

»Wer war es denn dann?«

»Dazu darf ich mich leider nicht äußern.«

Hanna setzte sich ins Auto. Natürlich hätte sie Fanny einen Vortrag über alles halten können, was sie getan hatte. Joel verprügelt. Grundschulkinder ausgenommen. Sie hätte ihr predigen können, wie falsch das war. Dabei glaubte Hanna fest, dass Fanny dies sehr wohl bewusst war. Die Frage war nur, was sie mit diesem Wissen anstellen würde, und für Spekulationen über Fannys Zukunft war es eindeutig zu früh. Hanna nahm sich vor, noch einmal mit Fanny zu sprechen, später, wenn die Aufregung sich ein bisschen gelegt hatte.

Als Hanna bei Rebecka ankam, waren auch Petri und Molly schon zu Hause. Sie beschloss, es ihnen sofort zu erzählen, allen dreien zusammen. Besonders Mollys wegen. Sie würde vermutlich sofort ahnen, worum es ging, und da war Warten schlimmer, als es gleich zu erfahren. Das hatte Hanna schmerzlich am eigenen Leib erfahren, als es um die Diagnose ihrer Mutter ging. All die Gespräche, von denen sie ausgeschlossen worden war, die sie aber trotzdem am Rande mitbekommen hatte. Ihr und Kristoffer gegenüber hatten damals alle behauptet, ihre Mutter würde wieder gesund werden, obwohl das nicht stimmte. Außerdem war Hanna in besserer Verfassung als Rebecka, um zu erklären, was geschehen war. Das nahm sie zumindest an. Sie bat sie alle ins Wohnzimmer.

»Wir wissen jetzt, wie Joel gestorben ist«, sagte sie.

»Wie denn?«, fragte Molly, die auf dem Schoß ihrer Mutter saß. Petri legte den Arm um beide.

»Er ist hingefallen und hat sich mit einem Messer verletzt.«

»Am Möckelmossen?«

Erst zögerte Hanna, seinen Namen zu nennen, aber Molly würde es ja doch erfahren. Und dann doch lieber hier, als wenn sie es aufschnappte, weil jemand hinter ihrem Rücken tuschelte.

»Nein, direkt hier vor dem Haus. Aber Gabriel ist mit ihm weggefahren. Er hat gedacht, dass Joel schon tot ist, aber das war er gar nicht.«

Hanna beobachtete Rebecka, als sie den Namen des Nachbarn aussprach, und es war nicht zu übersehen, dass sie es schon wusste. Bloß seit wann?

»Warum ist er mit ihm weggefahren?«

Petri und Rebecka ließen Molly all ihre Fragen stellen, und Hanna beantwortete sie, so gut sie konnte. In gewisser Hinsicht erleichterte es die Situation, dass Molly dabei war. Es würde schwieriger werden, wenn sie erst mit Rebecka allein war. Aber auf diese Frage wusste auch Hanna keine gute Antwort.

»Das weiß ich nicht«, sagte sie.

»Das war dumm von ihm«, war Mollys Fazit.

»Allerdings.«

Molly dachte nach, hatte aber erst mal keine weiteren Fragen. Es war jedoch nicht zu übersehen, dass ihren Eltern umso mehr auf der Zunge brannten. Hanna suchte Rebeckas Blick.

»Sollen wir uns raussetzen?«

Rebecka nickte. Draußen stand eine Hollywoodschaukel, von der man Ausblick auf den Wald hatte. Dort setzten sie sich hin.

»Dann hat Joel uns gesehen?«, fragte Rebecka mit zitternder Stimme.

»Ja. Gabriel hat ihn entdeckt, als er gehen wollte, und ist hinausgerannt, um mit ihm zu sprechen. Da ist Joel auf das Messer gestürzt.«

»Wieso hatte er ein Messer?«

»Er ist vorher zu dem Wald hinter der Schule geschlichen, um jemanden zu treffen. Er hatte es dabei, um sich zu verteidigen, hat es aber nicht eingesetzt. Also, zumindest hat er nicht mehr gemacht, als damit zu drohen. Er wurde verprügelt. Weil die Jugendlichen und Gabriel Geständnisse abgelegt haben, kann ich dir jetzt endlich mehr Fragen beantworten.«

Darauf erwiderte Rebecka nichts.

»Und du hast wirklich nichts mitbekommen?«, fragte Hanna.

»Ich lag im Klo auf dem Boden und habe geheult, weil Gabriel mich verlassen hatte. Weil ich dachte, die Welt würde untergehen …«

»Warum hast du nicht erzählt, dass ihr im Atelier wart, du und Gabriel?«

»Hör auf mit diesen Vorwürfen«, sagte Rebecka. »Damit komm ich nicht klar, ich mache mir selbst schon genug.«

Sie rückte ein Stück weg.

»Ich mache dir keine Vorwürfe«, sagte Hanna. »Ich will das nur verstehen.«

Rebecka wandte sich ab und wischte sich mit dem Ärmel übers Gesicht.

»Ich habe nicht gedacht, dass das wichtig ist. Und … ich wollte nicht, dass jemand davon erfährt.«

Dann begann sie zu schluchzen und schlug sich die Hände vors Gesicht. Nach kurzem Zögern rückte Hanna zu ihr und legte ihr einen Arm um die Schultern. Sie war nicht sicher, ob Rebecka das überhaupt wollte. Sie wimmerte genau wie bei ihrem Wiedersehen, als sie gerade erfahren hatte, dass Joel tot war. Es dauerte ein paar Minuten, ehe sie sich beruhigte und die Hände vom Gesicht nahm. Dann schaute sie Hanna an, und in ihren Augen lag eine solche Verzweiflung, dass Hanna fast den Blick abwenden musste.

»War Joel wirklich nicht gleich tot?«, fragte sie. »Hätte ich ihn retten können?«

»Niemand kann sagen, ob er zu retten gewesen wäre, aber als Gabriel ihn am Rastplatz zurückließ, lebte er auf jeden Fall noch.«

»Wieso hat Gabriel denn dann gedacht, er wäre tot?«

»Das weiß ich nicht. Aber er war betrunken, hat Panik bekommen und konnte nicht mehr klar denken.«

»Dieser Scheißkerl!«, schrie Rebecka.

»Das kannst du wirklich laut sagen.«

Hanna berichtete, was Gabriel außerdem noch erzählt hatte. Seine Ausflüchte, weshalb er weder den Notruf gewählt noch direkt nach Rebecka gerufen hatte. All das, was sie vor Molly nicht hatte sagen wollen.

»Wenn ich mich nicht mit Gabriel im Atelier getroffen hätte, dann …«

Mehr brachte Rebecka nicht heraus. Wie gern hätte Hanna ihr all die Schuldgefühle genommen und Gabriel aufgehalst, wo sie hingehörten. Aber für diese Art Trost war Rebecka nicht empfänglich.

»Hör auf«, zischte Hanna daher nur.

Darauf schwiegen sie und schaukelten eine Weile schweigend, den Blick in den Wald gerichtet. Hanna beschloss, sich auch eine Hollywoodschaukel zu kaufen und sie so aufzustellen, dass man auf die Felder schauen konnte.

»Entschuldige«, sagte Rebecka. »Danke, dass du das Molly so gut erklärt hast. Ich hätte das, glaube ich, nicht gekonnt.«

»Du musst unbedingt mit Petri sprechen. Das wird sich wohl kaum geheim halten lassen.«

»Petri ist während des Grillabends von allein draufgekommen, dass es Gabriel war, mit dem ich …«

Es war nicht zu übersehen, dass Rebecka sich wieder die

Schuld an allem gab. Ihr Gesicht war ganz verzerrt vor Selbstverachtung. Diesmal versuchte Hanna gar nicht erst, sie zu trösten. Es dauerte eine Weile, bevor ihre Züge sich wieder glätteten. Hanna wusste zu gut, wie es war, innerlich von Gefühlen zerrissen zu werden, die sich nicht miteinander vereinbaren ließen.

»Das, was du über Joel erzählt hast«, sagte Rebecka. »Dass er trans war. Dass er nicht wusste, ob er ein Mädchen oder ein Junge war.«

»Ja.«

»Ich sehe das jetzt auch. Es erklärt so vieles aus seiner Kindheit. Am einen Tag spielte er mit Puppen, am nächsten Fußball. Klar, das ist bei vielen Kindern so, aber bei ihm ging das so extrem hin und her. Als wäre er auf der Suche.« Rebecka schluchzte. »Warum hat er denn nichts gesagt? Er muss sich so allein gefühlt haben … Ich hätte das doch verstanden. Vielleicht nicht sofort. Aber dann …«

»Tina und Nadine meinen, dass er mit dir sprechen wollte. Dass er sich nur noch nicht getraut hat. Außerdem musste er das ja erst mal selbst verstehen. Vielleicht war dieser Prozess auch noch nicht abgeschlossen. Und wie soll man über was sprechen, das man selbst noch nicht verstanden hat?«

Rebecka nickte.

»Bekomme ich seine Skizzenbücher zurück?«

»Selbstverständlich. Ich sorge dafür, dass das so schnell geht wie möglich.«

»Ich war bei Ulrika drüben, nachdem ihr weg wart.«

»Das hab ich schon befürchtet. Deine Impulskontrolle war noch nie die beste.«

Rebecka lächelte trotz ihrer Tränen.

»Die hasse ich auch. Weil sie das geahnt, aber nichts gesagt hat. Hätte sie was gesagt, hätte ich das eher gewusst. Ich war nicht gerade nett zu ihr.«

»Du, das kann ich gut nachvollziehen. Lass das einfach ein bisschen ruhen und guck noch mal mit kühlerem Kopf. Aber versuch am besten, Linnea und Elias da rauszuhalten.«

Rebecka nickte.

»Klar.«

Eine Weile war nur das Quietschen der Schaukel zu hören.

»Ich begreife nicht, was ich in ihm gesehen habe«, sagte Rebecka.

»Also, dein Männergeschmack war auch noch nie der beste«, sagte Hanna.

Einen Moment lang fürchtete sie, zu weit gegangen zu sein, doch Rebecka lachte. Im nächsten Augenblick aber lag da wieder der Selbsthass auf ihrem Gesicht.

»Wobei Petri ganz nett wirkt«, fügte Hanna hinzu.

»Das ist er auch«, sagte Rebecka. »Und er meint, er hat mir das mit Gabriel verziehen, aber jetzt … wie soll Petri … wie soll ich …«

Hanna legte ihre Hand auf Rebeckas.

»Du warst die Einzige, die für mich da war, als das alles mit Papa losging. Und ich Arsch bin einfach abgehauen.«

»Ja, bist du. Aber jetzt bist du ja wieder hier.«

»Ja, und ich möchte dir helfen, so gut ich kann.«

Sie schaukelten weiter. Hanna hatte ganz bewusst nicht *durch diese schwere Zeit* gesagt. So weit würde Rebecka wahrscheinlich nie kommen. Es gab keine andere Seite, auf der plötzlich wieder alles in Ordnung war.

»Du, ich muss dich was fragen …«

»Ja?«

Hanna hatte gedacht, dass sie Rebecka vielleicht damit ablenken konnte, aber jetzt zögerte sie.

»Sag es einfach«, ermunterte Rebecka sie.

»Ach, es geht um das, was ich schon mal angesprochen habe. Ob du mit Axel über mich geredet hast. Axel hat darauf beharrt, was für eine Lügnerin du doch bist, und dass ich das wohl am besten wissen müsste. Weil du mich nie gemocht hast.«

Rebecka schüttelte nur den Kopf.

»Was hast du Axel gegenüber denn gesagt?«

»Ganz ehrlich, ich erinnere mich nicht. Ich glaube, dass ich genug von diesem ganzen Drama hatte. Aber das waren nur Wörter. Ich meinte das nicht so … Du weißt doch, wie Axel ist. Er weiß genau, welche Knöpfe er drücken muss, um zu provozieren.«

»Ja, ich weiß. Es ist nur …«

Hanna verstummte, weil sie gar nicht wusste, wie sie das erklären sollte. Durch die Trennung von Fabian war sie genau an dem Punkt ihrer Vergangenheit gelandet, der verhinderte, dass sie vorankam. In jenem Moment hatte sie beschlossen, ihren Vater zu besuchen und mit ihm zu sprechen, aber es war zu spät gewesen. Sogar fast für Hanna selbst. Was sie alles getan hatte, um diesen Moment zu verdrängen. Wie sie in Stockholm im Bett gelegen und an die Decke gestarrt hatte. Sie sah, dass der Wecker bald klingeln würde, dabei hatte sie keine Sekunde geschlafen. In diesem Augenblick hatte sie das Gefühl gehabt, dass es keinen Grund mehr zum Weiterleben gab, weshalb sie aufgestanden und in die Küche gegangen war, um dort alle Paracetamol- und Ibuprofentabletten aus der Blisterverpackung zu drücken. Doch als sie sich die Tabletten in den Mund stecken wollte, fiel ihr Blick auf die Tätowierung. Sofort musste sie an alles denken, was ihre Großmutter für sie getan hatte.

Es hatte mal ein Leben gegeben, in dem alles gut gewesen war. Also hatte sie die Tabletten weggepackt und beschlossen, sich wirklich zu ändern. Als sie damals über die Ölandbrücke fuhr, hatte sie begriffen, was der erste Schritt war: wieder herzuziehen.

Sie konnte einfach nicht nach Stockholm zurückkehren, dort wartete nichts auf sie.

»Mein Chef hat mir die Ermittlungsakte gegeben«, sagte sie. »Von … von Papa.«

»Warum? Du weißt doch, was passiert ist.«

»Darüber bin ich mir nicht mehr so sicher.«

Eigentlich war sie sich nie wirklich sicher gewesen, denn Lars war nie gewalttätig gewesen – selbst nicht, als er getrunken hatte. Er hätte niemals jemanden auf so brutale Art und Weise ermordet. Vor allem nicht mit diesem Motiv. Die einzig mögliche Erklärung war, dass noch jemand anders in die Sache verwickelt gewesen war oder aber es gar nicht um das Geld ging, das Ester angeblich bei sich versteckt hatte. Dass der eigentliche Grund ein ganz anderer war.

Aber welcher? Und vor allem: Wer war sonst noch beteiligt gewesen? Da kam sie einfach nicht weiter.

Verschwinde! Wenn du bleibst, stirbst du!

Aber Hanna konnte Öland nicht verlassen, denn dann würde sie erst recht sterben. Von innen heraus. Nein, ihr blieb nur der eine Ausweg: Sie musste herausfinden, was Esters Tod vorausgegangen war. Und das, ohne dass jemand etwas davon mitbekam. Vielleicht sollte sie nicht mal Rebecka einweihen, aber Hanna vertraute ihr. Sie würde schweigen, wenn Hanna sie darum bat. Außerdem war Rebecka gerade mit ihren eigenen Dämonen beschäftigt.

Hanna würde erst einmal die Akte lesen. Dann würde sie die Fragen stellen, die sie bislang nicht zu stellen gewagt hatte. Allen, die wissen konnten, wie und warum Ester ermordet worden war. Und sie würde herausfinden, wer hinter den anonymen Anrufen steckte. Sie hatte eine Heidenangst vor alldem. Aber es gab keinen anderen Weg als diesen.

Nachwort

Ich habe dieses Buch Mika gewidmet, aber genauso gut hätte ich schreiben können:

Für alles, was niemals sein durfte.

Manchmal nimmt das Leben Wendungen, mit denen niemand rechnen kann, und genau das ist es, was mein Schreiben mehr als alles andere beeinflusst. Und der Wunsch, dass die Menschen netter zueinander sein könnten. Dass alle Menschen gleich viel wert sind, sollte eine Selbstverständlichkeit sein.

Eine der Wendungen meines Lebens, über die ich lange Jahre lieber geschwiegen habe, war der Mord an Dusanka Petrén 1991. Ich war fünfzehn, als drei um die Zwanzigjährige für ihre Beteiligung an diesem Mord verhaftet wurden. In meiner Heimatstadt Kalmar war das ein riesiges Thema, denn die Jugendlichen stammten von dort. Der Ex-Mann des Opfers hatte sie angeheuert. Aber am deutlichsten erinnere ich mich an das Schweigen. In meiner Familie konnten wir nicht darüber sprechen. Einer der Jugendlichen, der wegen Beihilfe zum Mord verurteilt und von der Presse »der Kopf« getauft wurde, war der Freund meiner Schwester. Seine Familie kannten wir also auch. Ein anderer von ihnen, der wegen Mordes verurteilt wurde, hatte im selben Café gearbeitet wie ich.

Schon lange vor 1991 interessierte ich mich für Krimis, aber seither liegt mein Fokus auf bestimmten Fragen: Warum morden Menschen? Welche Folgen hat die Tat für die Angehörigen? Sowohl die des Opfers als auch die des Täters.

Erst jetzt wage ich es, mich diesen Fragen zu nähern, durch meine neue Ermittlerin Hanna Duncker, deren Vater wegen Mordes verurteilt wurde. Dazu kehre ich an die Orte zurück, an denen das alles für mich anfing: Kalmar und Öland.

Es gibt eine ganze Menge Menschen, die mich bei der Entstehung dieses Buches unterstützt haben und denen ich gern danken möchte:

Meiner Verlegerin Åsa Selling, der es tatsächlich gelungen ist, mich davon zu überzeugen, dass ich schreiben kann. Meinem brillanten Lektor Jesper Ims und dem ganzen Team des neuen Verlags Romanus & Selling: Lina Rönning, Emelie Hollbox und Susanna Romanus. Alles an diesem Verlag läuft so was von genau richtig!

Astri von Arbin Ahlander, Gründerin der Ahlander Agency. Ich bin sehr stolz, endlich von ihrer Agentur vertreten zu werden, denn dort kennt man sich wirklich mit Büchern aus. Meiner Agentin Kaisa Palo, die mich bei der Wahl des Verlags unterstützt hat, und allen Agentinnen, die sich nun darum kümmern, dass die Reihe auch übersetzt wird.

Den Kommissaren Ulf Einarsson und Ulf Martinsson von der Polizei Kalmar, die mich so freundlich empfangen und geduldig all meine Fragen beantwortet haben. Ich habe ein leicht schlechtes Gewissen wegen der Konflikte, die ich dem Präsidium angedichtet habe.

Meiner Cousine Jessica Mo, die im Gegensatz zu mir tatsächlich auf Öland aufgewachsen ist.

Elise Karlsson, die sich in trans-Fragen besser auskennt als ich.

Björn Ekenberg, Gunnel Mo, Petra Mo, Sara Mo und Martin Falkman, die alle das Manuskript gelesen und Anmerkungen gemacht haben.

Meiner Nichte Alice, die mir beigebracht hat, wie Fünfzehnjährige klingen.

Diese Geschichte ist fiktiv. Falls noch irgendwelche Unstimmigkeiten übrig geblieben sind, bin allein ich dafür verantwortlich.

Während ich das hier schreibe, nimmt das Leben weltweit gerade eine jener bedeutenden Wendungen; sie lässt sich mit einem Wort zusammenfassen: Corona. Noch ist die Lage nicht zu überblicken, aber ich bin davon überzeugt, dass die Menschen auch in Zukunft lesen werden.

Johanna Mo, im April 2020